Arturo Pérez-Reverte est né à Carthagène, Espagne, en 1951. Il a été reporter de guerre pendant plus de vingt ans. Avec quinze millions de livres vendus dans le monde entier, traduits dans quarante langues, plusieurs de ses romans adaptés au cinéma et à la télévision, il est l'auteur espagnol le plus lu. Aujourd'hui, il partage sa vie entre la littérature et la navigation. Il est membre de l'Académie royale d'Espagne.

Arturo Pérez-Reverte

EVA

ROMAN

Traduit de l'espagnol
par Gabriel Iaculli

Éditions du Seuil

Pour la citation de William Somerset Maugham
tirée de *Mr. Ashenden agent secret*,
traduit par Joseph Dobrinsky, Jacky Martin,
Claude Noël Thomas :
© Éditions Robert Laffont, 2011, 2018

TITRE ORIGINAL
Eva
ÉDITEUR ORIGINAL
Alfaguara

ISBN 978-2-7578-8080-7
(ISBN 978-2-02-139802-1, 1re publication)

À Jorge Fernández Díaz, cuchillero *à Buenos Aires.*
Pour la fraternité. Pour l'honneur.

« Quand tu t'aventures dans le cœur d'une femme, tu t'exposes à un dangereux voyage. »

HANS HELLMUT KIRST,
Sorge, l'espion du siècle

« – Vous n'avez pas d'autre arme ?
– Mes mains [...]. Mais je ne crois pas que les douaniers nous cherchent des histoires à leur sujet ? »

WILLIAM SOMERSET MAUGHAM,
Mr. Ashenden agent secret

Bien que fondé sur des faits réels,
Eva *est un roman*
dont la trame et les personnages sont imaginaires.
L'auteur a altéré certains faits historiques
selon les besoins de la fiction.

1

Norddeutscher Lloyd Bremen

Je ne voudrais pas être tué cette nuit, se dit Lorenzo Falcó.

Pas de cette manière.

Mais c'était pourtant ce qui s'annonçait. Les pas qui derrière lui se faisaient entendre étaient toujours plus proches et plus rapides. On était sans doute pressé de le rattraper. Il avait entendu derrière lui le cri de son contact qui tombait dans l'obscurité du haut du belvédère de Santa Luzia, et le bruit du corps qui s'écrasait quinze ou vingt mètres plus bas dans une ruelle obscure du quartier d'Alfama. Maintenant, on le prenait en chasse, pour terminer la besogne. Couronner le tout.

La pente raide l'aidait à marcher plus vite, mais elle facilitait aussi l'avancée de ses poursuivants. Ils étaient deux, avait-il pu entrevoir d'en haut tandis que son contact – du visage de cet homme, il avait seulement deviné une moustache sous le bord d'un chapeau – lui tendait comme prévu une enveloppe juste avant de s'apercevoir de la présence des inconnus et de pousser une exclamation d'alarme. Ils s'étaient séparés en toute hâte, l'agent longeant la balustrade du belvédère – c'est pour ça qu'ils l'avaient eu en premier lieu –, Falcó dévalant la rue vers les vagues lumières de Lisbonne étalées au loin, en contrebas de ce haut quartier, et la large et noire ceinture du Tage qui se fondait dans la nuit, sous un ciel sans lune parsemé d'étoiles.

Il y avait à gauche, dans l'ombre, un passage par lequel on pouvait déguerpir. Il se rappelait l'endroit, qu'il avait étudié le matin même, de jour, en prévision du rendez-vous nocturne. C'était là une vieille ficelle du métier, pratique : décider, avant de se risquer quelque part, de l'endroit par où filer au plus vite, s'il le fallait. Falcó se rappelait aussi le nom que portait l'azulejo : Calçadinha da Figueira. C'était une ruelle étroite, qui descendait en pente raide, à laquelle on accédait par un escalier de pierre à double volée et main courante en fer. Ainsi, tournant brusquement à gauche, il le dévala, paume sur la rampe pour prévenir un faux pas dans l'obscurité. Au bas des marches, il y avait une ouverture en arc, d'où la ruelle partait vers la droite à angle droit. L'arcade, étroite, ne livrait passage qu'à une personne à la fois.

Derrière lui, les pas se rapprochaient toujours davantage. Ils résonnaient sur les premières marches de l'escalier. Je ne vais pas mourir cette nuit, se redit Falcó. Des projets plus attrayants m'attendent : femmes, cigarettes, restaurants. Des choses de ce genre. Il ôta alors son chapeau, glissa les doigts entre la basane et le feutre et en sortit la lame de rasoir Gillette dans son enveloppe de papier qu'il cachait là. Tout en courant jusqu'à l'arcade, il ôta l'enveloppe et, tirant le carré de soie de la poche de poitrine de sa veste, s'en servit pour protéger ses doigts afin d'assurer la lame entre son pouce et son index. Il atteignit ainsi l'arcade, tourna à droite et s'immobilisa aussitôt, plaqué contre le mur, écoutant le bruit des pas toujours plus proches, dans la rumeur de son pouls qui battait vite et fort à ses tympans.

Quand la première silhouette apparut sous la voûte, Falcó s'interposa rapidement et d'un geste vif lui taillada la gorge de droite à gauche. Sur le visage de l'homme apparut un bref éclat pâle – celui de ses dents quand la stupeur lui eut ouvert la bouche – et, aussitôt, une exclamation de surprise fut arrêtée net par un gargouillement d'agonie, comme si le souffle de l'homme blessé s'échappait de sa trachée ouverte à travers un voile liquide. Le type s'écroula sur-le-champ, tel un corps anémié qui aurait soudain perdu toute consistance. Une masse à terre, au milieu de l'arcade. L'ombre qui venait à sa suite s'arrêta brusquement, restant à distance.

– Approche, fils de pute, crâna Falcó. Viens un peu plus près, viens…

Trois secondes d'immobilité. Peut-être cinq. Falcó et l'homme figés dans la ruelle ; par terre la masse qui continuait à émettre sa rauque plainte liquide. Enfin, le second poursuivant recula lentement dans l'ombre, augmentant avec précaution la distance entre eux.

– Allez, mon gars, dit Falcó. Ne me laisse pas comme ça, le bec dans l'eau.

Des pas se firent entendre, maintenant plus pressés, qui s'éloignaient dans la ruelle, montaient l'escalier, puis devenaient inaudibles. Alors, Falcó respira profondément, toujours immobile, laissant le battement du sang à ses tempes recouvrer sa cadence normale. Ensuite, quand cessa le léger tremblement qui agitait ses doigts, il jeta la lame de rasoir et la pochette, après s'être servi de celle-ci pour essuyer le liquide visqueux, encore tiède, qui souillait sa main.

Il se pencha pour palper le corps à terre, qui était enfin silencieux : un couteau dans son fourreau attaché à la ceinture ; du tabac, des allumettes, des pièces de monnaie. Dans la poche intérieure de la veste, il y avait un portefeuille, que Falcó garda. Puis, il se leva en regardant autour de lui. L'endroit était désert et presque toutes les maisons alentour plongées dans l'obscurité. Dans quelques-unes d'entre elles on entrevoyait des rais de lumières, et d'un lointain appareil de radio arrivaient une musique et une voix de femme qui chantait un fado. Un chien aboya, à quelque distance. Dans le ciel noir, les étoiles étaient encore si nombreuses que Lisbonne semblait couverte d'un essaim de lucioles immobiles.

Un moment, il envisagea d'aller chercher le corps de son contact en bas du parapet d'où il était tombé, ou duquel on l'avait précipité, mais il écarta aussitôt cette idée. La curiosité, dit un proverbe, tue le chat. Que l'agent soit mort ou pas après cette chute de quinze ou vingt mètres du haut du belvédère jusqu'au sol – il était plus que probablement décédé – n'était plus l'affaire de Falcó. Il savait seulement de son contact qu'il était portugais, travaillait pour le camp national par conviction ou pour l'argent, et que l'homme lui avait livré des informations que lui-même devait maintenant faire parvenir au quartier général franquiste de Salamanque. Aussi valait-il mieux ne pas se compliquer davantage la vie. Quelqu'un, un passant fortuit, un voisin, un garde de nuit pouvait survenir à cet endroit ; ou son second poursuivant décider, réflexion faite, de revenir sur ses pas et de venger son compagnon. On ne pouvait jamais être sûr de rien dans ce genre d'affaire. Le métier de Lorenzo Falcó était tout d'imprévus, échiquier de risques et de probabilités. Et puis, l'enveloppe, objet de son rendez-vous nocturne, était maintenant dans sa poche. Rien d'autre ne l'intéressait en ce soldat anonyme et sans visage – une moustache entrevue sous le bord d'un chapeau – d'une guerre sale qui se livrait tout autant en Espagne, sur les champs de bataille ou à l'arrière, qu'à l'étranger, dans des coins sombres et sordides comme celui-ci. Sales bagarres caractéristiques d'un sale métier. Espions aussi dépourvus de visages que l'agent républicain égorgé sous l'arcade ou le type prudent qui avait pris ses jambes à son cou de peur de subir le même sort que son compagnon. Des pions substituables sur un échiquier où la partie était jouée par d'autres.

Il descendit la rue de São Pedro en se retournant de temps en temps pour s'assurer qu'il n'était pas suivi. Un lancement douloureux martelait sa tempe droite, sans doute dû à la tension, et il palpa instinctivement la poche de sa veste où il mettait le tube de Cafiaspirina ; c'était son point faible, les migraines qui l'étourdissaient parfois, le laissaient, incapable de bouger, bouche ouverte comme un poisson hors de l'eau. Il lui fallait une gorgée de quelque chose pour avaler le comprimé, mais cela allait devoir attendre. L'important, c'était de s'éloigner de là. Et vite.

Il chercha des rues plus larges, pour éviter une éventuelle embuscade. Finalement, il laissa le quartier d'Alfama derrière lui et, s'arrêtant sous la vague clarté d'un réverbère de la rue des Bacalhoeiros, dans le brouillard d'évaporation qui montait du fleuve proche, il sortit l'enveloppe de sa poche, la déchira pour voir ce qu'elle contenait. Il fut surpris de découvrir qu'il s'agissait du prospectus, plié en deux, d'une compagnie de navigation, la Norddeutscher Lloyd Bremen. Rien d'autre. Une feuille de format in-quarto, imprimée d'un seul côté. Illustrée d'une image de transatlantique, sous laquelle il y avait une liste de bateaux et d'itinéraires à destination de l'Amérique et de la Méditerranée orientale. Il remit le prospectus dans l'enveloppe, l'enveloppe dans sa poche, et inspecta le portefeuille du mort. Il contenait une certaine somme d'argent, en escudos portugais, dont il s'empara sans vergogne, une carte d'abonnement des tramways de Lisbonne, la photographie d'une jeune femme et deux cartes d'identité du même homme, d'après les photos – brun, maigre, cheveux frisés et rares –, mais aux noms différents ; sur l'une d'elles, sans doute fausse, et portugaise, il était João Nunes, commerçant. Sur l'autre, espagnole, qui portait l'en-tête du Service de renseignement de l'armée et le tampon de la République, il se dénommait Juan Ortiz Hidalgo. Il glissa celle-ci dans sa poche. Puis il jeta le reste et le portefeuille dans une poubelle et s'éloigna rapidement, mais pas trop, pour éviter d'attirer l'attention.

En poussant la porte du Martinho da Arcada – un petit café-restaurant aux murs blancs très dépouillés, sous les galeries de la Praça do Comércio –, Falcó s'aperçut que le poignet droit de sa chemise était taché de sang. Il entra et, tout en saluant le serveur, vit Brita Moura de dos, assise à dernière table du fond, près de la fenêtre. Il se rendit directement aux toilettes, mit le loquet, ouvrit le robinet et avala, avec une gorgée d'eau recueillie dans le creux de sa main, deux comprimés de Cafiaspirina. Après quoi il enleva sa veste et le bouton de manchette en or qui tenait le poignet amidonné de la manche de la chemise, qu'il lava jusqu'à ce que le sang ait pour ainsi dire disparu ; il sécha ensuite le bas de la manche avec la serviette du lavabo, et le remit en place. À son poignet gauche, la Patek Philippe lui apprit qu'il avait dix minutes de retard. C'était un délai raisonnable, et la femme qui l'attendait ne devait pas être trop furieuse contre lui. Un délai peut-être insuffisant.

Il palpa la poche de sa veste pour s'assurer que l'enveloppe était toujours là. Ensuite, il s'étudia attentivement dans le miroir, cherchant une trace de l'affrontement récent, mais il ne vit que l'image d'un homme attirant de trente-sept ans, vêtu d'un costume sombre à la coupe impeccable, les cheveux noirs coiffés en arrière, luisant de brillantine. Il y passa la main pour les lisser un peu plus, et rajusta son nœud de cravate. Sur ce dernier geste, son visage durci par des années de tension et de danger parut se détendre, laissant place à une expression ironique et aimable : celle d'un homme élégant qui arrive en retard à un rendez-vous en se retranchant derrière un sourire, sûr d'être pardonné.

– Bon sang, protesta-t-elle. Ça fait une demi-heure que je suis là, seule comme une idiote, à t'attendre.

– Je suis désolé, répondit Falcó. J'ai été retenu par une affaire urgente.

– Drôle d'heure pour les affaires. Et, de plus, me donner rendez-vous dans un endroit pareil !

En retour, Falcó lui adressa un sourire tranquille.

– Qu'est-ce qu'il a cet endroit ?

– C'est une simple gargote… On aurait pu aller dans un établissement un peu mieux, avec de la musique.

– J'aime bien celui-ci. Les serveurs sont sympathiques.

– Quelle bêtise.

Brita Moura n'était pas habituée à ce que les hommes la fassent attendre. Brune, elle avait une grande bouche sensuelle, une anatomie saisissante qui emplissait chaque soir les places d'orchestre du théâtre Edén – la revue musicale s'intitulait *Solteira e sem compromisso* –, des faux cils et un rouge à lèvres très éclatant, à la Joan Crawford. Ses cheveux noirs mi-longs étaient coiffés en arrière avec un fixatif, comme ceux de Falcó, son front dégagé, avec un léger côté masculin. Son visage était celui, courant, des affiches publicitaires et des couvertures des hebdomadaires illustrés portugais. Née vingt-sept ans auparavant dans un petit village de l'Alentejo, Brita était une de ces femmes qui brisent le cœur des jeunes gens et vident le portefeuille des vieux. Elle avait parcouru un dur chemin pour devenir l'actrice et la vedette célèbre qu'elle était désormais, ce qu'elle n'hésitait pas à faire payer aux rares veinards qui réussissaient à l'approcher de près. Falcó était toutefois l'une de ses faiblesses. Ils s'étaient connus cinq semaines plus tôt autour d'une des tables de roulette du casino d'Estoril, et ils se voyaient de temps en temps.

– De quoi as-tu envie ? demanda Falcó sur un ton des plus naturels en consultant la carte.

Elle plissait le nez, capricieuse. Encore fâchée.

– J'ai perdu l'appétit.

– Je vais prendre la morue grillée… Tu voudras du vin ?

– Tu es un insensible et une canaille.

– Non, j'ai seulement faim. – Le serveur attendait, prévenant. – Tu prends aussi du poisson ?

Ce n'était pas vrai. Il n'avait absolument pas faim, mais la prosaïque liturgie sociale l'aidait à apaiser son esprit. À se retrancher derrière la banalité d'une conversation sans transcendance avec une belle femme. Il mettait ainsi de l'ordre dans ses idées et ses intentions. S'en tenait à la mémoire immédiate.

– Je me contenterai d'un bouillon clair, dit Brita. Je grossis trop.

– C'est absurde, ma chérie. Tu es parfaite.

– Tu crois ?

– Oui. Splendide.

L'expression de Brita s'était radoucie. Elle palpa ses hanches.

– Mais dans la revue *Ilustração* on dit que je prends du poids.

Falcó sourit avec un aplomb mondain. Il avait sorti son étui en écaille et lui offrait une Player's.

– Ces gens de l'*Ilustração* sont des imbéciles.

Elle se penchait vers lui par-dessus la table, approchait son visage de la flamme du Parker Beacon en argent.

– Le poignet de ta chemisc est mouillé, remarqua-t-elle.

– Oui, dit Falcó en allumant sa cigarette. Une éclaboussure du robinet, pendant que je me lavais les mains.

– Quel ballot.

– Oui.

Ils fumèrent en attendant d'être servis. Le mal à la tête de Falcó avait disparu. Brita parlait de son travail, des représentations à guichets fermés, du contrat pour la nouvelle revue qui serait à l'affiche dans deux mois. D'une offre pour un projet cinématographique qu'on lui avait faite. Falcó suivait la conversation d'un air intéressé et courtois en regardant tout le temps Brita dans les yeux, avec une attention apparente ; en formulant aux bons moments, comme s'il s'agissait de s'en tenir à un scénario – et c'était bien le cas, en fin de compte –, des commentaires adéquats et des questions opportunes. Une de tes aptitudes les plus perverses, lui avait un jour dit l'Amiral, est de savoir écouter comme si ce qu'on te dit allait changer ta vie et ton avenir, comptait plus que tout au monde. Et quand la victime s'aperçoit de la supercherie, il est trop tard, parce que tu lui as déjà dérobé son portefeuille ou donné un coup de couteau à l'aine. Ou, s'il s'agit d'une femme, déjà mise dans ton lit.

– Où irons-nous après ? s'enquit Brita.

– Je n'y ai pas pensé.

C'était vrai. Ce qu'il avait en tête, c'était l'enveloppe glissée dans sa poche. La mort de son contact et de l'agent républicain. Le fugitif qui, à cette heure, devait avoir informé son camp de l'incident. La tournure qu'allait prendre la réaction de la police portugaise. Le prospectus de la Norddeutscher Lloyd Bremen, la liste de navires qui y figurait, et le renseignement précis qu'il devrait transmettre, une fois qu'il l'aurait déchiffré, à la direction du Service national du renseignement et des opérations. En principe, rien ne pressait, parce qu'il avait prévu de communiquer avec Salamanque le lendemain matin ; mais même la beauté de la femme qui lui faisait face ne parvenait pas à chasser son inquiétude. Quelque chose, à l'intérieur de cette enveloppe et dans ce qui s'était passé une demi-heure plus tôt sur les hauteurs du quartier d'Alfama, flairait l'anguille sous la roche. Il y avait là des points obscurs, et il ne serait pas tranquille aussi longtemps qu'il ne les aurait pas éclaircis.

– Encore un peu de vin ?

Il approchait la bouteille du verre de Brita, dont le sourire indiquait que les derniers nuages s'étaient dissipés. Que la glace avait fondu. Tout allait bien.

– Merci, mon chéri.

Par ailleurs, Falcó avait couché avec Brita Moura plusieurs fois. Quatre, pour être exact : une à l'hôtel Palacio d'Estoril et les trois autres à Lisbonne, dans l'appartement luxueux qu'elle possédait dans la Travessa do Salitre. Il ne s'attendait donc pas à beaucoup de nouveauté de ce côté-là, à part le retour chaud et provisoire à l'intimité de ce corps splendide, mais cependant routinier et peu imaginatif, bien qu'il fût, sans doute, généreux en fluides reconnaissants et abondants. Il allait s'agir, tout compte fait, de deux ou trois heures agréables avant de regagner son l'hôtel – il n'était guère enclin à risquer sa peau en dormant chez les autres – mains dans les poches et le col de sa veste relevé, au petit matin, en évitant les éclaboussures des lances à eau des balayeurs municipaux. Ça, c'était le côté désagréable. En définitive, ce n'était pas un programme à tout casser.

– On pourrait aller danser, suggéra-t-elle. Au Barrio Alto. On y a ouvert un nouvel endroit, près du Tavares, qui est très bien… Un orchestre américain de jazz, avec des musiciens noirs.

– Je ne dis pas non.

Brita se pencha de nouveau vers lui. Sophistiquée et vulgaire à la fois, elle avait un coude sur la table et tenait à la verticale entre ses doigts sa cigarette tachée de *rouge**[1]. Ses seins opulents frôlaient la nappe.

– Devine ce que je porte dessous, chuchota-t-elle.

Elle souriait, pleine de promesses. Falcó examina la robe drapée de Balenciaga – en crêpe violet – avec un regard indiscrètement courtois. Lors de leur dernière rencontre, ils avaient échangé des plaisanteries à propos des sous-vêtements féminins, et il en déduisit que la réponse s'imposait.

– Soie noire ?

– Rien, souffla-t-elle d'une voix encore plus basse, je ne porte rien.

– Définis-moi ce rien, dit-il avec un sourire.

– Mais rien, ballot. Strictement rien.

– Strictement ?

1. Les mots en italique suivis d'un astérisque sont en français dans le texte. *(Toutes les notes sont du traducteur.)*

– C'est bien ça. Je n'ai mis ni combinaison ni culotte.
– Ah.

Il sentit se confirmer ce « strictement rien » une heure plus tard, tandis qu'il dansait dans le nouveau club de jazz en caressant les hanches de Brita Moura. Il n'y avait effectivement rien entre le tissu de la robe et la peau, et les mouvements du corps sensuel de la jeune femme, si bien adapté aux circonstances, le stimulèrent suffisamment pour le distraire des inquiétudes professionnelles qui occupaient son esprit. Après tout, conclut-il, ce ne serait peut-être pas une mauvaise idée d'aller passer un moment chez elle, avec un agréable mélange de microbes suivi d'une mise au point et adieu ma jolie. La page serait tournée. L'alibi se tenait. Et puis la nuit était longue, l'enveloppe toujours dans sa poche et, à Salamanque, où tout le monde devait dormir – la croisade de salut national imposait des habitudes matinales aux nouveaux Espagnols –, on n'attendait pas de ses nouvelles avant le lendemain matin. De plus, sa couverture en serait renforcée si la police portugaise furetait autour de l'affaire du quartier d'Alfama.

– J'adore cet endroit, redisait Brita.

Le local s'appelait O Bandido et était en vogue à Lisbonne : jazz et rythmes au goût du jour. Des serveurs avec seaux à glace et champagne, verres de whisky et de cocktails aux noms impossibles allaient et venaient entre les tables, empressés. Un orchestre de Noirs américains, ou qui se prétendaient tels, se donnait à fond sur une estrade, et une multitude dansante et suante, dans laquelle ne manquaient ni robes du soir ni smokings, semblait passer un agréable moment sur la piste ; très loin, à première vue, du fait qu'à quelque deux cents kilomètres, de l'autre côté de la frontière, une guerre atroce remplissait les routes de réfugiés, les prisons de malheureux, les tranchées, les fossés et les cimetières de cadavres. Avec une expression sarcastique, Falcó se remémora un instant la dernière soirée du Nouvel An d'avant la guerre – qu'il avait passée au *grill* du Palace de Madrid, à danser avec une amie –, en se demandant combien de ceux qui cette nuit-là avaient lancé des serpentins et trinqué aux douze coups de minuit qui marquaient le début de l'année 1936 étaient à présent morts ou allaient bientôt l'être.

– Ah, mince ! dit Brita. Ne regarde pas. Il y a là cet imbécile de Manuel Lourinho.

Falcó regarda, du coin de l'œil. Un type élégant, bronzé, en smoking, était assis à une table avec un groupe de gens. Ils buvaient et riaient.

– Ce bellâtre, là ?

– En personne… Tu le connais ?

– Il me dit vaguement quelque chose.

– C'est un joueur de polo. On le voit dans les journaux de temps à autre.

– Ah, fit Falcó, en le situant. Qu'est-ce qu'il a ?

– Il est devenu collant. Nous avons eu une brève aventure, mais il l'a prise trop au sérieux, et il me harcèle… Pour couronner le tout, il est marié.

– Moi aussi je suis marié, se moqua Falcó.

Elle lui planta ses ongles dans le bras.

– Menteur. Qui se mettrait un fil à la patte avec un débauché comme toi ?

Ils allèrent se rasseoir. Le Lourinho en question les avait vus et il lançait des regards appuyés à Brita. Falcó saisit le goulot de la bouteille de Bollinger qui était dans le seau à glace, et il la trouva presque vide.

– J'en commande une autre ?

– Ce n'est la peine, répondit Brita, qui avait ouvert son sac à main et se repoudrait le nez. Voir ce poseur m'a ôté toute envie.

– Vraiment toute ?

Elle referma son poudrier et lui lança un regard empreint de toute la supériorité morale féminine.

– Tu es bête ou quoi ?

Falcó consulta sa montre. Puis il se rappela le contact de la peau sous la soie de la robe de Brita.

– On y va ?

– Ça vaut mieux, avant que cet imbécile nous gâche la soirée.

Falcó appela le serveur et régla l'addition en ajoutant un généreux pourboire. Brita se leva. Au même moment, Manuel Lourinho se leva lui aussi – il était grand et bien bâti – et se dirigea vers eux. Brita passa devant lui sans lui adresser un regard. Mais Falcó le fit. Il allait lui lancer un clin d'œil, pour dire : Aujourd'hui c'est mon tour, demain ce sera le tien, mon vieux, mais il se retint, parce qu'il n'aima pas du tout l'expression de l'individu. Qui le regardait de travers, comme s'il l'estimait responsable de l'affront.

– Hé ! lança-t-il.

Son haleine sentait le whisky anglais de bonne qualité aux conséquences désastreuses. Falcó s'arrêta un instant. L'homme le dépassait d'une vingtaine de centimètres.

– Je vous écoute, mon ami.

– Je ne suis pas votre ami, marmonna Lourinho. Et je vais vous casser la gueule.

Falcó poussa un soupir de résignation. Quasi conciliant.

– Vous me faites peur, dit-il.

Sur ces mots, il suivit Brita, qui s'éloignait. Au vestiaire, elle récupéra son manteau, et lui son chapeau – il n'avait pas pris de pardessus –, et ils sortirent. Dans la rue, deux taxis et trois voitures à cheval stationnaient en face du cabaret. Falcó allait demander au portier de faire avancer un des véhicules quand il entendit des pas derrière lui. Il se retourna et, à la lueur de la lanterne de l'entrée, reconnut Lourinho.

– Tu t'en vas sans me dire au revoir, Brita.

Ça va mal tourner, pensa Falcó. La soirée se compliquait.

– Je n'ai pas la moindre envie de le faire, rétorqua-t-elle.

– C'est une impolitesse de ta part.

– Fiche-moi la paix.

Elle s'était accrochée plus fermement au bras de Falcó. À son bras droit. Prudent, celui-ci la fit passer du côté gauche.

– Je t'ai appelée plusieurs fois, insista Lourinho.

– Tu es loin d'être le seul.

Le fiacre que le portier avait hélé approchait. Lourinho alla se placer devant eux, leur barrant le passage.

– Traînée, dit-il, crachant presque le mot.

Falcó fit la grimace. Ça sentait ou ça n'allait pas tarder à sentir le roussi.

– Excusez-nous, dit-il en invitant d'un geste Brita à monter dans la voiture.

– Il m'a traitée de traînée, protesta Brita, scandalisée. Tu vas le laisser faire ?

– Monte dans la voiture… Allons-y.

Mais Lourinho s'interposa de nouveau, menaçant. Il soulevait légèrement les coudes, comme font les lutteurs prêts au combat.

– Je vais te tuer, lança-t-il à Falcó.

Celui-ci poussa un profond soupir, en lâchant le bras de Brita. Il regardait fixement le visage de l'autre, tout proche, légèrement au-dessus du sien.

– Tu n'as jamais tué personne de ta vie, dit-il très lentement.

Ce fut peut-être le ton, ou l'expression. Le regard de Falcó. Les yeux et l'air de Lourinho révélèrent tout en même temps. Tout l'enchaînement des impressions. D'abord, la surprise ; ensuite la constatation, et pour finir la crainte. Alors, il recula d'un pas. Il y avait là quelque chose qu'il n'avait pas prévu, et son cerveau embrumé par l'alcool essayait de deviner ce que c'était au juste. Ce fut une affaire de deux secondes, parce que Falcó ne lui en accorda pas davantage. Il fit en avant le pas que l'homme avait fait en arrière et leva les bras en souriant comme s'il se disposait à lui donner l'accolade amicale qui allait tout arranger. Après quoi, du même mouvement et sourire aux lèvres – le voir sourire faisait baisser la garde aux uns comme aux autres –, il lui décocha un coup de genou dans les testicules qui plia en deux Lourinho, de stupéfaction tout d'abord, puis de douleur. Même ainsi, Falcó savait que ce genre de coup mettait deux ou trois secondes à produire tout son effet, si bien qu'il enchaîna en y ajoutant un coup de coude en plein visage. Son adversaire tomba à genoux, une main devant les yeux, l'autre à l'aine, en expirant comme si l'on avait pressé sur un soufflet dans ses poumons.

Falcó s'était tourné vers le portier en lui tendant un billet plié en deux.

– Vous aurez remarqué que ce monsieur a eu un malaise, dit-il avec le plus grand calme. Ce qui l'a fait trébucher et tomber. Vous l'avez bien vu, n'est-ce pas ?

L'homme rangeait le pourboire dans sa veste galonnée. Scandalisé avant d'empocher l'argent, il arborait maintenant un sourire jusqu'aux oreilles.

– Absolument, monsieur.

Falcó sourit lui aussi, d'un air complice. Du sourire de quelqu'un qui croit fermement à la cruauté, la stupidité et la convoitise des êtres humains.

– Trop de whisky, sans doute.

– C'est évident.

Dehors, il faisait encore nuit. Entre les rideaux de la chambre entrait la lumière d'une enseigne lumineuse de Porto Sandeman placée de l'autre côté de la rue. Assis dans un fauteuil au sein de la pénombre, nu sous le peignoir de Brita Moura qu'il avait jeté sur ses épaules, Falcó fumait en contemplant le corps endormi de l'actrice. Les radiateurs maintenaient une température agréable, et Brita dormait profondément, dévêtue, sur le dos. Il pouvait entendre le rythme lent et régulier de sa respiration. Elle gisait, immobile, bras ouverts et jambes écartées, dans une position qui aurait paru vulgaire chez toute autre femme moins belle et moins bien faite. Le faible éclairage extérieur arrivait jusqu'à elle comme à travers un tamis irisé qui découpait ses formes en de superbes raccourcis de lumière et d'ombre. La touffe obscure du voile pubien ouvrait un abîme vertigineux entre ses cuisses. Avant de se lever pour fumer une cigarette, Falcó y avait plongé en douceur les doigts de sa main droite, en les retirant enduits de son sperme.

Il pensait froidement à l'homme mort dans le quartier d'Alfama. Au gargouillis de sa gorge, à l'air qui s'en échappait sous forme de bulles entre des bouillonnements de sang. Il pensait aux liquides et aux fluides si couramment versés dans son métier. À l'étonnante facilité, l'inévitable rapidité avec lesquelles l'être humain peut répandre sur le sol cinq litres et quelques de sang, s'en vider sans remède quand aucune compresse, aucune pression des doigts, aucun tourniquet ne parvient à juguler une forte hémorragie. Une fois de plus, il se demanda comment ceux qui s'efforçaient de vivre en ignorant cette certitude parvenaient à faire long feu. Il suffisait de s'approcher de ce splendide corps de femme qui dormait à quelques pas de là et, d'un simple geste qui consistait à lui trancher la gorge, n'en laisser qu'un morceau de chair morte.

Il écrasa le mégot dans le cendrier, se leva en massant ses reins endoloris : sans le moindre doute, Brita était une femme énergique. Considérablement. Ensuite, après avoir noué la ceinture du peignoir, il alla pieds nus sur le parquet jusqu'à sa veste pendue au dossier d'une chaise. Il y prit l'enveloppe qu'il porta dans la salle de bains, où il tourna le bouton rotatif de l'interrupteur qui commandait l'éclairage. Il s'examina un moment dans le miroir : sa mâchoire carrée déjà bleuie par la barbe, ses cheveux noirs en bataille sur son front, les prunelles de ses yeux gris et durs encore dilatées par la cocaïne que Brita lui avait offerte deux heures plus tôt. Il avait la bouche pâteuse et sèche.

Il ouvrit le robinet, but avidement à longs traits, puis sortit de la poche du peignoir le prospectus de la Norddeutscher Lloyd Bremen. Il n'y avait même pas huit heures, deux hommes étaient morts pour cet imprimé en apparence banal. Pendant quelques instants, il examina avec une attention et une minutie extrêmes les noms des bateaux et les itinéraires qui y figuraient sans déceler aucune marque ou indication particulière. Finalement, il porta le papier à ses narines et le sentit. Le résultat lui fit esquisser un sourire.

Il y avait un chandelier avec sa bougie et une boîte d'allumettes sur la tablette en verre du lavabo, que Falcó débarrassa de ce qui l'encombrait. Ensuite, il posa dessus le prospectus en le lissant avec soin, alluma la mèche et promena la flamme sous la tablette, en la déplaçant tout en la faisant osciller avec précaution pour chauffer la plaque de verre et le papier posé dessus de manière à ne pas l'enflammer ni le détériorer. Ce fut ainsi que, en une demi-minute, apparurent d'abord dans la marge du prospectus de légers graphismes ocre rouge, puis, en majuscules bien nettes, tracés à la main avec du jus de citron, de l'urine ou une autre encre invisible, les mots suivants :

MOUNT CASTLE, CAPITAINE QUIRÓS, COMPAGNIE NOREÑA ET CIE. CARTHAGÈNE-ODESSA, JEUDI 9.

À neuf heures quinze ce matin-là, un homme sec et plutôt petit, avec une moustache noire, vêtu d'un costume marron à veston croisé un peu trop grand pour lui apparut, chapeau vissé sur la tête, dans l'encadrement de la porte vitrée de la salle des petits déjeuners de l'Avenida Palace. Après avoir échangé quelques mots avec le maître d'hôtel, il promena autour de lui un regard inquisiteur, et se dirigea vers la table où Falcó était assis avec *O Século* et le *Jornal de Notícias* sur la nappe, sous le grand lustre à pampilles en cristal, près d'une fenêtre d'où l'on pouvait apercevoir l'obélisque de la Praça dos Restauradores.

– Quelle surprise, dit Falcó en écartant les journaux.

Sans répondre, l'homme lut un des gros titres – *Intenses bombardements nationaux sur Madrid* –, puis regarda Falcó avant d'ôter son chapeau et de le poser sur une chaise. Il avait le front hâlé par le soleil. Une fois assis, il passa une main sur son visage. La barbe pointait de sa peau grasse. Il avait l'air las.

– Toujours bien logé, à ce que je vois, remarqua-t-il enfin après avoir jeté un coup d'œil autour de lui. Les chambres, ici, sont au moins à cent vingt escudos.

– Cent quarante.

L'homme hocha la tête avec résignation.

– Je prendrais volontiers un café, dit-il, abattu. Je n'ai pas fermé l'œil de la nuit.

Falcó appela un serveur. Contrairement au nouveau venu, il était frais et dispos, douché depuis peu, rasé chez le barbier de l'hôtel, après les trente pompes qu'il faisait tous les matins. Cheveux coiffés en arrière, raie impeccable, costume trois-pièces gris plomb – Anderson & Sheppard, proclamait l'étiquette cousue sur la doublure intérieure de la veste – et cravate en soie. Ses yeux gris étudièrent tranquillement son interlocuteur, le capitaine Vasco Almeida, de la très redoutée PVDE – Polícia de Vigilância e Defesa do Estado, le service de renseignement portugais. Ils étaient de vieilles connaissances. Leur amitié, ou plutôt leur relation opportuniste, datait du temps où Falcó, trafiquant d'armes pour le compte de Basil Zaharoff, tirait parti du port de Lisbonne, entre autres : caisses en bois sans marque ni identification, chargements qui allaient et venaient, enregistrés en tant que machines industrielles ou autres marchandises, dans le grand assemblage sordide de grues, d'entrepôts, de ruelles aux azulejos ébréchés et de bordels pour les marins des navires qui assuraient sur le Tage la liaison entre Alcántara et Cais do Sodré. Vivre et laisser vivre, c'était l'idée. Ensemble et en bonne entente, ils avaient maintes fois eu recours à des subterfuges, des confidences, des subornations et fait des affaires juteuses. Le Portugal, comme disait Almeida, est un petit pays pauvre aux salaires de misère.

– Deux cadavres. À Alfama.

Il ne regardait pas Falcó mais la cafetière en argent fumante qu'un serveur venait de poser sur la table. Il remplit sa tasse, sans ajouter de sucre.

– Un Espagnol et un Portugais, précisa-t-il avant de prendre la première gorgée.

Falcó ne dit rien. Poignets de la chemise appuyés contre le bord de la table de part et d'autre d'un verre de lait vide – il ne buvait plus de café depuis longtemps – et d'une assiette dans laquelle il ne restait que d'infimes miettes d'une tartine beurrée, il attendait. Enfin, après deux autres gorgées quasi pensives, Almeida s'essuya la moustache et leva les yeux vers lui.

– Où étais-tu cette nuit ?

Falcó soutint son rcgard. Il arquait légèrement les sourcils, en une expression de surprise opportune.

– À un dîner.

– Et ensuite ?

– Dans un cabaret.

– Seul ?

– Non.

Almeida hocha très lentement la tête, comme s'il venait d'entendre exactement ce à quoi il s'attendait. Il passa de nouveau la main sur son visage non rasé.

– Un Espagnol et un Portugais, répéta-t-il brusquement. Le premier égorgé comme un porc.

– Et ?

– On a volé les papiers de ton compatriote, mais il a été identifié il y a un moment par un fonctionnaire de l'ambassade. C'était un agent de la République… L'autre, le Portugais, est tombé ou a été poussé d'un endroit élevé. Un certain Alves. Employé d'un agent maritime de la rue du Comércio.

– Pourquoi me racontes-tu tout ça ?

– Alves travaillait pour les tiens.

Falcó cilla.

– Qui sont les miens ?

– Va te faire voir.

Un silence. Prolongé. Almeida but à petites gorgées le reste du café. Puis il accepta la cigarette que Falcó lui offrit. Il avait le don, nullement répandu, de savoir renouer une amitié là même où elle en était restée des mois ou des années auparavant, comme si le temps ne passait pas. En pareil cas, une expression, une main posée sur un bras ou sur une épaule, un souvenir commun, un sourire pouvait suffirc. Avec Almeida, c'était une cigarette.

– Peux-tu prouver que tu n'étais pas seul hier soir ?

– Bien sûr.

– Homme ou femme ?

– Femme.

– Connue ?

– Assez, répondit Falcó avec un demi-sourire. Je te serais reconnaissant de ne pas ébruiter la chose.

– Allez, dis-moi au moins dans quels endroits vous étiez.

– Martinho da Arcada et O Bandido.

– Et après ?

– Chez elle. Où j'étais encore il y a quatre heures.

– Où ça ?

– Ici même. Dans la Travessa do Salitre, à deux pas du Tivoli.

Pendant un moment, Almeida sembla peser ce qu'il venait d'entendre.

– Tu connaissais l'Espagnol ? demanda-t-il enfin. Il s'appelait Ortiz.

– Non.

– Et le Portugais ?

– Encore moins.

– Tu lui as dit que tu l'aimes ? demanda Almeida en souriant, goguenard. Il n'est pas recommandable de passer la nuit avec celle qui peut te servir d'alibi sans lui avoir dit et répété que tu l'aimes.

– Avec celle-là, ce n'était pas nécessaire.

– Tu as toujours tellement de chance, toi.

– Oui.

Ils se regardaient dans les yeux comme s'ils jouaient au billard à l'une des neuf tables du café Chave d'Ouro, ce qu'ils avaient fait en des temps moins durs. Au bout d'un moment, Falcó montra les journaux.

– Le Benfica a battu le Sporting.

– Et alors ?

– Tu es pour le Benfica, non ?

Ils se turent de nouveau pendant un moment et se mesurèrent du regard.

– Ça fait combien de temps qu'on se connaît ? s'enquit enfin Almeida. Six ans ?

– Huit.

– Il m'est arrivé, par le passé, de te tirer d'un mauvais pas.

– J'en ai fait de même pour toi.

– Tout a ses limites, mon vieux.

– Je me demande où tu veux en venir.

– Les morts me compliquent la vie.

– Ces morts-là devraient être l'affaire de la police, Vasco, pas la tienne.

– Quand il s'agit d'agents secrets, de citoyens portugais qui sont allés s'écraser par terre et d'espions espagnols que l'on découvre la gorge tranchée jusqu'aux oreilles, l'affaire me revient. Tu comprends ? Mes chefs me demandent des résultats et, sur ce point, il n'y a ni amis ni connaissances qui vaillent.

– C'est selon. Ton président a des sympathies pour la cause nationale.

Almeida le regarda de travers. Comme il devait le faire, se dit Falcó, quand un prisonnier sur dix parmi ceux qu'il détenait et interrogeait mourait de ses mains en hurlant ou allait de lui-même se précipiter dans le vide du haut d'une fenêtre – telle était la rumeur statistique qui courait sur le capitaine Vasco Almeida, fervent anticommuniste. Le Portugais promena brièvement autour de lui un regard sombre.

– Ce matin, dit-il en baissant la voix, le président Salazar m'a ignoré.

Il s'interrompit et tira si fort sur sa cigarette qu'il faillit la consumer entièrement.

– Et ce n'est pas tout, reprit-il. Mon gouvernement n'a toujours pas reconnu le tien.

Falcó restait immobile et l'observait avec une expression amicale.

– Que veux-tu de moi ?

Almeida remua la tête.

– Une guerre civile pour changer la couleur d'un drapeau est une guerre de trop. Vous, les Espagnols, vous êtes enragés. C'est du poison que vous avez dans les couilles.

– Ce pluriel me déplaît, fit Falcó en souriant. À qui penses-tu ?

– Peu importe. Aux rouges et aux fascistes, répondit le policier en poussant un soupir tandis qu'il regardait sa cigarette, renfrogné, comme outré que l'on mette en doute une évidence. Maintenant que vous ne pouvez plus semer la merde chez les Portugais, vous la semez chez vous… Il faut toujours que vous fassiez chier quelqu'un.

– Tu ne m'as pas encore dit ce qui me vaut l'honneur de t'avoir à la table de mon petit déjeuner. Dans ta belle ville.

Almeida fit la grimace.

– Tu n'es pas en vacances à Lisbonne.

– Je fais des affaires. Tu le sais. Import-export.

– C'est ça, fit Almeida en écrasant son mégot dans la tasse de café vide. Et moi, j'enfile des perles.

– Prouve-le.

– Que j'enfile des perles ?

– Que je suis impliqué là-dedans.

– Je peux te faire arrêter, menaça Almeida, le regard dur. Te faire passer un mauvais quart d'heure. Compliquer la vie de cette femme avec laquelle tu prétends avoir passé la nuit.

– C'est idiot.

– Alors, cesse de tirer sur la corde.

– Qu'y gagnerais-tu ? La fin de notre amitié ?

Le policier poussa un nouveau soupir, de lassitude cette fois.

– Ne me prends pas pour un imbécile.

– Ça ne me viendrait jamais à l'esprit…

Almeida l'interrompit en levant la main.

– Moi, je n'ai aucune objection à faire, dit-il sèchement. Que vous vous étripiez de l'autre côté de la frontière, ou que vous fassiez entrer des armes allemandes et italiennes par le port de Lisbonne, du moment que vous payez ceux à qui vous devez quelque chose… C'est votre affaire. Ce n'est pas ce qui intéresse la PVDE, pour le moment. Mais nous n'allons pas tolérer que vous régliez vos comptes ici. Que vous nous éclaboussiez avec vos saloperies.

Falcó s'autorisa un léger signe d'impatience.

– Écoute… Cette conversation ne mène nulle part. Je n'ai rien à voir avec cette affaire d'Alfama, quelle qu'elle soit.

– Tu dois tout de même en savoir un petit quelque chose, j'en suis sûr. Donne-moi de quoi me faire un commencement d'idée. Quoi que ce soit, même une broutille. Après, chacun pour soi.

– S'il y a des agents nationaux impliqués, je n'en suis pas. Je te jure que je ne sais rien de tout ça.

– Rien ? Étant ce que tu es tu ne saurais rien ?

– Rien de rien.

– Donne-moi ta parole d'honneur.

– Tu as ma parole d'honneur.

Almeida l'examina pendant quelques secondes. Avant d'éclater de rire.

– Sacré fils de pute.

2

L'or de la République

Quinze jours plus tard, à Séville, Falcó but une dernière gorgée de vermouth, consulta sa montre, laissa un billet de cinq pesetas sur la table – le bar de l'Andalucía Palace était très cher – et, après avoir pris son chapeau posé sur le siège voisin, il se leva. Un serveur aux cheveux poivre et sel accourut aussitôt, obséquieux.

– Gardez la monnaie.

– Merci, monsieur.

– Et *Arriba España* !

L'autre le regarda, décontenancé, en se demandant si c'était là une provocation ou une simple plaisanterie. Il était difficile de faire un rapprochement entre Falcó et ceux qui allaient et venaient en ville pistolet au ceinturon, avec leur chemise bleue ou leur calot rouge, portaient la main à la hauteur de la visière de leur casquette ou levaient le bras pour faire le salut phalangiste. Aux yeux exercés du serveur, cet homme comme il faut, vêtu d'un élégant costume marron, avec cravate en soie et pochette dans la poche de poitrine de sa veste, ne cadrait pas avec le profil patriotique en vogue.

– *Arriba*, bien sûr, répondit-il, prudent, après une brève hésitation.

Peut-être avait-il vu des collègues moins prévoyants se faire pincer et fusiller. Chat échaudé craint l'eau froide, se dit Falcó. En notant la défiance du serveur, il se demanda combien de rancœurs de classe ce vieil homme en veste blanche avait pu accumuler au long des années pendant lesquelles il avait servi du vermouth à des godelureaux sévillans ou à de riches clients. Il se demanda aussi s'il n'était pas toujours serveur, et en vie, près de huit mois après le soulèvement militaire parce qu'il avait déchiré son carnet syndical et acclamé opportunément le camp victorieux. Peut-être avait-il dénoncé quelqu'un, façon la plus simple de sauver sa peau dans une ville comme celle-là, où la répression nationale dans les quartiers ouvriers et les cercles républicains avait été brutale : trois milliers de fusillés depuis le 18 juillet. Falcó ne pouvait pas s'en empêcher. Chaque fois qu'il croisait un survivant – d'une chose ou d'une autre, de quoi que ce soit –, il se demandait quelle sorte de bassesse celui-ci avait pu commettre pour rester en vie.

Il adressa un sourire complice au serveur, rajusta son nœud de cravate et se dirigea vers le vestibule aux beaux azulejos qui ornaient les murs, en longeant deux des quatre côtés du patio central, par les ouvertures desquels entrait un soleil splendide. Cette lumière l'enveloppait d'un optimisme joyeux. Séville réjouissait toujours son cœur d'un agréable mélange de passé, de présent et de perspectives d'avenir. Il était arrivé le matin même, convoqué par un télégramme de l'Amiral, qui lui avait fait quitter très vite Lisbonne : *Expédie tout ce que tu as en cours. stop. Présence requise d'urgence à Salamanque.* Cependant, à son arrivée après une journée de voyage en voiture, quand il s'était présenté au siège du SNIO, le Service national du renseignement et des opérations, il avait été informé par Marili Granger, la secrétaire de l'Amiral, que celui-ci s'était vu contraint de se rendre à Séville pour une affaire de première importance.

– Il a dit que tu ailles le rejoindre là-bas aussi vite que possible, avait-elle ajouté. Et que tu descendes à l'hôtel Inglaterra, en attendant qu'il te convoque.

– De quoi s'agit-il ? s'était enquis Falcó.

– Je n'en ai pas la moindre idée. Tu l'apprendras quand le chef t'en parlera.

Falcó brandissait devant Marili son sourire le plus ravageur, sans succès. Épouse et mère exemplaire, assez belle, mariée à un officier de marine qui s'était soulevé avec les nationaux à El Ferrol, la secrétaire de l'Amiral était insensible à tout ce qui n'était pas l'accomplissement de ses devoirs conjugaux, familiaux et patriotiques. Même quand il s'agissait de Falcó. Ou plutôt, justement parce que c'était lui.

– Tu ne vas rien me dire ? avait-il insisté.

– Pas un mot – elle tapait sur sa Royal comme si elle ne le voyait pas. Maintenant, va-t'en et laisse-moi travailler.

– Dis-moi… On va prendre le thé avec des petits gâteaux ?

– En compagnie de mon mari, quand tu veux.

– Tu es une fieffée coquine.

– Et toi une fripouille.

– Il ne faut pas écouter les mauvaises langues, Marili.

– Je ne te le fais pas dire.

– Je suis un petit ours en peluche.

– À d'autres.

Mais, quand Falcó arriva à Séville, l'hôtel de Inglaterra – dont la façade portait encore les traces des combats de rue de l'année précédente – affichait complet. Il n'y avait pas non plus de chambre libre au Majestic, ni au Cristina. Saisissant le prétexte, il alla loger à l'Andalucía Palace, le plus luxueux et le plus cher de la ville, cent vingt pesetas la nuit, fréquenté par les membres du haut commandement militaire, les officiers supérieurs de la légion Condor allemande et des troupes de volontaires italiens, qui combattaient du côté de Franco, mais aussi par des hommes d'affaires – dont de nombreux Allemands en quête de minerai de fer et de tungstène – et des gens liés à l'oligarchie locale.

Après tout, ses notes couraient sur le compte du SNIO, et l'Amiral, du moins quand il était bien luné, avait l'habitude de le couvrir. Vous savez comment est Falcó, disait-il au comptable – un lieutenant de marine qui s'appelait Domínguez, myope, tatillon et incorruptible –, quand celui-ci venait le trouver, agité, scandalisé, avec une liasse de notes non justifiées. C'est un gredin sans scrupule. Incorrigible. Mais ce qui m'importe, à moi, c'est son efficacité, vous comprenez ? Et ce scélérat est aussi efficace qu'un coupe-chou bien affûté et intelligent. Alors, nous allons considérer ça comme un investissement, si vous-même et vos maudits comptes et bilans n'y voyez pas d'inconvénient. Un investissement à fonds perdu, pour que tout soit bien clair. Et ne faites pas cette tête, ni la sourde oreille, Domínguez. Comprenez-moi à demi-mot, nom d'un chien. C'est un ordre.

Falcó souriait en pensant à son chef tandis qu'il passait près de l'escalier de l'hôtel pour gagner le vestibule, où il échangea un salut discret avec le concierge – il le soignait avec de généreux pourboires, entre autres raisons parce qu'il s'agissait d'un mouchard de la Phalange. Comme il descendait les premières marches du porche, il découvrit devant lui un couple qui avançait bras dessus, bras dessous. L'homme était en uniforme. Ils venaient de sortir d'une Lincoln Zephyr avec chauffeur et commençaient à monter l'escalier.

Instinctivement, parce qu'il n'en va pas de même aux arrières que sur la ligne de feu, son regard se dirigea d'abord vers la femme, qu'il étudia de pied en cap : chaussures de bon faiseur, belles jambes en bas de soie, sac coûteux, robe sombre bien coupée sur un corps svelte. Collier de turquoises au cou. Et au-dessus, sous le bord court d'un petit chapeau de feutre orné d'une plume de faisan, les yeux verts de Chesca Prieto le regardaient avec stupeur.

– Bonjour, dit Falcó, neutre et prudent, en portant la main au bord de son couvre-chef.

Il allait poursuivre son chemin sans s'arrêter, mais il vit que le militaire avait remarqué le saisissement de sa compagne. Falcó lui prêta alors davantage attention et reconnut Pepín Gorguel Menéndez de la Vega, le mari de Chesca. Ce qui changeait tout.

– Quelle surprise.

Falcó ôta son chapeau et tendit avec beaucoup d'aplomb la main droite, pour serrer celle couverte d'un gant de peau fine. Puis il se tourna vers le mari et se présenta.

– Lorenzo Falcó. Nous nous connaissons de vue, je crois.

Il souriait poliment. C'était là le summum de son répertoire d'hypocrisies adultères, même si dans ce cas concret, le blé était encore trop vert pour être fauché. Il vit Pepín Gorguel hocher légèrement la tête après un moment d'indécision, puis celui-ci lui serra la main sans grand enthousiasme.

– Je ne m'en souviens pas bien, dit-il.

Le ton était sec, altier, caractéristique du personnage. Comte de la Migalota et Grand d'Espagne, il était de Jerez, comme lui – leurs pères avaient été membres du même casino et du club de tir aux pigeons. Un type très influent. Un arrogant fils de chienne en uniforme, qui promenait dans Séville comme un trophée de chasse la splendide femme pendue à son bras. Falco l'avait rencontré en certains endroits, avant la guerre – cabarets flamenco, casinos et bordels de luxe –, et il savait que Gorguel, riche, viveur, vicieux et cruel, était loin de mériter celle qu'il avait aujourd'hui près de lui. Avec un peu de chance, se dit-il pour se consoler, quelqu'un lui tirerait dessus si la guerre durait encore un peu. Bang. Les *regulares* qu'il menait au combat étaient des troupes de choc marocaines, de la chair à canon. Le veuvage irait sans doute très bien à Chesca, et l'imaginer en train d'ôter ses vêtements de deuil l'excitait comme un gamin : combinaison de soie noire et bas noirs sur ses jambes fines et longues ; chaîne et crucifix d'or entre les seins. Bon sang. Il se demanda ce qu'attendaient les rouges, avec toutes les balles qu'ils tiraient jour après jour. Les grands empotés.

– J'étais au lycée avec votre frère Jaime, précisa Falcó. Et nous nous sommes vous et moi quelquefois croisés à Madrid, au restaurant Or-Kompon. Ainsi qu'au Chicote.

– C'est possible.

Retranché derrière son laconisme, Gorguel l'observait, suspicieux. Il devait s'interroger sur la nature exacte de la relation entre son épouse et ce type tiré à quatre épingles au sourire de publicité pour le dentifrice Marfil. Gorguel, en vert et kaki de l'armée, était chaussé de hautes bottes tellement lustrées qu'elles paraissaient vernies. Très grand et svelte, il avait des manières distinguées, une moustache noire coquettement taillée à la Clark Gable, le visage hâlé par le soleil, trois étoiles de capitaine au-dessus de la poche de poitrine et une casquette à coiffe rouge. À propos de Chesca, l'Amiral lui avait un jour dit, à Salamanque : Avec elle, il vaut mieux assurer ses arrières. Côté amants, elle ne mord guère à l'hameçon, et seulement parmi le gratin. D'autant plus à présent, dans la nouvelle Espagne catholique si respectueuse des formes, et avec tous ces bigots qui ont même interdit le divorce. Et ce n'est pas tout : le mari porte un pistolet ; alors, modère ton penchant à consoler les femmes des guerriers absents. Avec celui-là, les plaisanteries ont un trou d'entrée et un de sortie.

– J'ai eu le plaisir de faire la connaissance de votre épouse à Salamanque, dit Falcó sereinement, en captant du coin de l'œil le regard d'avertissement de Chesca. C'est Jaime qui a fait les présentations… Comment va votre frère ?

L'expression du capitaine se détendit un peu. Il répondit que Jaime allait bien, du moins d'après ses dernières lettres. On l'avait retiré du front de Madrid et il se battait maintenant près de Teruel.

– Et vous ? s'intéressa Falcó. Vous profitez d'une permission ?

– Une semaine, pour affaires de famille. Après le Jarama.

Falcó leva un sourcil, intéressé. La bataille du Jarama avait été l'une des plus dures de la guerre. Face aux volontaires communistes des brigades internationales, les troupes de choc marocaines, avec leurs officiers européens, avaient essuyé le plus gros de l'action. Et de terribles pertes.

– Vous en étiez ?

Le capitaine tordit sa moustache, avec un dédain extrême.

– Oui.

– C'était aussi brutal que l'ont écrit les journaux ?

– Pis encore, peut-être.

– Eh bien, je me réjouis que vous soyez là pour le raconter.

– Merci – un rien de méfiance revint dans le regard de Gorguel. Je vous vois en civil. N'êtes-vous pas mobilisé ?

Falcó sentait les yeux de Chesca rivés sur lui.

– Je m'occupe d'autre chose. D'affaires.

La défiance du capitaine se changea en mépris.

– Je vois.

– Import-export, reprit Falcó en affichant délibérément un air cynique. Produits de première nécessité et tout ce qui va avec… Il n'y a pas que dans les tranchées que l'on défend l'Espagne de la racaille marxiste.

– Je comprends.

Le dédain de Gorguel était si évident qu'il en était presque palpable. Il s'était tourné vers Chesca, l'air satisfait, comme pour l'inciter à en prendre note. Cela voulait dire que l'examen était passé. Falcó décida donc qu'il pouvait à présent la regarder sans retenue. Les prunelles claires l'étudiaient encore avec attention, à la fois appréciatrices et prudentes, mais elle reprenait complètement le contrôle d'elle-même. Elle avait disposé d'assez de temps, grâce à l'aplomb de Falcó, pour sauver les apparences. Le plus curieux de l'affaire, se dit-il, était encore que s'il y avait eu quelque chose de plus sérieux entre eux, Chesca aurait sans doute affiché une froideur techniquement irréprochable. Une femme qui a quelque chose de grave à cacher – surtout si elle est mariée – réagit habituellement avec plus de sang-froid qu'une autre contrainte de dissimuler un simple flirt. Ce fut ainsi qu'il adressa à Chesca un regard approbateur et un nouveau sourire.

– Compliments, dit-il. Vous devez être fière de votre mari.

– Je le suis.

Sur ces mots, elle serra plus fort le bras du capitaine. Si l'on ne m'avait pas rapporté qu'elle a eu des amants, se dit cyniquement Falcó, je serais touché par cette vertueuse attitude conjugale. Le fragrant repos du guerrier. Un instant, dans les limites de la prudence, Falcó se délecta de la vue de cette peau brune de bonne souche. Chesca portait *Amok*, le même parfum que la dernière fois, et un rouge intense soulignait ses lèvres. Elle était encore ravageusement belle, reconnut-il avec une douleur quasi physique. Même si la présence mal venue du mari gâchait tout. Elle à Séville, mais avec son chien de garde. Malchance, en somme. Si près et pourtant si loin du but. Avec entre eux cette aventure à demi tissée qui n'avait pu se concrétiser, quelques mois plus tôt. Du moins, ne pas se concrétiser tout à fait. Mais la vie réserve plus de revirements qu'un culbuto.

Quand il détacha son regard d'elle, il surprit l'expression pensive du comte. Pepín Gorguel l'examinait sombrement, semblait se demander ce qu'ils faisaient là, encore arrêtés tous les trois sur les marches de l'entrée de l'Andalucía Palace. Le moment était venu de tirer sa révérence.

– Vous saluer a été un plaisir, dit Falcó en remettant son chapeau.

La rue Sierpes grouillait de monde. Les vitrines des boutiques des bottiers, des chapeliers qui proposent aussi éventails et sacs à main, celles des horlogers et des vendeurs d'images religieuses et de statues de saints étaient aussi bien garnies que si le cours de la vie n'avait pas changé en ville. Ce qui différait, c'était que l'on voyait à présent dans la foule de nombreux uniformes, des femmes vêtues de noir et des hommes avec un brassard de deuil ; c'était aussi que devant les fauteuils d'osier réservés aux membres du Círculo Mercantil, des gamins agenouillés près de leurs boîtes avaient remplacé les cireurs de chaussures d'âge moyen aux mains calleuses dont se souvenait Falcó, des descendants de Gitans du quartier de Triana. Parce que leurs parents ou leurs proches étaient morts ou en prison depuis que les légionnaires du général Queipo de Llano avaient mis à feu et à sang ce quartier de la rive droite du Guadalquivir, dernier réduit resté fidèle à la République, qui s'était opposé, en armes, au soulèvement militaire du 18 juillet. Près de huit mois plus tard, dans le cimetière de San Fernando et devant les murailles arabes de la Macarena retentissaient encore tous les petits matins les décharges des pelotons d'exécution. Et le bruit n'était pas près de s'arrêter. Comme le disait ce matin-là à la une l'*ABC* – journal que Falcó avait feuilleté tout en prenant son petit déjeuner –, il fallait se résoudre, aussi douloureux que ce pouvait être, à amputer le membre malade pour sauver le patient. Ou quelque chose de semblable.

Falcó entra dans le Círculo Mercantil et, après avoir traversé un salon à l'odeur de café, de cognac et de bois ciré où certains membres du Cercle bien vêtus débattaient du prix du blé et d'autres jouaient aux dominos ou lisaient les journaux, il arriva à l'endroit que lui avait indiqué le concierge : un petit cabinet parqueté avec aux murs des panoplies de fleurets d'escrime rouillés, meublé d'une ancienne table d'acajou entourée de vieux fauteuils de cuir, dont deux occupés.

– Tu es en retard, grogna l'Amiral.

Le chef du Snio était en civil, suivant son habitude, et il avait devant lui, sur la table, un vieux portefeuille de cuir fermé. Falcó retroussa légèrement le poignet de sa chemise pour consulter sa montre. Deux minutes seulement avaient passé depuis l'heure à laquelle il était convoqué.

– Je suis désolé, monsieur.

L'Amiral fit entendre un nouveau grognement sous sa moustache grisonnante, sortit d'une poche sa blague à tabac, sa pipe, dont il remplit le fourneau en désignant avec elle l'homme assis de l'autre côté de la table.

– Tu le reconnais, je suppose. D'après les photos.

Au premier coup d'œil, Falcó acquiesça. Il était difficile de ne pas se rappeler l'individu de taille moyenne, aux cheveux rares et aux grosses lunettes rondes cerclées d'écailles, vêtu d'un élégant costume croisé bleu marine, que Falcó, fidèle client des tailleurs de Savile Row, rangea parmi les vertigineusement chers. La cravate jaune citron était fixée aux pattes du col de la chemise par des attaches d'or.

– Il me semble.

Troisième grognement de l'Amiral, alias le Sanglier. Qui, se dit Falcó, n'était pas dans son meilleur jour.

– Il te semble ? Quel espion de pacotille tu es devenu.

L'autre homme regardait Falcó sans se lever ni lui tendre la main. Du fond de son fauteuil, il l'observait avec une sèche curiosité. Il y avait en lui quelque chose de glacé et de carré, constata Falcó, et ses yeux, derrière les verres épais de ses lunettes, révélaient un calme profond. C'étaient ceux de quelqu'un sûr de lui, capable d'obtenir tout ce qu'il désirait ou convoitait d'un seul geste ou d'un seul mot. Quelqu'un que Falcó avait déjà vu sur les photographies des chroniques mondaines des magazines illustrés, et même, avant la République, en compagnie du roi Alphonse XIII dans des reportages sur les chasses, les courses de chevaux ou de voitures. Mais jamais en chair et en os. De près, le regard de cet homme était intimidant.

– Tomás Ferriol, dit-il.

L'Amiral continuait de bourrer sa pipe. Il prit la parole sans lever la tête.

– Réponse correcte. Maintenant, oublie ce nom et assieds-toi.

Falcó obéit en avalant comme il le pouvait le fait de se trouver en présence de nul autre que Tomás Ferriol. Fervent monarchiste, immensément riche à la suite d'un passé trouble – faillites frauduleuses et contrebande à grande échelle – que nul n'avait intérêt à remuer, ce pirate en col blanc aux manières britanniques et d'une froideur teutonne avait été le principal soutien financier du coup d'État contre la République. C'était lui qui avait payé l'avion de ligne Dragon Rapide et le pilote anglais qui, le 18 juillet, avaient conduit le général Franco des Canaries à Tétouan, pour prendre la tête des troupes séditieuses au Maroc. C'était également lui qui avait versé la caution d'un million de livres sterling pour douze Savoia achetés en Italie et destinés aux insurgés et, pendant que ces avions survolaient la Méditerranée en direction de l'Espagne, cinq pétroliers affrétés par une de ses compagnies installées à Londres et remplis de carburant destiné à la Campsa, la compagnie pétrolière d'État, avaient été redirigés vers la zone contrôlée par les militaires rebelles. Bien que discret et dans l'ombre, Tomás Ferriol était le banquier officieux de l'Espagne nationale.

– Voici notre homme. Je vous en ai parlé à Salamanque.

L'Amiral s'était adressé au banquier, et les deux hommes regardaient Falcó.

– Vous m'avez dit qu'il était digne de confiance.

– Tout à fait, mais à sa manière.

– Et que vous répondez de son efficacité.

– Absolument.

– Et aussi qu'il n'est pas né de la dernière pluie.

– C'est bien ça… Rien à voir avec ces piliers d'antichambre qui se prodiguent tellement ces derniers temps. – L'Amiral regardait Falcó d'un œil critique, comme s'il l'insultait. – Il connaît par leur nom les concierges, les barmans et les croupiers des plus grands hôtels et casinos d'Europe et de Méditerranée orientale… C'est un garçon de bonne famille, version fourvoyé.

– Je vois le genre.

Un silence s'installa. Puis Ferriol fit de la tête un léger signe d'assentiment, à la suite duquel l'Amiral posa sur la table la pipe qu'il n'avait pas allumée, ouvrit le portefeuille et en sortit quelques documents rangés dans des chemises cartonnées. Devant Falcó, il plaça une feuille de papier vierge.

– Maintenant, écris ce que tu jugeras bon, mais sans noms, ni dates, ni lieux. Après quoi tu me rendras le papier. Aucune note ne doit sortir d'ici.

– Très bien.

– Je préfère que tu dises : à vos ordres. Ce monsieur va croire que tu me traites en quantité négligeable.

Falcó sourit.

– À vos ordres.

– À quand remonte ton dernier séjour à Tanger ?

– Un peu plus de deux ans. Au cours de l'hiver trente-quatre.

L'Amiral fit celui qui réfléchit. Dans la lumière de la pièce, son œil de verre et son œil naturel acquéraient des nuances de couleurs différentes.

– Pour notre service ?

– Oui, répondit Falcó en jetant un regard dubitatif sur Ferriol, mais l'Amiral l'encouragea d'un signe. L'affaire Collins.

– Ah. Je m'en souviens.

Falcó s'en souvenait lui aussi. Train de Ceuta à Tétouan et onze jours d'ennui, couché sur un lit de l'hôtel Regina de cette dernière ville, en attendant l'ordre de se rendre à Tanger et d'y neutraliser un ingénieur anglais qui jouait double jeu, dans une affaire de vente de secrets miniers républicains à l'Allemagne nazie qui s'était finalement terminée à la satisfaction de tous, excepté l'Anglais.

– Es-tu allé d'autres fois à Tanger, avant ça ? insista l'Amiral.

– Oui. À plusieurs reprises.

– Tu connais bien la ville ?

– Assez bien.

– Tu y as des contacts ?

– Il doit bien m'en rester quelques-uns.

– Précise.

– Négatif. Avec tout le respect que je vous dois, ce sont mes contacts et ils sont bons.

L'Amiral prit sa pipe, sortit des allumettes de sa poche, se rencogna dans son fauteuil et approcha la flamme du fourneau. Il dissimulait son approbation. Puis, entre les premières bouffées de fumée, il regarda Tomás Ferriol comme s'il lui passait le relais. Le financier, resté immobile et silencieux pendant la conversation, regardait Falcó avec une fixité telle que celui-ci se sentait mal à l'aise. Des yeux de poisson dans un aquarium. Plus exactement, de squale.

– Connaissez-vous l'histoire de l'or de la Banque d'Espagne ?

Falcó cilla, surpris. Il ne s'attendait à rien de tel.

– J'en connais ce que tout le monde en sait, je suppose.

– Et qu'en sait tout le monde ?

– Que le gouvernement de la République l'a envoyé en Russie à la fin de l'année dernière, pour garantir l'approvisionnement en matériel de guerre et éviter qu'il ne tombe aux mains des nationaux, si nous prenions Madrid. C'est du moins ce qui se dit.

– Et c'est exact.

Falcó fit la grimace.

– Eh bien, je m'en réjouis pour les Russes.

La sécheresse de Ferriol lui déplaisait. Le banquier accueillit le sarcasme d'un air apparemment impassible, mais l'œil droit de l'Amiral lança à Falcó un regard assassin.

– Tes joies et tes tristesses, on s'en fiche. C'est bien entendu ?

– Bien entendu.

De la pipe montaient de furieux nuages de fumée.

– Excuse-toi, nom d'un chien.

– Je m'excuse.

Un éclat amusé parut pointer derrière les verres des lunettes de Ferriol. Falcó, remarquant que l'homme avait des lèvres fines et pâles, se dit que, s'il était une femme, il n'aimerait pas du tout être embrassé par une pareille bouche.

– L'or a quitté secrètement Madrid dès septembre, commença le financier. En plusieurs envois, sous l'étroite surveillance de miliciens et de carabiniers. Une petite partie a été envoyée en France, par la voie des airs… Presque tout le reste, dix mille caisses pleines d'or en monnaies anciennes et en lingots, a été mis à l'abri dans les dépôts de munitions de La Algameca, à Carthagène, et de là a été embarqué à bord de bateaux russes à destination de la mer Noire.

Falcó leva la main pour demander la parole comme l'aurait fait un gamin obéissant.

– Puis-je poser des questions ?

– Bien sûr, répondit Ferriol.

– Du moment que ce ne sont pas des impertinences, stipula l'Amiral.

– De combien d'or parlons-nous ?

Ferriol regarda ses ongles, indifférent.

– D'après nos calculs, entre six cents et sept cents tonnes, au bas mot.

– Ce qui équivaut, au cours actuel de l'or ?

– Plus de deux milliards de pesetas.

– Fichtre, lança Falcó, admiratif. Avec ça, je ne crois pas que Staline manque de quoi s'offrir de la vodka.

Ferriol se tourna vers l'Amiral. Son sourire était si froid qu'il ne ressemblait en rien à un sourire.

– Est-il toujours d'une telle insolence ?

– Il a des qualités qui la compensent.

– Rassurez-moi. Nommez-m'en au moins une.

L'Amiral réfléchit un instant.

– La séduction est sa seconde nature.

– Et quelle est la première ?

– La loyauté.

– Envers qui ?

– Envers lui-même. Et envers moi.

– Dans cet ordre ?

– Dans celui-ci, oui… Mais avec assez envergure pour l'une et pour l'autre.

Un silence suivit. Fumée de tabac et léger bruit que faisait l'Amiral en tirant sur sa pipe. Ferriol semblait soupeser loyautés, insolence et efficacité, même si son visage impassible ne laissait percer aucun verdict.

– Revenons à l'or, suggéra l'Amiral.

– Tout n'est pas parti en Russie, dit le financier en s'adressant de nouveau à Falcó. Nous savons qu'un cinquième a été envoyé par bateau à Marseille, destiné à des comptes bancaires officiels de la République et à d'autres, de particuliers. Negrín, le ministre des Finances, et le fils du chef de l'état-major de la marine, Prieto, sont deux des bénéficiaires… Comme vous pouvez le voir, il en est qui prennent leurs précautions, en cas de panique finale.

– Les deuils sont plus légers quand on a les poches pleines, remarqua Falcó, équanime.

– Avec tout ça, poursuivit Ferriol, il restait encore beaucoup d'or à La Algameca. Environ trente tonnes, d'après nos calculs… Une quantité appréciable.

Falcó avait sorti son Sheaffer vert jade de la poche intérieure de sa veste. Il en ôta le capuchon et fit un calcul rapide sur la feuille qu'il avait devant lui.

– Cent millions, conclut-il.

– En pesetas-or, confirma le financier. C'est-à-dire à peu près quatre millions de livres sterling.

– Une bonne pincée. Et il est toujours là ?

– Non.

Un nouveau silence suivit. Maintenant, Ferriol regardait l'Amiral.

– Il y a dix jours, intervint celui-ci, de nuit, dans le plus grand secret, ces dernières caisses ont été montées à bord d'un navire de charge.

– Russe ? voulut savoir Falcó.

– Espagnol.

– Est-il pertinent que je demande de quelle sorte de bateau il s'agit ?

– Il s'appelle le *Mount Castle* – l'œil droit de l'Amiral étincela, narquois. Ça te dit quelque chose ?

Falcó se souvint. L'encre invisible sur le prospectus de la Norddeutscher Lloyd Bremen. L'homme égorgé à Lisbonne et le Portugais jeté du haut du belvédère. Le monde est petit, se dit-il.

– Originellement, il était anglais, spécifia Ferriol. Il m'est même arrivé de l'affréter un jour, avant la guerre.

Maintenant, le *Mount Castle* naviguait sous le pavillon de la République, expliqua l'Amiral. Il était enregistré au Panama par une compagnie asturienne et il se jouait depuis longtemps du blocus de la marine nationale. Une sorte de vaisseau fantôme. Le SNIO lui attribuait diverses traversées avec des chargements d'armes et de munitions entre Valencia, Barcelone, Odessa, Oran et Marseille. Il avait chaque fois réussi à éviter les unités de surface nationales et les sous-marins italiens qui prêtaient main-forte aux franquistes dans la Méditerranée.

– Équipage espagnol ?

– Il semble bien.

– Armé ?

– Légèrement.

– Et on est sûr que tout l'or qui restait est à son bord ?

– Oui. Mais, cette fois, il n'est pas arrivé en Union soviétique. Les circonstances l'ont forcé à prendre la direction opposée. Celle du détroit de Gibraltar.

Le *Mount Castle*, expliqua l'Amiral, avait appareillé de Carthagène escorté par un destroyer républicain, le *Lepanto*. Comme bouclier, l'escadre rouge – commandée par des caporaux et des chauffeurs après l'assassinat de presque tous les chefs et les officiers – ne valait pas tripette. Là-dessus, l'Amiral ouvrit une chemise et en sortit une copie à échelle réduite d'une carte marine.

– Il a navigué en longeant la côte de près jusqu'au cap de Gata, et de là tout droit vers la côte algérienne. Nous supposons que son intention était de continuer à faire route vers l'est à l'abri des eaux territoriales françaises.

Falcó examina sur la carte le secteur que son chef pointait : celui du détroit, de moins de quinze kilomètres dans sa partie la plus étroite, où deux cercles au crayon rouge entouraient Gibraltar et Tanger.

– Comment en cst-il venu à prendre la direction opposée ?

– Il a rencontré un de nos navires. Et sa bonne fortune a pris fin.

– Ou pas tout à fait, nuança Ferriol.

L'Amiral acheva son récit. La nuit tombait quand un des deux destroyers nationaux, le *Martín Álvarez*, avait aperçu le cargo et son escorte à l'est de l'île d'Alborán. Après un bref combat, le *Lepanto*, touché deux fois, s'était résolu à battre prudemment en retraite. Mais le *Mount Castle*, pendant ce temps, s'était empressé de mettre cap à l'ouest. Le lendemain, après avoir tenté de se faire passer pour anglais en arborant les couleurs de la Grande-Bretagne, il avait repris sa route, mais le destroyer national, qui ratissait la zone, ne s'y était pas laissé prendre. Comme le *Mount Castle* cherchait à se réfugier à Gibraltar, le destroyer s'était interposé. Alors, profitant de l'obscurité, le cargo républicain avait viré de bord et s'était éclipsé à toute vapeur.

– Les deux navires ont joué toute la nuit au chat et à la souris, toujours plus en direction de l'ouest, jusqu'au matin, où, se voyant acculé par les nôtres, le rouge est entré dans le port de Tanger.

– Ville en zone internationale, indiqua Ferriol.

– Un facteur décisif, confirma l'Amiral. Ni chair ni poisson.

Falcó réfléchissait rapidement, prenant la situation en main. Affaire délicate. Tanger est un port neutre, où les nationaux ne pourraient rien faire aussi longtemps que le *Mount Castle* ne serait pas en haute mer. Le refuge était en même temps un piège. Une souricière.

– Et il est toujours là, à Tanger ?

– Oui. À quai dans le port. À la sortie duquel le *Martín Álvarez* l'attend. Bien évidemment, il ne le laissera pas s'enfuir. Je connais le commandant du destroyer, le capitaine de frégate Antonio Navia. Dans la marine, on l'appelait Tambo… Tambo Navia. Un marin sec et compétent. De la vieille école.

– Combien de temps ce navire rouge peut-il rester amarré dans le port ?

– Depuis deux jours, de fortes pressions s'exercent, aussi bien de leur part que de la nôtre, intervint Ferriol. Chacun tire de son côté, eux pour qu'on leur permette de prendre le large avec garanties et protection, nous pour que le bateau et son chargement nous soient livrés comme prise légitime, dans le port même ou en le forçant à en sortir pour l'aborder.

– Il y a encore une possibilité, remarqua l'Amiral : que les autorités portuaires l'internent et nous le cèdent quand nous aurons gagné la guerre… ce qui risque de tarder un peu.

Il avait ôté la pipe de sa bouche et s'en servait pour pointer le cercle rouge tracé autour de Tanger sur la carte marine.

– C'est là que tu interviens.

Ils se connaissaient suffisamment bien pour que Falcó devine que l'Amiral savourait tout de ce moment : le financier, la situation, l'insolence pondérée qui caractérisait le commerce ordinaire entre le chef et son subordonné. C'était là le style informel du Grupo Lucero, difficile à saisir par ceux qui n'étaient pas dans le coup. Celui des codes non écrits. Je ne peux pas jouer au plus malin avec ce type-là, disait l'œil naturel, mais à toi, je peux laisser une certaine marge de manœuvre. Certes étroite.

– Je ne sais pas grand-chose des bateaux ni du droit maritime.

Sans un mot, l'Amiral sortit une enveloppe et un livre du portefeuille et les poussa vers lui sur la table. L'enveloppe contenait trois cents livres en chèques de voyage. Le livre, un manuel, s'intitulait *Le Navire et le Droit international*. Falcó empocha l'enveloppe, regarda le titre du livre et leva les yeux sur Ferriol avec beaucoup d'aplomb.

– J'ai été renvoyé de l'école navale, vous le savez ?

Le financier ne broncha pas.

– Avec un blâme, ai-je cru comprendre, dit-il.

– Oui.

Curieux, Ferriol se tourna vers l'Amiral.

– Ce que j'ignore, c'est la raison exacte de ce renvoi.

– Il s'est tapé la femme d'un professeur.

– Oh.

– De nuit et avec préméditation.

– Tiens, tiens.

– Puis il a giflé le mari en plein cours.

– Non.

– Si. – Drapé dans des bouffées de fumée, l'Amiral se délectait de ces récapitulations biographiques. – Tel que vous le voyez, avec sa belle apparence et son élégance, il est capable de vendre le fauteuil roulant d'une mère invalide.

Ferriol examinait Falcó avec une curiosité accrue.

– Il est plus amusant que je ne l'aurais cru, remarqua-t-il.

L'Amiral s'offrit une demi-véronique pour boucler le tout.

– Parfois, Dieu écrit droit avec des lignes courbes.

– À ce point ?

– Vous n'avez pas idée.

– Je vois. Mais jc vous rappelle qu'il y a beaucoup en jeu dans cette affaire. Le quartier général du Caudillo…

– Ne pourrait être en de meilleures mains, l'interrompit l'Amiral avec fermeté.

Sans effort, Falcó mettait en relation une chose avec l'autre. Ferriol était un intime du général Franco, et le frère de ce dernier, Nicolás, avait sous son commandement direct les services secrets nationaux, qui incluaient l'Amiral et le SNIO. Il voyait bien d'où tout cela venait. Le Caudillo, qui avait toujours besoin de financement, convoitait l'or de la République. Coup de propagande à part, il y avait de nombreux avions, tanks et canons allemands et italiens à payer.

– Mon homme, dit l'Amiral en se servant de nouveau du tuyau de sa pipe, mais cette fois pour désigner Falcó, est aussi précis qu'une horloge suisse. Et, si besoin est, aussi létal qu'une faux.

Ferriol y alla d'un rire bref et sec. Aussi froid que son expression.

– Je le crois.

Il regardait fixement Falcó dans les yeux. Scrutateur. C'était à peine s'il cillait derrière les verres épais de ses lunettes, remarqua ce dernier. Quelqu'un de largement accoutumé à juger les hommes. Et à les acheter.

– Un dangereux sujet, résuma le financier, pensif.

L'Amiral vint à l'appui du diagnostic.

– Encombrant en temps de paix, mais idoine pour des temps comme les nôtres, confirma-t-il.

Falcó les regardait tour à tour, avec l'impression d'assister à une partie de tennis dans laquelle il aurait été la balle. Il commençait à s'ennuyer, aussi leva-t-il la main.

– Puis-je dire quelque chose sur ce point ?

– Tu ne peux pas, fit l'Amiral qui, après cette parenthèse, avait repris son sérieux. Ton avis, on s'en fout. On passe outre.

Falcó se redressa dans son fauteuil, bien droit.

– Quoi qu'il en soit, j'insiste : la diplomatie navale est loin d'être mon fort.

– Je sais très bien ce qui est ton fort et ce qui ne l'est pas. Mais tant que tu travailles pour moi, tu es lieutenant de vaisseau.

– Nominalement, c'est tout.

– Peu m'importe. Tu as un grade dans la marine, et des galons, même s'ils sont postiches et que tu ne t'en sers pas. C'est bien assez pour gagner ta croûte comme marin ou comme archimoutardier de Ruritanie. Est-ce clair ?

– Oui.

– Je n'ai pas bien entendu.

– Oui, monsieur, c'est clair.

– De toute façon, fit remarquer Ferriol, la mission à Tanger sera moins navale que terrestre… Il s'agira surtout de combiner la carotte et le bâton. Gant de velours ou main de fer, selon la situation. – Sa bouche pâle esquissa un laid sourire. – Peu de recours à la faux, en principe.

Falcó haussa les épaules. Il regarda une nouvelle fois le livre posé devant lui.

– Qu'attendez-vous de moi ?

– Tu préfères ça résumé ou détaillé ? demanda l'Amiral.

– On pourrait commencer par le résumé, monsieur. C'est déjà bien assez d'émotions comme ça.

– Tu vas à Tanger et tu rapportes ces trente tonnes d'or.

Falcó en resta bouche bée.

– Comme ça, tout simplement ?

– Tout simplement, ou pas.

À l'entrée du cinéma Salón Imperial, une affiche annonçait *Tango Bar*, avec Carlos Gardel, et *En route pour le Caire*, avec Miguel Ligero. Près de La Campana, la rue Sierpes sentait le café au lait. Civils et militaires prenaient leur petit déjeuner en terrasse et, autour du kiosque à journaux, quelques gamins criaient les gros titres qui donnaient des nouvelles de la guerre : après la prise de Malaga et la bataille du Jarama, le camp national fortifiait ses positions, etc. *Notre aviation domine le front de Biscaye*, proclamait l'un des titres. *La barbarie rouge détruit des églises et des œuvres d'art*, disait un autre. La guerre semble devoir durer encore longtemps, songea Falcó. Après avoir pris congé de Tómas Ferriol, l'Amiral et lui allaient à pas lents au milieu de la foule. Falcó portait le manuel de droit maritime sous le bras.

– Ferriol en fait une affaire personnelle, disait l'Amiral. Comme tout ce qui touche à l'argent et aux finances, il suit l'aventure du *Mount Castle* avec la plus grande attention. Il y a quelques jours a eu lieu une réunion de haut niveau… Le Caudillo est à Séville pour diverses raisons, et nous faisons partie de sa suite.

– Qui est au courant pour Tanger ?

– Seuls Nicolás Franco, Ferriol, Lisardo Queralt et moi étions présents.

Le nom de Queralt mit Falcó mal à l'aise. Le colonel de la Guardia Civil était une vieille connaissance. Il regarda l'asphalte devant lui et fit une grimace de mécontentement.

– Queralt trempe lui aussi dans l'affaire ?

– Lui aussi, répondit l'Amiral en l'observant du coin de l'œil. Tu ne l'as plus revu depuis ton exploit de Salamanque ?

– Non.

Ils s'étaient arrêtés devant la vitrine d'un magasin de philatélie. D'un mouvement d'expert, l'Amiral s'inclina pour regarder les timbres exposés. L'un d'eux attira son attention.

– Là, regarde… Le Dix Shillings de Malte.

– Vous ne l'avez pas déjà ?

– Non.

– Permettez-moi de vous l'offrir. Aujourd'hui est un jour spécial.

– Ne débloque pas, bordel. Tu as vu ce qu'il coûte ? Ce n'est pas le moment…

Après avoir étudié encore un peu la vitrine, l'Amiral leva la tête.

– Mieux vaut pour toi que tu ne rencontres pas Queralt, reprit-il. C'est un médiocre, mais il ne faut pas s'y laisser prendre… Jamais il ne te pardonnera d'avoir tiré cette Russe de ses pattes. Ni d'avoir réglé leur compte à trois de ses sbires.

– Ce qui ne s'est jamais produit, monsieur.

L'Amiral remua la tête, et se remit en marche.

– Je ne suis pas d'humeur à plaisanter, gamin.

– Je ne vois vraiment pas de quoi vous parlez, souligna Falcó en portant avec désinvolture la main au bord de son chapeau. Sérieusement.

L'Amiral se tourna vers lui pour lui lancer un regard plein d'aigreur.

– J'espère que tu t'en tiendras à cette version si un jour les hommes de Queralt te mettent la main dessus et te le demandent en prenant leur temps au fond d'une cave.

– N'en doutez pas.

– Bien sûr, je n'en doute pas. Ou pas beaucoup. Je te connais trop... Plus qu'il ne le faudrait.

Il s'était de nouveau arrêté, cette fois devant la vitrine d'une librairie, dont il regardait les titres d'un air distrait. Falcó y jeta un coup d'œil indifférent. Il n'était pas grand amateur de lecture sérieuse. Ses livres favoris, quand il lisait quelque chose, étaient les romans policiers et les feuilletons des magazines illustrés, ceux des aventurières internationales Margot et Edith, des héros anglais avec une mèche rebelle sur le front et des méchants Chinois comme le docteur Fu Manchu. Et quelquefois, plus sérieusement, un Blasco Ibáñez ou un Somerset Maugham durant les longs voyages, afin de passer le temps. Pas plus.

– En réalité, dit l'Amiral sans quitter des yeux la vitrine, Queralt voulait que l'affaire lui revienne, mais Nicolás Franco avait ses doutes. Finalement, j'ai pu m'en charger. Il a fallu que je garantisse à Ferriol que j'allais en confier l'entière responsabilité à mon meilleur élément... c'est-à-dire toi.

– Je suis trop gâté.

L'œil de verre et l'œil naturel de l'Amiral s'alignèrent pour lui décocher un regard acerbe.

– C'était du bluff. Tu sais que j'y suis enclin.

– Vous êtes un père pour moi, Amiral.

– Va te faire mettre.

À La Campana, devant le bar Tropical, un orchestre militaire jouait *Mi Jaca* avec des accords martiaux. Les gens faisaient chorus. Un tramway passa, avec une énorme annonce du tue-mouches Flit sur le côté. *Pour débarrasser l'Espagne des nuisibles*, affirmait l'affiche, patriotique.

– Et comment Queralt l'a-t-il pris ?

L'Amiral se gratta la moustache.

– Comme il sait si bien le faire. Avec l'humeur la plus noire… Nous allons devoir être prudents, parce que cet animal à tricorne est capable de tout foutre en l'air rien que pour nous empoisonner la vie. C'est pour ça que Ferriol a voulu te rencontrer, ce matin.

– Pour voir à quoi je ressemble, sans doute.

– Évidemment. Il veut savoir qui il clouera au pilori si l'aventure tourne mal.

– Et il gardera quelques clous pour vous, je suppose.

– Sans doute. Et c'est Queralt qui tiendra avec grand plaisir le marteau, fit l'Amiral avec un soupir excédé. Ici, tout un chacun conspire, calomnie et dénonce pour se faire bien voir… Tu crois qu'on peut gagner une guerre en agissant comme ça ?

– C'est pire de l'autre bord, monsieur. Socialistes, communistes, anarchistes…

– Eh oui, la crème de chaque camp. Et les Russes qui emmerdent tout le monde. À chacun sa république… Avec ça, on ne peut être libéral qu'en Angleterre et républicain qu'en Suisse. Si de notre côté c'est un drame, du côté des rouges, c'est une farce. Une tragédie grotesque d'Arniches.

– Mais ceux-là fusillent sans méthode, Amiral. À la légère. Pas comme nous, qui y mêlons les prêtres pour sauver les âmes.

– Ne va pas trop loin, jeta l'Amiral avec un regard menaçant. Ferme ton caquet.

– À vos ordres.

– J'en ai plein le dos de tes plaisanteries stupides.

– Je suis désolé.

– Tu n'es jamais désolé de rien, toi, rétorqua l'Amiral en tirant sa montre du gousset de son gilet. Offre-moi l'apéritif, allez. Il est l'heure.

– C'est toujours moi qui invite, monsieur, protesta Falcó.

– Je te paie bien ; alors, de ta part, c'est la moindre des choses. Offre-moi un verre de manzanilla.

– Sauf votre respect, Amiral, vous dépensez moins en écots que les Russes en catéchismes.

– Où est donc passé le respect, je me le demande.

– Je parlais par métaphore.

– Tes métaphores, tu peux te les carrer où je pense.

– À vos ordres.

– Je mets de l'argent de côté pour ma retraite ; toi, tu es jeune, fit l'Amiral en riant entre ses dents. De plus, il est probable que tu ne seras jamais à la retraite. On t'aura liquidé avant.

– Négatif. Je n'ai pas l'intention de me laisser faire.

– Pas plus qu'un autre. Et vois le résultat.

Sur ces mots, l'Amiral se mit à chantonner d'une voix de fausset quatre strophes d'une chanson.

La vida del bandolero,
saltar tapias y bardales,
dormir en camas ajenas,
morir en los hospitales[1].

– Votre délicatesse m'enchante, monsieur, dit Falcó. Encore une fois : vous êtes un père pour moi.

1. Une vie de brigand, c'est sauter les clôtures et détaler à travers les taillis, dormir dans des lits de fortune et mourir à l'hospice.

L'Amiral éclata d'un rire blagueur.

– Paie-moi ce verre, te dis-je. C'est un ordre. Il faut se donner du bon temps avant d'être bouffé par les asticots. Et c'est bien pour ça que je me farcis Domínguez à cause de tes notes de frais.

– C'est bien trouvé, ces asticots. C'est un dicton galicien, de votre village ? De Betanzos ?

– Je n'en sais fichtre rien. Je viens de l'inventer.

Ils étaient arrivés à la terrasse du Café de París. Depuis le 18 juillet, compte tenu de l'attitude politique de la France et de la solidarité du Duce avec la cause nationale, les propriétaires avaient changé son nom pour celui de Café Roma. Ils s'assirent dans des fauteuils d'osier, sous la bâche de la marquise. L'Amiral posa son porte-documents par terre et fit un signe de refus au cireur de chaussures qui s'approchait.

– Il faut que cette affaire de Tanger se termine bien, tu m'entends ? Nicolás Franco a toujours l'intention d'unifier tous les services secrets, et s'il place à leur tête Queralt, nous serons foutus. Lui et ses méthodes de merde…

– Nous ne sommes pas non plus des bonnes sœurs, monsieur.

– Ne sois pas stupide, voyons. Ne nous compare pas à lui. Face au boucher d'Oviedo, nous sommes des gentlemen, dit l'Amiral. Puis, posant sur Falcó un regard dubitatif, il ajouta : – Bon, toi, pas tant que ça… Mais moi, j'en suis un ou, du moins, j'en étais un.

Un serveur en veste blanche s'approcha et l'Amiral lui commanda deux verres de manzanilla de Sanlúcar. Bien frais. Falcó suivait des yeux une jolie femme en deuil qui venait de sortir de la droguerie voisine. Il se dit, la tête ailleurs, qu'elle avait le pas décidé et des hanches splendides. Sur lesquelles le soleil ne se couchait jamais. Comme l'Espagne impériale et tout ce qui allait avec.

– En réalité, il n'y a pas de gentlemen dans notre branche, remarqua l'Amiral.

Il tirait d'un air pensif sur le bec de sa pipe qu'il avait glissé entre ses lèvres. Falcó l'observa du coin de l'œil. L'Amiral avait été sur le point de le faire éliminer sans plus d'états d'âme quelques années auparavant, quand Falcó se livrait au trafic d'armes et que ses activités en Méditerranée orientale l'avaient placé dans la ligne de mire des services secrets. Un matin, dans la Grande Rue d'Istanbul, parmi les changeurs de piastres et les réfugiés russes en haillons qui vendaient les fleurs en crépon, les presse-papiers et les sucreries de l'éventaire pendu à leur cou, il s'était aperçu qu'il était suivi, ce qui lui avait évité de recevoir le coup de couteau qu'un sicaire turc, un peu maladroit dans son office, avait voulu lui planter dans le foie au moment où il allait entrer dans l'élégant vestibule rouge du Pera Palace. Depuis, Falcó essayait d'être encore plus prudent, en veillant à ne pas offrir d'occasion favorable aux tueurs. De son côté, l'Amiral était quelqu'un de pragmatique, un admirateur impartial de l'efficacité professionnelle. Conséquence de cet incident, c'était à la suite d'un premier entretien plutôt tendu à la terrasse du jardin de Taksim – caviar, espadon et bière – et d'un second, plus détendu, dans le port roumain de Constanza, que Falcó avait fini par travailler pour la jeune République espagnole. Comme il travaillait à présent pour ceux qui la combattaient.

– Une avionnette Puss Moth, avec un pilote anglais, t'attendra à dix-sept heures à l'aérodrome de Tablada, ajouta l'Amiral un moment plus tard. Si tout se passe bien, tu seras à Sania Ramel, à Tétouan, ce soir même. Et à Tanger demain matin… Tu as bien tout enregistré ?

– Je crois.

– Je ne me fie pas à ce que tu crois. Dis-moi ce que tu sais avec certitude.

Falcó sortit son étui et y prit une cigarette.

– J'arrive à Tanger en toute discrétion… Je suis un simple homme d'affaires comme tant d'autres. J'entre en contact avec notre agent – Il porta la cigarette à sa bouche. – Comment est-il, en fait ?

– Notre agent ? Ma foi, je ne sais pas. Normal, je suppose. Un Catalan du nom de Rexach. Qui a une bonne situation.

– On peut lui faire confiance ?

– Ni plus ni moins que d'habitude… Continue. Que feras-tu d'autre quand tu seras arrivé là-bas ?

– J'irai voir notre banquier, un certain Seruya, qui mettra les fonds que nous a octroyés Ferriol à ma disposition. Avec ça, j'essaierai de soudoyer le capitaine du *Mount Castle*. Si je n'y parviens pas, je ferai de même avec ses subalternes. – Falcó leva vers l'Amiral un regard d'élève zélé. – Tout est bon jusque-là, monsieur ?

– Ici, attention, dit alors l'Amiral en levant sa pipe en signe d'avertissement. Il y a à bord un commissaire politique appelé Trejo. Un type dangereux. Communiste, bien sûr. Un salopard et fier de l'être. Tu peux aussi bien le licencier, le cas échéant.

Falcó sourit en baissant la tête pour allumer sa cigarette. Son expression était celle de l'indifférence cruelle. Il avait ôté son chapeau, maintenant posé sur le siège voisin, et la lumière du soleil faisait luire ses cheveux noirs et durcissait l'apparence de ses iris gris acier. Dans le jargon du Grupo Lucero et, plus largement du SNIO, *licencier* était un euphémisme pour dire liquider, tout comme *traitement* signifiait torture. Ni l'un ni l'autre de ces concepts ne lui était étranger.

– Bien, fit-il, satisfait, en soufflant la fumée et en se renversant dans son fauteuil. Je licencie ce Trejo, s'il le faut… Mais pourrai-je recevoir des renforts, en cas de besoin ?

– Tu le pourras. À qui penses-tu ?

– À Paquito Araña. S'il n'est pas occupé à trucider quelqu'un.

– Aucun problème. Il t'aura rejoint quarante-huit heures après que tu me l'auras demandé. Je te l'expédierai par la voie des airs.

– Et pour les communications ? Nous n'en avons pas encore parlé.

– Je ne voulais pas m'étendre sur ces détails en présence de Ferriol. Il y a à Tanger des services téléphoniques et télégraphiques espagnols, anglais et français. Mais ne t'y fie pas. Je vais t'envoyer un opérateur radio de Tétouan. C'est par lui que tu nous transmettras tous les messages importants, expliqua l'Amiral, puis il montra le livre que Falcó avait posé sur la table. Nous nous servirons de cette édition pour le codage.

Sur ces mots, il sembla se perdre dans ses pensées. Les verres de manzanilla furent servis, avec une petite assiette de croquettes de viande en amuse-bouche. L'Amiral glissa la pipe dans sa poche, en porta une à sa bouche et la retira aussitôt, juste avant d'y avoir mordu. Elle était brûlante.

– Merde !

Il fit passer l'échaudure en avalant rapidement une gorgée de manzanilla. Falcó riait entre ses dents.

– Ce n'est pas drôle, fit l'Amiral.

Il but une nouvelle gorgée et regarda la foule. Deux *regulares* marocains en espadrilles, coiffés de turbans, discutaient avec un vendeur ambulant de quincaille. Il y avait un bouquet de fleurs séchées et une croix de bois à laquelle pendait un rosaire à l'endroit où, quelques mois plus tôt, un phalangiste était tombé lors du soulèvement contre la République.

– Pour ce qui est des licenciements, ajouta l'Amiral au bout d'un moment, comme après mûre réflexion, tu peux aussi inclure le capitaine du *Mount Castle*, s'il n'y a pas moyen de le faire passer dans notre camp.

Il avait légèrement baissé la voix. Falcó le regarda par-dessus le bord de son verre.

– Vous parlez sérieusement ?

– N'en doute pas. Tu as toute latitude d'agir à ta guise, pour peu que tu ne me remplisses pas Tanger de cadavres.

– Bien reçu, riposta Falcó en prenant une gorgée de vin. Je tâcherai de me contenir.

– Ça vaudra mieux pour toi, conseilla l'Amiral qui souffla, prévoyant, sur la croquette. N'oublie pas que la ville est en zone internationale, et qu'au Comité de contrôle, il y a entre autres, en plus de l'Espagne, la France, la Grande-Bretagne et un représentant du sultan marocain… Nous ne voulons pas de conflits diplomatiques. Ils donnent des aigreurs d'estomac au Caudillo.

– J'en tiendrai compte.

– Ça vaudra mieux pour toi, répéta l'Amiral, parce que tu triches même en faisant des patiences.

Il le regardait avec gravité, d'une manière inhabituelle. Falcó lui demanda ce qui lui arrivait, et l'Amiral eut une expression ambiguë. Puis un sourire étrange.

– Je ne connais personne, dans le monde terrible où nous vivons, capable de combiner la cruauté et la noirceur avec autant de naturel que toi. Tu es un acteur consommé, un truand roublard et un dangereux criminel… Même le sang semble glisser sur toi sans laisser de trace, comme sur de la toile cirée.

Il resta un long moment silencieux, comme s'il méditait ce qu'il venait de dire.

– Un naturel quasi sympathique.

Il y avait dans son ton une nuance admirative. Peut-être même affectueuse.

– Vis comme tu l'entends, conclut-il, dans ce que les Grecs détestaient : l'incertitude.

D'un air indifférent, Falcó regardait son verre. Il laissait ce genre de réflexion à l'Amiral. Il lui était arrivé de lire quelque part, en passant, à moins qu'il ne l'eût entendu dire à quelqu'un, qu'à force d'analyser les choses on finit par les altérer ou les détruire. On commence par s'interroger sur l'alternative entre tuer ou ne pas tuer, mourir ou rester en vie, et on finit par utiliser des préservatifs pour coucher avec une femme comme Brita Moura. Et cela, ou ce que ça symbolise, est impardonnable. Pour Falcó, le monde était un endroit simple : un équilibre naturel d'adrénaline, de risques, d'échecs et de victoires. Une longue et excitante lutte. Une brève aventure entre deux nuits éternelles.

– Tu me rappelles mon défunt fils, dit l'Amiral.

Ce n'était pas la première fois que le chef du SNIO en parlait. D'une chiquenaude, Falcó envoya à quelque distance ce qui restait de sa cigarette. Un homme à la veste râpée, mal rasé, avec un baluchon sur l'épaule, se pencha pour ramasser le mégot fumant. Il avait sur une pommette la marque violacée d'un coup. Un instant, son regard croisa celui de Falcó, qui, mal à l'aise, détourna le sien.

– Pouvez-vous m'en dire un peu plus sur ce capitaine du *Mount Castle* ?

– Il s'appelle Fernando Quirós. Un Asturien, marin aguerri… Je t'enverrai le rapport le plus complet dont nous disposons, ainsi que les informations que nous avons pu recueillir sur le navire et son équipage. Tu pourras t'y plonger pendant le vol et, par la même occasion, lire ça, dit-il en montrant le livre. On passera te chercher en voiture à l'hôtel à seize heures. Tu ferais mieux d'y aller et de préparer tes bagages… Mais, avant, tu peux bouffer ta croquette. Elles sont délicieuses.

Obéissant, Falcó mangea la croquette. L'homme au mégot le regardait faire, et Falcó fit un signe au serveur. Il allait lui demander d'en servir quelques-unes avec un verre de vin à l'homme, mais celui-ci lui tourna le dos et s'éloigna vers le bas de la rue, dans la direction opposée à celle de l'endroit où l'orchestre y allait de sa musique martiale. Il marche du pas des humiliés et des vaincus, se dit Falcó avant de l'oublier.

– Autre chose, monsieur ?

– Oui. Encore une. – L'œil droit brilla d'un éclat presque cruel. – Eva Neretva est à Tanger… Tu ne vas pas le croire : cette chienne bolchévique voyage à bord du *Mount Castle*.

3

Du thé et des gâteaux

Il pensait à elle quand, de retour à l'Andalucía Palace, il passa près d'un groupe d'officiers allemands qui conversaient dans le vestibule, et aussi en montant l'escalier jusqu'au premier étage où, après avoir jeté instinctivement un regard d'un côté et de l'autre, il se dirigea sans bruit vers sa chambre, sur le tapis le long du couloir.

« Nous sommes quittes. »

C'était ce qu'elle avait dit lors de leur dernière rencontre.

On ne l'avait encore jamais berné, se remémora-t-il, tout à ses pensées. Jamais une femme ne l'avait fait, et jamais de cette manière. Eva Neretva, alias Eva Rengel, alias Dieu sait qui, était apparue comme un maître incontestable dans l'art du jeu sournois et dangereux auquel ils se livraient l'un et l'autre. Avec sa froideur si soviétique. Quasi inhumaine.

Un instant, sans effort parce que ces images lui revenaient souvent à l'esprit, il la revit à la lueur du coup de feu qu'elle avait tiré dans la nuque du phalangiste Juan Portela, et devant la fenêtre de la chambre de son logement à Carthagène, tandis qu'ils s'étreignaient, à demi nus, que les bombes éclairaient la place et que les traînées lumineuses des batteries antiaériennes criblaient l'obscurité, au-dessus de l'Arsenal. Et encore la nuit où tout était allé à vau-l'eau, découpée sur le clair-obscur nocturne de la dernière dune avant la mer, agenouillée pour tirer avec son Luger, impassible et sereine, afin de le couvrir pendant leur fuite.

Il pensait encore à elle en préparant son bagage : nécessaire de toilette, trench-coat Burberry, panama, deux costumes, six chemises empesées et sous-vêtements, pyjama, trois cravates, boutons de manchettes en argent, chaussures habillées et chaussures de sport aux semelles en crêpe. Une fois le tout rangé dans le sac de voyage Vuitton fatigué, il alluma une cigarette et resta sans bouger face à la lumière qui entrait à flots par la fenêtre, plongé dans ses souvenirs. Au bout d'un moment, il s'aperçut que les doigts qui tenaient la cigarette tremblaient légèrement. Ce qui provoqua en lui un soudain malaise. Une douce colère, sereine et sombre.

Il secoua la tête, écrasa le mégot dans le cendrier et prit dans les tiroirs et sur le dessus de l'armoire le complément d'équipage, entre autres deux tubes de comprimés de Cafiaspirina – dont l'un cachait une capsule de cyanure –, une boîte de Player's, le Browning FN 9 mm modèle 1910, le silencieux Heissefeldt échangé avec la Gestapo pour de la cocaïne, deux chargeurs et une boîte de trente cartouches. Le matériel adéquat pour licencier avec le maximum d'efficacité, aurait dit l'Amiral. L'outillage de la profession. Enveloppé dans un chiffon, nettoyé et graissé, le pistolet avait un poids quasi agréable quand il le soupesa dans sa main pendant un instant. Ce qui durcit son regard, tandis qu'un pli sarcastique et cruel parut fendre, comme un vif coup de couteau, une des commissures de ses lèvres. Quatre mois auparavant, avec ce pistolet, il avait tué trois hommes à Salamanque pour sauver la vie d'Eva Neretva.

Nous sommes quittes, se redit-il.

On frappa alors à la porte, et le monde extérieur reprit son cours. Un groom lui apportait une enveloppe fermée, avec son nom, mais pas celui de l'expéditeur. Falcó donna un pourboire au garçon, referma le battant, déchira l'enveloppe et une chaleur soudaine adoucit le gris d'acier de ses yeux.

Je passerai l'après-midi chez une amie, Luisa Sangrán, au n° 8 de la rue Rafael de Cózar. Peut-être aurez-vous envie de prendre le thé ou du café vers dix-huit heures.

Le mot n'était pas signé, mais Falcó n'eut pas le moindre doute : encre bleue, écriture féminine, anglaise, au stylo à plume, au trait fin et à la calligraphie soignée. On y devinait le pensionnat religieux hors de prix et d'autres choses du même genre. Ce fut ainsi qu'Eva Neretva, le passé et le plus que probable avenir proche à Tanger glissèrent un moment à l'arrière-plan, ou de côté, ou en coulisse, s'éloignant doucement tel un navire parti à la dérive. Pour le reste, constata Falcó, Chesca Prieto n'avait pu résister au cliché – les romans et le cinéma faisaient des ravages, même parmi les femmes intelligentes – de verser une goutte de parfum sur le papier à lettres avant de le plier et de le glisser dans l'enveloppe. Une goutte d'*Amok*, évidemment. Une folie d'Orient.

Ce qui le fit sourire. D'un sourire qu'accentua le souvenir de Chesca et de son mari, le matin même, à la porte de l'hôtel. Pepín Gorguel avec ses bottes reluisantes de héros de guerre, la coiffe rouge de sa casquette et ses étoiles de capitaine. Le salaud arrogant. Froid, altier, jaloux et pervers, qui le regardait comme s'il flairait en lui une menace. Non sans raison. Avec une femme aussi belle que la sienne – à laquelle l'Amiral prêtait deux amants, ce dont Falcó n'était pas sûr –, on ne pouvait reprocher à Gorguel de nourrir des soupçons. D'autant qu'il était le plus souvent sur le front, pour y sauver la patrie des hordes sans Dieu, tandis qu'un nouveau matin et ses enchantements se levait sur l'Espagne.

L'idée fit pousser à Falcó un soupir à la fois réjoui et mélancolique. Maintenant que le mari était présent, l'aventure le tentait encore plus qu'auparavant. Et la lumineuse Séville, avec ses maisons d'amies et ses autres facilités, s'y prêtait mieux que la chaste, grise et calotine Salamanque, où le Caudillo lui-même avait établi son quartier général dans le palais épiscopal. Mais, malheureusement, le moment n'était pas propice. Dans trois heures, il serait à bord d'un avion qui ferait route vers le nord de l'Afrique. *Adiós, Muchachos*, comme disait le tango. Pour la seconde fois, cette femme lui filait entre les doigts. Vive et frétillante. Fichue chance que la sienne.

Par réflexe, simple habitude professionnelle, il alla jusqu'au lavabo, sortit le briquet de sa poche, et y brûla le message. Chesca Prieto et lui avaient attiré le mauvais œil, se dit-il en regardant les cendres disparaître dans le conduit. Alors, il pensa à l'œil de verre de l'Amiral et se mit à rire de ce rapprochement narquois. Puis il se regarda dans le miroir et se tira la langue. Résigné à accepter ce qu'il avait et ce qu'il n'avait pas. Et même amusé. Comme l'avait dit ou écrit quelqu'un – il ne se rappelait pas qui, mais peu lui importait : si une chose ne peut se faire, c'est qu'elle ne peut se faire, et qu'en plus elle est impossible.

Quand il eut fini de préparer ses bagages, il descendit manger un morceau. L'avion serait secoué en survolant le détroit, et mieux valait ne pas avoir l'estomac vide. Il lui restait un peu de temps, la journée était toujours aussi agréable, aussi fit-il quelques pas jusqu'à Casa de la Viuda, rue Albareda. Sous une affiche qui suggérait : *Exigez toujours du Domecq*, ce qui le fit sourire – les Domecq étaient de proches cousins – et un avis qui déclinait les amendes pour ceux qui ne respectaient pas les nouvelles normes patriotiques : *Ne pas saluer le drapeau bras levé, 30 pesetas*, il se fit cirer les chaussures. Après avoir mangé un peu de jambon et de fromage, de la perdrix à l'étouffée, et bu deux verres de vin rouge, il repartit en longeant à pas lents le fleuve, s'arrêtant pour présenter ses papiers à un barrage près du pont.

Les soldats, de jeunes recrues aux calots à pompon et des Requetés aux bonnets rouges, avec leur crucifix sur la poitrine, tous armés de Mauser à baïonnette, furent aimables. La seule chose qui est interdite, lui dirent-ils, c'est d'aller à Triana, l'ex-Séville rouge, ou d'en venir sans un permis tamponné par les autorités militaires. Falcó poursuivit son chemin, profitant de la douceur de l'air et de la vue splendide sur l'autre rive du fleuve. Il sifflait *La cumparsita* et était de bonne humeur. Cette nuit, il dormirait à Tétouan, et le lendemain matin il serait à Tanger, pour s'occuper de *Mount Castle* et de l'or de la République.

Il pensa de nouveau à Eva Neretva et sentit son pouls s'accélérer, dépasser les soixante battements à la minute, sa moyenne habituelle. Comme toujours, la proximité de l'action injectait dans ses veines une heureuse et vivace lucidité. Une expectative presque féroce. Le monde était un endroit passionnant où se produisaient bien des choses, auxquelles il lui arrivait de donner un coup de pouce, et dont il était en fait une partie intégrante. Tandis qu'il marchait mains dans les poches, le chapeau rejeté en arrière et un sourire distrait aux lèvres, l'ombre animée qui s'étirait à partir de ses semelles se confondait avec celle d'un loup silencieux. Un loup redoutable et heureux.

– On vous attend au bar, monsieur Falcó.

Il remercia le concierge et s'y rendit. Il était seize heures trente. Près de la grande verrière qui entourait le patio, plusieurs correspondants étrangers buvaient et discutaient à très haute voix, se plaignaient de la censure et des difficultés à se rendre au front. Il reconnut du coin de l'œil deux d'entre eux : un certain Cardozo, du *Daily Mail*, et Philby, un Anglais. Ce dernier ébaucha un salut qui lui était adressé – ils avaient lié connaissance quelques mois plus tôt au Bar Basque de Saint-Jean-de-Luz –, mais Falcó passa sans s'arrêter. Dans le fond, l'Amiral était en train de converser avec trois hommes en civil. En voyant Falcó s'approcher, il se leva et alla à sa rencontre.

– Il y a des problèmes avec ton avionnette, dit-il. Une avarie.

– Grave ?

– Une pièce à changer, elle ne sera pas prête avant demain.

– Ça va affecter le déroulement de la mission ?

– J'espère que non. Je ne crois pas que quelques heures de plus ou de moins aient grande importance.

– Et qu'est-ce que je fais pendant ce temps ?

– Tu restes dans ta chambre en attendant qu'on vienne te chercher.

Falcó se livra à un calcul rapide, pesa le pour et le contre quant à l'emploi des prochaines heures, pendant que l'image de Chesca Prieto lui revenait à l'esprit. Cet ajournement inattendu présentait d'intéressantes possibilités.

– Je peux sortir faire un tour ?

L'Amiral le regarda pendant quelques secondes avec suspicion. Puis sa physionomie se détendit.

– Tu peux. Mais évite les endroits trop fréquentés et ne disparais pas. Et pas question d'aller du côté de la Alameda.

Falcó sourit. Illuminée au néon malgré la guerre, avec neuf dancings et cabarets sur moins de cent mètres, la Alameda était le lieu de divertissement nocturne de Séville, où la nouvelle Espagne catholique laissait encore une certaine marge à l'ancienne. Tout y était cependant organisé selon les règles : les soldats allaient au Florida, les sous-officiers au Maipú, pendant que les Allemands de l'Andalucía Palace, les Italiens du Cristina, les fils à papa phalangistes en chemise bleue, pistolet au ceinturon, les officiers des Requetés, des *regulares* et du Tercio buvaient du champagne et dansaient le paso-doble et le tango à l'Excelsior.

– Ne vous inquiétez pas, monsieur… La Alameda n'est pas mon terrain de chasse.

– Je m'en réjouis, répliqua l'Amiral qui le regardait avec curiosité… Pourquoi n'irais-tu pas faire un tour à Jerez, pour dire bonjour à ta famille ? Ce n'est qu'à une heure de voiture.

Visage inexpressif, Falcó rajusta son nœud de cravate.

– Je n'en ai pas l'intention.

– Ça ne me regarde pas, je sais… Mais il y a combien de temps que tu n'as pas vu ta mère ?

– Sauf votre respect, monsieur, vous avez raison, ça ne vous regarde pas.

L'Amiral garda un instant le regard fixé sur lui, puis il eut l'air de l'admettre.

– Très bien, fit-il en lui tendant des documents sous pli. Tu as là des informations sur le *Mount Castle* et les sauf-conduits pour l'aérodrome de Tablada. Il y a trois postes de contrôle sur la route… Le décollage est prévu à sept heures du matin. Sois ponctuel.

– Je le serai, monsieur.

– Ça vaudra mieux pour toi.

Falcó rangea les documents dans la poche intérieure de sa veste. Après avoir promené un regard tout autour de lui, l'Amiral le prit par le bras et l'entraîna vers un coin désert du bar.

– Il y a une nouvelle de dernière minute, dit-il tout bas. Le gouvernement de la République a obtenu cinq jours de délai supplémentaire pour le *Mount Castle*. Pendant ce temps, il pourra rester amarré dans le port pendant que se poursuivent les tractations diplomatiques.

– Surveillé de près, je suppose.

– Évidemment. Il est gardé par la police internationale. Le plus drôle, c'est que nous avons nous aussi obtenu un permis d'amarrage pour le *Martín Álvarez*. Ils sont donc là tous les deux, notre destroyer et le cargo rouge, à quelques mètres de distance le long du même quai… Avec leurs équipages qui se surveillent mutuellement pendant que consignataires, consuls et agents décident de leur sort.

L'idée des républicains, poursuivit l'Amiral, est d'obtenir un accord international qui autoriserait le *Mount Castle* à reprendre la mer sous protection neutre, celle d'un destroyer britannique détaché de Gibraltar, par exemple, ou de gagner du temps pour permettre à des unités navales républicaines d'arriver à Tanger en vue de lui faire escorte. Le problème, c'est que l'escadre rouge n'aime pas se risquer hors des ports. Elle manque d'officiers compétents parce que la plus grande partie d'entre eux ont été fusillés – Falcó n'ignorait pas que le fils de l'Amiral était de ceux-là – et leur amirauté ne se fie pas à ceux qui sont à bord. Tout se décide par l'entremise de comités, d'assemblées et de votes, et nul n'est prêt à prendre des risques pour un chargement d'or dont vont bénéficier les Russes.

– De plus, ajouta-t-il, ils savent que dans ce cas nous enverrions le croiseur *Baleares*, qui est tout près, à Ceuta… et qu'ils pourraient bien perdre.

– Croyez-vous qu'ils vont tenter de prendre le large ? s'enquit Falcó.

– Tout est possible. À vrai dire, je n'en ai pas la moindre idée. C'est pourquoi tu vas là-bas, entre autres raisons. Pour dégager les inconnues. Notre consul à Tanger et le commandant du *Martín Álvarez* ont été prévenus de ton arrivée.

Falcó fronça les sourcils, inquiet.

– Ils savent tout ?

– Mais non, voyons. Il ne manquerait plus que ça. Juste ce qu'il faut pour te laisser travailler comme tu l'entends.

– Et qui dirige l'opération ? Le quartier général de la marine, ou nous ?

– Nous. C'est pour ça que tu as les coudées franches.

– Et le commandant du destroyer ?

– Il a pour instruction de collaborer avec toi, mais n'en profite pas. À chacun ses compétences et sa fierté. Je ne crois pas qu'il aimera beaucoup voir débarquer un intrus, mais il obéira aux ordres. Alors, montre-toi bon garçon et essaie de lui faciliter les choses. Compris ?

– Oui, monsieur.

L'Amiral jeta un nouveau coup d'œil tout autour de lui. Il semblait hésiter à ajouter quelque chose.

– Ce n'est pas tout, commença-t-il après s'être enfin décidé. Je t'ai dit ce matin que Lisardo Queralt voulait se charger de l'opération, mais que c'est à nous que Nicolás Franco l'a confiée… Tu te rappelles ?

– Parfaitement.

– Eh bien, en fait, il y a un changement. Cette ordure a obtenu l'autorisation de disposer d'un observateur à Tanger.

– Ce qui veut dire ?

– Que l'opérateur radio qui va t'être envoyé n'est pas des nôtres, mais de l'équipe de Queralt… Un de ses agents.

– Mais cela implique qu'ils seront au courant de tout ce que je transmettrai…

– Oui, c'est l'idée, dit l'Amiral avec un geste d'impuissance. Queralt accepte de ne pas intervenir dans l'opération, mais exige d'être tenu au courant de tout. Ça le cautionne, et il ne perd pas la face, en participant à l'affaire… Hé ! Ne me regarde pas comme ça. Moi aussi j'ai des chefs.

– Et qui vont-ils m'envoyer ?

– Un type d'ici, du SINA de Tétouan.

Falcó fit la grimace. Il s'agissait du Service de renseignement national pour l'Afrique du Nord que Lisardo Queralt, le chef de la police et de la sûreté, dirigeait depuis Salamanque.

– Un policier.

– C'est ça. Mais on m'a assuré que c'était le meilleur opérateur radio de toute la région.

Falcó réfléchit aux implications.

– Je n'aime pas ça.

– Moi non plus, mais on n'y peut rien.

– Qu'en pense Tomás Ferriol ?

– Il ne se mêle pas de ça. Pour lui, peu importe que ce soit lard ou cochon.

Falcó réfléchissait aussi vite qu'il le pouvait, mécontent.

– Queralt peut-il vraiment tout faire capoter ?

L'Amiral se gratta la moustache.

– Je ne crois pas qu'il aille aussi loin. Le Caudillo veut cet or et Queralt n'osera pas faire de sorte qu'il nous échappe. Du moins, pas en s'impliquant directement. Ce qui est hors de doute, c'est qu'il fera tout ce qu'il peut pour nous mettre en mauvaise posture.

– Et qui est son agent à Tétouan ?

– Aucune idée. C'est lui qui entrera en contact avec toi.

Ils restèrent un moment à se regarder, comme s'ils ne s'étaient pas tout dit. La lumière de la verrière avait pour effet de révéler le léger strabisme dû à l'œil de verre de l'Amiral.

– Une dernière chose, ajouta-t-il enfin. À propos de cette femme. Cette Eva Je-ne-sais-quoi…

Il s'interrompit, guettant la réaction de Falcó. Mais celui-ci garda le silence, en soutenant son regard de façon aussi impassible que s'il jouait au poker ou s'il était question d'une inconnue.

– Elle est maintenant descendue à terre et participe aux négociations relatives au *Mount Castle*. Elle est logée à l'hôtel Majestic… Dans lequel iras-tu ?

– Au Continental, comme toujours. Face au port.

L'Amiral jeta un rapide coup d'œil sur les hommes assis dans les fauteuils du fond.

– Apparemment, elle a une grande autorité sur tout ça. C'est la personne de confiance que Pavel Kovalenko, le chef de l'antenne espagnole du NKVD, a déléguée pour superviser l'acheminement de la cargaison jusqu'à Odessa… D'après ce que nous avons appris, après le Portugal, elle est retournée en zone républicaine, où elle occupe un poste important dans le Bureau des opérations spéciales. Nous savons qu'elle est intervenue activement dans l'arrestation, l'interrogatoire et l'exécution d'éléments trotskistes… C'est-à-dire qu'elle est toujours quelqu'un qu'il faut tenir à l'œil.

Il s'interrompit une nouvelle fois, attentif à la réaction de Falcó.

– Tu n'as rien à dire ?

– Rien.

– Tu devrais, pourtant.

– Je ne vois pas pourquoi.

– Tu as remis en liberté une roulure de première grandeur.

– Je n'ai remis personne en liberté.

L'œil droit de l'Amiral se riva sur Falcó avec une hargne flagrante.

– À l'heure qu'il est, je ne suis guère enclin à jouer au plus fin, et pas davantage à la plaisanterie. Tu m'entends ?

– Je vous entends. Moi non plus.

– Monsieur.

– Monsieur.

Sur ce, l'Amiral poussa un soupir mélancolique en surveillant encore les environs immédiats.

– Je mentirais si je te disais que ce n'est pas la curiosité qui m'anime, reconnut-il peu après. Je donnerais je ne sais quoi pour être présent au moment où vous vous retrouverez face à face.

Quand il posa de nouveau le regard sur Falcó, celui-ci était toujours aussi imperturbable. Inexpressif.

Il écoutait, attentif, sans plus broncher qu'un soldat au garde-à-vous. Ce qui déclencha en l'Amiral un rire amer.

– Méfie-toi de ce qu'elle et tout le reste te réservent, fit-il en tirant de son gousset la montre qu'il consulta. Et souviens-toi : après ce qui s'est passé à Salamanque, les hommes de Queralt t'ont dans leur viseur, comme je te l'ai dit. N'oublie pas tes trois cadavres… Un faux pas, et tu seras en son pouvoir.

– Et vous, Amiral ?

Celui-ci faisait mine de retourner vers ceux qui attendaient, assis dans leur fauteuil. Il s'arrêta et regarda Falcó par-dessus son épaule, pour ainsi dire.

– Je te sacrifierai, bien sûr. Je te l'ai déjà dit, et pas qu'une fois. Avec les plus grands regrets, je te jetterai aux lions sans hésiter… Sur cet échiquier, je suis un fou, et ce que j'ai fait m'a coûté cher. Tu es un simple pion. Telles sont les règles, et tu le sais.

Tout s'était déroulé selon les règles rigoureuses de la décence. Falcó fit tourner la petite cuiller dans la tasse de thé anglais, en goûta une gorgée, alluma une cigarette et adressa un regard serein aux deux femmes. Il était assis, comme elles, sur une chaise cannée à l'aplomb de la verrière d'un patio sévillan aux murs couverts d'azulejos et aux jardinières garnies de fougères et de géraniums. Il s'était présenté à la grille à dix-huit heures et trois minutes, moment des visites en Andalousie, et avait tiré le cordon de sonnette après avoir rajusté son nœud de cravate, ôté son chapeau et lissé ses cheveux gominés. Il était rasé de frais et impeccable.

– Et vous dites que vous partez demain en voyage ?

– Oui. Pour affaires.

– Liées à cette épouvantable guerre, je suppose.

– Bien entendu.

La maîtresse de maison devait avoir dans la quarantaine. Elle n'était ni belle ni laide, aux yeux de Falcó, mais distinguée. La maison lui plaisait, avec ses tableaux de valeur aux murs et ses antiques dans l'antichambre. Le mari de la dame était un avocat de renom, aux liens étroits avec le camp national ; le père, un homme d'affaires cordouan très connu, avait été fusillé par les rouges au cours des premiers jours du soulèvement militaire. Voilà pourquoi Luisa Sangrán portait une seyante robe de crêpe noir, des bas fumés et des chaussures assorties. Son maquillage était discret. Dans la broche d'or épinglée sur son cœur était enchâssé le portrait miniature de son fils de dix-neuf ans, qui était sur le front.

– Mon mari est loin, lui aussi. Il voyage continuellement.

– Je le déplore, dit Falcó, qui avait reçu le message. Les temps sont difficiles.

– Au contraire. Ne le déplorons pas. Il est bon de se reposer d'un mari de temps en temps.

Ils rirent tous les trois, les yeux de Falcó croisèrent ceux de Chesca Prieto : un regard vert, pensif, fixe et profond. Elle portait un élégant *tailleur** à rayures grises et bleues qui, quand elle était assise, moulait ses hanches et seyait magnifiquement à ses longues jambes, croisées à ce moment-là, avec le bas de la jupe un peu au-dessous du genou, exactement là où il le fallait. Talons audacieux et bas noirs. Jambes bien galbées, tout à fait conformes à ce qu'elles doivent être en leur perfection, décida-t-il après un bref et discret coup d'œil. Les jambes d'une femme parfaite.

– Encore un peu de thé ?

– Non, je vous remercie.

Il n'y avait eu ni excès dans les présentations ni explications superflues : Bonsoir, merci d'être venu, c'est un plaisir de vous recevoir. Chesca me dit que vous avez des nouvelles intéressantes sur les événements récents. Que vous voyagez beaucoup. Visite de courtoisie, confiance entre amies, heure convenable, pendant la pause des domestiques, respect absolu des conventions. Un homme élégant, bien sûr, et de toute évidence un gentleman, et deux dames, amies intimes depuis le collège, avec lesquelles prendre le thé et échanger quelques mots sur les affrontements qui déchiraient l'Espagne. Rien à redire.

– Ainsi, vous étiez ensemble au collège ?

– Oui. Aux Sagrados Corazones… Point de croix, discipline de jeunes filles de bonne famille et mois de Marie.

– Tableau exquis.

– Et vous ?

– Un établissement tenu par les frères, à Jerez. Jusqu'à ce qu'ils me renvoient.

– Tiens tiens, vous le dites avec une telle nonchalance, dit Luisa Sangrán qui souriait, intéressée. On vous a renvoyé de nombreux endroits ?

– De quelques-uns.

– De presque tous, précisa Chesca.

Ils rirent de nouveau, tous les trois. De temps en temps, Falcó surprenait un regard complice entre les deux femmes qui laissait deviner une singulière affinité, si caractéristique de leur sexe : Il n'est pas mal, ton ami. Je comprends que tu prennes de tels risques. J'en ferais autant à ta place. Etc. Mais ce n'était pas sûr, ou pas tout à fait. Falcó connaissait suffisamment les femmes pour savoir que Luisa Sangrán aurait difficilement fait un tel pas. Ce n'était pas son genre. Son registre. Il n'y avait là qu'une complicité par procuration. Très féminine, elle aussi. Une complicité de feuilleton radiophonique. Vivre les émotions d'autrui et s'en délecter. Affection, souvenirs d'enfance ou de jeunesse, solidarité, anciens codes forgés par des siècles d'amertumes domestiques et de tristes silences. Femmes solidaires d'autres femmes pour savourer ainsi leur intime vengeance d'otages traditionnelles de guerriers, de prêtres et de tyrans. Admiration pour l'amie audacieuse capable d'aller là où d'autres n'oseraient pas s'aventurer, pas plus qu'elle-même.

Falcó n'en doutait pas, cela allait un jour donner lieu à d'innombrables chuchotements entre elles. De longues confidences à voix basse.

– Vous êtes donc de Jerez ? De la famille des Falcó ?

– Plus ou moins.

– Je connais un Alfonso Falcó… Ce nom vous dit quelque chose ?

Lente aspiration d'une bouffée de fumée. Regard distrait sur les volutes bleutées. Cet Alfonso était son frère aîné. Depuis la mort de leur père, il dirigeait l'affaire familiale – *fino* Tío Manolo et cognac Emperador –, les chais et tout le reste. Il veillait aussi sur leur mère veuve. Depuis le soulèvement, il avait repris l'entière possession de la propriété après la fuite ou l'exécution des syndicalistes qui avaient fait de l'affaire une chaotique coopérative de travailleurs. Cela faisait plus de dix ans que sa famille et lui ne se voyaient plus. Ne s'écrivaient pas davantage. L'épisode du fils ou du frère prodigue contenait des inexactitudes. Un certain genre de brebis galeuses ne revenait jamais au bercail, pas plus que Caïn affrontait toujours Abel. À toi les moutons et les légumes du potager. Qu'ils te soient profitables, mon cher. Parfois, Caïn se contentait de faire ses valises.

– Vaguement.

– Il a deux sœurs, je crois. Lolita et Pitusa. Et il est marié à une Gordon.

– C'est possible.

– Vous n'êtes vraiment pas de la famille ?

– Non. – L'expression d'innocence de Falcó lui aurait valu un premier prix. – Absolument pas.

– Vous mentez, dit Chesca.

– Moi, mentir ?

– Oui, vous.

Dix minutes de conversation superficielle et agréable suivirent. Falcó les fit rire à plusieurs reprises, en leur racontant des anecdotes et des potins qu'il inventait sur le coup : mode et cinématographe, voyages, hôtels, sites et personnages. Il excellait en cela. Parfois, en plein récit, ses yeux s'attardaient sur Chesca avec un surcroît d'insistance, et elle éludait ces regards. Ou, alors qu'il ne la regardait pas, il sentait rivées sur lui ses prunelles d'un vert d'eau jaspé d'émeraude. L'incarnation d'un tableau de Julio Romero de Torres, se dit-il une fois de plus. Cette peau satinée, avec la légère nuance basanée de l'aïeule gitane qui un jour, jadis, avait peut-être mêlé son destin et son sang à ceux de l'artiste qui la peignait nue. Le souvenir du mari, avec ses bottes reluisantes et son pistolet au ceinturon, fit sourire Falcó dans le secret de sa pensée. D'un rictus malicieux et cruel.

À ce moment-là, Luisa Sangrán consulta la montre à son poignet droit orné d'un fin bracelet en or, et dit : Mon Dieu, j'oubliais que je dois me rendre à El Salvador pour remettre quelque argent au curé. C'est une collecte organisée par les dames de l'ouvroir de Jésus de Nazareth. Au profit des orphelins.

– Je t'ai dit à Salamanque que tu étais un fils de pute.
– Et je t'ai répondu que c'était vrai. Que j'en suis un.

Un jour, je mourrai, se dit-il, ou je vieillirai, et ce qui se passe ici ne se reproduira plus jamais. Aussi ferais-je mieux de bien le graver dans ma mémoire, pour les temps de sécheresse et l'inéluctable fin. Il restait immobile à la regarder, le premier bouton de sa veste encore boutonné, mains dans les poches, ce qui restait de sa cigarette fumant au bord des lèvres. Dans la lumière tamisée par les rideaux de la fenêtre de la chambre, elle avait enlevé sa robe d'un geste qui relevait presque du défi, sans lui permettre de poser la main sur elle. Maintenant, elle était nue, à l'exception des chaussures à talons et des bas noirs qui laissaient une zone vulnérable de peau et de chair jusqu'au porte-jarretelles, dont elle défaisait les agrafes à la taille. Ses seins étaient petits, dressés, fermes comme tout le reste de son corps svelte découpé en raccourci dans la pénombre qui accentuait le triangle fascinant du voile pubien, tandis que, quelques kilomètres plus haut, les yeux verts captivants avaient un éclat tel qu'il semblait que des bougies brûlaient dans leurs profondeurs. Et il éprouva une peine immense, sincère, solidaire, pour les millions d'hommes qui n'avaient jamais et ne seraient jamais proches d'une femme telle que celle-ci.

– Reste où tu es, l'entendit-il dire.

Falcó reprenait lentement conscience de lui-même. Presque avec paresse, il revenait à la perception de son propre corps. Il n'était même pas encore excité. Ou pas trop. Pour le moment, il était par-dessus tout tenu par une curiosité attentive. Faite d'admiration plus que de désir. Aucun autre spectacle au monde, se disait-il, ne pouvait être comparé à celui-ci. Rien n'était aussi parfait. Aussi magnifique.

– Je n'ai pas l'intention de rester où je suis, répondit-il avec douceur.

Il souriait, détendu et sûr de lui. Chesca lui ordonna encore de rester où il était, mais cette fois il secoua légèrement la tête, écrasa du pied sa cigarette sur les tomettes du sol, puis fit un pas vers elle. Sans reculer, Chesca lui donna une gifle. Qui retentit très fort, en lui faisant porter la tête de côté. Plaf. Le coup, douloureux – les ongles longs lui égratignèrent légèrement le visage –, lui enflamma la joue. Quand il reporta son regard sur elle, le vert des yeux de Chesca était devenu trouble, mais ses dents, très blanches, se détachaient, presque luminescentes entre les lèvres entrouvertes. Il pouvait entendre sa respiration profonde et lente, ainsi que le battement de son pouls, ou de son cœur. Si proche. Boum, boum. Boum, boum. C'était le bruit qu'il faisait. Alors, il l'attrapa par la main – qu'elle avait levée pour le frapper encore, mais sans aller au bout de son geste – et la fit se tourner lentement, sur elle-même, face au lit encore fait, au jeté sans un pli, en la poussant à poser les deux mains dessus.

– Tu es fou.

Au-dessus des bas et du porte-jarretelles, les hanches, la taille, le dos et la nuque de Chesca étaient un paysage de longues lignes sinueuses, courbes, chaudes et satinées. Sans hâte, comme s'il disposait de tout le temps du monde, Falcó parcourut du bout des doigts, très lentement, le sillon tiède de l'épine dorsale, à l'extrémité de laquelle il suspendit le mouvement. Alors, s'agenouillant, vêtu comme il l'était, il desserra son nœud de cravate et en approcha sa bouche.

– Mon amour, murmura-t-elle.

Sans se laisser distraire de ce qu'il faisait, Falcó sourit en lui-même. C'était comme ça. Elles prenaient toujours la précaution de tomber amoureuses avant.

Il était plus de vingt-deux heures quand il regagna l'hôtel en sifflotant *Amparito Roca*. Il s'était arrêté pour faire un repas léger, debout devant le comptoir d'une taverne, et il marchait maintenant sans se presser. La température avait baissé et l'humidité du fleuve proche lui donnait froid. En dépassant la cathédrale et les Reales Alcázares, il remonta le col de sa veste. Il était fatigué et avait sommeil. Avec ses valises presque bouclées dans sa chambre, son projet immédiat était de prendre un bain chaud et de faire un somme avant que l'on vienne le chercher pour le conduire à l'aérodrome.

Il n'y avait que peu de lumières allumées, en prévision des attaques de l'aviation républicaine. Comme la lune était à peine croissante et encore basse sur l'horizon, les ténèbres régnaient presque partout et la rue des Reyes Católicos était un large vide noir. Il passa sous le portique extérieur en brique et azulejos de l'Andalucía Palace et se dirigea vers l'entrée, où une unique ampoule allumée éclairait les marches du porche. Avant d'y arriver, il entendit s'ouvrir la portière d'une voiture garée, presque invisible, dans l'obscurité, et deux ombres s'interposèrent entre la lumière et lui. Une lampe torche, braquée sur son visage, l'éblouit.

– Lorenzo Falcó ?

Il ne dit rien, au premier moment. L'envie de siffloter lui avait passé. Il était maintenant tendu, sur le qui-vive, prêt à se battre si la situation devenait dangereuse. Qu'une ombre l'appelle par son nom dans l'obscurité n'avait rien de rassurant. Même pas à Séville. L'homme qui tenait la torche la dirigeait maintenant de son côté, pour éclairer le revers de sa veste que son autre main retournait, montrant un insigne de la police.

– Que voulez-vous ?

– Vous devez nous accompagner pour régler une formalité.

– Vous plaisantez ?

– Pas le moins du monde.

Falcó montra l'entrée de l'hôtel.

– Je préfère parler de formalités à l'intérieur, dans la lumière. Voir quelle tête vous avez.

– Nous n'en avons pas le temps.

Pendant que l'homme qui tenait la torche électrique lui parlait, l'autre, qui s'était placé à côté de Falcó, lui enfonçait le canon d'un pistolet dans le flanc.

– Montez dans la voiture.

– Vous n'en avez pas le droit.

Il entendit rire celui qui tenait l'arme. Son acolyte éteignit la lampe torche et saisit Falcó par le bras pour le mener vers l'automobile. Il le faisait d'une poigne ferme, mais sans violence. D'une façon presque persuasive.

– Bien sûr que nous l'avons, dit-il.

Il se laissa conduire. Qu'y pouvait-il. Le canon de l'arme pressé contre ses côtes annonçait un calibre respectable, suffisant pour lui éclater le foie à bout touchant. C'était probablement un .45. Ils le firent s'asseoir à l'arrière, du côté gauche, l'homme au pistolet à sa droite pointant toujours l'arme sur lui. L'autre s'assit au volant et alluma le moteur.

– Tiens-toi tranquille, dit son voisin. Le coup pourrait vite partir.

Le passage au tutoiement n'annonçait rien de bon. L'affaire prenait une sale tournure. Falcó ôta son chapeau et, dissimulant son geste, tâta la bande de basane pour en tirer la lame de rasoir, mais l'homme à son côté le lui arracha des mains et l'envoya sur le siège avant, à côté du conducteur.

– On ne bouge plus.

Falcó respirait lentement et tentait de réfléchir en vitesse. Avec l'ingérence de la police s'imposa en toute logique l'image du colonel Queralt. Qui n'était pas seulement le chef de la Guardia Civil et le boucher d'Oviedo, mais dirigeait aussi la police et la sûreté, service que l'on appelait la « Secrète ». Autant dire que le personnage exerçait un pouvoir quasi absolu, équivalent à celui, dans l'autre camp, des « tchékas », ou commissariats du peuple : surveillance, interrogatoires, passages à tabac et torture. Les méthodes habituelles. La différence, c'était que dans le camp républicain chaque groupe, milice, faction ou parti agissait à sa guise, sans rendre des comptes à qui que ce soit, et que de l'autre tout était centralisé avec une implacable efficacité militaire. Queralt était l'homme, et l'homme était le style, ou peut-être était-ce le style qui finissait toujours par trouver l'homme adéquat. Naturellement, comme l'avait dit celui qui se tenait près de lui armé de son pistolet, il arrivait parfois que les sbires aient la gâchette trop facile. Qu'un coup leur échappe. Ou plusieurs. Sans juges, sans procureurs ni paperasse. C'était ainsi que s'épurait, de ce côté des tranchées, l'Espagne nationale.

– Où me conduisez-vous ?

– Au commissariat.

– Lequel ?

Il n'obtint pas de réponse. À l'heure qu'il était, comme le lui avait dit l'Amiral, Queralt se trouvait à Séville et n'ignorait rien de l'affaire du *Mount Castle*. Falcó s'interrogea sur le personnage. Il était improbable qu'il cherchât à faire capoter l'opération, ce qui aurait dressé contre lui le SNIO et rendu fous de rage Nicolás

Franco et le Caudillo ; en dernière analyse, cent millions de pesetas-or, c'était beaucoup d'or. Toutefois, l'individu était un porc retors et cruel. Il ne fallait écarter aucune menée secrète de sa part. En outre, il y avait l'affaire Eva Neretva. C'était ce qui inquiétait le plus Falcó. Quatre mois plus tôt, il avait assassiné quelques hommes de Queralt pour la libérer et lui faire franchir la frontière portugaise. Après quoi le colonel avait juré que tôt ou tard il lui arracherait les bourses et s'en ferait faire un porte-clefs.

– À quel commissariat me conduisez-vous ? insista-t-il. Nous quittons le centre.

– Ferme-la.

Les phares éclairaient des maisons toujours plus basses. Les premiers terrains vagues apparurent et Falcó devint sérieusement inquiet. Ils vont me tuer, se dit-il. Ils m'emmènent faire un tour.

– Vous commettez une erreur, dit-il. Vous ne savez pas qui…

Le canon du pistolet s'enfonça plus profondément dans son flanc.

– Je t'ai dit de la boucler.

Il obéit, résigné. Il tentait de mettre de l'ordre dans ses émotions, de la peur à survie, pour mieux se concentrer sur celle-ci. Une fois descendu de la voiture, debout avec une arme si près de son corps, il essaierait de se tourner brusquement pour s'en défaire, en un geste désespéré. Tenter le tout pour le tout. Échapper à ces types. Il savait bien comment s'y prendre, et il regretta de ne pas l'avoir fait devant l'hôtel. Maintenant, assis comme il l'était, coincé entre la portière et l'homme armé, bouger était impossible. Ou suicidaire.

– Du calme, bonhomme, dit le conducteur. On est presque arrivés.

– Où ?

Son voisin fit de nouveau entendre un rire désagréable. Ils avaient passé un pont et pris la route de Jerez, mais ils la quittèrent bientôt pour s'engager, entre des cannes, sur un chemin de terre cahoteux. La Lune était un peu plus haute dans le ciel et, sans plus aucun édifice élevé pour la cacher, soulignait de sa lumière laiteuse les contours d'un paysage sinistre. Falcó envisagea la possibilité d'ouvrir la portière et de sauter de la voiture en marche, mais cela ne l'aurait pas mené bien loin. Il pouvait se casser quelque chose et être privé de tout moyen de défense. Pendant ce temps, le pistolet restait enfoncé dans son flanc. Il n'avait aucune chance d'asséner un coup ni de se protéger, parce qu'il suffisait d'un mouvement pour que le type à côté de lui appuie sur la détente, bang, et bonjour angelots du Ciel, ou de l'enfer. Il était évident que son gardien était consciencieux. Pas un seul instant il ne l'avait senti distrait.

– Nous y voilà, dit le conducteur.

Falcó regarda le chemin. La lumière oscillante des phares éclairait un mur en partie éboulé, des branches de figuier et un toit de tuiles rouges. Une maison abandonnée, en ruine. Devant le mur, il y avait une Bentley Speed Six tous feux éteints et un homme appuyé contre le capot.

– Allez, descends.

Ils s'étaient arrêtés. Sans couper le moteur, le conducteur était sorti et ouvrait la portière. Falcó descendit, obéissant, le pistolet maintenant collé à son dos.

– Au moindre geste suspect, je te bute, dit celui qui tenait l'arme.

On aurait dit un dialogue de film de gangsters, mais la pression de l'arme – un énorme Colt américain, avait-il pu constater – n'avait rien de cinématographique. Ils laissèrent les phares allumés et, s'engageant tous les trois sur le terrain ainsi éclairé, s'approchèrent de celui qui les attendait. Le double faisceau lumineux horizontal allongeait les ombres sur le chemin irrégulier, caillouteux. Falcó trébucha, perdit légèrement l'équilibre, et l'homme armé le frappa dans le dos avec le revolver.

– Regarde où tu mets les pieds, fils de pute, cracha-t-il.

En se rapprochant, Falcó reconnut celui qui était près de l'autre voiture, et tout ce qu'il avait imaginé partit en fumée. Ce qui ne voulait pas dire que sa situation allait s'améliorer, loin de là. L'individu était en civil, une main élégamment glissée dans la poche de sa veste, l'autre en visière devant ses yeux pour ne pas être ébloui par l'éclat des phares. Sous une moustache fine bien taillée, il arborait un sourire n'annonçant que férocité. Falcó se dit en frémissant que c'était là un sourire de chacal – si les chacals sourient, ce dont il n'était pas sûr – devant une proie sans défense et facile.

C'était Pepín Gorguel, capitaine des *regulares*, comte de la Migalota. Le mari de Chesca Prieto.

– Connaissez-vous le dixième commandement ?

– Vaguement.

– Tu ne convoiteras point la femme de ton prochain.

– Et ?

– Chesca est ma femme.

Falcó haussa les épaules avec beaucoup de sang-froid, mais l'affaire se présentait mal.

– Et alors ?

Gorguel le regardait avec une haine infinie, visage altier, bouche tordue en un rictus de mépris. Ils étaient environnés d'ombre, dans le cône de lumière des phares de l'autre automobile.

– Savez-vous pourquoi une gifle est si insultante ?

– Je ne vois pas très bien, là, dans l'immédiat.

– Parce que, au Moyen Âge, on la réservait à ceux qui n'avaient ni heaume ni salade… aux gredins qui n'étaient pas des gentilshommes.

Sur ces derniers mots, il le frappa au visage, main ouverte. Une claque dure et sèche. Falcó serra les dents, tout son corps tendu, en sentant le canon du pistolet peser plus fort sur son dos.

– Je sais où tu étais cet après-midi, sale porc.

En voilà un autre qui passe au tutoiement, se dit Falcó. Ça ne présage rien de bon. On commence par être cocu et on finit par oublier les bonnes manières. Son éducation. Tout devenait parfois bien noir, et la situation n'était pas à son avantage. Il avait nettement l'impression que ça n'allait pas être sa fête.

– Il ne s'est rien passé cet après-midi qui puisse vous blesser.

– Tu joues au plus fin… Que faisais-tu chez Luisa Sangrán ?

– Je la connais depuis longtemps, improvisa Falcó. Je suis un ami de son mari.

Gorguel hésita un instant, perplexe. Puis il remua la tête.

– Tu mens.

– Non. Je lui rendais visite.

– Et que faisait là ma femme ?

– C'est une amie de Luisa.

– Je sais que c'est une amie de Luisa. La question est de savoir ce que tu trafiquais là, avec elles.

– J'étais venu prendre le thé. Parler de choses et d'autres. Leur raconter…

Il fut interrompu par une nouvelle gifle, plus forte que la précédente. Le tympan gauche de Falcó vibra comme s'il contenait un diapason. Zuuum. Son visage était brûlant.

– Tu me prends pour un imbécile ? écuma Gorguel. Pour un stupide connard ?

– C'est absurde. Vous perdez la tête.

Gorguel regarda les deux autres hommes comme pour les prendre à témoin et leva la main pour frapper encore une fois.

– Qui diable es-tu ? Que fais-tu réellement ?

– Je vous l'ai dit ce matin. Des affaires.

– Je vais te les faire ravaler, moi, tes affaires. – Sa main était encore levée, et il serrait maintenant le poing, menaçant. – Je vais t'arracher les couilles et te les mettre dans la bouche, comme mes Marocains le font aux rouges.

– Écoutez, c'est un malentendu. Laissez-moi partir. Je connais Luisa et son mari depuis longtemps, vous dis-je.

– Ah, oui ? Et comment s'appelle le mari ?

Falcó hésita un instant.

– Sangrán.

– Je pensais à son prénom.

Il hésita, essayant de gagner du temps. Mais son temps était compté. Il n'y avait pas d'issue. Cette fois, la réaction ne fut pas une nouvelle gifle, mais un signe que Gorguel adressa à ses sbires. Celui qui avait le pistolet en asséna un coup à Falcó, juste sous la nuque. Celui-ci sentit une vive douleur et ses jambes fléchirent. Il tomba à genoux, se blessant sur les gros cailloux qui couvraient le sol. Il gémit tout haut, de douleur. Ce qui parut plaire à Gorguel.

– Apportez l'huile de ricin, ordonna-t-il.

L'un des hommes ouvrit la portière de la Bentley et fouilla à l'intérieur. L'arme de l'autre resta braquée sur Falcó.

– Nous allons te rompre les os, dit le capitaine, jusqu'à faire de toi une chiffe molle… Et après, ce qui reste de toi va chier ses tripes.

– Je vous en prie, gémit Falcó.

Son expression était craintive et humiliée, presque servile. Celle d'un homme tombé bien bas. Gorguel en sourit de plaisir et se pencha vers lui en rigolant.

– Redis-moi ça, fit-il, triomphant.

– Je vous en prie, supplia Falcó.

Toujours à genoux, il essayait d'étreindre les jambes du capitaine.

– Regardez-moi ça, fit l'aristocrate en tordant sa moustache, dédaigneux. C'est à n'y pas croire… Ce pantin n'a aucune honte.

– Je n'ai rien fait, continua Falcó, implorant. Je n'ai rien fait. Jamais je n'ai eu l'intention…

– Misérable. Misérable lâche.

Gorguel l'envoya valser d'un coup de pied. Falcó pleurnichait, en se traînant. Le conducteur avait sorti de la Bentley la bouteille d'huile de ricin.

– Relève cette merde et ouvre-lui la bouche.

L'homme armé écarta un instant le revolver en se penchant pour saisir le captif par le revers de sa veste. Alors, Falcó referma la main sur la pierre qu'il avait choisie : grosse et lourde. Du même mouvement, profitant de l'effort que son gardien faisait pour le relever, il bondit comme un ressort et lui envoya un grand coup en plein visage, qu'il écrasa. Un craquement d'os et de dents se fit entendre, l'homme lâcha son arme et tomba à la renverse sans demander son reste, Falcó se releva prestement, jeta la pierre à la tête de celui qui revenait vers eux avec l'huile de ricin. Tout se passa très vite. L'homme porta la main à son front pendant que la bouteille éclatait en morceaux à ses pieds. Alors Falcó envoya un Gorguel stupéfait rouler à terre d'un horion brutal dans la figure et, sans même en regarder le résultat, se rua sur celui qui venait de lâcher la bouteille et qui lui semblait être le plus redoutable des trois : il tenait encore sur ses jambes, bien que vacillant, couvert d'huile, les mains sur sa face. Falcó lui décocha un coup de pied à l'entre-jambes, qui fit tomber le tueur avec un hurlement, puis, quand il fut à terre, il lui en envoya un autre, pour plus de sûreté. Mieux valait prendre ses précautions, à tout hasard. La prudence est une vertu. Et mère de la science, ou quelque chose d'approchant.

– Fils… de… pute, mâchonnait Gorguel.

Couché contre une des roues de la Bentley, l'aristocrate essayait de se relever. Maintenant, Falcó riait entre ses dents. Il commençait à apprécier la soirée.

– Ça ne fait aucun doute, dit-il, réjoui.

Avec Gorguel, il avait encore une demi-minute de marge, plus ou moins. C'était suffisant pour assurer ses arrières. Tout en frottant sa main endolorie, il évalua d'un regard la situation : la lumière des phares de l'autre voiture éclairait celui qui était tombé le premier, immobile sur le dos, et son compère qui se tordait de douleur par terre. Il se pencha sur ce dernier, le fouilla et finit par trouver un pistolet. Après s'être assuré que la sûreté était enclenchée et qu'aucun coup n'allait partir, il le frappa à la tête jusqu'à ce qu'il cesse de bouger. Alors, il jeta l'arme au loin, dans l'obscurité. Puis il ramassa par terre le Colt de l'autre homme, et s'approcha sans se presser de Gorguel. Encore étourdi par le coup de poing, le comte avait réussi à se relever et cherchait quelque chose dans la poche arrière de son pantalon.

Falcó y trouva, tout en le poussant contre la voiture, un petit pistolet nickelé qu'il lança également au loin. Alors, il força Gorguel à ouvrir la bouche, dans laquelle il enfonça le canon du Colt. À mesure que celui-ci recouvrait sa lucidité, son regard passait de la stupeur à la crainte. Maintenant, se dit Falcó avec une jubilation sauvage, à ton tour. Héros de guerre de mes couilles.

– Écoute-moi bien, imbécile. J'ai vu ta femme trois fois dans ma vie, et pas une de ces fois je n'ai touché ne serait-ce que sa robe. J'aurais bien aimé, parce que c'est une beauté. Mais il n'en est pas question avec elle… Tu m'entends ?

L'autre le regardait fixement, sans ciller. L'éclat des phares tombait sur le côté gauche de son visage, tuméfié par la brutalité du coup. De sa bouche ouverte la salive gouttait autour du canon de l'arme. Il faisait entendre un son rauque, guttural, et ses dents grinçaient sur l'acier bruni. Le comte de la Migalota ne semblait plus aussi élégant que dans son uniforme de capitaine des *regulares*, ni qu'un peu plus tôt, quand il était appuyé contre le capot de sa voiture dans laquelle attendait la bouteille d'huile de ricin. Maintenant, il était décoiffé, couvert de terre, et le nœud de sa cravate avait glissé derrière une oreille. La bouche de Falcó s'en approcha, comme s'il allait lui faire à voix basse une confidence.

– Que je ne te retrouve jamais sur mon chemin de toute ta sale vie, y glissa-t-il. Parce que, sinon, je te tuerai. Et une fois ta femme veuve, je jure qu'alors, oui, je la baiserai… Comme je baiserai ta mère et tes sœurs, si tu en as. Après être allé pisser sur ta tombe.

Cela dit, il retira le canon du Colt de la bouche de Pepín Gorguel. Avec l'intention d'en rester là. Mais le comte se tortilla dans un élan de fureur. En définitive, le vétéran de la bataille du Jarama n'avait rien d'un couard. À peine se vit-il libre qu'il se jeta sur Falcó, ou voulut le faire, parce que ce dernier, prévenu, était sur ses gardes. Pour ainsi dire compréhensif. Animé d'une froide curiosité quasi scientifique. Somme toute, c'était intéressant, quand on n'a pas un revolver enfoncé entre les côtes, d'observer la réaction des maris, leur jalousie, leur honneur flétri et les choses du même genre. Tout cela avait sans doute son petit piment. Son attrait social. Éducatif.

Il frappa d'abord Gorguel à la tempe, avec le canon de l'arme, et le fit tomber. Ensuite, il lui donna trois coups de pied à la tête, l'un après l'autre mais détachés, et ce d'une façon systématique, jusqu'à ce que le capitaine arrête de bouger. Il saignait du nez et d'une oreille et avait les yeux entrouverts. Vitreux.

– Fantoche, cracha Falcó.

Il lui en décocha encore un autre, par mesure de prudence – il pensait bien lui avoir cassé toutes ses dents. Puis il se pencha pour s'assurer que l'homme respirait encore. C'était le cas. Très bien, se dit-il. Respire. Je donnerais cher pour voir ta tête le jour où tu te promèneras dans Séville avant de retourner au front. Quand tu pourras le faire, bien sûr. Avec ta trogne en marmelade. Ou pour entendre ce que diront tes amis. Ou ta légitime, quand elle te verra.

Il le saisit par les bras, le traîna loin de la Bentley. Ensuite, il lui ôta sa cravate, retourna avec elle jusqu'à la voiture, ôta le bouchon du réservoir d'essence dans lequel il enfonça une moitié du ruban de soie, et enflamma l'autre extrémité avec son briquet. Puis, assis au volant de l'automobile des hommes de main, il jeta un dernier regard aux trois corps immobiles avant de manœuvrer pour reprendre le chemin de Séville.

La dernière chose qu'il vit dans le rétroviseur ce fut la Bentley de Gorguel changée en brasier. Dans le miroir, la lueur lointaine éclairait, tel un loup de lumière rouge, son regard gris et dur.

Il avait mal à la tête, constata-t-il, mécontent. Et à la main. Il ne désirait plus qu'arriver à l'hôtel, la plonger dans la glace, prendre un bain chaud et avaler un verre de cognac avec deux comprimés de Cafiaspirina.

4

La ville blanche

De la terrasse de la chambre 108 de l'hôtel Continental, Falcó contemplait le port de Tanger. En bas, le levant agitait les djellabas des Maghrébins et les jupes des femmes. Plus loin, par-delà les couronnes oscillantes des palmiers, le bâtiment de la douane et la longue digue de pierre et de béton, la mer était une lame bleu foncé parsemée de moutons d'écume qui s'étendait jusqu'à la lointaine ligne grise de la côte espagnole. Chaînes d'ancrage tendues, les embarcations mouillées dans la baie pointaient leurs proues face au vent.

– Ça va souffler encore deux jours, dit le gros homme derrière lui.

Antón Rexach avait un fort accent catalan, et pour couverture celle d'agent commercial. Il devait dépasser les cent kilos, portait un costume blanc très froissé et peu propre, avait des cheveux blonds plats et des yeux bleu pâle, si clairs et gélatineux qu'ils semblaient à peine humains. En marchant, il remuait les bras d'une façon particulière, comme pour imprimer à son corps le balancement qui l'aidait à avancer, ou plutôt à se mouvoir. Son chapeau de paille, posé sur une chaise, était très usé.

– Ce qui n'affecte en rien notre affaire, je suppose, remarqua Falcó.

– Aucunement. Le *Mount Castle* et le *Martín Álvarez* sont à quai, leurs équipages descendent à terre comme d'habitude, dit Rexach qui s'approcha de la rampe métallique, tendit à Falcó de petites lunettes de théâtre en montrant le port. Ils sont là, si vous voulez jeter un coup d'œil.

Falcó porta les oculaires à ses yeux et regarda. Le navire républicain avait une coque et une superstructure sombres, une cheminée très haute, peinte en noir, sans signe distinctif. Un peu plus loin, amarré aux dernières bittes du port, la silhouette grise du destroyer national se découpait telle une citadelle sinistre. Un mastiff d'acier qui aurait guetté sa proie de tout près.

– Une brigade de la police internationale surveille le cargo, ajouta Rexach. Ils ne laissent approcher personne en dehors des membres de l'équipage.

– Y a-t-il eu des incidents à terre ?

– Pas que je sache. Les équipages se croisent de temps en temps dans les bars, les bistrots et les cabarets. Vous savez ce que c'est : coups d'œil de travers, remarques désobligeantes… Une chose est sûre : ils ne fraternisent pas. C'est à peine s'ils s'adressent la parole, si ce n'est parfois pour s'insulter de loin. Rien que d'habituel. Mais ils ont les uns comme les autres des instructions sévères, et des deux côtés ce sont des garçons disciplinés… Ils savent ce qui est en jeu et essaient de se conduire correctement.

Falcó lui rendit les jumelles.

– Un changement dans la situation ?

– Aucun. Nous avons un consul officieux, la République un consul officiel. Le leur n'arrête pas de faire des démarches, le nôtre de les entraver. On est au point mort. Tout ce que nous avons obtenu, c'est le blocage d'un chargement de charbon, pour le moment.

– Qu'arrivera-t-il si la situation n'évolue pas ?

– Le délai écoulé, le *Mount Castle* devra quitter le port ou être interné. S'il prend la mer, notre destroyer l'attendra et, dans les deux cas, en théorie, c'est nous qui gagnons.

– De qui dépend la décision ultime ?

– Du Comité de contrôle. Le statut international de Tanger est garanti par les consuls d'Espagne, de France, d'Italie et d'Angleterre, entre autres. Ce comité supervise la fiscalité, la justice et la police… Du côté indigène, c'est le mendoub, le représentant du sultan du Maroc, qui en est responsable, avec un assesseur français.

– Plus simplement… Qui décide, ici ?

– La France et l'Angleterre, sans doute. Avec l'Italie, qui joue en notre faveur. De leur côté, les Français ont une grande influence dans la gendarmerie internationale. Pour le moment, leurs sympathies vont officiellement aux rouges, qui ont distribué par ici beaucoup d'argent… Je veux dire que vous ne devez pas vous attendre à une hostilité officielle, mais à peu de facilités qui ne se paient pas comptant.

– En pesetas ?

Rexach le regarda avec prévention. Il se gratta le double-menton, qui débordait le nœud de cravate et était mal rasé du côté du cou.

– Vous en avez beaucoup ?

– Pas énormément.

– Oubliez-les. Ici, on ne parle qu'en francs. Avec la guerre, la peseta ne vaut plus un clou.

– Et où en sommes-nous ?… Je veux dire dans notre bande.

Le mot *bande* fit froncer les sourcils de Rexach, en qui il sembla éveiller un doute raisonnable. Il observa Falcó avec curiosité, comme s'il l'évaluait. C'était clair : il se demandait s'il s'entretenait avec un croyant ou avec un mercenaire. Il ne dut pas arriver à la conclusion satisfaisante, parce qu'il prit largement son temps pour sortir un havane de la poche de poitrine de sa veste.

– Nous sommes toujours plus forts, finit-il par dire. Avec toujours plus d'influence, même si nous restons hors protocole… L'Église catholique est de notre côté, bien sûr, c'est tout juste si l'évêque de Tanger ne chante pas le *Cara al sol*. Et nous distribuons moins d'argent que les rouges, mais plus judicieusement.

Il mordit le bout du cigare avec peu de délicatesse et cracha le morceau détaché par-dessus la rampe. La colonie espagnole, ajouta-t-il un moment plus tard, est partagée. Sur les soixante mille habitants de Tanger, la moitié est composée d'Européens, dont quelque quatorze mille Espagnols. Il y a aussi, à présent, des républicains qui ont fui Ceuta et le Maroc espagnol. Ils se retrouvent tous aux environs du Zoco Chico, où ils fréquentent deux cafés différents, les sympathisants de la cause nationale vont au Central, les partisans de la République au Fuentes. Ils se regardent en chiens de faïence, mais il n'y a jamais eu d'incident grave. Tous se connaissent, et le voisinage est raisonnablement toléré ; mais il y a également là de nombreux espions, des délateurs, des mouchards, des délinquants et des trafiquants : traite des Blanches, armes, stupéfiants… Gens venus d'ailleurs et vendus locaux. – Il posa sur Falcó un nouveau regard inquisiteur. – C'est désormais un autre monde.

– Le nôtre.

– Oui. Ici, tout le monde espionne, même les cireurs de chaussures et les putes.

Ils échangèrent un regard entendu. Puis, balançant les mains, Rexach entra dans la pièce pour se mettre à l'abri du vent, craquer une allumette et allumer son cigare. Sur lequel il tira pendant quelques secondes, l'air pensif, attentif à l'arôme.

– Je suppose que vous serez armé.

Falcó ne répondit pas. Il regardait, entre les couronnes des palmiers, les deux navires amarrés au quai.

– Ne vous fiez pas à la poste espagnole, lui conseilla Rexach. Ses employés sont loyaux à la République. Mieux vaut aller au bureau français ou à l'anglais. – Il parut se rappeler quelque chose. – Quel nom allez-vous prendre, ici ?

– Celui sous lequel je me suis inscrit à l'hôtel et qui figure sur mon passeport : Pedro Ramos.

– Très bien.

Falcó observait encore les bateaux.

– Et que savez-vous sur le commandant de notre destroyer ? Il faut que je lui parle.

– À bord ?

– Je préférerais à terre. Je ne veux pas attirer l'attention.

Dans son coin, Rexach lâcha une bouffée de fumée.

– Il s'appelle Navia, il est capitaine de frégate et paraît compétent, bien qu'il y ait quelque chose de curieux : depuis que les deux navires sont amarrés ici, le *Mount Castle* n'a enregistré aucune désertion, alors que trois hommes de notre destroyer ont disparu, deux marins et un chauffeur. Malgré ça, Navia n'interdit pas à son équipage de descendre à terre… C'est ce genre de type.

Il avait prononcé cette dernière phrase cigare entre les doigts, pour froncer les lèvres en un rictus de condamnation. Il était clair que le genre de type dont il parlait ne méritait pas son approbation.

– Je dois le voir, insista Falcó.

– C'est facile.

Falcó s'écarta de la rampe.

– Et le capitaine du *Mount Castle* ?

La bouche de Rexach se tordit.

– Il s'appelle Quirós… Un Asturien.

– Je sais. Dans le vol pour Tétouan, j'ai lu son dossier.

– Alors, vous devez aussi savoir qu'il a déployé une habileté phénoménale pour tromper la vigilance de nos croiseurs et des submersibles italiens. Jusqu'à ce que la chance l'abandonne… Il vit à bord du cargo et descend peu à terre. Seulement pour aller s'entretenir avec son consul.

Pour l'avoir lu dans l'avion, Falcó se souvenait très bien du dossier sur le *Mount Castle* et son capitaine, Fernando Quirós, qu'il avait largement eu le temps de mémoriser entre Séville et Tétouan, en faisant ainsi barrage à l'envie de parler que manifestait le pilote anglais. Pendant sept mois, le navire de charge et son équipage avaient joué à cache-cache avec les hydravions de Majorque, les croiseurs nationaux et les sous-marins italiens, en déjouant le blocus par les nuits sans lune et les jours de brouillard et en tissant de furtifs travaux de dentelle entre Valencia, Barcelone, Odessa, Oran et Marseille. Et ce en battant pavillon de la République, mais aussi en hissant ceux des cargos de compagnies anglaises, norvégiennes ou panaméennes pour convoyer charbon, aliments, machines ou armes. Mais, à présent, on ne lui connaissait plus qu'une seule cargaison : le dernier chargement d'or de la Banque d'Espagne.

– C'est un de ces durs à cuire, jeta Rexach. Plus têtu que futé. Mais bon marin.

– Et qu'en est-il des agents rouges embarqués ?

– Ils sont descendus à terre et logent à l'hôtel Majestic, devant la plage… Je connais le directeur, un juif, qui me tient au courant. Il y a un commissaire politique espagnol et deux étrangers : un homme et une femme.

– Qui est l'homme ? demanda Falcó, intrigué : personne ne lui en avait encore parlé jusqu'à présent.

– Nous croyons qu'il s'agit d'un Russe, mais il ressemble plutôt à un Anglais ou à un Américain. Il s'appelle Garrison et dit être journaliste, ce qui ne trompe personne. La femme pourrait être russe. C'est une blonde de moins de trente ans.

Il fallut quelques secondes à Falcó avant de pouvoir poser la question suivante.

– Que sait-on d'elle ?

– Pas grand-chose… Passeport au nom de Luisa Gómez. Elle parle un espagnol impeccable. – Rexach traça en l'air un cercle avec son cigare. – Elle a sa propre chambre et visiblement beaucoup d'autorité.

– Pourquoi ont-ils débarqué ?

– Le règlement international interdit aux bateaux de pays belligérants de radiotélégraphier en eaux neutres… Et puis, la terre est plus propice aux conspirations. Ils y ont davantage de liberté de mouvement.

Falcó mit la main à la poche où il rangeait son étui à cigarette, mais sans achever son geste. Il tentait de cloisonner dans sa tête à des fins pratiques tout un ensemble d'éléments, en hiérarchisant souvenirs, sentiments, objectifs et risques. Les erreurs ne pardonnent pas, se rappelait-il froidement. Même si certaines étaient plus fatales que d'autres. En dépit de sa neutralité apparente, des gens attablés aux terrasses des cafés, de ses étrangers et de son caractère cosmopolite, Tanger était un territoire ennemi. Un endroit où il n'est pas bon de commettre des erreurs.

– Je suppose que vous les tenez sous surveillance constante, dit-il d'un ton égal.

Rexach cligna de l'œil, de l'un de ses yeux clairs et gélatineux.

– Le doute offense. De leur côté, ils font aussi tout ce qu'ils peuvent pour me surveiller. Ils bénéficient de la collaboration de mon homologue dans leur camp, le chef local de la sûreté républicaine, Istúriz ; on ne fait pas plus rouge, mais c'est un brave type. Et un assez bon médecin, on ne peut le nier. Nous nous entendons raisonnablement bien, aussi bien que la situation le permet. – Il regarda la cendre du cigare avec mélancolie, sans doute en proie à la nostalgie des temps plus heureux. – Même en ce qui concerne le *Mount Castle*, ni lui ni moi n'avons intérêt à tout ficher en l'air.

– Et les trois autres ?

– Ils sont discrets, mais ne se cachent pas. Ils s'entretiennent avec le capitaine Quirós, font des démarches auprès d'Istúriz et du consul républicain, harcèlent les directeurs des journaux locaux, envoient des câbles à Valencia, Paris et Moscou… De temps en temps, l'un d'eux dîne au Baraka, un restaurant très cher proche de la grande mosquée. Ils viennent aussi au bar de l'hôtel Minzah, en face de mon bureau ; et, la nuit dernière, on en a vu un au casino du Kursaal français… Tout marxistes qu'ils soient, ils flambent sans complexe ; chacune de leurs chambres, au Majestic, coûte quatre-vingts francs par jour… Pour couronner le tout, le commissaire politique espagnol, qui s'appelle Juan Trejo, boit comme un trou.

– Interceptez-vous leurs communications ?

Rexach eut un sourire de renard qui pose la patte dans un poulailler.

– Ça nous arrive, mais ils se servent de codes que je n'ai pas les moyens de déchiffrer… Nous avons capté divers messages en clair de Trejo, adressés à l'état-major de la flotte républicaine et au président du gouvernement de Valencia, mais rien qui vaille la peine.

Falcó sourit, satisfait.

– En quelques jours vous avez fait du bon travail.

– Quand on connaît le milieu… Je vis à Tanger et je sais dans quelles poches il faut glisser quelques francs. – Il cligna une nouvelle fois de l'œil. – Vous voyez ce que je veux dire ?

– Parfaitement.

Rexach quitta l'encadrement de la porte-fenêtre et s'approcha de Falcó, à qui il tendit une carte de visite avec un numéro de téléphone.

– N'en abusez pas, et ne vous y fiez pas, dit-il. La ligne n'est pas sûre. Pour le reste, je suis à votre disposition… Ce sont les instructions que j'ai reçues.

Il tira deux fois sur son cigare, qu'il regarda avec désenchantement, malheureux de voir le vent en dissiper trop vite la fumée.

– Vous allez tenter votre chance auprès du capitaine du *Mount Castle* ?

Falcó ne desserra pas les lèvres. Rexach eut une expression futée.

– Doux Jésus, murmura-t-il, j'aimerais bien voir ça.

Il éclata de rire et posa les deux mains sur la rampe, le cigare au bec.

– Ce serait un coup de maître s'il passait de notre côté avec bateau et chargement, dit-il au bout d'un moment. Je suppose qu'on vous aura bien pourvu en fonds. Si ce capitaine accepte, ce ne sera pas donné. – Dans ses yeux clairs trembla une étincelle de convoitise. – Avez-vous pensé à l'endroit où vous le rencontrerez ? Je pourrais m'en occuper.

Falcó remua la tête. Dans le double-fond de sa valise, il cachait un câblogramme crypté de Tomás Ferriol pour le banquier de Tanger. Le colonel Beigbeder, haut commissaire du Maroc espagnol, ne le lui avait confié que cinq heures auparavant, aussitôt après son atterrissage à Tanger. Un aval d'un demi-million de francs.

– Sans vouloir vous offenser, je préférerais vous laisser en dehors de ça.

Rexach fronça les sourcils. Déçu.

– Trop de visibilité, c'est ça ?

– À peu près.

– Bien sûr. – Le front de l'homme de Queralt redevint lisse. – Je comprends.

– Je me débrouillerai.

Maintenant l'agent le regardait avec une curiosité accrue.

– Vous connaissez quelqu'un qui pourra vous arranger ça ?

– Oui, répondit Falcó, dont le regard se tourna de nouveau vers les bateaux. Je connais quelqu'un.

Bismillah al-Rahman al-Rahim. Du haut du minaret proche, le chant du muezzin pénétrait dans le dédale de la médina. La pente raide venait mourir dans la rue Zaitouna, tortueuse et étroite. Dans celles que Falcó laissait derrière lui, pareilles à des corridors couverts et resserrés, alternaient lumière et ombre. Ce pourquoi il les avait parcourues avec précaution, conscient que ces contrastes violents pouvaient l'aveugler face à une possible menace.

L'odeur était celle des vieilles villes berbères : saleté, fruits pourris, racine de thuya, café moulu de frais. Il parcourut le dernier tronçon, ignorant les gamins aux pieds nus qui lui réclamaient quelques pièces, et s'arrêta devant une porte peinte en bleu, sous un arc mauresque fermé par une grosse porte cloutée. Avant de frapper, il épongea avec son mouchoir la basane de son chapeau. Là, à l'abri du vent et malgré la légèreté de son costume de lin écru, la chaleur se faisait sentir.

– Je m'appelle Falcó. Annoncez-moi à madame.

Après avoir attendu cinq minutes dans un ample vestibule décoré de tapis et d'objets en cuivre, il suivit la servante, une vieille Maghrébine, dans le large couloir menant à la terrasse. De l'extérieur, la vue que l'on avait de la maison était trompeuse : ce qui semblait être une habitation comme une autre, encastrée dans la topographie bigarrée et humble de la ville haute, dévoilait à l'intérieur des pièces spacieuses, des beaux meubles, des étagères avec des livres en espagnol, en français et en anglais, et des tableaux de bonne facture.

– Je n'en crois pas mes yeux, dit une voix rauque de femme.

La maîtresse de maison était couchée dans un hamac protégé du vent par un arc maçonné et canné sur lequel grimpait un bougainvillier. Près d'elle, il y avait deux autres hamacs inoccupés et une table basse avec des boissons et des cigarettes. De la terrasse entourée de géraniums on avait une vue magnifique sur la mer et la côte de l'autre côté du détroit, que le soleil couchant commençait à couvrir d'une brume dorée. Sur les toits voisins, le vent faisait violemment onduler le linge étendu.

Falcó souriait.

– Ça fait bien longtemps, dit-il.

– Trop longtemps. Maudit truand… Voyou perdu.

Il s'approcha, se pencha pour embrasser la main aux bagues en filigrane que la femme lui tendait sans se lever, et qui était très bronzée, comme le bras orné de bracelets d'argent qui tintinnabulaient suavement. Ses ongles longs et parfaitement soignés étaient couverts d'un vernis rouge, ses cheveux ramassés en tresse teints dans un auburn aux nuances cuivrées, et ses yeux noirs, très vifs, soulignés de khôl. Son visage, qui conservait une certaine beauté, avait des tatouages bleus sur les pommettes.

– Assieds-toi là immédiatement. Et dis-moi ce que diable tu fais à Tanger.

Elle montrait un hamac de son unique bras, le gauche. De l'autre côté, à partir du coude, il n'y avait que la manche vide d'un ample caftan de soie violette. Elle était pieds nus, les ongles de ses orteils peints de la même couleur que ceux de sa main, un bracelet d'argent à chaque cheville.

Falcó obéit.

– Je suis venu te voir, dit-il. Tu me manquais.

– Menteur, fit-elle d'une voix à peine plus rauque. Je n'ai plus eu de tes nouvelles depuis des siècles.

– Ce n'est pas vrai, rétorqua-t-il avec sa tête de bon garçon. Je t'ai envoyé une carte postale d'Athènes.

– C'était plutôt de Beyrouth, vaurien. Elle est dans un de mes albums. Et ça, c'était il y a près de deux ans.

– Un an et demi.

– Deux. – Elle montra les boissons, sur la table. – Tu veux boire quelque chose ? Moi, j'en suis à l'absinthe.

– Très bien. J'en veux moi aussi.

– Avec sucre ?

– Bien sûr.

Elle montra son verre, dans lequel il restait un demi-doigt d'alcool verdâtre.

– Maintenant, je la bois pure, dit-elle en riant. À la macho.

Falcó prit une expression résignée. Humble.

– Pour moi, ce sera avec de l'eau. Je manque de virilité.

Elle rit plus fort.

– Première nouvelle.

– Si je te racontais…

– Bien sûr que tu vas me raconter.

Elle versa de l'absinthe dans le verre, posa sur le bord de celui-ci une cuillère perforée où elle mit un morceau de sucre, puis elle prit une petite carafe d'eau et fit couler le liquide goutte à goutte. Tout en regardant le mélange se troubler doucement, Falcó se dit que cette femme singulière, malgré le temps qui passait, restait ce qu'elle avait toujours été : raffinée, indépendante et sûre d'elle.

– Tiens, mon garçon.

– Merci.

Ils trinquèrent, et Falcó porta la boisson à ses lèvres.

– Raconte-moi ce que tu fais ici, allez… Je brûle d'impatience.

– Laisse-moi d'abord te contempler, Moïra. Et m'en délecter.

– *Flatteur**.

À cinquante-quatre ans, Moïra Nikolaos, Grecque de Smyrne, demeurait attrayante. Ils s'étaient connus en 1922 devant la ville incendiée par les Turcs. Falcó, accoudé au bastingage du *Magdala*, l'avait vue quitter une barge de réfugiés et monter à bord malgré un bras bandé, qui allait s'infecter et qu'elle finirait par perdre, pendant que des milliers de ses compatriotes étaient violés, torturés et assassinés à terre. Venu livrer un chargement de fusils Enfield – pour moitié défectueux – vendus à l'armée grecque, il s'était aussitôt intéressé à elle, épuisée, malade, désespérée d'avoir perdu son mari et son fils pendant l'exode. Se sentant pris de pitié pour elle, il avait distribué quelques dollars et ainsi obtenu que l'équipage lui réserve un meilleur traitement que celui reçu par les autres réfugiés entassés sur le pont. Restés proches, ils étaient devenus amants quand elle était sortie de l'hôpital, à Athènes, amputée d'un bras ; et ils l'étaient redevenus à Tanger, où Moïra avait fini par s'établir après son mariage avec le peintre britannique Clive Napier, qui lui avait laissé à sa mort une rente convenable et la maison dans laquelle ils se trouvaient et que fréquentaient voyageurs, écrivains et artistes. Elle connaissait tout le monde, dans la ville, et cultivait délibérément une certaine réputation d'excentrique, prenait pour amants de jeunes berbères, lisait, peignait, contemplait la mer. Et buvait de l'absinthe.

– Je peux m'en charger, dit Moïra au bout d'une dizaine de minutes de conversation.

– Ton escalier de la plage est-il encore accessible ?

– Évidemment. Il est là depuis deux cents ans.

Il s'agissait d'un passage étroit et encaissé qui reliait la maison au bas des murailles, devant la mer. Un recours utilisé en d'autres temps par des trafiquants et des contrebandiers tangérois. Falcó l'avait gardé en mémoire depuis d'anciennes visites. Moïra l'empruntait en été pour aller prendre des bains de mer, après lesquels elle s'allongeait nue sur la terrasse pour s'exposer au soleil, tout en écoutant des disques de chansons françaises sur son gramophone.

– Il sera bien utile, pour cette affaire, dit Falcó. J'aurais besoin que quelqu'un puisse venir ici directement d'en bas sans être aperçu de la rue.

– Aucun problème, avec les arbres et les arbustes qui poussent au bas de la muraille, on peut s'approcher sans être vu de l'escalier, et l'emprunter si la grille est ouverte.

– C'est parfait.

Un silence suivit. Falcó but deux gorgées d'absinthe, en savourant son goût anisé. Moïra l'observait avec curiosité.

– Es-tu sûr que cette personne viendra, quelle qu'elle soit ?

– Ce n'est pas sûr, mais c'est possible, et il me faut pour ça un endroit discret.

– Cette visite présente-t-elle un danger ?

– Non, pas pour toi, c'est certain.

– Je pensais à toi, bêta.

– Non, pas un grand danger. C'est pour affaires plus que pour autre chose.

– Pour affaires, dis-tu.

– Oui, inoffensives.

– Je ne t'ai jamais vu tremper dans rien de semblable, très cher. Ni dans rien de pacifique, fit-elle en tendant la main vers lui. Approche. Viens ici, que je te palpe.

– Arrête, dit Falcó en se dérobant, sourire aux lèvres.

– Voyez-vous ça… Tu es armé ?

– Non.

– Comment ça, non ? Viens ici.

– Arrête, te dis-je.

Elle s'était légèrement redressée, pour palper la veste de Falcó, et elle ne tarda pas à tomber sur le dur relief du Browning. Alors, elle se mit à rire. Puis elle l'attrapa par la nuque, l'attira vers elle et lui posa un baiser bruyant au bas du front.

– Tu es toujours une canaille. Un pirate.

– Si tu savais comme c'est fatigant.

– Mais tu es toujours beau garçon… Et toujours célibataire ?

– Sans doute. Tu m'as brisé le cœur. Toi et ton peintre anglais… Vous avez fait de moi un infirme de l'amour.

– Quelle canaille tu es.

Moïra ouvrit le coffret en bois incrusté d'ivoire posé sur la table. À l'intérieur, il y avait du papier à rouler, un briquet et une boulette de kif. Avec la plus grande dextérité, de son unique main, elle creusa le centre du papier, qu'elle remplit à moitié de tabac sur lequel elle fit tomber des grains de pâte qu'elle effritait après l'avoir chauffée.

– Ça a quelque chose à voir avec les deux bateaux amarrés dans le port ?

Falcó lui jeta un regard de joueur de poker.

– Que sais-tu là-dessus ?

Elle passa la pointe de sa langue sur le bord du papier.

– Ce qu'en disent les journaux, répondit-elle en finissant de rouler habilement la cigarette en la faisant tourner entre son index et son pouce. Que l'un est chargé d'or… *El Porvenir*, journal républicain, pousse de hauts cris contre la piraterie franquiste. *La Dépêche*, qui est de l'autre bord, soutient qu'il est intolérable que l'on permette à un bateau ennemi de mouiller dans le port. Et la *Tangier Gazette*, plus neutre, dit qu'il y a là une drôle d'embrouille.

– Tous ont un peu raison.

– Et toi, de quel côté es-tu, mon garçon ?

Falcó ne lui répondit pas. Il avait sorti son briquet et lui offrait du feu. Elle pencha la tête vers la flamme, cigarette entre les lèvres.

– La dernière fois que tu étais à Tanger, tu travaillais pour le gouvernement espagnol.

– Oui, mais à présent le mot *gouvernement* est relatif.

Moïra aspira profondément puis souffla doucement la fumée par le nez, avec délectation.

– Einstein est à la mode.

De nouveau couchée dans le hamac, elle tira encore une fois sur la cigarette. Falcó lui jeta un coup d'œil circonspect.

– J'ai les moyens de te payer.

– Ne dis pas de bêtises, dit-elle, soudain tendue, en le regardant. Je ne veux pas de ton argent.

– Je parle sérieusement. Et ce n'est pas mon argent.

Elle regarda en direction de la côte espagnole, où la brume dorée s'épaississait à mesure que le soleil descendait sur la mer. Le vent agitait les géraniums dans leurs pots.

– Bon, dit-elle enfin, rajouter quelque chose à ce que m'a laissé le pauvre Clive m'arrangera bien. De combien parlons-nous ?

– Six mille francs. Qu'en dis-tu ?

– Ce n'est pas mal.

– Ou l'équivalent en livres sterling

– Je préfère les livres, si tu n'y vois pas d'inconvénient.

Elle lui passa la cigarette, à moitié consumée. Il la prit entre ses doigts et aspira fort. La drogue pénétra dans ses poumons en provoquant un effet immédiat et agréable. Il y avait longtemps qu'il n'avait plus avalé ce genre de fumée, qui lui remettait en mémoire d'autres moments et d'autres endroits : le Tanger d'avant-guerre,

Istanbul, Alger, Beyrouth… Voyages, douanes, pots-de-vin, trains, frayeurs, cafés, hôtels, restaurants avec vue sur le Bosphore, les jardins de l'hôtel Saint-George ou la place des Canons. Une succession de réussites et d'échecs, de nuits blanches, de ruelles obscures, de négociations avec sourires équivoques ou dangereux – le plus souvent à la fois équivoques et dangereux – dans le danger n'était pas toujours les autres. Pendant plus de deux décennies, le temps et l'expérience avaient affiné les instincts et affilé les couteaux. Comme aimait dire l'Amiral, enclin à lire la Bible : quand tu traverses la vallée de l'ombre de la mort, ne crains aucun mal, car tu es le plus dangereux de tous ceux qui y passent.

– Tu es toujours en bons termes avec le consul de Grande-Bretagne ? lui demanda-t-il.

– Avec Howard ? En très bons termes. C'était un grand ami de mon défunt mari, et il vient me voir de temps en temps.

– J'aurais besoin que tu me rendes un service… Que tu lui transmettes discrètement un message.

Moïra le regarda avec curiosité.

– Quel genre de message ?

– L'invitation chez toi dont je te parlais tout à l'heure : un dîner, un café, ce qui te conviendra.

– Pourquoi le consul plutôt qu'un autre ?

– Parce qu'il est influent et neutre. On l'écoutera.

– Et qui dois-je inviter ?

– Le capitaine du *Mount Castle*.

– Ah, je vois, s'exclama-t-elle en ouvrant tout grand les yeux, admirative. Il s'agit donc de ça.

– Oui, et il ne faut pas tarder.

Falcó tira encore une fois sur la cigarette et la lui tendit. Elle l'observait, immobile, la braise fumante tout près de ses ongles.

– Tu ne m'as pas encore dit de quel côté tu étais, mon chéri.

– Celui de la raison et de la justice. Comme toujours.

Moïra éclata de rire.

– Allons, sois sérieux… Pour qui te donnes-tu tout ce mal ?

Le sourire de Falcó aurait fait fondre les glaçons d'un whisky on the rocks.

– Tu me connais, fit-il. Je vais où le vent me porte.

– Et de quel côté souffle-t-il, cette fois ?

– De celui de la croisade antimarxiste. Pour Dieu et l'Espagne.

– C'est vrai ?

– Comme je te le dis.

– Tu es un brigand, lui lança-t-elle avant d'avaler avec plaisir une grosse goulée de fumée. Tu devrais avoir honte.

– Eh bien, je n'en ai aucune.

– C'est une bande de criminels de connivence avec les curés hypocrites.

– Oui. Et aussi criminels que le sont les autres. Au lieu de curés, les rouges ont des commissaires politiques. Rien que nous n'ayons pas déjà vu à l'œuvre, toi et moi… Qui, des Grecs et des Turcs, étaient les plus grands tueurs, quand la possibilité s'en présentait ?

Moïra lui tendit ce qui restait de haschisch, un rien.

– Tu as aussi été en zone républicaine, non ?

Sans répondre, Falcó tira une dernière fois sur le mégot, qui lui brûla le bout des doigts et il l'envoya en l'air, laissant le vent l'emporter.

– C'est aussi désastreux qu'on le dit ? insista-t-elle.

– Et plus encore, admit-il au bout d'un moment. Une aberration… Milices hors de contrôle, démagogie, opportunisme, terreur à l'arrière, absence d'union et haine implacable entre les factions, qui s'entretuent à la moindre occasion.

– Et de l'autre côté ?

– Ceux-là, au moins, assassinent avec méthode, répondit Falcó sur un ton dépourvu d'émotion. Leur terreur est beaucoup plus froide et pragmatique. Plus réfléchie.

– Je suis de tout cœur avec votre République, je préfère que tu le saches.

– Pour ce à quoi ça sert, fit-il avec un geste d'indifférence. Tout ce qui va en sortir, c'est un dictateur, quel que soit le camp qui gagne. Rouge ou bleu, ce sera du pareil au même.

– Tu es un oiseau de mauvais augure, mon garçon. Un effronté porte-poisse

– Non. Je suis seulement bien informé.

– Et tu sympathises pourtant avec eux, malgré cet absurde nabot de général, grand ami d'Hitler et de Mussolini.

Falcó fit une grimace de dédain.

– Quand viendra pour moi l'heure de sympathiser, je te préviendrai. Pour le moment, je ne suis qu'un observateur.

– Ce n'est pas ce que tu es venu faire ici.

– Tu te trompes. Je n'arrête pas d'observer.

– Eh bien, regarde ça, dit Moïra en montrant ce qui se découvrait du haut de la terrasse. N'est-ce pas le plus beau paysage du monde ? Quand Clive le peignait, personne ne croyait que ça pouvait être la réalité.

Falco hocha la tête en signe d'approbation. Du côté de l'ouest, le soleil touchait presque la mer, et la côte espagnole était une splendide symphonie de rouges et d'orangés. Les couleurs de la Création se dit-il. Ou de la fin du monde.

Les ombres gagnaient les rues les plus étroites à proximité du Zoco Chico où s'allumaient les premières lumières. Falcó descendait la rue des Cristianos en regardant les échoppes berbères et juives de peausseries, de change, de mercerie, aux profondeurs faiblement éclairées. En passant devant un renfoncement où l'éclat d'une lampe à pétrole semblait leur graisser la peau, deux femmes très maquillées, une à la peau brune, l'autre à la peau blanche, le hélèrent en claquant la langue depuis la porte d'un vieux cabaret.

Sur la place, au débouché de la rue, il y avait beaucoup de monde : passants et oisifs, marchants ambulants, Juifs barbus, Marocains coiffés d'un turban, en djellaba, d'autres au fez rouge avec costume et cravate, assis au milieu d'une foule d'Européens des deux sexes dans les cafés bondés, devant un ciel encore violacé sur lequel se découpaient les édifices. De tous les côtés venait un bourdonnement dense, rumeur cosmopolite de voix et de conversations en une demi-douzaine de langues.

En arrivant devant le Central, Falcó jeta un regard à la terrasse du café. Assis à une table, le gros Rexach attendait, son vieux chapeau de paille rejeté en arrière, un verre à la main ; il le posa sur la table en le voyant approcher, avant de se lever sans montrer qu'il l'avait reconnu, et il traversa la place avec ce mouvement de bras particulier qui semblait le propulser. Falcó le suivit de loin. Ils passèrent devant le Fuentes, dont la terrasse était aussi pleine de monde que celle de l'autre café et, après avoir tourné un coin, ils montèrent une étroite ruelle en pente raide. En arrivant en haut, Rexach, qui reprenait son souffle après l'effort, attendit Falcó en s'éventant avec son chapeau.

– Je ne suis plus fait pour monter les côtes, dit-il.

Il montra ensuite l'entrée d'un magasin de tapis. Falcó palpa discrètement le pistolet glissé dans une gaine en cuir accrochée à sa ceinture, avec une balle dans la chambre et la sûreté enclenchée, et il suivit l'agent du SNIO à l'intérieur, sur ses gardes. Ça sentait la poussière et la vieille crasse accumulée dans les tissus épais, comme chez tous les marchands de tapis du monde. Le patron, un vieux Marocain, les salua d'une inclinaison de tête et tira sur un rideau dans le fond du magasin. Là, assis sur un pouf en cuir près d'une fenêtre aux vitraux blancs, attendait un Européen vêtu d'un costume de ville sans cravate, qui se leva en les voyant entrer. Rexach fit brièvement les présentations.

– Le capitaine de frégate don Antonio Navia, commandant du destroyer national *Martín Álvarez*. Voici monsieur Ramos… Je vous laisse.

Il sortit de la pièce, referma le rideau derrière lui, et Falcó supposa qu'il n'allait pas vraiment s'éloigner, afin d'essayer de surprendre la conversation. Après s'être serré la main, les deux hommes restèrent un moment debout. Navia devait avoir dans les cinquante ans ; il était grand, osseux, brun, avait une bouche volontaire et un visage anguleux bien rasé.

– Merci d'être venu, dit Falcó.

– J'ai mes ordres.

Le marin était sec et correct. Ses manières étaient rigides. Très formelles. Il portait les vêtements civils avec la gêne habituelle de ceux qui sont le plus souvent en uniforme. Sa veste paraissait un peu trop ample aux épaules. Le col ouvert de la chemise laissait voir une fine chaîne en or. Quand ils s'assirent l'un en face de l'autre, Falcó s'aperçut, à ce qui pesait dans la poche droite de Navia, que son interlocuteur était lui aussi armé.

– Je suppose, lui dit-il, que l'on vous a mis au courant de tout.

– Oui, même de votre vrai nom et de votre grade dans la marine.

Falcó sourit en lui-même. C'était tout à fait caractéristique de l'armée de mer : préciser grade et hiérarchie avant d'entrer en matière. Bien établir la place de chacun.

– Oubliez mon grade, dit-il, décidé à se montrer sincère. Je ne suis lieutenant de vaisseau que pour la forme… Rien qui doive compter entre nous.

Il n'obtint pas le moindre commentaire sur le sujet. Il n'en fut plus question. Le commandant du *Martín Álvarez* se contentait de le regarder avec la défiance naturelle – dissimulée sous l'éducation et la discipline – d'un officier supérieur de la marine de guerre vis-à-vis d'un civil. Il attendait ce que celui-ci allait bien pouvoir lui dire.

– Je connais la situation, dit Falcó, et ne vais vous poser que quelques questions. D'après ce que je sais, vos ordres n'ont pas changé : tenir le *Mount Castle* sous surveillance. Et s'il prend la mer, l'arraisonner. C'est bien ça ?

– Oui.

Falcó regarda en direction du rideau et baissa la voix.

– Êtes-vous entré en contact avec le capitaine du navire ennemi ?

– Je ne vois pas pourquoi je l'aurais fait. Il a ses ordres, je suppose, et j'ai les miens.

Il s'exprime d'une voix égale, remarqua Falcó. Froidement informative. Et s'il ne semblait pas satisfait d'être à terre, il devait l'être encore moins de devoir fournir des explications à un civil aux grades militaires factices.

– Aucune avancée diplomatique ?

– Non, pas que je sache. Le Comité de contrôle maintient le délai accordé au *Mount Castle* afin de l'obliger à quitter bientôt Tanger. Il ne lui reste que quatre jours.

– Croyez-vous que ce délai puisse être prolongé ?

– Je ne sais pas, répondit le marin, qui sembla hésiter un instant. Je ne crois pas, reprit-il, parce que toutes sortes de pressions sont exercées. Quoi qu'il en soit, quelques heures avant la fin de l'expiration du sursis, je prendrai la mer pour l'attendre hors du port.

– Et s'il refuse d'être arraisonné ?

– Je le coulerai.

– Il est armé, je crois.

– C'est vrai. D'un canon Vickers de calibre 76 camouflé sous une superstructure, à la poupe… Face à mon destroyer, il n'a pas la moindre chance.

Falcó s'autorisa un sourire complice qui ne trouva aucun écho.

– Le capitaine du *Mount Castle* le comprend-il ?

– Bien entendu. N'importe quel marin le saurait. Nous sommes sous ses yeux, collés au quai. Il nous aura parfaitement observés. À ce que l'on dit, il connaît son métier.

– Apparemment, il est asturien, comme vous. Votre nom, Navia, est de cette région, n'est-ce pas ?

– Ça n'a rien d'étonnant. C'est une terre de marins et de mineurs, et nous sommes en pleine guerre civile.

Il s'exprimait encore sur un ton froid et sec. Falcó l'examina avec curiosité pendant un moment, au bout duquel il se pencha un peu plus vers lui, ses mains prenant appui sur ses genoux.

– Vous le couleriez avec tout cet or à bord ?

– N'en doutez pas.

– Mais votre mission n'est-elle pas de vous emparer de ce chargement ?

– Je le ferai si je le peux. Autrement, si une fois hors de la mer territoriale de Tanger le cargo ne répond pas à mes signaux lui ordonnant de mettre en panne, et s'il préfère combattre, je l'enverrai par le fond. Qu'il soit chargé d'or ou d'images miraculeuses.

– Les rouges essaient d'obtenir l'escorte d'un vaisseau de guerre anglais.

– Impossible. La Royal Navy ne se mêlera jamais à ça de cette manière.

– Et si une escorte rouge venait de la péninsule ?

Navia eut une expression de dédain.

– J'en doute, parce que ceux-là ne prennent pas beaucoup de risques. Ils n'oseront pas s'approcher du détroit. Et nous, nous avons le croiseur *Baleares* à Ceuta.

Un silence suivit, pendant lequel le marin interrogea du regard Falcó, en lui demandant sans rien dire s'il en avait terminé. Celui-ci sortit son étui, l'ouvrit et proposa une cigarette à Navia, qui refusa d'un mouvement de tête.

– On me dit que les deux équipages se croisent parfois à terre, sans incidents notables.

– C'est bien ça… Mes hommes sont très disciplinés, et les rouges ne veulent pas de problème.

Falcó ferma l'étui sans prendre de cigarette.

– Pourtant, je crois avoir compris que vous aviez eu trois désertions.

– Je ne surveille pas mes marins. – Un éclair de défiance avait lui dans les yeux de Navia. – Je suis leur commandant, pas un policier. Ceux qui ont déserté doivent l'avoir fait en raison de leurs idées, ou être allés rejoindre leur famille en zone rouge… Chacun a ses raisons pour faire ce qu'il fait ou cesser de faire ce qu'il faisait.

– C'est très louable. Mais d'autres pourraient ne pas le prendre avec autant d'équanimité.

– Ces autres ne commandent pas mon navire.

Falcó aventura cette fois une expression de sympathie.

– Pendant les jours qui ont suivi le soulèvement, les marins de presque toute l'escadre ont assassiné leurs officiers et leurs commandants… Comment vous en êtes-vous sorti ?

– Les plus exaltés ont été ramenés à la raison par leurs compagnons. J'ai annoncé que nous allions nous joindre à l'insurrection et j'ai laissé descendre à terre ceux qui restaient loyaux à la République. Sur mon navire, personne n'a tué personne.

– Ce n'est pas ce qui a généralement eu lieu dans un camp comme dans l'autre.

– Mais c'est ce qui s'est passé tout naturellement sous mon commandement. L'équipage m'a cru sur parole. Ils me respectaient avant ça et me respectent encore à présent… Nous avons essuyé deux sérieux combats, dont un contre des croiseurs ennemis, et tous mes hommes se sont bien comportés.

– Vous n'avez pas signalé les déserteurs à la gendarmerie de Tanger ?

– Je l'ai fait vingt-quatre heures plus tard. Quand j'ai appris qu'ils étaient à bord d'un bateau à destination de Marseille.

Il l'annonçait avec une certaine fierté, proche du défi. Pour la première fois, la froideur du commandant du *Martín Álvarez* cédait la place à une sorte d'émotion. Falcó perçut la légère faille et décida de l'approfondir.

– Pourquoi me racontez-vous ça ?

L'expression de surprise du commandant parut sincère.

– Parce que vous me l'avez demandé. Pourquoi vous le cacher ?

Falcó esquissa un sourire prudent.

– Vos supérieurs du quartier général pourraient considérer tout autrement les choses.

– Ils le font déjà, répondit Navia en soulignant le dernier mot. C'est pour ça que j'ignore combien de temps encore je serai le commandant de mon navire… Mais je suis un marin, un catholique, et j'aime l'Espagne. Je me suis soulevé contre le chaos de la République pour mes idées, et je fais la guerre pour remplir mon devoir, pas pour contenter mes chefs.

Je te tiens, se dit Falcó. Je sais enfin ce que tu es, et comment nous allons pouvoir nous entendre. Me voilà de retour sur mon terrain, mes verts pâturages. Les héros sont toujours plus transparents que les canailles. Je les ai vus bien des fois prendre le chemin de l'oubli ou du cimetière, sans laisser derrière eux autre chose qu'un roulement de tambour qu'ils sont les seuls à entendre.

– Me permettez-vous de vous faire part d'un point de vue un peu épineux ?

– Faites.

– Je doute qu'en suivant ce chemin vous arriviez un jour à être amiral.

Un éclat de rire. Le commandant du *Martín Álvarez* riait enfin, d'un rire qui creusait une infinité de petites rides autour de ses yeux.

– Je ne le crois pas moi non plus, dit-il un moment plus tard, encore souriant.

Falcó ouvrit de nouveau son étui à cigarette et, cette fois, Navia en accepta une. Falcó se pencha pour lui donner du feu.

– J'ai un plan, commandant. Je suis venu à Tanger avec un plan.

Le marin le regardait avec attention.

– Compatible avec mes ordres ?

– Tout à fait. Et il est double : plan A et plan B… Pour l'initiative, je peux me débrouiller seul, mais pour le recours j'ai besoin de vous.

– Dites-moi d'abord ce qu'est l'initiative, voulez-vous ?

– Je vais essayer de faire passer le capitaine du *Mount Castle* de notre côté. Avec le cargo.

– Ça alors !… Et comment comptez-vous vous y prendre ?

– En l'achetant.

Navia regardait le bout de ses chaussures. On pouvait presque entendre la rumeur de ses pensées.

– Ça peut bien se terminer, ou finir mal, dit-il. Il se peut que ce capitaine soit un homme intègre, poursuivit-il en recouvrant quelque chose de sa sécheresse. Ils ne sont pas tous des vendus.

– Dans ce cas, il faudra passer au plan B, le recours qui peut même être combiné à l'initiative dont nous parlions… Combien le *Mount Castle* a-t-il de membres d'équipage ?

– Trente et quelques, je crois.

– Ils passent la nuit à bord ou à terre ?

– Le plus souvent, ils descendent à terre, et la plus grande partie d'entre eux remonte à bord au lever du jour ou au cours de la matinée. Il ne reste généralement sur le bateau qu'une équipe d'une demi-douzaine d'hommes.

– Pour les armes ?

– Nous leur avons vu des fusils et des pistolets, bien qu'ils essaient de ne pas trop les afficher.

Falcó regarda une nouvelle fois du côté du rideau et baissa davantage la voix.

– Pourriez-vous me fournir une petite unité d'abordage, des hommes déterminés, de confiance, que nous ferions passer pour des francs-tireurs venus de terre, des phalangistes ou équivalents ?

Navia le regardait, sidéré.

– Il y a un peloton de la gendarmerie de Tanger sur le quai.

– Nous viendrions par la mer, de l'autre côté.

La marin passait de l'étonnement à la stupéfaction. Il considérait Falcó comme si celui-ci avait perdu l'esprit.

– Vous me proposez un coup de main pour nous emparer du *Mount Castle* par la force sans autre forme de procès ?

– Exactement.

– Dans le port ?

– Oui, de nuit. Et d'en sortir à toute vapeur.

– Ça ne peut pas se faire aussi vite, trancha Navia, qui prit le temps de la réflexion. Il faut allumer la chaudière et attendre d'avoir une pression suffisante.

– Ce qui prend combien de temps ? Deux heures ?

– Six.

– Bon, c'est encore possible, mais il faudra commencer de bonne heure. L'idée, c'est de larguer les amarres avant le jour.

Navia fumait, encore pensif. Se pénétrant peu à peu de l'idée. Il était évident que ce plan B faisait briller ses yeux. En son for intérieur s'affrontaient le respect des règles et l'audace de l'entreprise.

– Personne ne va croire qu'il s'agit de phalangistes, remarqua-t-il enfin. Et ça va constituer un acte de piraterie internationale grave. Un imbroglio diplomatique.

Falcó sourit, et pas du sourire qu'il réservait aux femmes. Un chien de mer devant un banc de thons, un requin au-dessous de deux naufragés auraient eu exactement le même.

– C'est bien possible… Mais cela, commandant, ne sera plus notre affaire.

5

Des yeux comme des tasses de café

Il faisait nuit quand ils sortirent, et chacun partit de son côté, Navia le premier, puis Falcó. Rexach attendait à la porte de la boutique. Une ombre. Dans l'obscurité rutilait la braise d'un de ses cigares.

– Tout va bien ?

– Tout va bien. Contactez-moi demain, à mon hôtel.

– D'accord.

Ils se séparèrent sur-le-champ. Falcó était satisfait. Il mit son chapeau et descendit vers les lumières du Zoco Chico. La plupart des échoppes étaient encore ouvertes, éclairées par des ampoules électriques et des lampes à pétrole. Il y avait moins de passants, mais le Fuentes et le Central étaient aussi animés qu'un peu plus tôt.

Il allait continuer en direction de son hôtel quand un groupe d'une demi-douzaine d'hommes attira son attention. Ils parlaient en espagnol, assis autour de deux guéridons du Fuentes, ils étaient en civil, certains avec des casquettes et des cabans noirs ou bleus de gens de mer. À ce moment-là, une table se libéra près d'eux ; poussé par la curiosité, il eut le bon réflexe de devancer un couple bien vêtu qui se dirigeait vers elle en parlant français, et il leur souffla la place de justesse.

– Pardonnez-moi, dit-il à la dame, je ne puis rester longtemps debout. Une vieille blessure. Verdun, 1917. *Pour la France**.

Ignorant l'homme qui protestait, d'abord déconcerté, puis furieux, il croisa les jambes, rejeta son panama en arrière, commanda une eau-de-vie de figue et observa le groupe assis non loin de lui.

C'étaient des marins, bien sûr. Au bout de quelques minutes, il eut la confirmation qu'ils faisaient partie de l'équipage du *Mount Castle*. Ils plaisantaient en compagnie de quelqu'un que les uns appelaient *nostramo*, qui est le bosco ou maître d'équipage, et les autres El Negus, un individu aux cheveux gris très crépus, aux yeux bleus et au visage recuit, qui semblait exercer un certain ascendant sur ses compagnons. La situation de leur navire et le péril qui les guettait en mer ne semblaient pas les inquiéter ; Falcó ne les entendit pas une seule fois aborder le sujet. Ils étaient tous de bonne humeur, avec cette insouciance des gens de mer descendus à terre dans un port à l'étranger. Ils parlaient d'alcools, de cuisine et de femmes, en envisageant une incursion immédiate dans les cabarets proches.

– On va au Tropicana après dîner ?

– D'accord.

– Non, allons plutôt dans le bouge de la Hamrouche.

– Ne charriez pas, les gars. Les filles, là, sont plutôt sales.

– C'est vrai, elles le sont, mais la bibine est bonne. On y sert bière et cognac en bouteilles garanties inviolées.

– Alors là, ce doit bien être la seule chose encore inviolée à Tanger.

Falcó allait partir quand quelque chose le retint sur son siège : par la rue de la Marine, près du bureau des télégraphes espagnol, arrivait un petit groupe d'hommes qui portaient l'uniforme bleu sombre de la marine espagnole, avec le pantalon large caractéristique, la vareuse et le col marin. Sur les casquettes blanches sans visière, le bandeau ne laissait pas place au doute ; on y lisait, en lettres dorées : *Martín Álvarez*.

Intéressé, Falcó les regarda s'approcher des cafés et s'arrêter, indécis, entre les deux, cherchant en vain une table inoccupée. Presque tous étaient jeunes, hormis deux vétérans qui les accompagnaient. L'un portait une casquette à visière et au bras le galon de sous-officier de l'artillerie.

– Pour les fascistes, c'est celui d'en face, leur cria un des marins du cargo, et ses compagnons firent chorus.

– Et ta mère, elle y est, peut-être ? répondit un des hommes en uniforme.

Celui qui avait parlé le premier voulut se lever, mais le maître d'équipage surnommé El Negus le retint par le bras.

– Ne troublons pas la fête, dit-il avec le plus grand calme.

De son côté, le sous-officier de l'artillerie saisit l'insulteur et le tira à l'écart des tables.

– Ne mêle pas les mères à ça, mon gars.

Les uns et les autres se regardaient avec l'envie d'en découdre. Les poings étaient serrés, les visages peu aimables. L'un de ceux qui étaient assis se racla bruyamment la gorge et cracha par terre. En un instant, le jeu avait cédé place à l'hostilité.

– Ne débloquons pas, dit le sous-officier en s'adressant au maître d'équipage républicain.

Cela sonnait comme un compromis entre égaux, et le maître d'équipage du cargo parut le recevoir ainsi. Après avoir soutenu le regard de l'artilleur, il fit un léger signe d'assentiment. Celui qui avait déclenché les hostilités voulut dire quelque chose, mais le bosco lui donna de nouveau l'ordre de se taire.

– Pas ici, fit-il, cinglant.

– J'emmerde les…

– Je t'ai dit que ce n'était pas l'endroit, bordel !

Ce fut au tour du sous-officier du *Martín Álvarez* de signifier son approbation d'un mouvement de tête. D'homme à homme. D'une manière quasi instinctive, le gradé avait levé deux doigts comme pour les porter à la visière de sa casquette, mais il suspendit son geste à mi-chemin. Au moment où il allait se remettre en marche avec ses compagnons, le maître d'équipage du *Mount Castle* lui fit un signe.

– Où allez-vous boire un verre ? lui demanda-t-il sur un ton posé, de son siège.

Le sous-officier du destroyer hésita un instant. Il regarda les marins qui l'entouraient, puis se tourna de nouveau, mains dans les poches, vers celui qui lui avait posé cette question.

– Pourquoi voulez-vous le savoir ?

Le bosco fit un geste qui incluait les deux groupes.

– Pour que nous ne nous trouvions pas au même endroit. Ce n'est pas le moment.

Le gradé réfléchit.

– On nous a parlé du cabaret Pigalle, concéda-t-il enfin.

Quelques-uns des hommes qui étaient assis marquèrent leur désapprobation d'un mouvement de tête.

– Je vous recommanderais plutôt le Tropicana, dit le maître d'équipage. Il est dans le coin, rue des Cristianos, à une centaine de pas… Vous ne pouvez pas vous tromper : il y a une lanterne rouge et deux putes à la porte.

– Et vous, où allez-vous ? s'enquit le sous-officier après avoir hoché la tête en signe d'approbation.

– À la Hamrouche, qui est un peu plus loin. Vous pourrez l'essayer demain.

Ils se regardèrent un instant en silence.

– Si nous sommes encore là, dit le sous-officier.

– Bien entendu.

Alors, le gradé du destroyer national put porter la main à la visière de sa casquette, comme négligemment.

– Merci, dit-il.

– De rien.

– Vive l'Espagne.

Tous deux affichaient un demi-sourire, en coin, blagueur.

– Et la République, répondit le maître d'équipage en levant le poing.

Falcó regagna son hôtel par la rue de la Marine, sans se presser, en profitant de la promenade. Habitué à se mouvoir sur des territoires aux limites imprécises, et Tanger était de ceux-là, il se sentait à son aise dans cette ville. L'atmosphère locale lui était aussi familière que celle de la frontière entre le Mexique et les États-Unis ou de la ligne turbulente qui séparait l'Europe centrale et les Balkans de l'Union soviétique. Il existait entre ces endroits un lien évident, un dénominateur commun : leur nature hybride. Par hasard, nécessité ou plaisir – il ne voyait aucun intérêt à le déterminer –, une moitié de sa vie s'était écoulée en de pareils endroits : gargotes sud-américaines, tavernes d'Europe centrale, souks et bazars de l'Afrique du Nord et du Levant méditerranéen. Toujours attentif aux expressions, aux paroles, aux conversations, il en tirait des leçons utiles pour mener sa barque et sauver sa peau. Voilà pourquoi il évoluait avec la même aisance au Ritz de Paris ou au Plaza de New York que dans le quartier chinois de San Francisco, parmi les cafards d'une pension de Veracruz ou dans un bordel d'Alexandrie, et même dans des endroits où il valait mieux avoir repéré la porte de sortie avant de commander un verre et de le boire en jetant de prudents regards par-dessus son épaule.

Il passait à côté de la grande mosquée quand il comprit qu'il était suivi.

L'instinct de la profession l'alerta, et la confirmation vint quelques pas après. On le pistait, de loin, en s'efforçant d'être discret. Il y avait quelques passants sur ce tronçon de rue, et il se mit à zigzaguer entre eux comme au hasard, s'arrêta pour acheter à un vendeur ambulant marocain quelques bâtons de réglisse et, après s'être assuré du coin de l'œil qu'un homme vêtu à l'européenne l'avait bien pris en filature, il poursuivit son chemin. Falcó n'était pas dépourvu de ressources dans les situations d'exception, compte tenu de l'entraînement au combat suivi en Roumanie et des trois semaines de formation aux techniques policières de la Gestapo, à Berlin, qui avaient perfectionné jusqu'à l'automatisme tout ce qui était perfectible.

Au bout de la rue, devant la plage et la baie noire où brillaient, lointaines, les lumières des navires au mouillage, le vent faillit emporter son chapeau. Il l'enleva et le garda à la main, mais, au lieu de monter par la rue Dar Baroud, à sa gauche, comme il en avait eu l'intention, il tourna à droite, dans l'avenue où le levant agitait furieusement les palmiers.

Les réverbères étaient éteints. La rumeur du vent et des vagues qui s'écrasaient sur la grève proche l'empêchaient d'entendre le bruit des pas, derrière lui, mais en se retournant dans une zone d'ombre plus épaisse, il aperçut la présence suspecte qui se déplaçait, à une vingtaine de pas. Il se mit à réfléchir rapidement. Il était hors de question de se servir du pistolet, un coup de feu aurait fait trop de bruit, et ce n'était pas le moment de devoir fournir des explications ni d'avoir affaire à la police. La priorité était de comprendre de quoi il retournait. De découvrir qui était ce type et ce qu'il lui voulait.

Il continua de marcher le long des façades des édifices du front de mer, çà et là éclairé par les lumières des habitations. Enfin, il trouva un coin dans un endroit adéquat, un renfoncement obscur dans lequel son costume de couleur claire ne se détacherait pas trop de l'ombre. Après avoir poussé un soupir résigné en livrant son chapeau au vent – c'était un Montecristi à dix dollars –, il enleva sa veste, dans laquelle il enveloppa son bras gauche, et se plaqua contre le mur.

Un homme averti en vaut deux, disait l'Amiral.

Falcó ignorait ce que son suiveur avait dans les poches ou dans les mains, ce qui ne lui facilitait pas les choses. Il pouvait recevoir un coup de couteau dans le ventre, et bonsoir. Avec une artère fémorale coupée – ce que l'on appelait dans le jargon de la profession « le coup du torero » –, il n'y avait ni tourniquet ni pression capables d'arrêter l'hémorragie. C'était bonjour et adieu. Mais ce n'était pas son baisser de rideau préféré.

Il entendit finalement les pas, tout près du renfoncement dans lequel il s'était tapi. Trois mètres, deux, un. La bille sautait sur les encoches de la roulette en mouvement. Le numéro allait sortir : rouge ou noir, pair ou impair. Vieilles sensations. Un jour, je perdrai, probablement ; sans plus de considération, on me fera les poches ou la peau, se dit-il fugacement avant d'oublier cette image et de se concentrer sur ce qu'il faisait. Ce n'était pas le moment de laisser vaguer ses pensées.

Tendu comme un ressort d'acier, il serra les poings, protégea son ventre avec sa veste et resta à l'affût dans son repaire, aussi figé qu'une statue d'ombre, tandis que la tension dans l'attente de ce qui allait se passer grimpait dans son cœur et dans sa tête.

Un comprimé de Cafiaspirina serait le bienvenu, se dit-il. Vivement que tout ça se termine.

Le battement du sang à ses tempes commençait à l'assourdir – c'était l'inconvénient de guetter en silence le moment d'entrer en action –, mais ça n'avait déjà plus d'importance, parce que son suiveur avait enfin tourné le coin, passait sans deviner sa présence et faisait encore quelques pas, pressés, parce qu'il ne voyait plus personne devant lui. Il s'arrêta brusquement, décontenancé, et il allait se retourner pour regarder derrière lui, devinant peut-être le piège, quand Falcó le frappa à la nuque.

Quand l'homme revint à lui, il était dans le coin à l'abri du vent et des regards inopportuns où Falcó l'avait traîné, après avoir remis sa veste. Maintenant, il lui faisait les poches et en inspectait le contenu à la lumière de la flamme de son briquet : un plan de la ville plié en deux, deux préservatifs, un 6,35 Star et un portefeuille avec de l'argent français et espagnol. Il y avait aussi un passeport au nom de Ramón Valencia Hernández et une carte d'identité avec la même photographie, mais celle-ci au nom de Ramón Villarrubia Márquez, à l'en-tête du SINA, datée et tamponnée à Tétouan. Le SINA. Les services secrets nationaux pour l'Afrique du Nord contrôlés par Queralt.

Un gémissement. Une toux, puis un autre gémissement, cette fois plus long. L'homme cherchait à se redresser en prenant appui sur un coude et en massant sa nuque endolorie. Accroupi près de lui, avant d'étouffer la flamme de son briquet, Falcó jeta un dernier coup d'œil sur son visage : moins de trente ans, cheveux blonds, petite moustache taillée, fine, coiffé – ou plus exactement décoiffé, à ce moment-là – avec la raie au milieu. Son chapeau avait aussi été emporté par le vent.

Voyant l'ombre de Falcó au-dessus de lui, l'homme eut un mouvement convulsif, de crainte. Falcó le saisit au collet et, appuyant très fort, lui plaqua violemment la nuque par terre. Pour couronner le tout, il lui appuya le canon du Star sur le front.

– Raconte-moi tout, petit.

Il ne pouvait distinguer les traits de l'homme, dans l'obscurité, mais il le sentit trembler. Un son tentait de s'ouvrir passage dans la gorge autour de laquelle ses doigts étaient refermés. Falcó attendit encore quelques secondes pour obtenir l'effet souhaité, puis il relâcha la pression. Un nouveau gémissement, puis un souffle anxieux s'ensuivirent.

– Allez, raconte, insista-t-il.

Il appuya plus fort le pistolet sur le front de l'homme, qui gémit de plus belle.

– Un. – Il se mit à compter doucement. – Deux…

Encore à demi étouffé, le pisteur agita les mains.

– Attends, dit-il enfin.

– Je n'attends pas, répliqua Falcó. Et je ne vais compter que jusqu'à cinq. Trois… Quatre…

C'était du bluff, mais le type, au-dessous de lui, ne pouvait pas le savoir. Il le sentit agiter de nouveau les mains en essayant de se redresser.

– Mais attends, bon dieu, attends… Nous sommes dans le même camp.

– J'en doute.

– Je suis policier, merde.

– Quel genre de policier ?

– Ton opérateur radio. Je viens du bureau du SINA de Tétouan… Ils m'ont dit qu'ils t'avaient prévenu que je serais là… Que je devais te contacter.

Falcó poussa un soupir d'exaspération. Il l'avait presque oublié, ou, plus exactement, il ne s'attendait pas à le voir se présenter de cette manière. L'ombre sinistre de Lisardo Queralt s'étendait jusqu'à lui.

– On m'a effectivement prévenu, répondit-il. Mais personne ne m'a dit que tu allais me suivre dans les rues en te la jouant comme dans un film de gangsters… Ni que tu serais assez balourd pour te laisser surprendre comme un idiot.

– Je cherchais comment t'aborder discrètement.

– Et tu t'es débrouillé pour te tirer une balle dans les couilles.

Un bref silence suivit. Falcó détourna son arme. L'envoyé de Queralt avait encore de la peine à respirer

– Putain, tu m'as donné un de ces coups…

Falcó recula un peu, s'assit dos au mur. En se traînant, et tout en poussant de nouvelles plaintes de douleur, le policier fit de même. Ils restèrent assis là, ensemble, dans l'obscurité.

– Je m'appelle Ramón Villarrubia.

– Je sais comment tu t'appelles.

– Tu as mes papiers ?

– Bien sûr.

– Rends-les-moi.

Falcó les lui donna, et il remarqua que le policier palpait ses vêtements.

– Le pistolet que tu tiens est à moi.
– C'est possible.
– Donne. Rends-le-moi.
– Je te le donnerai tout à l'heure, quand je m'en irai. Ou peut-être pas.
– Hé, dis, tu n'as pas le droit de faire ça.
– Ah bon ? Donner une petite leçon à l'imbécile qui me suivait, c'est une faute ?

Après avoir dit ça, Falcó se mit à rire. D'un rire acerbe, retors et cruel. Un rire bien à lui.

– Je signalerai cette agression, protesta l'agent de Queralt. Tu t'imagines peut-être que…
– Va te faire mettre.

Pendant un instant, son interlocuteur parut ne plus savoir que dire. Falcó plongea la main dans sa poche pour s'assurer que le tube de comprimés de Cafiaspirina était toujours là ; mais il avait la bouche trop sèche pour en avaler un. Il lui fallait un verre d'eau, et vite. Tout pouvait bien aller au diable. Le pénible battement à la tempe droite et une vive douleur commençaient à lui donner la nausée.

– Tout ça est ridicule, dit enfin l'autre. Je suis venu à Tanger me mettre à ta disposition.
– Tu t'y es pris comme un manche.
– Je suis désolé… Non, sérieusement. J'ai cru que c'était la meilleure manière de procéder.
– Tu étais loin du compte. Et puis, tes chefs ne me reviennent pas. Pas du tout.
– Je suis en service commandé. J'obéis aux ordres… Je ne suis même pas un agent de terrain, seulement un opérateur radio.

Falcó se leva en époussetant ses vêtements.

– Eh bien, laisse-moi te dire une chose, Villarrubia, ou Villacouilles, ou quel que soit ton nom…

– Villarrubia est bien mon nom.

Il était encore assis par terre. Falcó ne pouvait voir ses traits ; il se pencha pour approcher son visage tout près de celui du policier.

– Je n'ai absolument rien à faire de ton véritable nom, lui dit-il avec la plus grande froideur. Ce dont j'ai besoin, c'est d'un radiotélégraphiste, et tu sembles en être un. Mais je te préviens… Si je te vois là où tu ne devrais pas être, si je te croise sur ma route, si tu portes préjudice à ma mission ou si tu n'obéis pas à un de mes ordres, je te jure devant Dieu et devant sa mère que je t'arrache la tête et que je l'envoie à Tétouan dans un panier. Tu m'as bien compris ?

– Très bien.

– Alors, prends ton pistolet et fiche-moi le camp. Où loges-tu ?

– Boulevard Pasteur, dans la ville européenne. Une planque du Sina… C'est là que j'ai mon équipement radio.

– Fiable ?

– Allemand. Telefunken, de premier ordre. Il tient dans une grosse valise.

– La planque est sûre ?

– Je crois.

– Numéro et étage ?

– Vingt-huit, au premier. La porte de gauche.

– Je te contacterai quand j'aurai quelque chose à transmettre. Par mesure de sécurité, sois assis au Café de París tous les jours, à quinze et à dix-huit heures. D'accord ?… Et ne t'avise pas de te présenter à mon hôtel. Si tu as quelque chose d'important à me dire, téléphone et attends-moi au café. Quand j'arrive, file sans m'adresser la parole à la planque, je te suivrai.

– Très bien. Quel code utilises-tu ?

– Tu n'en as rien à faire. Un nouveau, que n'ont pas les rouges… Tu en sais assez comme ça.

Falcó regarda tout autour de lui, en se massant du bout des doigts la tempe droite. Ils étaient tout près de l'hôtel Cecil, situé face à la plage et qui avait un bar. Il y trouverait de l'eau pour avaler ses comprimés. À quelques pas de là, par terre, contre le mur, il vit une tache blanche. C'était son panama. Une chance. Le vent ne l'avait pas emporté bien loin. Il alla le chercher. Quand il se retourna, Villarrubia s'était levé et n'était qu'une ombre adossée à la paroi.

– Ils m'avaient prévenu, se plaignit-il. Ils m'avaient averti que tu es un fils de chienne.

– Eh bien, tu vois, dit Falcó en passant à côté de lui, chapeau à la main, avant de se perdre dans la nuit, ils ne se trompaient pas de beaucoup.

L'analgésique avait produit son effet.

Dix minutes au bar du Cecil, deux comprimés de Cafiaspirina et, peu après, un sandwich au fromage, une cigarette et un verre de cognac avaient effacé la douleur. C'était plus de temps qu'il ne lui en fallait pour réfléchir à ce qui venait de se produire et peser les avantages et les inconvénients d'avoir dans les pattes un homme de Lisardo Queralt, même si ce n'était qu'un opérateur radio, ou prétendu tel. Enfin libéré de la migraine, il réfléchissait encore, plus tranquillement. Il était allé faire quelques pas et, adossé contre un kiosque de vente de boissons à l'abri du levant, il fumait une deuxième cigarette en face de l'Avenida de España, la rumeur de la mer derrière lui. Les réverbères étaient encore éteints et entre les ombres oscillantes des couronnes des palmiers sifflaient, aiguës et sinistres, les rafales de vent.

Il se tenait maintenant devant l'hôtel Majestic, bien qu'il n'eût rien à y faire. Il passait devant l'entrée en regagnant le Continental, prêt à emprunter une des rues à l'intérieur des murs de la ville pour éviter la gêne des coups de vent, mais il avait bientôt changé d'avis et s'était arrêté.

Eva Neretva était là avec ses camarades, l'Espagnol Trejo et ce communiste anglais ou américain appelé Garrison, lui avait dit le gros Rexach. Elle y demeurerait, supposait-il, aussi longtemps que le *Mount Castle* resterait à quai dans le port, et Falcó savait bien qu'ils allaient finir, elle et lui, par se rencontrer de nouveau, tôt ou tard, cette fois à Tanger.

Il se souvenait d'Eva d'une manière qui était tout à fait inhabituelle pour lui. Avec mélancolie. Ce qui ne contribuait pas à endormir ses sentiments : il se revoyait marchant bras dessus bras dessous avec elle à Carthagène, en compagnie de Caridad Montero – cette pauvre fille fusillée, un peu plus tard, avec d'autres qu'Eva et lui-même avaient trahis – comme il la revoyait aussi torturée et violée, obscènement nue, attachée au sommier de ce pavillon de Salamanque où, enfreignant toute précaution, toute raison et toute règle, il avait tué trois hommes de Queralt pour la libérer. Et il revoyait aussi et surtout le regard qu'elle lui avait lancé, à la gare de Coimbra, quand il l'avait rendue aux siens. Quand il croyait que leurs routes ne se croiseraient jamais plus.

Il regarda les quelques rares fenêtres de l'hôtel encore éclairées. Peut-être, se dit-il, est-elle à présent dans une de ces chambres – il scruta les lumières dans l'espoir d'y voir se profiler son ombre –, à moins qu'elle ne soit en ville, en train de dîner avec ses camarades dans le restaurant cher dont Rexach lui avait parlé, et d'examiner avec eux comment mener à bien la mission que

Moscou lui avait confiée et que les circonstances rendaient si ardue. Et c'est sans compter avec moi, qui vais encore l'empirer, conclut-il.

Pendant un moment, se mettant à la place de l'adversaire, ou du joueur – leur vie tenait en définitive beaucoup du jeu –, Falcó s'interrogea sur ce qu'il arriverait à Eva si elle échouait. Pavel Kovalenko, le conseiller soviétique de la République qui dirigeait le Bureau des opérations spéciales du NKVD en Espagne, avait une réputation d'implacable criminel. On disait de lui, pas vraiment en manière de plaisanterie, qu'il avait fait parmi les républicains plus de victimes à l'arrière que les fascistes n'en comptaient à leur actif sur le front. On savait qu'il ne bronchait pas le moins du monde quand il envoyait indifféremment au peloton d'exécution ses propres agents, des membres des brigades internationales et espagnoles, tout individu suspecté de déviationnisme, ou de trotskisme, ou de n'importe quelle autre tendance en défaveur auprès de ses maîtres du Kremlin. Et quand il s'agissait de communistes éminents tombés en disgrâce qu'il n'était pas possible de faire disparaître du jour au lendemain, il faisait le plus souvent de sorte qu'ils soient rappelés à Moscou, où leur parcours s'achevait quand on leur brûlait la cervelle dans la plus pure tradition des sous-sols de la Loubianka. Tout dépendait de l'importance de leur protecteur et de son influence dans l'appareil des services secrets soviétiques.

Falcó spéculait avec une curiosité quasi méthodique sur la position qu'Eva Neretva devait occuper dans la hiérarchie du parti. Le fait que Kovalenko lui eût confié l'or du *Mount Castle* impliquait qu'elle ne devait pas être négligeable. Trejo, le commissaire politique espagnol, ne pesait sans doute pas bien lourd. L'opération était menée par Eva et Garrison, c'était clair. Mais, avait dit Rexach, c'était elle qui semblait commander. Et ne pas s'en priver.

Pendant un moment, il eut une envie presque furieuse : traverser l'avenue d'un pas décidé, entrer au Majestic, donner dix francs au réceptionniste, demander quelle chambre occupait madame Luisa Gómez, frapper à sa porte, se confronter à elle sans plus amples considérations. Et vogue le navire. Mais le monde dans lequel ils vivaient ne leur permettait rien de tel. Aussi secoua-t-il la tête comme pour chasser une idée noire, en jetant sa cigarette. Il enfonça le chapeau sur sa tête et fila sur l'avenue, le vent en plein visage, en direction de son hôtel.

Il se demanda si Eva savait qu'il était à Tanger. Si ce n'était pas le cas, elle n'allait pas tarder à l'apprendre.

Et il se demanda aussi, pendant un moment, tout en avançant entre les ombres, quel souvenir elle gardait de lui.

Quand il se réveilla, le lendemain patin, le vent était tombé. Il ne restait du furieux levant qu'une faible brise. La mer était calme, le ciel d'un bleu lumineux et il faisait bon, pour cette période de l'année.

Après avoir fumé une cigarette en pyjama et burnous sur la terrasse, en contemplant le port – le *Mount Castle* et le *Martín Álvarez* étaient toujours amarrés l'un près de l'autre –, il fit quelques mouvements de gymnastique, se rasa soigneusement avec savon à barbe, blaireau et coupe-chou, puis il prit un bain. Il achevait de s'habiller et n'avait pas encore noué sa cravate quand on frappa à la porte. Il ouvrit et vit devant lui une femme de chambre maghrébine qui lui demanda si elle pouvait faire la chambre. Elle avait à côté d'elle un chariot avec des draps propres, un seau d'eau et des lavettes.

D'âge moyen, elle portait un tatouage sur le front et ses cheveux étaient ramassés en arrière sous un foulard noué à la nuque. Avec des grands yeux noirs comme des tasses de café, elle était attirante. En voyant Falcó sur le seuil, elle sourit, à la fois obséquieuse et timide.

– Entrez, lui dit-il. Je vais prendre mon petit déjeuner.

Il descendit l'escalier au tapis de style berbère, choisit une table qui lui permettait d'avoir le dos protégé par un mur et de surveiller l'entrée de la salle – il n'y avait que deux hôtes, à part lui, un couple âgé qui discutait à voix basse, en italien. Il commanda au serveur espagnol un œuf à la coque, du pain grillé et un verre de lait, et il jeta un coup d'oeil à la *Tangier Gazette*, qui titrait à la une : *Impasse dans le port. Le bateau républicain attend encore que l'on décide de son sort.*

Après s'être restauré, il remonta dans sa chambre. La Maghrébine mettait la dernière main au nettoyage ; elle avait ouvert la fenêtre pour aérer la pièce et les rideaux se soulevaient doucement dans la brise. En voyant entrer Falcó elle lui sourit avec autant de timidité qu'un peu plus tôt, et un air d'excuse pour n'avoir pas encore terminé. Elle venait de faire le lit et lissait la courtepointe.

– Ne vous dérangez pas, dit-il. Continuez, je vous en prie.

Il s'approcha de la commode pour y prendre certains objets qu'il y avait rangés, et alla nouer sa cravate devant le miroir de l'armoire. Puis il prit vingt francs dans son portefeuille et les donna à la Maghrébine.

– *Uar*, fit-elle, déconcertée. Non, c'est beaucoup.

Falcó insista et, avec le sourire, lui glissa le billet dans une poche de sa blouse, boutonnée sur le devant.

– Aujourd'hui, c'est moi qui régale, un autre jour, ce sera toi.

Elle se débattit un peu, amusée, puis finit par accepter.

– *Barak Allah oufik.*

Elle avait des lèvres charnues et une peau sombre et lisse. De belles formes. Le tatouage sur son front était ancien et ressemblait à la Croix du Sud. Ses yeux couleur café, qui regardaient Falcó avec curiosité, présentaient de légers cernes de fatigue.

– *Choukran*, merci… *Nasrani*, murmura-t-elle. *Zwin.*

Il éclata de rire. Il connaissait assez d'arabe maghrébin pour comprendre ce qu'elle avait dit : chrétien, beau.

– Toi aussi tu es belle, répondit-il. *Maghribia jamila* ?

Il resta à la contempler pendant qu'elle, après un moment d'indécision, se tournait de nouveau vers le lit pour finir d'en lisser la courtepointe. Comme elle se penchait au-dessus du sommier, sa blouse remonta jusqu'au bas de ses cuisses, découvrant davantage de peau brune. Falcó se dit que c'était délibéré.

– *Smyitek* ? demanda-t-il. Comment tu t'appelles ?

– Karima, répondit-elle sans se retourner.

Sans rien dire de plus, il resta immobile au milieu de la chambre, à la regarder pendant qu'elle terminait son travail, en se demandant ce que pouvait être une journée de cette femme. Sans doute rien d'enviable. Rien à voir avec celles des Tangéroises élégantes qui s'asseyaient aux terrasses des cafés de la ville. L'idée le gêna et l'intéressa en même temps.

Le lit était fait et la Maghrébine se tourna vers lui avec une expression indécise. Elle tirait sur sa blouse en regardant les lavettes et le seau. Falcó sortit son portefeuille, y prit deux cents francs qu'il lui mit dans la main, somme qui dépassait, supposa-t-il, ce qu'elle devait gagner en un mois. Elle le regarda, méfiante et songeuse. Il lui sourit plus largement, leva la main et, lui caressant le cou, d'un côté, sentit la chair tiède de la femme. Elle avait tout d'abord fait mine de reculer, puis se laissa faire.

– *Beslama* ? Karima… Au revoir.

Il ne désirait rien de plus et allait sortir quand, alors qu'il ne s'y attendait pas, elle lui prit la main et, avant qu'il ne la retire, la retourna du côté de la paume, où elle posa un baiser. Alors, il s'approcha un peu plus d'elle.

Elle sentait, constata-t-il, la femme lasse. Et elle était réellement belle. Il la saisit par la taille, qui se cambra d'une façon bestiale à son contact.

– *Nasrani oueld el kahba*, l'entendit-il murmurer.

Ce qui le fit sourire. *Chrétien fils de pute*, en traduction libre ; ce n'était pas une si mauvaise manière de le définir, surtout en un moment aussi peu chrétien que celui-ci. Il la poussa doucement vers le lit, où il la fit s'allonger sur le dos, et elle se laissa faire avec docilité, en remarquant l'excitation de Falcó. Ses grands yeux très noirs l'étudiaient avec attention, soudain moqueurs, et il sut ce qu'elle se disait : conduits à un certain point, tous les hommes sont faciles à manipuler, riches ou pauvres, élégants ou vulgaires, mécréants ou fidèles au prophète. *Nasrani oueld el kahba.*

– Karima ?

– *Wakha* ?

– Tu es une sacrée femme.

Qu'elle eût compris ou pas, elle rit, reconnaissante, altière, pendant qu'il défaisait les boutons de sa blouse, en commençant par le bas, découvrant peu à peu la peau brune des cuisses, entre lesquelles il glissa une main pour jouir de la douceur de leur contact. De cette chair émanait de la chaleur. Et il y avait là, au terme du parcours, une culotte de coton effilochée qu'il retira avec douceur sans rencontrer de résistance, dénudant le sexe au voile frisé, noir, épais et, à ce moment-là, aussi mouillé qu'il le fallait. Finalement, le dernier bouton du haut défait, les seins apparurent, libres, sans rien pour les maintenir, avec de grandes aréoles couleur chocolat et des mamelons durs et sombres.

Falcó retira sa veste et défit la boucle de sa ceinture.

– *Afak*… Je t'en prie, demanda la Maghrébine, ne jouis pas en moi.

Le reste de la matinée s'écoula sans que rien de notable ne survienne. Dans la rue Rembrandt, au cœur de la partie européenne de la ville, Falcó se rendit chez le banquier Moisés Seruya, choisi pour épauler l'opération, et il lui montra le câblogramme chiffré de Tomás Ferriol, qui lui avait été remis à sa descente de l'avionnette de Tétouan.

– Pedro Ramos, dit-il en se présentant.

– Ah, oui. C'est un plaisir de vous recevoir.

Le banquier était un jeune juif dynamique et agréable, de la troisième génération des Seruya à Tanger, qui venait de prendre la direction de l'affaire familiale. Il reçut son visiteur avec une sollicitude efficace, le fit passer dans un bureau moderne et fonctionnel, meublé dans le style Bauhaus, et lui présenta une boîte ouverte de havanes Partagás, que Falcó refusa d'un geste aimable.

– Je préfère mes cigarettes, merci.

– Comme vous voudrez, répondit le banquier en l'invitant à s'asseoir sur une élégante chaise de tubes d'acier et de cuir. Installez-vous et excusez-moi un moment, je vous en prie.

Prenant place devant sa table de travail, il posa le câblogramme sur un sous-main en cuir repoussé, sortit un livret d'un coffre-fort et mit trois minutes pour déchiffrer le message, avec la plus grande concentration. Puis il releva la tête, ornée de ce que Falcó supposa être son plus beau sourire commercial.

– Tout est en règle, confirma-t-il. À partir de ce moment, vous pouvez disposer dans cette maison d'un demi-million de francs français.

– Convertibles en dollars ou en livres sterling ?

– Bien entendu.

– Je vous demanderai probablement des livres. Quel est leur cours actuel ?

– Cinq dollars nord-américains.

– Et en pesetas ?

Le jeune Seruya remua légèrement la tête, dubitatif.

– Républicaines ou nationales ?

– Nationales.

– À soixante pesetas la livre, il vous faudra payer quatre-vingt-six francs pour cent pesetas, dit le banquier en prenant une expression très significative avant d'ajouter : La peseta républicaine vaut trois fois moins que celle du général Franco.

Sur ces mots, il leva légèrement les mains, paumes vers le haut. Le geste indiquait éloquemment quel parti les banquiers et les marchés internationaux donnaient pour vainqueur.

– Comment devrai-je procéder quand j'aurai besoin de liquidités ? demanda Falcó.

– Il vous suffira de me faire parvenir un message écrit de votre main et, une heure après, la somme vous sera remise soit directement, soit à la personne que vous aurez désignée. Vous devrez seulement en préciser le montant et en quelle devise vous la désirez.

Il avait pris une feuille de papier à lettres qu'il posa devant Falcó, et il lui tendit également, avec sollicitude, un porte-plume et un encrier.

– Je vous prierai seulement d'écrire quelques mots, ce qui vous vient à l'esprit, et de signer. Je pourrai ainsi m'assurer que le message est bien de vous quand il me parviendra.

Falcó trempa la plume dans l'encre et écrivit : *Ma lettre, qui est heureuse, parce qu'elle va vers vous*, écrivit-il. Il signa *Pedro Ramos* et parapha simplement. Après y avoir appliqué le buvard, il rendit la feuille de papier au banquier, qui lut et sourit.

– Ah, *El tren expreso* de Ramón de Campoamor !

– Une de mes grands-mères me le récitait, quand j'étais petit.

– Oh, fit le jeune Seruya, dont le sourire s'élargit. C'est attendrissant.

– Oui. Très.

Le banquier rangea le papier dans un tiroir et croisa les doigts sur le sous-main.

– Y a-t-il quelque chose d'autre que je puisse faire pour vous ?

Falcó réfléchit un instant.

– Eh bien oui. – Il venait de se souvenir de Moïra Nikolaos. – Avant toute autre demande, j'aurais besoin de six mille francs en livres.

– Maintenant ?

– Oui.

– Chèque ou espèces ?

– Un chèque conviendra.

– Nominatif ?

– Au porteur.

– Aucun problème. Je vous le libelle à l'instant. – Seruya ouvrit un chéquier et posa sur la table une autre feuille de papier vierge. – Mais il faudra m'établir un reçu, ajouta-t-il, toujours souriant. Sans poésie, cette fois.

Falcó trempa de nouveau la plume dans l'encrier.
– Bien entendu.

Appuyé sur le rebord de la fenêtre du bureau d'où se découvrait le port, Falcó regardait au-dehors.

Le bureau était une annexe commerciale de fret louée deux jours auparavant par Antón Rexach, d'où l'on pouvait parfaitement voir le quai auquel étaient amarrés les deux navires, le *Mount Castle*, avec sa coque et sa haute cheminée noires et, une trentaine de mètres devant, accroché aux bittes par d'épaisses aussières, le *Martín Álvarez*, d'un gris intimidant et à l'allure menaçante avec ses deux cheminées et ses cinq canons.

– Ce matin est arrivé à Tanger un destroyer britannique, le *HMS Boreas*, annonça Rexach. Il nous vient de Gibraltar, à titre d'observateur neutre. On ne peut pas le voir d'ici, il est plus loin, ancré dans la rade.

– Je l'ai aperçu ce matin de la fenêtre de l'hôtel, répondit Falcó. Je ne crois pas qu'il intervienne dans cette affaire.

– Moi non plus. C'est, comme toujours, pour la forme. Les Anglais ne feront rien qui puisse contrevenir à la non-ingérence, mais donneront l'impression de garantir quelque chose, ceci ou cela… C'est de l'hypocrisie anglo-saxonne caractérisée.

Falcó regardait les navires. Rexach lui tendit de volumineuses jumelles Zeiss.

– Servez-vous de celles-ci. Elles sont meilleures que les lunettes de théâtre d'hier.

Falcó porta à ses yeux les puissantes binoculaires 7×50 et régla la molette de mise au point. Il obtint une netteté remarquable, et put parcourir attentivement dans leurs moindres parties les deux bâtiments. Le *Mount Castle*, amarré bâbord à quai, était laid et presque plat.

Sa coque était très mal entretenue, sa peinture écaillée avec de grandes taches de rouille. Ce n'était pas un bateau avenant.

– Il a été construit en 1910, au chantier naval de Glen Yard, en Écosse, dit Rexach, dans le dos de Falcó. Quatre-vingt-quatorze mètres de longueur hors-tout et deux mille cinq cents tonneaux de jauge brute… petit et vieux, mais encore fiable, s'il est gouverné d'une main sûre. Comme ça semble être le cas.

– Quelle vitesse peut-il atteindre ?

– Onze nœuds à toute vapeur, me dit-on… Ce n'est pas mal, mais insuffisant pour échapper au *Martín Álvarez* qui, lui, file plus de trente nœuds. Que le destroyer le prenne en chasse quand il aura largué les amarres ou l'attende en mer, le cargo n'aura aucun recours.

Falcó continua d'examiner le navire de charge à travers les lentilles. Sous les lettres blanches de *Mount Castle*, on apercevait celles d'anciens noms presque effacés, par-dessus lesquels on avait repeint. Il était évident que le bâtiment en avait eu plusieurs, et autant de matricules, maintes fois camouflés depuis le début de la guerre. C'était sous celui de *Clan MacKinklay*, d'après ce que disait Rexach, que le bâtiment était arrivé dans la rade de Tanger, et le nom authentique avait été rétabli à coups de pinceau aussitôt le bateau ancré dans la rade, quelques heures avant d'être amarré au quai.

– Combien d'hommes à bord ?

– Selon le rôle d'équipage, trente-deux. D'après ce que j'ai appris, tous sont des marins de la marine marchande, sauf quatre artilleurs républicains chargés du canon, répondit Rexach en montrant la poupe du navire. Qui est là, regardez. La légère saillie sur la dunette. Caché sous cette structure en forme de boîte.

Falcó regarda, puis braqua ailleurs les jumelles. Il ne pouvait voir le Vickers de 76 du cargo, mais il voyait parfaitement les pièces de 120 du *Martín Álvarez* : deux à la proue, une entre les deux cheminées, une autre derrière les tubes lance-torpilles et le dernier à la poupe. Des armes antiaériennes étaient également visibles. Il était impossible que le navire de charge pût se tirer d'un combat en haute mer contre le destroyer national. Il ne resterait pas dix minutes à flot.

Il dirigea ensuite les Zeiss du côté du quai. Il y avait là un alignement de chevaux de frise et de barbelés au pied des grues, devant l'endroit où était amarré le *Mount Castle*, avec une guérite de surveillance, et des sentinelles armées de fusils étaient visibles.

Rexach avait interprété le mouvement des jumelles.

– Un piquet de gardes mobiles est là, relevé toutes les huit heures, dit-il. On ne laisse passer personne qui ne fait pas partie de l'équipage.

– Nationalité ?

– Pour la plupart, des Français. Le commandement de la police internationale de Tanger est officiellement confié à un Espagnol, mais pour des raisons pratiques c'est un capitaine français qui en est responsable. Ce qui nous arrange, parce que l'Espagnol est loyal à la République, alors que le Français… Eh bien, il est français, quoi.

Falcó écarta de ses yeux les oculaires.

– Corruptible ?

Rexach fit entendre un rire cynique.

– Évidemment. Ne vous ai-je pas dit qu'il était français ?… Pas au point, bien entendu, de nous prêter main-forte, mais suffisamment pour regarder ailleurs quand nous en aurons besoin. – Là-dessus, il ménagea une pause significative. – Vous avez de quoi l'encourager dans ce sens ?

– Ça se pourrait.

Rexach s'en pourlécha les babines.

– Formidable. Mais il vaudrait mieux que ce soit moi qui m'en occupe. – Dans ses yeux gélatineux brillait l'étincelle de la convoitise, qui était déjà familière à Falcó. – Je connais mieux que vous le panier de crabes.

– D'accord. Mais ne soyez pas trop gourmands, le Français et vous.

– Moi ? fit Rexach, portant la main à son cœur, ou à son portefeuille. Vous vous trompez sur mon compte.

– Je n'en doute pas.

Falcó chaussa les jumelles dont les deux cercles, fondus en un seul dans ses yeux, furent braqués une nouvelle fois sur le *Mount Castle*. Du pont, une échelle de coupée descendait jusqu'au quai, dans l'alignement de la cheminée, et il y avait en haut deux hommes accoudés au bastingage. Il s'agissait sans doute de la garde du bord, indépendante de celle de terre. Il y avait encore un homme à la proue, constata-t-il au bout d'un moment, et un autre à la poupe ; peut-être y en avait-il aussi un du côté opposé au quai. Sans doute étaient-ils discrètement armés, et Falcó se dit que le capitaine Quirós n'était pas seulement le marin dont tous vantaient les mérites, mais qu'il se révélait aussi, dans les ports, prévoyant.

– De combien allons-nous pouvoir disposer ? voulut savoir Rexach, toujours sensible à ses intérêts.

– Nous en parlerons plus tard.

– Bien. C'est vous le patron.

Falcó continuait d'observer la structure de la timonerie, les bouches d'aération, les deux canots de sauvetage arrimés chacun sur son bord, un peu à l'arrière de la cheminée, quand il lui sembla, tout à coup, percevoir du mouvement sur la superstructure, en direction duquel il braqua aussitôt les jumelles. Un groupe était sorti sur la plate-forme bâbord de la dunette, et ces gens parlaient entre eux. Avec les lunettes, même à cette distance, on les voyait assez bien.

Quatre hommes et une femme.

Lorenzo Falcó était quelqu'un pour qui les années vécues, les incertitudes, les dangers et l'entraînement formaient un bloc compact de réflexes utiles et de routines défensives. Sa vision du monde était simple en sa forme et compliquée en ses origines. C'était un mécanisme d'horlogerie constitué d'automatismes, d'égoïsme vital, de réalisme cru, d'un sens de l'humour noir et fataliste, et de la certitude intellectuelle que le monde est un milieu hostile régi par des lois implacables et peuplé de bipèdes dangereux, où il était possible, avec force volonté et certaines aptitudes, d'être aussi redoutable qu'un autre. Tout ceci donnait à son caractère une sorte d'équanimité cruelle que son chef, l'Amiral, appelait devant les autres froideur opérationnelle. Tu es, lui avait-il dit un jour où ils buvaient un verre au bar du Grand Hôtel de Salamanque – hupa hupa pour Falcó, scotch pour lui –, un pistolet dans un pain de glace.

Ce fut justement tout cela, ou le résultat pratique conséquent, qui permit à Falcó de quitter calmement le port en direction du Continental, où il monta la volée de marches de l'entrée, se vit remettre des mains du concierge un message qui lui était destiné, le lut tranquillement, alla téléphoner à Moïra Nikolaos de la cabine du vestibule pour confirmer qu'il se rendrait bien à son invitation à dîner le soir même chez elle, après quoi il se dirigea vers le bar, au comptoir duquel il commanda un Cinzano avec un jet d'eau de Seltz avant d'aller s'asseoir devant une des fenêtres d'où l'on voyait le port et la baie, en attendant le serveur.

Ce fut alors, et seulement à ce moment-là, quand la boisson eut été posée devant lui et qu'il put la porter à ses lèvres, qu'il se livra enfin à la réflexion sur ce qu'il venait de voir, du bureau du port, à travers les lentilles des jumelles.

Il l'avait aussitôt reconnue, en train de converser avec naturel, entre les quatre hommes. Appuyée au garde-corps de la plate-forme de la dunette du *Mount Castle*, elle remuait les mains en parlant, hochait la tête en signe d'approbation, se prononçait sur ce que disaient les hommes qui l'entouraient. Elle portait une veste en cuir, avait un foulard noué autour du cou et un chapeau au bord étroit qui laissait apparaître ses cheveux blonds. Elle ne les avait plus aussi courts que ceux d'un garçon. Peut-être à cause de l'agrandissement des Zeiss ou parce que le temps avait fait son œuvre, elle paraissait moins efflanquée que la dernière fois, ce qui modifia l'image que Falcó avait gardée d'elle : visage marqué par l'humiliation et la torture, une lèvre fendue par les coups, regard perdu et immense fatigue qui boursouflait ses paupières et annonçait – c'était ce qu'il s'était dit à ce moment-là – la femme qu'elle serait dans une vingtaine ou une trentaine d'années. Maintenant, ses pommettes semblaient s'être arrondies, son air était celui de quelqu'un en pleine santé, fort. Elle n'était pas grosse, mais vigoureuse. Sous sa veste se devinait nettement un torse athlétique.

Nous sommes quittes, se rappela-t-il une fois encore. C'était ce qu'avait dit Eva Neretva quatre mois plus tôt, tandis qu'il fumait tout près d'elle une dernière cigarette, appuyé contre le capot de la voiture arrêtée sur le bas-côté de la route en territoire portugais, après qu'il eut conduit toute la nuit pendant qu'elle dormait sur le siège arrière et se remettait des tortures infligées par l'un des policiers que Falcó avait dû tuer pour la libérer, celui dont le manteau l'enveloppait. Oui. Nous sommes quittes.

Mais ce n'était pas sûr. Assis devant la fenêtre d'où l'on voyait, au loin, le port et les bateaux, s'obligeant à boire à toutes petites gorgées, Falcó décida qu'ils n'étaient absolument pas quittes, à présent, dans ce nouveau contexte et avec ces acteurs différents. Nous ne sommes plus quittes, conclut-il après une nouvelle gorgée de vermouth. Pas ici, plus maintenant. Il se demanda de quelle manière ce qui s'était passé, tout ce temps, ces événements et l'éloignement avaient pu altérer le souvenir qu'elle gardait de lui. Et il se demanda aussi si elle conservait encore ses convictions communistes et sa foi de glace, quasi religieuse, en la cause à laquelle elle avait voué sa vie. Si elle était toujours le soldat sans faille d'une guerre qu'elle avait elle-même qualifiée de gigantesque, juste et inévitable. Debout, damnés de la terre, debout, forçats de la faim, c'est la lutte internationale de l'homme contre l'homme pour libérer l'homme, fût-ce en dépit de lui-même. Cause impitoyable, féroce, sans concessions ni sentiments.

Il consulta sa montre, finit son verre, prit son chapeau et se leva en boutonnant sa veste. Avant de sortir du bar, il jeta un dernier coup d'œil sur les navires à quai et se rappela que peu auparavant, alors qu'il épiait Eva de la fenêtre du bureau d'affrètement, il l'avait vue se tourner et lancer soudainement vers lui un regard déterminé et pénétrant. Falcó savait qu'il était impossible qu'elle l'eût découvert : il était trop loin, derrière la vitre d'une fenêtre. Mais la sensation, pénible et forte, lui avait brusquement fait baisser les jumelles.

Je sais que tu es là, en ville, avait-il cru lire dans son regard. Je sais que tu es là, tout près, quelque part, et que tu m'observes peut-être en ce moment même. Je sais que nous ne tarderons pas à nous trouver face à face.

6

Le cabaret de la hamrouche

Après s'être assuré qu'il n'était pas filé, Lorenzo Falcó s'arrêta devant le n° 28 du boulevard Pasteur, dans la partie moderne de Tanger.

Bien qu'il fît encore jour, le soleil couchant rougissait déjà les parties hautes des édifices. Il était resté un moment assis au milieu de l'animation, de la fumée des cigarettes et de la rumeur des conversations du Café de París, le temps de boire un thé à la menthe afin de permettre à Villarrubia, l'opérateur radio, de quitter la table où il l'avait attendu et de prendre la direction de la planque. Ensuite, Falcó le suivit sans se presser, du côté droit de la rue, parmi des gens vêtus à l'occidentale ou à la maghrébine, en surveillant avec une précaution de routine les voitures à chevaux et les automobiles – il ne fallait pas négliger les surprises que pouvait réserver un véhicule arrêté au bord d'un trottoir. Plus que dans tout le reste de la ville, on voyait dans ce quartier davantage de vestes et de cravates, de chapeaux, de robes et de chaussures à talons que de djellabas, de fez et de turbans. À certains moments, n'étaient les femmes au visage voilé, moins nombreuses ici que dans la médina, Falcó se serait cru dans n'importe quelle autre ville de l'Europe méditerranéenne.

Le portail était large et l'escalier, dans le fond, envahi par l'ombre.

Il entra, sens en alerte, en palpant instinctivement le pistolet sous sa veste, dans la gaine de cuir accrochée à sa ceinture. Depuis son arrivée à Tanger, Falcó s'assurait qu'il y avait toujours une balle engagée dans la chambre de son Browning, la sûreté enclenchée. Le poids familier de l'arme – cinq cent soixante-dix solides grammes avec le chargeur plein – et la certitude de l'avoir à portée de la main étaient maintenant rassurants, parce que ses activités à Tanger lui imposaient le risque de trop s'y attarder. De trop s'exposer. Il avait parlé à bien des gens, et cette ville était un milieu idéal pour la délation, l'espionnage, les sales combines. Il n'y avait là presque personne qui ne fût à la solde de quelqu'un et ne servît souvent plusieurs maîtres à la fois. La survie d'un espion s'en trouvait d'autant plus gravement menacée.

Dans ce métier, toute distraction pouvait être fatale.

En montant les marches, il se rappela la première fois où il avait tué un homme. Il ne s'y était pas pris avec cette petite arme maniable, mais avec un lourd Webley réglementaire de l'armée britannique, quand il ne travaillait pas encore pour les services secrets espagnols. Cela s'était passé dans les environs de Ciudad Juárez, treize ans plus tôt. Une affaire plutôt sordide, au cours de la livraison d'un chargement de 500 000 cartouches Remington et d'un millier de rifles destinés aux révolutionnaires mexicains que le présumé acheteur – un certain colonel Romero sans uniforme à la tête patibulaire – avait cru, devant l'apparente jeunesse de l'intermédiaire, pouvoir emporter grâce à quelque tour de cochon, sans payer le total de la somme convenue. Aux premières heures du jour, sur une route poussiéreuse entre les États-Unis et le Mexique où étaient arrêtés deux camions et deux voitures, leur désaccord était devenu manifeste, le ton était monté jusqu'à aboutir à une menace expresse du colonel Romero. Son large sourire de prédateur imbu d'autosatisfaction s'était brusquement effacé dans la lumière des phares quand Falcó, encore jeune, sans doute – moins de vingt-quatre ans –, mais sur ses gardes, conscient que Dieu vient en aide à ceux qui se lèvent tôt, lui avait tiré dessus à dix pas de distance, bang, à l'instant où le Mexicain esquissait le geste de glisser la main dans sa veste. Le prétendu colonel s'était écroulé sans un mot, ployant les genoux comme s'il n'en pouvait plus, et tout s'était résolu ainsi. Un peu plus tard, on avait pu établir que ce que voulait apparemment Romero c'était prendre un des havanes qu'il gardait dans la poche intérieure de sa veste ; mais, à ce moment-là, Falcó et ses acolytes – quatre anciens militaires gringos comme lui à la solde de Basil Zaharoff – s'étaient mis à l'abri avec le chargement de l'autre côté de la frontière. Dans un bouge d'El Paso où il avait terminé sa nuit en compagnie d'une métisse aux seins intéressants, Falcó s'était réveillé après avoir rêvé que c'était lui qu'on abattait. Très désagréable, mais sans plus. Peu après, il dormait à poings fermés. L'épisode lui avait appris une leçon qui allait lui être très utile pour la vie : dans le doute, liquide l'autre. Mieux vaut un « on ne sait jamais » qu'un « si j'avais su ».

Villarrubia s'était contenté de repousser la porte sans mettre le verrou, ce qui fit grimacer Falcó. Une négligence de débutant, surtout quand on ne peut savoir si l'on est suivi par un ami ou par un ennemi, ou par l'un et l'autre. Il entra et la referma soigneusement derrière lui.

La cache était une maison moderne dont les fenêtres donnaient sur le boulevard. Il n'y avait que les meubles indispensables, ce qui ne disait rien de bon sur la générosité de Lisardo Queralt et le souci qu'il prenait du confort de ses agents. Villarrubia avait installé l'équipement radio dans la salle à manger, et le câble de l'antenne courait d'un côté à l'autre de la pièce, accroché à la lampe du plafond. Le transmetteur-récepteur était posé sur la table, dans une valise ouverte, avec le manipulateur morse, les livres de code et des carnets de note.

– Quelle est sa portée ? voulut savoir Falcó.

– Suffisante pour qu'ils nous reçoivent, à Tétouan. De là, ils font suivre à Salamanque.

À la lumière du jour, en manches de chemise et sans cravate, l'opérateur semblait encore plus jeune. Propre et bien coiffé avec la raie au milieu. En dépit de sa petite moustache châtaine il ressemblait davantage à un étudiant qu'à un policier en exercice. Falcó remarqua l'hématome violacé à l'arrière du cou, là où il l'avait frappé la nuit précédente. Mais Villarrubia ne semblait pas lui en tenir rigueur. Tout au moins, pas trop. Ou juste ce qu'il fallait. Il le regardait avec un mélange de curiosité, de réserve et de respect.

– À quelle heure pourrons-nous transmettre ? s'enquit Falcó.

Villarrubia consulta la montre à son poignet.

– Dans trois minutes.

Falcó lui tendit le texte chiffré qu'il lui apportait – il l'avait rédigé en se servant du manuel de droit maritime – et l'opérateur étudia consciencieusement les groupes de lettres et de chiffres.

– Compliqué ?

Villarrubia se permit de sourire, sûr de lui. Professionnel.

– Pas du tout. Je connais le système de chiffrement C8… Il est nouveau, comme vous le disiez. Et il est vrai que les rouges ne l'ont pas encore.

– J'ai fait en sorte qu'il n'y ait pas de groupes de plus de dix lettres.

– C'est préférable.

Le jeune homme s'était assis devant le manipulateur, en chaussant les écouteurs. Falcó remarqua qu'il faisait tout avec beaucoup de dextérité et comprit qu'on ne l'avait pas trompé sur la valeur du technicien qui lui était adjoint. Il semblait compétent, malgré sa jeunesse. C'était un bon opérateur radio.

– Une demi-minute, dit Villarrubia.

Il avait ôté la montre de son poignet pour la poser devant lui, bien en vue, près du manipulateur. Falcó, debout à son côté, le regardait faire.

– Ça y est, conclut le technicien.

Ti, ti-ti. Ti, ti-ti. Ti, ti, ti-ti… Point, trait. Point, trait. Point, point, trait. Le son commença à se prolonger en séquences rapides, à mesure que Villarrubia appuyait avec virtuosité sur le manipulateur. Tout à sa tâche, le jeune homme suivait du doigt les groupes chiffrés, qu'il convertissait en signaux télégraphiques. Peut-être n'y avait-il là pour lui que des masses de lettres, dépourvues de sens, qu'il transmettait mécaniquement, mais Falcó savait qu'une fois retransmises de Tétouan, reçues et déchiffrées par l'Amiral – et aussi par les gens de Lisardo Queralt –, le message serait clair :

Fonds reçus. stop. Contact propre positif. stop. Contact contraire niveau maximal prévu cette nuit. stop. Voyageurs hostiles peuvent nécessiter café. stop. Informe demain temps un

– C’est tout ?

Villarrubia avait levé la tête et lui adressait un regard interrogateur. Falcó fit un geste affirmatif et le jeune homme tapa un point, un trait et trois points avant de mettre le commutateur en mode de réception. Il touchait ses écouteurs, attentif au signal. Falcó put percevoir, amorti, le crépitement de la réponse : trois points, un trait, un point et un trait. Fin de transmission. Tétouan n’avait pas de message pour eux.

– C’est tout, dit l’opérateur.

Il avait ôté les écouteurs et le regardait comme s’il attendait de lui une approbation. Falcó hocha de nouveau la tête.

– Bon travail. Rapide et précis.

– Merci.

– Où as-tu été formé ?

L’opérateur hésita un instant avant de répondre.

– À Ceuta.

– C’est là ta base, ou es-tu affecté à Tétouan ?

Cette fois, l’hésitation fut plus longue. Le jeune homme finit par refuser d’un mouvement de tête.

– Je ne peux répondre à cette question. Je n’y suis pas autorisé.

– Je comprends, admit Falcó, indulgent, en sortant son étui à cigarettes. Tu en veux une ? Ce sont des anglaises.

– Je ne fume pas.

Le claquement du Parker Beacon se fit entendre.

– Comment diable t’est venue l’idée de te faire policier ?

– C’est quelque chose de répréhensible ?

Falcó prit une expression amusée en soufflant la fumée.

– Ça dépend de qui porte la plaque, et de pourquoi il s'en sert.

L'opérateur lui lança un regard soupçonneux.

– Je ne crois pas que quelqu'un comme toi, dit-il après réflexion, soit le mieux placé pour donner des leçons à qui que ce soit.

– Quelqu'un comme moi ? Que veux-tu dire ?

– Un espion… Voilà ce que je veux dire.

– Tu en es un toi aussi, ici, en ce moment même.

– Ce n'est pas la même chose. Je sais ce que font ceux du Grupo Lucero.

– Ah. Et que faisons-nous ?

Villarrubia ne répondit pas, même s'il avait l'air de vouloir ajouter quelque chose.

– Parle. Que faisons-nous ? répéta Falcó pour le décider.

Le jeune homme, mécontent, fit une grimace qui était presque de défi.

– Je t'ai dit la nuit dernière ce que certains pensent de toi.

Falcó rit.

– Que je suis un fils de chienne ?

– C'est ça.

– Je ne prétends pas te donner de leçon, fit-il, encore souriant, amical. C'est seulement que je ne suis pas habitué à travailler avec un policier dans les pattes… En général, ceux qui font ton métier ne sont pas de mon côté.

Le jeune homme parut réfléchir.

– Mon père était commissaire, dit-il un instant plus tard.

– Était ?

– Il a été fusillé par les rouges, à Malaga.

– Désolé.

– C'était un policier et un brave homme.

– Bien sûr. Je n'en doute pas.

Villarrubia s'était levé et débranchait les appareils. Falcó lui posa la main sur l'épaule. Le moment était venu de le flatter, se dit-il. De combiner loyauté et reconnaissance. En matière de sécurité, il comptait plus sur la persuasion que sur l'autorité, ce qui était presque infaillible, et il devait avoir ce garçon de son côté. En fait, pour s'attirer de l'affection, il se débrouillait assez bien. Il maîtrisait la technique. C'était un outil supplémentaire, mille fois mis à l'épreuve, et très utile dans son métier douteux.

– Tu connais bien ton affaire, mon ami ; tu es parmi les meilleurs que j'aie pu voir, affirma-t-il sur un ton presque solennel. On ne m'a pas trompé… Tu es réellement très bon.

D'un geste machinal, le jeune homme se frotta la nuque en adressant un regard sincère et reconnaissant à Falcó, qui y vit, en confirmation, celui d'un jeune chiot que l'on vient de caresser.

Il était vingt et une heures quinze.

Le capitaine du *Mount Castle* semblait aussi peu avenant que son navire : trapu, dur, camus, petit et aussi compact qu'une brique. Il portait un pantalon de coutil très froissé, une veste grise un peu trop étroite pour lui à la taille, des chaussures de toile blanche. Son crâne tanné par le soleil était complètement dégarni, ce que compensait un peu une barbe rousse mêlée de poils blancs. Il avait des taches de son sur le front et le dos des mains, et des yeux bleus de Viking. Peu disert, quand il prenait la parole, il le faisait en regardant à travers son interlocuteur d'un air distrait, comme s'il s'adressait à quelqu'un situé à l'arrière-plan. Chaque fois que Falcó faisait un commentaire ou posait une question, Quirós mettait un moment avant de répondre, au point qu'il semblait ne pas avoir entendu ce qu'on lui disait.

– Peut-être, fit-il.

Falcó réprima une grimace d'impatience. En une dizaine de minutes dans la salle de séjour de la maison de Moïra Nikolaos – elle les avait laissés seuls aussitôt que le marin était arrivé –, il avait déjà pu constater que son interlocuteur employait volontiers des adverbes isolés, comme si chacun d'eux était la conclusion ou l'amorce d'un long processus de réflexion, d'un lent mouvement ou d'un déclic prochain de petits engrenages logés au tréfonds de son être.

– Peut-être, répéta Quirós, un pli entre les sourcils pareil à un coup de hache, et Falcó sentit enfler en lui une vague d'inquiétude à l'idée que le dur à cuire n'allait pas être facile à convaincre. Il l'avait vu arriver par l'escalier qui montait du bas de la muraille, d'un pas oscillant, comme s'il se défiait de la stabilité trompeuse de la terre ferme et que d'un instant à l'autre une sournoise embardée allait lui faire perdre l'équilibre.

– Ça va être une guerre longue et dure, dont la République va sortir brisée, sur tous les fronts comme par ses contradictions internes, insista Falcó en lui offrant une cigarette.

Impassible, le capitaine regardait un point situé derrière la nuque de Falcó.

– Peut-être que oui, murmura-t-il, et peut-être que non.

Il avait fini par prendre une Player's dans l'étui qui lui était tendu, ouvert. Mais pas au hasard. On aurait dit que son geste était le résultat précis d'un choix qui lui avait demandé au moins cinq secondes. Après quoi il se renversa sur son siège – un fauteuil en cuir repoussé –

et alluma la cigarette avec une allumette qu'il prit dans sa boîte.

– Votre bateau est comme la République, dit Falcó, enfonçant le clou. Il n'a pas la moindre chance.

– Ça ne dépend pas de moi.

Falcó ne cacha point son étonnement.

– Vous parlez du bateau ?

– Je parle des chances de la République.

– Mais vous naviguez pour elle… Vous la servez.

– Évidemment.

Falcó considéra le capitaine avec un intérêt renouvelé, comme si une loupiote tremblotait tout à coup dans une forêt sombre. C'était donc ça, se dit-il. Ou ça l'était peut-être. Pendant le vol de Séville à Tétouan, il avait lu la biographie de Fernando Quirós établie par le bureau d'information du SNIO. Bien que sous pavillon panaméen, le *Mount Castle* appartenait à la compagnie de navigation asturienne Noreña et Cie, pour laquelle il s'était embarqué comme moussaillon quand il n'était encore qu'un gamin. Après avoir obtenu son premier commandement – celui d'un pétrolier torpillé par un sous-marin allemand pendant la Grande Guerre –, il n'avait plus eu qu'un but : faire de sorte que tout se déroule à la satisfaction de l'armateur, qu'il s'agisse de petit ou de grand cabotage avec une cargaison ou une autre : bananes des Canaries ou minerai de fer, armes pour la République ou lingots d'or pour la Russie. Et ce aussi bien en suivant les règlements internationaux de navigation en temps de paix qu'en enfreignant les blocus en temps de guerre. D'un naturel taciturne, peu imaginatif, il se pouvait aussi qu'il fût peu intelligent en tout ce qui ne concernait pas la navigation. Quirós ne se posait pas plus de questions qu'il ne cherchait de réponses, se bornait à accomplir ses tâches quotidiennes, ses devoirs. Il n'était rien sans son bateau, et son bateau appartenait à l'armateur. Tout devait être pour lui d'une confortable simplicité.

– Ce destroyer national vous coulera à peine sorti du port… Nul ne viendra à votre secours. Et on ne va pas vous permettre de rester amarré ici.

L'homme regardait les spirales de fumée de la cigarette comme il l'aurait fait pour s'assurer que chauffeurs et graisseurs, dans le ventre du navire, faisaient bien leur travail.

– Sans doute, lâcha-t-il d'une voix égale.

– Vous et vos hommes signez votre arrêt de mort si vous prenez la mer.

Quirós tira sur sa cigarette et, après un instant qui sembla s'éterniser, leva sur Falcó des yeux entourés de rides profondes et dont le bleu semblait décoloré par le soleil et le vent. Ceux d'un homme qui pendant quarante-six ans avait contemplé la mer du haut de la dunette d'un navire.

– Sans doute, répéta-t-il, et ces deux mots sortirent de sa bouche enveloppés d'une bouffée de fumée.

Cela dit, il garda un moment le silence, les sourcils de nouveau froncés. On l'aurait cru forcé de faire travailler son imagination.

– Certainement, ajouta-t-il enfin, comme s'il redoutait de n'avoir pas été suffisamment explicite.

Il s'était un peu penché en avant au-dessus de la table basse mauresque sur laquelle, avant de les quitter, Moïra Nikolaos avait posé une bouteille en grès de genièvre hollandais, un cendrier, deux verres vides et deux autres pleins de thé à la menthe.

– Il faudra y aller, dit-il simplement.

– À la mort ?

À peine Falcó avait-il prononcé ces derniers mots qu'il s'en repentait. C'était un peu trop mélodramatique. Toutefois, le capitaine ne semblait pas s'en offusquer. Il se contenait de le regarder, sans curiosité ni réprobation. Le silence qu'il opposait était massif, forgé par les coups de chien, les naufrages et les routes incertaines.

– N'avez-vous pas envisagé la possibilité de vous rendre quand le *Martín Álvarez* viendra vous arraisonner ?

Quirós le regardait encore, mais maintenant avec une expression de surprise modérée, peut-être sincère.

– Mais bien sûr que je l'ai fait, répondit-il. – Il s'interrompit, fixa de nouveau du regard la cigarette et remua ses larges épaules. – J'ai considéré toutes les possibilités.

– Et qu'avez-vous décidé de faire ?

Le marin avait tendu la main droite vers le verre de thé, qu'il porta à ses lèvres. Il les y trempa à peine et le reposa sur la table. Falcó attendit qu'il dise quelque chose, mais Quirós n'en fit rien. Pendant un moment, il fuma en silence. Puis il écrasa ce qui restait de sa cigarette dans le cendrier et but cette fois une bonne gorgée de thé. Ce fut tout.

– Nous savons, pour votre famille, dit Falcó, risquant un pion.

Quirós se borna à accuser le coup en baissant les paupières. Une seule fois. Il avait encore le verre de thé à la main.

– Je crois qu'ils vont bien, annonça-t-il enfin.

– Oui, là où ils sont. À Luarca. En zone nationale… Votre femme et vos deux filles.

Falcó avait appris leurs noms dans le rapport du SNIO : Luisa Munárriz, quarante-deux ans ; les filles, Ana et Sofía, quatorze et douze ans. Nul ne les avait molestées jusqu'à présent ou, du moins, pas trop. La femme, maîtresse d'école avant la guerre, avait perdu son emploi et briquait les sols d'un petit hôtel. Elles vivaient toujours dans la maison familiale, devant la mer. Un de leurs parents, lié à la Phalange, les avait protégées jusqu'à un certain point.

– Il existe une possibilité qui pourrait vous intéresser, dit-il.

Inexpressif, le marin regardait son verre. Falcó finit par se dire qu'il ne l'avait pas entendu.

– Une possibilité, répéta-t-il, insistant. Je suis autorisé à vous faire une offre. Familiale et économique.

Quirós leva doucement la tête. Maintenant, son regard était attentif et méfiant, on aurait dit qu'il venait d'apercevoir, au vent, un gros nuage noir. Mais Falcó ne commit pas d'erreur. Il connaissait suffisamment bien les hommes.

– Tranquillisez-vous. Je parle de votre famille sans arrière-pensée, reprit-il avec un sourire mesuré. Il n'y aura pas de représailles exercées contre elles, quoi que vous fassiez.

– Représailles.

Le capitaine avait répété ce mot comme s'il lisait une marque quelconque sur un placard publicitaire. Falcó écarta un peu les mains, sans excès.

– Oubliez ça. N'y pensez plus. Je peux vous garantir que vous reverrez votre femme et vos filles. Où vous le voudrez. Dans l'Espagne nationale ou un autre endroit de votre choix.

– Quel genre d'endroit ?

– Je ne sais pas. Ce sera à vous d'en décider… France, Mexique. Elles pourront voyager librement, le cas échéant. On leur fournira un passeport.

Un nouveau long silence suivit.

– Il y a un moment, vous parliez d'une double possibilité, dit finalement l'homme.

– C'est bien ça. Familiale, ai-je dit, et économique. Je dispose de fonds… Dans l'immédiat, de la main à la main, un demi-million de pesetas nationales. Un million et demi, si vous convertissez en pesetas républicaines.

– En échange du *Mount Castle*, je suppose.

– Vous supposez bien.

Le capitaine se gratta la barbe avec une exaspérante lenteur.

– Et surtout de sa cargaison, conclut-il.

Falcó estima qu'il n'était pas nécessaire de répondre. Il se contenta de regarder le marin, en espérant que les petits rouages internes tournaient toujours. Qu'un effet allait suivre.

– Mais je ne suis pas seul sur mon bateau, lâcha brusquement Quirós.

Il y avait eu quelque chose de particulier dans sa façon de dire *mon* bateau qui fit comprendre à Falcó que l'homme se référait à un territoire étranger à la juridiction de terre ferme. Il était évident qu'il ne s'agissait là ni d'orgueil ni de vanité, mais de la simple énonciation d'un fait objectif : le *Mount Castle* était *son* bateau, celui de Fernando Quirós, capitaine de marine marchande, seul maître à bord après Dieu. Et maintenant, laïque comme elle l'était, la République laminait cet échelon hiérarchique.

– Que se passera-t-il si mes hommes ne sont pas d'accord ?

– Nous pourrions vous aider à les neutraliser.

– Vous pourriez… au pluriel ?

– Je ne suis pas seul à Tanger, comme vous pouvez vous l'imaginer. Et à quai, pas très loin derrière vous, nous avons le *Martín Álvarez*. – Il ménagea une pause pour permettre au souvenir du destroyer et de ses canons de bien imprégner ce qui venait d'être dit. – Peut-être une conversation avec son commandant pourrait-elle être utile… C'est un marin sérieux. Asturien, comme vous.

– Comme moi, répéta Quirós.

– C'est ça.

– Un marin sérieux.

– Oui.

– Sérieux à quel point ?

– Au point de couler le *Mount Castle* quand il sortira du port… Et de vous expliquer ça au préalable, si vous acceptez de l'entendre.

Son interlocuteur regardait le verre de thé, au fond duquel il ne restait plus que quelques feuilles de menthe détrempées.

– Probablement.

Il avait tendu la main vers la bouteille en grès. C'était du genièvre Bols, avec la bande de garantie intacte. Il la déchira, ôta le bouchon et en versa trois doigts dans le verre vide qui était le plus près de lui, ignorant celui de Falcó.

– Je n'ai pas à bord que mes hommes d'équipage, fit-il remarquer.

Le sourire de Falcó était maintenant précautionneux. Terrain miné. Plus qu'un sourire, son expression était une façon aimable d'exprimer sa compréhension.

– Je sais. Nous sommes au courant… deux hommes et une femme : un commissaire de la flotte républicaine appelé Trejo, et deux agents étrangers, communistes, qui se font appeler Garrison et Luisa Gómez.

Si Quirós était impressionné par l'efficacité de l'espionnage ennemi, il n'en laissait rien paraître. Il regardait encore Falcó, ou par-delà celui-ci, avec une fixité inexpressive.

– Et ceux-là aussi… commença-t-il, comme s'il hésitait sur le terme à employer… vous prétendez les convaincre ?

– Ceux-là aussi. Je suis un homme persuasif.

Le marin porta le verre à ses lèvres et but une bonne gorgée de genièvre.

– Sûrement.

Il le dit avec la neutralité de granit qui caractérisait ses moindres paroles. Falcó se pencha pour saisir la bouteille en grès et se servit un doigt de genièvre.

– Avez-vous quelque chose à me dire sur ces deux individus et cette femme ?

– Non, répondit le marin, dont les yeux inexpressifs semblaient regarder Falcó. Mais ils passent beaucoup de temps en ville, ajouta-t-il. S'ils vous intéressent, vous pouvez vous adresser directement à eux.

Falcó préféra mettre le sujet de côté.

– Combien de temps vous faut-il pour prendre une décision, capitaine ?

– Je ne saurais vous dire.

– Nous n'avons pas beaucoup de temps. Malgré les efforts de votre consul, le Comité de contrôle est maintenant soumis à la pression de mon camp. Je doute qu'il rallonge le délai d'asile.

– J'en doute moi aussi, admit Quirós.

– Croyez-vous alors que rencontrer le commandant du destroyer soit une bonne chose ?

Avec un effort quasi visible, les yeux bleus se posèrent de nouveau sur Falcó.

– Peut-être.

– Je peux organiser ça ici même, demain.

Quirós parut réfléchir à la question.

– Demain matin, je dois aller voir le consul pour régler quelques affaires, dit-il. Ensuite, je dois m'occuper de l'approvisionnement de mon bateau.

Falcó se dit qu'il n'allait pas avoir besoin de grand-chose. Entre le moment où il larguerait les amarres, s'il le faisait, et celui où retentiraient les premiers coups de canon, il ne se serait pas écoulé une heure. Bordées, bulles et fin de partie. Des provisions pour couler mieux lesté par le fond.

– Dans l'après-midi, alors, proposa-t-il. En fin de journée, ça vous semble bien ?

Le marin réfléchit encore un peu avant d'accepter, d'un hochement de tête. Il s'était levé, Falcó en fit autant et lui tendit la main. Après une brève hésitation, Quirós la saisit fermement et la serra avec force dans la sienne, qui était courte, aux ongles ras et larges. Un coup de poing d'un pareil battoir, se dit Falcó, pourrait sonner un cheval.

Ils s'engagèrent ensemble dans le couloir, jusqu'à l'entrée de l'escalier secret, puis le capitaine partit sans desserrer les lèvres et disparut dans l'ombre. Quand Falcó eut refermé la porte du passage et regagné la salle le séjour, il y trouva Moïra Nikolaos, assise dans le fauteuil où Quirós s'était tenu. Elle fumait une cigarette.

– Comment ça s'est passé ? demanda-t-elle.

Falcó haussa les épaules.

– Je ne sais pas, dit-il, soucieux. En vérité, je ne sais pas.

Il redescendit de la médina par la rue des Cristianos, tendant l'oreille pour déterminer si le bruit de ses pas précédait celui de quelqu'un qui l'aurait suivi, mais il n'entendit rien d'inquiétant. La ville haute était déserte et obscure mais, à mesure qu'il se rapprochait du Zoco Chico, il vit quelques lumières. Des étalages et des petits cafés étaient encore ouverts ; devant une échoppe de cordonnier, deux hommes parlaient en hébreu. Il s'arrêta un instant pour consulter sa montre à la lumière d'une boutique, puis se remit en marche.

À trois reprises il se retourna pour regarder derrière lui, sans voir personne.

Il sentait, comme d'habitude, le poids rassurant du pistolet à sa ceinture. Il savait qu'abattre son jeu comme il venait de le faire devant le capitaine du *Mount Castle* avait fait de lui, automatiquement, une cible probable pour l'autre camp et qu'il lui fallait dès à présent redoubler de prudence. La sécurité de tout agent diminue en proportion inverse de sa visibilité, du temps pendant lequel il est contraint de s'exposer. Et il savait que le meilleur moyen de sauver sa peau dans ces conditions était la mobilité : une cible en mouvement est moins facile à atteindre qu'une cible immobile. « Je te l'ai déjà signalé, si tu t'arrêtes trop longtemps, tu es mort », avait coutume de dire son instructeur roumain, à Târgu Mureş. « Alors, rappelle-toi le vieux principe : observe, frappe et file. Tu sais. Le code du scorpion. » Dans ce douteux métier de chasseurs et de proies, où les rôles peuvent si facilement s'intervertir, s'abandonner à un excès de confiance, se croire apparemment en sécurité, ne pas regarder derrière soi ou ne pas guetter le pas de l'ennemi tue aussi sûrement qu'un poison, une balle ou une lame. Toutes ces négligences conduisent à la route sans retour.

D'une entrée obscure, une femme vêtue à l'européenne fit claquer sa langue.

– Un *coup** pour huit francs, dit-elle en espagnol.

Falcó sourit, amusé.

– Un autre jour.

– Tu ne sais pas ce que tu perds.

– Je le sais.

Il avait besoin de réfléchir. De boire tranquillement un verre et, ce verre à la main, de repenser à sa conversation avec le capitaine Quirós, ce drôle d'oiseau compact, dur et laconique. D'interpréter ses rares paroles et ses silences. De reconsidérer la situation telle qu'elle était à présent.

C'était ce qu'il avait en tête quand il passa devant une porte ouverte avec une lanterne rouge suspendue au linteau. *La Hamrouche*, pouvait-on y lire en grosses lettres. Ça sentait le désinfectant. Devant la porte, une armoire à glace, un Marocain énorme vêtu à l'européenne avec une allure de voyou parisien, discutait avec un légionnaire français.

– Belles filles, bonne musique, dit le portier à Falcó dans un anglais de routine, en souriant jusqu'aux oreilles.

– Et que me dites-vous des alcools et autres poisons ?

Le légionnaire cligna de l'œil, complice. Traits durs. Sous le képi blanc, il était blond, le visage marqué par la petite vérole. Galons de caporal sur la tenue kaki. Il avait les yeux brillants et le large sourire des fumeurs de kif.

– Les meilleurs de Tanger, assura-t-il en français, avec un fort accent allemand.

– Impossible, répondit en espagnol Falcó, qui s'était s'arrêté, de douter de votre parole.

Le cabaret de la Hamrouche, vaste, populeux et bruyant, était orné de conques marines et d'arabesques de stuc peint, éclairé par des ampoules pendues à des fils électriques autour de deux ventilateurs qui tournaient inutilement au plafond. C'était un de ces bouges tangérois où l'on pouvait trouver de tout : alcools, femmes, garçons, et sans aucun doute de faux passeports ou un débarquement nocturne clandestin sur n'importe quelle plage isolée du détroit.

Falcó s'éventa avec son chapeau. Il faisait chaud. Les vapeurs de café turc et la fumée de tabac mélangée à celle du kif rendaient l'air si épais qu'on le voyait se mouvoir en remuant la main ; deux jeunes Maghrébines et une Européenne, très peu vêtues, dansaient sur une petite piste centrale au rythme d'un orchestre perché sur une estrade.

Il y avait une vingtaine de tables disposées tout autour, un comptoir de bar américain et, assis ou debout, des gens de conditions mêlées. Presque toutes les femmes, constata-t-il d'un coup d'œil rapide et expert, étaient des professionnelles. Des putes de moyenne et de basse catégorie. Refusant d'un mouvement de tête la proposition d'une blonde décolorée qui était venue se planter devant lui aussitôt qu'il était entré, et après avoir sorti son portefeuille de la poche intérieure de sa veste et l'avoir glissé dans celle de son pantalon – vieux réflexe de prudence –, il alla se mettre à une extrémité du bar.

– Whisky, monsieur ?

Le serveur, maghrébin jusqu'aux os, avait un sourire de rufian. Il ressemblait beaucoup au portier à l'allure de voyou, et Falcó se demanda si ce n'étaient pas des frères.

– Sans glace.

Dans des endroits comme celui-ci, la glace était le plus sûr moyen d'attraper une colique de miserere. Qui vous vidait du haut et du bas. Il goûta le tord-boyaux que le serveur versa dans son verre, d'une bouteille étiquetée Four Roses, et fit la grimace pendant que le breuvage descendait dans son gosier. Les meilleurs alcools de Tanger avaient dit le voyou et le légionnaire. Fils de triple chienne.

– Une bière, demanda-t-il quand il eut recouvré l'usage de la parole. Sans verre. En bouteille.

– Très bien, monsieur.

Le serveur posa devant lui une Kingsbury américaine qu'il venait de décapsuler. L'étiquette marron était presque décollée par la condensation de la glacière, mais la canette n'était que tiède. Résigné, Falcó en porta le goulot à ses lèvres et but. Il fit une pause, et se remit à boire, satisfait. C'était de la bonne bière.

En se retournant, accoudé au comptoir et bouteille à la main, il regarda les femmes danser. Elles étaient jeunes et sinueuses : robes courtes décolletées avec le minimum par-dessous, bracelets aux poignets et aux chevilles, pendants d'oreilles en argent, soit trois tintements effrontés qui retentissaient au rythme de la musique. Certains clients les encourageaient et leur glissaient des billets froissés dans le décolleté tandis qu'elles remuaient les hanches en imitant un maladroit coït. Leurs pieds nus piétinaient ces billets quand il arrivait qu'ils tombent par terre. Les clients suaient. Elles suaient aussi, leur transpiration vernissait les chairs dévoilées de leurs cuisses et de leurs seins, où jouaient les reflets des ampoules nues.

– *Ça va, mon ami** ?

Le légionnaire rencontré devant la porte était venu se placer devant le comptoir, à côté de lui.

– No *femmes** ? ajouta-t-il, amical. Toi seul ?

Falcó opina de la tête.

– Comme tu le vois… Je suis là, seul avec mes souvenirs.

Le blond regardait la bouteille de bière d'un air interrogatif. Il ne devait plus avoir un sou, aussi Falcó fit-il signe au serveur d'apporter une autre canette à son intention.

– *Er ist ein richtiger Gentleman.*

Falcó sourit. Il n'était pas fréquent qu'il soit qualifié de parfait gentleman. Et moins encore par un caporal allemand de la Légion étrangère.

– *Danke*, répondit-il avec un claquement de talons blagueur.

– *Est-ce que vous parlez allemand** ?

– *Ja.*

Le légionnaire avala la moitié de la canette d'un trait.

– *Un fiston sympathique, toi**, éructa-t-il, satisfait. *Sympathisch.*

Après quoi le caporal le laissa en paix. D'un côté de la piste, Falcó reconnut le groupe de marins nationaux en uniforme qu'il avait vus la veille au soir au Zoco Chico. C'étaient plus ou moins les mêmes, et il reconnut aussi facilement le sous-officier vétéran au galon qu'il portait à son bras. Ils occupaient deux tables jointes. Tous fumaient, buvaient et semblaient en pleine bringue. De temps en temps ils lançaient des regards provocateurs ou irrités de l'autre côté de la piste et des danseuses, où Falcó aperçut divers membres de l'équipage du *Mount Castle*, parmi lesquels était assis le maître d'équipage à la peau recuite et aux cheveux crépus auquel on donnait le nom d'El Negus. Les uns comme les autres semblaient lourds d'alcools et d'arrière-pensées. Ils se toisaient du regard, et Falcó, qui avait l'expérience des affrontements dans lesquels l'alcool et les femmes empirent les choses, voyait venir l'orage.

– Saletés de rouges, entendit-il claquer entre les dents d'un des marins en uniforme qui passait devant le bar pour se rendre aux toilettes.

Les danseuses se retirèrent et l'orchestre attaqua une infâme succession de fox-trots, de tangos et de paso-doble. Le trompettiste était le seul à posséder vraiment son métier, et Falcó l'écouta un moment, parce qu'il connaissait un peu la trompette. Il l'avait pratiquée dans sa jeunesse, à Jerez, chez un ami passionné de musique qui projetait de former un jazz-band. Tout s'était terminé quand Falcó avait mise enceinte la servante de la maison de son ami : départ de la jeune fille pour son village, scandale familial et fin de l'orchestre. Il ne se rappelait pas le nom de la servante, mais chaque fois qu'il écoutait quelqu'un jouer de la trompette il se remémorait l'ingénuité de l'innocent qu'il était encore à son premier contact avec une peau mate et des cuisses lisses de part et d'autre d'un voile pubien. Et aussi deux phrases, celle d'avant l'amour : « Quelle folie allons-nous faire », et celle d'après : « Jure-moi que tu m'aimeras toujours ».

La musique et le bal allaient leur train. Des femmes et leurs clients, parmi lesquels quelques Espagnols des deux groupes, passaient sur la piste. Elle n'était pas grande et ils dansaient entassés, se frôlant parfois. Ce qui exacerba encore la tension, et Falcó remarqua que le sous-officier de l'artillerie et le bosco du *Mount Castle* se lançaient des regards de défi.

– Enfants de pute de marxistes, gronda de nouveau entre ses dents le marin qui revenait d'uriner, en lançant avec la plus grande précision un graillon dans un crachoir.

Ça ne fait pas un pli, se dit Falcó, il va y avoir de la bagarre. Et pas en mer. Cette nuit va remporter le pompon du grabuge. L'atmosphère était électrisée, ou n'allait pas tarder à l'être, aussi commanda-t-il deux autres bières, pour lui et pour le légionnaire – qui l'en remercia avec effusion –, et s'adossa-t-il plus confortablement au comptoir, prêt à ne rien perdre du spectacle. Il essayait d'en deviner les suites, et plus particulièrement celles qu'un affrontement prématuré entre nationaux et républicains pouvait avoir sur sa mission.

– *Ah, merde**, fit le légionnaire en regardant du côté de la porte.

Falcó l'imita, intrigué. À ce moment-là entrait dans le local un groupe important de marins anglais en uniforme, avec le nom de leur bateau, *HMS Boreas*, sur le bandeau de leur casquette. Ils faisaient partie de l'équipage du destroyer britannique mouillé dans la baie. Rubiconds, tatoués, grands et bruyants, ils arrivaient avec une envie de bringue à tout casser, et il était évident qu'ils avaient fait plusieurs haltes dans d'autres bars et cabarets. Ils allèrent s'aligner devant le comptoir, où ils furent abordés par les deux dernières femmes libres, une Maghrébine et l'Européenne blonde qui s'était proposée à Falcó. Les nouveaux venus les accueillirent à grand bruit, commandèrent à boire et se mirent à les peloter. Puis deux d'entre eux les entraînèrent sur la piste, entre les couples, et dansèrent en les tenant par les hanches tout en suant à grosses gouttes. L'un des deux, carré et blond, avait bu quelques verres de trop, faisait des embardées en heurtant et en gênant tout le monde. À la deuxième ou troisième bousculade, un des marins républicains se tourna vers lui, exaspéré. Falcó ne put entendre ce qu'ils se disaient, mais il vit parfaitement l'Anglais lever le poing et l'abattre sur la figure de l'Espagnol.

– *Kolossal !* lança le légionnaire, hilare.

Ce ne fut que plus tard, après coup, que Falcó put reconstruire le déroulement des faits, qui se succédèrent avec violence à toute allure.

Le coup de poing asséné par l'Anglais au marin républicain avait fait bondir comme des ressorts les membres de l'équipage du *Mount Castle* : ceux qui dansaient lâchèrent leurs cavalières pour se jeter sur l'agresseur, qui à son tour fut secouru par les Anglais restés au comptoir. Ce fut ainsi qu'El Negus et ses compagnons quittèrent leurs tables et coururent à la rescousse des leurs, pendant que les femmes criaient et que les hommes étrangers à l'affaire essayaient de se mettre à l'écart. Bouteilles et sièges volèrent sur la piste, devenue un champ de bataille. À l'ivresse agressive, au vin mauvais, les Anglais ajoutaient leur habituelle suffisance ; ils tapaient comme des brutes, à outrance et sans conscience les Espagnols noirauds, durs, mal intentionnés et tenaces qui attaquaient, aveugles de fureur, lançant insultes et blasphèmes, cherchant le corps à corps dans un esprit quasi suicidaire.

Mais les Anglo-Saxons étaient plus robustes et plus nombreux. El Negus reçut un coup de poing qui le mit à genoux, et un autre marin républicain s'écroula quand on lui eut cassé une bouteille sur la tête. Sûrs de leur supériorité, les sujets de la Couronne s'encourageaient entre eux, ravis du grabuge.

– *Fucking Spaniards !... Let's smash these stupid Dagos !*

Autour de la piste, les clients et les putes faisaient cercle pour regarder, mais de loin. Intéressé, flegmatique, Falcó commanda deux autres bières au serveur, offrit une cigarette au légionnaire et en alluma une autre, attentif au spectacle. Alors qu'il jetait un coup d'œil sur les marins nationaux pour voir comment ils prenaient l'affaire, il remarqua qu'ils restaient attablés et se regardaient entre eux, gênés, et que certains s'adressaient avec vivacité au sous-officier de l'artillerie. Celui-ci remuait la tête en signe de refus et continuait d'observer la rixe sans broncher quand son regard croisa celui du maître d'équipage du *Mount Castle*, qui se relevait non sans peine, encore vacillant, pour retourner se mêler au combat. Falcó ne manqua pas de remarquer l'expression de condamnation, le muet reproche que le marin républicain adressa à son compatriote et ennemi, avant de finir par se mettre complètement debout et de se jeter sur l'Anglais le plus proche.

– *Filthy Spaniards !* criaient alors les Britanniques.

Pourritures d'Espagnols. L'insulte retentit, haut et clair, au milieu du vacarme. Alors, toujours assis, le sous-officier du *Martín Álvarez*, qui comprenait peut-être l'anglais, dit à ses compagnons quelque chose que Falcó ne put entendre. Il le fit en hochant la tête à plusieurs reprises, cette fois en signe d'assentiment. Son expression était résignée, fataliste, comme s'il venait juste d'admettre qu'il ne lui restait pas d'autre choix possible que de faire ce qui s'imposait. Quand il se leva, presque à contrecœur, il parut pousser un profond soupir. Puis il saisit par le goulot une bouteille, la brisa sur le bord de la table, et, suivi de ses hommes, s'élança contre les Anglais.

Falcó les revit plus tard dans la rue, quand, après les interrogatoires et les remontrances de rigueur, la police les relâcha. Les gendarmes étaient arrivés avec leurs fez rouges et leurs matraques brandies, en donnant des coups de sifflet, et il leur avait fallu un bon moment pour calmer le tumulte.

L'officier qui les commandait, un lieutenant français, semblait habitué aux incidents de ce genre. Tout se résolut par un relevé de l'identité des combattants, les Anglais inclus, l'ordre de retourner immédiatement aux bateaux, et un appel au service des urgences pour s'occuper des blessés. Ils n'étaient pas nombreux : un

Espagnol avait la tête en sang – il avait reçu un coup de bouteille –, certains autres, aussi bien républicains que nationaux, diverses contusions ; mais tous tenaient encore sur leurs jambes. Du côté des Britanniques, la supériorité numérique de leurs ennemis, due à la jonction des deux camps, avait fini par les déborder : deux blessés au couteau, un autre visage balafré par un coup de bouteille – sa langue lui sortait d'une joue quand on l'avait emmené –, des fractures de maxillaires et des lésions diverses.

En conclusion, victoire espagnole aux points – de suture, se dit Falcó.

Les Anglais étaient partis. Les marins républicains et nationaux s'étaient rassemblés dans la rue, encore entremêlés, sous le regard sévère des gendarmes et celui, curieux, des noctambules qui passaient par là. Falcó, sorti après eux, les observait de devant la porte d'un petit bistrot maghrébin.

Ils formaient un ensemble curieux ; les hommes en tenue du *Martín Álvarez* et ceux en civil du *Mount Castle* restaient groupés, tête basse, visage et poings marqués par les coups de la récente bagarre, l'un d'entre eux encore soutenu par ses camarades. Quelques-uns commentaient les circonstances du combat. El Negus et le sous-officier de l'artillerie se tenaient côte à côte ; le regard de l'un courait d'abord sur ses propres hommes, pour les passer en revue, aurait-on dit, puis sur ceux de son voisin, tandis que le regard de l'autre en faisait autant, puis ils se rencontraient comme se croisent ceux des écoliers qui se sont battus dans la cour de récréation et que l'on a forcés à faire la paix. Il n'y avait plus trace d'hostilité sur leurs visages, remarqua Falcó. Seulement de la curiosité. Une sorte de reconnaissance muette et sereine. Ils s'étudiaient avec l'expression de ceux qui se voient pour la première fois et comptent bien s'en souvenir un jour.

L'officier français, un vétéran aux moustaches grises, sortit alors du cabaret et s'adressa à tous sur un ton sévère, pour leur rappeler que ceux qui ne seraient pas à bord de leur navire dans un quart d'heure passeraient la nuit au poste. Il donna un coup de sifflet, on cria deux ordres, et les marins furent séparés, républicains d'un côté, nationaux de l'autre. Ce qui s'exécuta à contre-cœur, remarqua Falcó, presque malgré lui. Beaucoup souriaient, sans plus d'acrimonie, et certains s'étaient même serré la main avant de s'éloigner en compagnie des leurs.

El Negus et le sous-officier échangèrent un dernier regard. Ils ne s'étaient pas dit un mot. Le premier inclina légèrement la tête, une subite ébauche de sourire aux lèvres, et l'autre hocha la sienne. Puis, chaque groupe s'engageant dans une rue différente, ils repartirent vers leurs navires.

Le légionnaire était sorti dans la rue et, apercevant Falcó à la porte du petit bistrot, alla dans sa direction, veste déboutonnée, képi rejeté en arrière, mains dans les poches. En arrivant près de lui, il se tourna pour regarder les marins disparaître en bas de la rue.

– *Überraschend*, remarqua-t-il. *Voilà des mecs bizarres**, *nicht whar* ? Curieux, ces Espagnols.

7

Les deux capitaines

Le jour qui s'était levé était couvert et bruineux. Les mouettes planaient, moroses, au-dessus de la rade de Tanger changée en un demi-cercle de plomb où les bateaux étaient voilés par un crachin gris.

Près de Lorenzo Falcó le ressac résonnait sur la grève. Il était appuyé contre l'un des bancs de la promenade du bord de mer, derrière les palmiers, à une centaine de mètres de l'hôtel Majestic. Non loin, au-dessous de la promenade asphaltée, le chien grattait le sable mouillé de la rive. Falcó le vit reculer devant le va-et-vient des vagues, puis l'animal resta là, à le regarder de ses grands yeux tristes. C'était un corniaud maigre et laid, aux oreilles pendantes et au poil hérissé par l'eau. Un vagabond qui, ce matin, avait décidé de se trouver une compagnie.

– File, lui dit-il sans rudesse.

Ce chien le suivait depuis qu'il était sorti du Continental une demi-heure plus tôt. Falcó avait passé une mauvaise nuit, sans pouvoir trouver le sommeil, avec une forte migraine que deux comprimés de Cafiaspirina n'avaient pu calmer. Aux premières lueurs du jour, il s'était habillé, avait mis son imperméable et était sorti, en laissant le port derrière lui, pour se promener tranquillement sur l'avenue qui longeait la plage. Sans chapeau, pour la bonne raison qu'un panama ne servait pas à grand-chose avec ce crachin. La promenade lui faisait du bien, elle soulageait la douleur. Et prêtait à la réflexion. C'était peut-être pourquoi ses pas avaient fini par le conduire, sans qu'il l'eût voulu, devant le Majestic.

– File, insista-t-il.

L'animal fit tout le contraire. Il monta jusqu'à la promenade en un trottinement rapide, tirant la langue, pour venir se frotter contre une des jambes du pantalon de Falcó. Celui-ci hésita un instant puis baissa la main jusqu'à la poser sur la tête de l'animal, entre les oreilles. Il en sentit la chaleur mouillée. Le chien leva le nez et la lui lécha, reconnaissant.

– Tu n'aimes guère qu'on te donne des ordres, pas vrai ?… J'espère que tu n'es pas un de ces corniauds d'anarchistes.

Le chien se contenta de remuer la queue, sans chercher plus loin. Alors, Falcó releva un peu plus le col de sa gabardine, et regarda en direction des étages de la façade du Majestic. Des fenêtres des chambres.

Il n'était pas très content de ce qu'il ressentait. Pas plus qu'il ne l'avait été, à ce moment-là. Peut-être ne s'agissait-il pas exactement de trouble, mais ce n'en était pas loin. Eva Neretva. Eva Rengel, alias Luisa Gómez, alias Dieu savait qui. Le souvenir d'une peau et de chuchotements dans la pénombre, et aussitôt après celui du corps de la même femme, nu, torturé, attaché au sommier d'un lit. Voilà ce qu'il gardait d'elle : de poignantes compassions et d'étranges loyautés, de brusques et tendres étreintes et l'absence de tout lendemain. Des sentiments, enfin.

Pourtant, Falcó n'appréciait pas du tout que le froid mécanisme qui gouvernait ses actes et ses pensées, le flegme sec – ou cynique, comme le précisait l'Amiral – avec lequel il accueillait les événements heureux et les plus sombres pût être contaminé par des émotions insolubles. Quand on ne pouvait s'interroger en compagnie d'une cigarette, d'un verre ou de quelques milligrammes d'acide acétylsalicylique combiné à de la caféine, on était gêné aux entournures par un fardeau inutile et même dangereux dans l'incertaine perspective de la vie, dont on sait au moins qu'on n'en a qu'une. Dans certaines batailles, seuls les martyrs montent au ciel ; et lui, même le jour où les rôles seraient peut-être intervertis et qu'il finirait torturé, hurlant de douleur comme une bête, s'il n'avait pas avalé assez vite la capsule de cyanure ou recouru à un autre moyen aussi efficace, n'en serait jamais un. Même pas de loin.

Il était à son affaire dans le jeu considéré comme une fin, et non comme un moyen. Auquel on ne gagnait rien, au bout du compte. Certains paradis réservés aux héros lui étaient interdits.

– Va-t'en, Bakounine.

Mains dans les poches, sentant le crachin dégoutter de ses cheveux et de son visage, il s'éloigna en direction de la ville européenne en traversant une esplanade couverte de buissons et de décombres. Le chien resta un instant sur place, puis le suivit, collant à ses talons.

– Je t'ai dit de partir.

Cette fois, oreilles basses, l'animal se maintint à quelque distance. Au milieu de l'esplanade, Falcó s'arrêta, le chien l'imita, s'assit à trois ou quatre mètres de lui, sa queue battant tristement le sol.

Falcó se pencha, prit une pierre et se releva doucement, en regardant l'animal. Qu'il trouva à ce moment-là trop semblable à lui, seul et mouillé, avec ses grands yeux mélancoliques et sa langue qui pendait entre les crocs, agitée par son souffle.

– Je regrette beaucoup, camarade.

Il lui lança la pierre et fit une vingtaine de pas. Quand il se retourna pour le regarder, le chien se tenait à distance et l'observait.

Plus loin, sous le ciel plombé, les mâts des voiliers du club nautique se détachaient dans l'atmosphère brumeuse, comme les hangars et les grues du port. Des yachts de luxe, se dit Falcó. Inoffensifs et vains, ces bateaux tranchaient avec les vaisseaux de guerre gris et les cargos crasseux qui défiaient les flots et les hommes pour une cause ou une autre, et tentaient le sort entre deux coups de mer ou de canon. Le *Martín Álvarez* et le *Mount Castle*, chasseur et proie, étaient d'honnêtes navires qui faisaient leur devoir. Ils n'avaient rien à voir avec ces caprices stylisés, blancs et bien astiqués, qui ne s'aventuraient en mer que par beau temps, sous un ciel bleu qui offrait une sécurité suffisante. Falcó aurait été amusé de les voir disparaître à l'instant même, engloutis par une vague géante qui aurait fracassé l'acajou et le teck contre le béton du quai. Un jour prochain, conclut-il avec un sourire féroce, les hommes suppléeront de leurs mains la timidité de la nature. Oui. En fait, il y avait déjà un certain temps qu'ils s'en chargeaient.

Aujourd'hui, je pourrais sans tergiverser tuer un être humain, se dit-il tout en s'éloignant. Et je le ferais seulement pour le répit, le soulagement que ça procure.

Antón Rexach l'attendait dans son bureau, qui faisait face à l'hôtel Minzah. En chemin, Falcó s'arrêta chez un chapelier de la rue du Statut pour y acheter un Stetson en feutre imperméable, de couleur grise et, tout en marchant et en le cabossant un peu pour lui donner l'apparence d'avoir été porté, il glissa entre le tissu et la bande de basane une lame Gillette qu'il sortit de sa poche. Puis, après avoir regardé d'un côté et de l'autre la rue luisante sous la pluie et esquivé une voiture solitaire qui roulait doucement, il entra dans l'immeuble.

Ce fut Rexach qui lui ouvrit la porte. Il était seul. Le bureau, meublé d'une vieille table, de deux chaises et de divers classeurs, sentait le renfermé. Les vieux mégots de cigarette. Falcó entra en secouant sa gabardine pour en faire tomber les gouttes d'eau sur le linoléum. Aux murs, il y avait une photographie aérienne de Tanger, un calendrier de la Trasmediterránea et une pendule à coucou suisse. Rexach lui offrit une chaise et alla poser ses cent et quelques kilos de l'autre côté de la table.

– Les rouges ont obtenu deux jours de plus, annonça-t-il.

– C'est sûr ?

– Fragela de Soto, notre consul, vient de me l'annoncer. L'adversaire a bien manœuvré.

– Qu'ont-ils donné comme prétexte ?

– La réparation d'une avarie de la turbine de basse pression. Quoi qu'il en soit, le Comité de contrôle a souligné que le délai ne serait pas prolongé. C'est tout ce qu'ils sont disposés à leur accorder.

– Il nous reste encore quatre jours, alors.

– C'est ça. Samedi, à huit heures du matin, le *Mount Castle* devra quitter le port… Faute de quoi il sera interné. Avec sa cargaison.

Falcó réfléchissait.

– Ce n'est pas plus mal, pour nous. Ça nous laisse plus de marge pour intervenir.

– Notre consul s'est bien débrouillé, estima Rexach. En s'appuyant sur le règlement maritime international, il a obtenu que le bateau de charge soit considéré comme un navire de guerre.

– Même si c'est un cargo ?

Rexach sourit, retors.

– Il est armé d'un canon. Et ce n'est pas tout : en naviguant pour le compte de la République, et en transportant un chargement officiel, il s'inscrit comme belligérant. On peut ainsi appliquer la législation navale française, qui stipule qu'un navire de guerre ne peut rester plus de deux semaines dans un port neutre.

– C'est une bonne nouvelle, alors.

– Bien sûr que c'en est une, renchérit Rexach, penché au-dessus de la table pour approcher l'allumette qu'il avait craquée de la cigarette que Falcó venait de mettre entre ses lèvres. Maintenant, nous savons tous à quoi nous attendre, y compris le capitaine du *Mount Castle*, ajouta-t-il ; mais, aussitôt après, son visage s'obscurcit. À moins que…

Falcó souffla la fumée.

– Il y a un problème ?

– Le bruit court que l'escadre rouge tentera de s'approcher de Tanger pour protéger la sortie du cargo. Il paraît qu'un croiseur et des destroyers auraient quitté Carthagène et mis cap au sud.

– Mais le *Baleares* est à Ceuta.

– Oui. Cela pourrait donner lieu à une bataille navale, et même si les rouges ne sont pas des loups de mer, ces choses sont imprévisibles. Quoi qu'il en soit, c'est pour vous une raison de plus d'agir rapidement… Des progrès ?

– Quelques-uns.

Rexach s'immobilisa, suspicieux.

– J'espère que vous me tiendrez informé.

– Naturellement.

L'agent du SNIO l'observa un moment, en s'interrogeant. Puis il prit un air détaché en portant une main à son ventre, sur lequel il tapota. Il n'avait encore rien mangé depuis ce matin, dit-il en attendant la réaction de Falcó. Et son estomac était aussi vide que ses poches.

– Là, en face, le Minzah sert les meilleurs petits déjeuners de Tanger, ajouta-t-il en palpant sa veste. Ils me font crédit… Je vous inviterais volontiers, mais je ne sais pas si c'est une bonne chose que l'on vous voie souvent avec moi en public. Ici, tout le monde sait pour qui je travaille.

Falcó eut une expression sarcastique.

– À l'heure qu'il est, ils savent aussi pour qui je travaille, rétorqua-t-il en se levant et en prenant son chapeau et sa gabardine. Je vous accompagne.

Ils traversèrent la rue sous le crachin, Rexach propulsant son anatomie débordante de son battement de bras caractéristique. Après avoir poussé la porte à tambour de l'hôtel, ils descendirent un escalier en direction du patio et de la salle à manger, où ils allèrent s'asseoir à la table la plus éloignée des autres.

Il y avait là quelques clients, tous européens. Rexach commanda un copieux premier repas, Falcó quelques tranches de pain grillé à l'huile et un verre de lait. L'agent le regarda avec curiosité.

– Vous n'aimez pas le café ?

– Je prends trop d'aspirine.

– Ah, bien sûr… Le lait s'explique. On dit qu'elle gâche l'estomac.

– On le dit.

Un silence suivit. Rexach se mordait la lèvre inférieure. Il semblait être en train de délibérer.

– Hier, j'ai pris un verre avec Istúriz, mon homologue de l'autre camp, finit-il par dire. Je vous ai déjà dit que nous nous entendions bien, je crois ?

– Oui. Aussi raisonnablement bien que la situation le permet, avez-vous spécifié.

L'agent gonfla ses bajoues, en un sourire circonspect.

– Vous avez bonne mémoire.

– J'y compte bien.

– Istúriz et moi, c'est vivre et laisser vivre. Je lui raconte certaines choses, il m'en raconte d'autres… Rien d'important, mais elles peuvent vous intéresser.

– De quoi avez-vous parlé ?

– Des trois communistes qui sont arrivés à bord du *Mount Castle*. Le commissaire politique rouge, l'Américain et la femme… Il semble que mon collègue soit fâché contre eux, parce qu'ils le dédaignent ostensiblement.

– Il a dit ça ?

– Non, mais il me l'a fait comprendre. Nous nous connaissons depuis longtemps.

La nourriture fut servie. Rexach attaqua ses œufs au bacon avec une visible satisfaction, et il but une tasse de café. Entre deux parcimonieuses gorgées de lait, Falcó versa de l'huile d'olive sur les tranches de pain grillé qu'il grignota.

– Il semble que le commissaire politique, un certain Trejo, soit une ordure, lui apprit Rexach.

Tout en saisissant la cafetière pour remplir une nouvelle fois sa tasse, l'agent ajouta quelques précisions : l'homme était parfaitement identifié. Second mécanicien à bord du croiseur *Jaime I*, il avait fait carrière en tant qu'assassin d'officiers supérieurs et autres gradés lors de la grande tuerie de Badajoz en août 1936. Mais il s'occupait à présent de tout autre chose que de tirer des balles dans les nuques. L'homme n'avait pas l'étoffe des héros. Soulagé d'être à terre, il ne montrait pas grand désir de remonter à bord. En outre, il aimait trop vider les bouteilles.

– Il est peu probable qu'il embarque de nouveau si le *Mount Castle* est forcé d'appareiller avec le destroyer national qui l'attend à sa sortie du port, conclut Rexach. Si les nôtres lui mettent la main dessus, ils le fusilleront sûrement.

– À quoi tenait la présence de Trejo à bord ?

– À un prétexte. Une justification de pure forme… Théoriquement, l'or est envoyé en Russie pour être tenu à disposition de la République aussi longtemps que durera la guerre, et le bonhomme était officiellement censé veiller au respect de l'accord, pour sauver les apparences. Comme si la République avait autorité sur le chargement.

– Mais elle ne l'a plus.

– Bien sûr que non. Tout ça n'est que de l'esbroufe, parce que l'or ne reviendra jamais et que Trejo n'a pas la moindre autorité. Le capitaine Quirós n'est pas de ceux qui se laissent manipuler par un type de cet acabit. Ce sont les deux autres qui comptent. Garrison et la femme… Madame ou mademoiselle Luisa Gómez.

– Qu'avons-nous sur eux ?

– Ils se rendent tous les jours au consulat de la République, mais on ne sait pas si c'est pour y recevoir des instructions ou pour en donner. Nous les soupçonnons de conseiller le consul pour ses négociations avec le Comité de contrôle.

– A-t-on pu savoir s'ils conservent une liaison radio ?

– Du *Mount Castle*, c'est sûr que non. Il est interdit au cargo comme à notre destroyer de radiotélégraphier en eaux neutres.

– Les autorités s'assurent-elles que cette interdiction est respectée ?

– Oui, par radiogoniométrie. Et elles me l'ont confirmé : silence radio total.

– Comment communiquent-ils, alors ?

– Eh bien, ils peuvent le faire du consulat, ou par voie ordinaire. Nous savons que le capitaine Quirós et les agents rouges ont envoyé et reçu des messages par les bureaux télégraphiques espagnols et français… Pour le reste, Trejo et les autres passent le plus clair de leur temps au Majestic.

– Il se pourrait qu'ils aient là, ou ailleurs en ville, un émetteur.

– C'est possible. En tout cas, ils prennent beaucoup de précautions. Ce Garrison et cette femme se conduisent en professionnels.

Rexach avait terminé son petit déjeuner et allumait un cigare après en avoir coupé le bout d'un coup de dents. Pendant un moment, il ne fut plus attentif qu'à la combustion correcte du havane. Puis il lâcha quelques bouffées de fumée, comblé.

– Des trois, Trejo est le maillon faible, estima-t-il ensuite. Vous l'avez vu, l'autre jour, sur la plate-forme de la dunette ?

– Le plus maigre et le plus petit des deux hommes, c'est ça ?… Brun, rasé, avec un long nez, coiffé en arrière.

– C'est lui. Il est aussi celui qui sort le plus souvent. Chaque soir, il joue jusqu'à une heure tardive au Kursaal français. Il flambe beaucoup, comme je vous l'ai dit. Il doit être largement pourvu de fonds. Les autres sont plus discrets, ou prévoyants.

– On sait maintenant qui est véritablement Garrison ?

– C'est vraiment son nom, et il est effectivement américain… William Garrison, communiste, agent secret jusqu'à une date récente. Il est arrivé en Espagne comme correspondant de presse. Une parfaite ordure. Il a apparemment sévi dans une tchéka de Barcelone.

Après ces mots, Rexach plissa un peu les paupières, guettant la réaction de Falcó. Celui-ci garda le silence, l'air indifférent. Il était occupé à placer en esprit les pièces sur l'échiquier. En attribuant à chacune un nom et une fonction.

– Elle est plus difficile à situer, reprit Rexach au bout d'un moment. Nul ne connaît vraiment cette Luisa Gómez. Elle est peut-être russe, comme je l'ai dit. Ce qui est sûr, c'est qu'elle est pour les Soviétiques un élément de confiance, parce que Trejo n'a pas la moindre influence sur elle. Il semble même qu'elle prenne des décisions sans en faire part à l'Américain.

Falcó restait de marbre.

– Croyez-vous qu'ils remonteront à bord du *Mount Castle* si le cargo prend la mer ?

Rexach réfléchit pendant un moment.

– Je ne crois pas que Quirós largue les amarres, conclut-il. Ni qu'il parvienne à en convaincre l'équipage.

– Supposons qu'il le fasse, ou tente de le faire.

– Ma foi, je ne sais pas, dit Rexach, souriant, en faisant un rond de fumée qui se dissipa lentement. Tout dépend du désir de se suicider que peuvent avoir ces trois-là… Je n'en sais rien, et mon homologue non plus. C'est du moins ce qu'il prétend.

– Que lui avez-vous donné en échange ?

Rexach cilla, pris au dépourvu.

– Je ne comprends pas.

– Vous dites que vous vous entendez bien avec cet agent ennemi. Dans de tels accords, c'est toujours donnant-donnant… Que lui avez-vous raconté ?

Rexach se renversa sur sa chaise. Son sourire avait disparu, et il semblait mal à l'aise.

– Oh, peu de chose. L'état des démarches diplomatiques, de notre côté… des broutilles sur le *Martín Álvarez*. – Il s'arrêta, hésitant. – Avez-vous entendu parler de la bagarre d'hier soir, à la Hamrouche ?

– Oui. Mais je vous demande de me dire ce que vous avez raconté à votre collègue.

– Rien d'important, je vous le jure, fit-il en regardant, prudent, le cigare qui fumait entre ses doigts. Rien qui puisse mettre votre sécurité en péril.

– Je l'espère. Vous lui avez parlé de moi ?

– Vous n'y pensez pas !

Tu mens, se dit Falcó. Mais il n'aurait rien gagné en l'énonçant à haute voix. Il se demanda combien d'informations sensibles Rexach avait pu livrer au chef de la sûreté républicaine avec lequel il s'entendait si raisonnablement bien.

– Ils savent déjà qui je suis ?

Avec un sursaut, Rexach regarda autour de lui, avant de baisser un peu la voix.

– C'est possible. Mais je vous assure que ce n'est pas parce que j'aurais…

– J'aimerais beaucoup savoir, l'interrompit sèchement Falcó, si Garrison et cette femme monteront à bord du *Mount Castle*, au cas où le capitaine Quirós déciderait de tenter une sortie.

– Nous n'avons intercepté aucune communication à ce sujet. Mais vous savez à quel point ces communistes sont disciplinés. Si l'ordre leur en est donné, ils le feront… Le problème, c'est que nous ne savons pas ce que sont ces ordres.

Falcó réfléchissait à ce qu'il venait d'entendre. Au bout d'un moment, il sourit comme le ferait un loup vaillant en sortant du bois avec grand appétit.

– Peut-être, dit-il, y a-t-il un moyen de l'apprendre.

Les yeux pâles de Rexach le considéraient, intrigués. L'homme n'avait rien d'un imbécile, et Falcó craignit qu'il ne devine l'idée qui, aussi imprécise qu'elle l'était encore, prenait forme dans son esprit. À ce moment-là, un serveur apporta l'addition, sur laquelle se centra l'attention de l'agent. Après l'avoir étudiée minutieusement, il haussa les sourcils, tira sur son cigare et regarda Falcó.

– J'ai dit qu'ici on me faisait crédit, mais vous, enfin… cela ne vous dérange pas ? fit-il en poussant vers lui la soucoupe avec la note.

– Non répondit Falcó, résigné, en sortant son portefeuille. Cela ne me dérange pas.

Par le double arc mauresque de la baie vitrée contiguë à la terrasse de Moïra Nikolaos entrait une clarté grisâtre déclinante.

Assis légèrement de côté dans le salon, jambes croisées, Falcó écoutait, sans desserrer les lèvres autrement que pour glisser entre elles la cigarette qu'il tenait de sa main gauche. À mesure que la lumière baissait, les ombres s'accentuaient sur les visages des deux hommes qui discutaient devant lui.

– Bien entendu, dit le capitaine Quirós.

Le regard rivé sur son interlocuteur, il s'adressait à lui d'une manière aussi inexpressive qu'à son habitude. Derrière la table basse sur laquelle étaient posés cigarettes et boissons, le capitaine de frégate Antonio Navia, commandant du destroyer *Martín Álvarez*, hocha doucement la tête comme s'il avait compris le sens de la brève locution adverbiale.

– Dans ce cas, je n'ai pas grand-chose à ajouter à ce sujet, dit-il d'une voix grave.

Tous deux étaient en civil. Ils étaient arrivés dans la ville haute à cinq minutes d'intervalle, ponctuels au rendez-vous. Navia le premier, grand et maigre, méfiant, la main droite dans la poche de sa veste bombée par quelque chose qui, pour Falcó, ne pouvait être qu'une arme. Puis Quirós était apparu, avec sa démarche chaloupée, son regard bleu quasi ingénu, ses chaussures de marin en toile blanche et sa veste un peu trop étroite pour lui à la taille.

Ils ne s'étaient pas serré la main avant de s'asseoir dans les fauteuils en cuir. Une fois Moïra Nikolaos retirée avec sa servante marocaine dans une autre partie de la maison, Falcó s'était occupé de tout, avait posé sur la petite table de marqueterie du salon une boîte de havanes, une bouteille de Hennessy trois étoiles, un siphon et des verres. Mais ni un capitaine ni l'autre ne touchaient à rien. Maintenant installés en présence l'un de l'autre, ils s'étudiaient avec plus de curiosité que d'hostilité.

– Évidemment, confirma Quirós après ce qui sembla être une longue réflexion de sa part. Il n'y a pas grand-chose à ajouter.

Ils restèrent à se regarder comme si chacun attendait de l'autre qu'il mette fin à la conversation, et Falcó se dit qu'il valait mieux intervenir avant qu'ils ne se lèvent et ne s'en aillent chacun de son côté. Toutefois, l'instinct lui conseilla de demeurer immobile et silencieux. C'était, à ce moment-là, tenir ainsi exactement le rôle qui devait être le sien. N'importe quel élément incongru pouvait tout réduire à néant.

– Vous avez fait un travail difficile pendant ces six derniers mois, dit tout à coup le commandant Navia.

Quirós considéra un instant la chose.

– Il l'a été par moments.

– J'ai cru comprendre que vous l'avez toujours fait avec la plus grande compétence… Il n'était pas facile de manœuvrer dans les parages où vous naviguiez.

Quirós acquiesça, objectif.

– Ça ne l'était pas.

– La mer Méditerranée est petite, remarqua Navia.

– Excessivement.

– Trop de patrouilles nationales ?

– Et pas seulement ça, fit le capitaine du *Mount Castle* en fronçant les sourcils, comme s'il devait récapituler. Il a aussi eu les sous-marins italiens et les unités de surface.

– Je comprends. Et je suppose que nous ne vous avons pas rendu la vie facile.

– Exactement.

Pendant quelques secondes, Navia ne dit rien et ne fit plus aucun geste. Finalement, il tendit la main en direction de la baie vitrée et de la mer, qu'on ne pouvait voir par-delà la terrasse.

– J'ai bien failli vous surprendre l'autre jour, au ponant de Gibraltar ; mais vous vous en êtes très bien tiré. Vous m'avez complètement possédé… cette nuit sans lune vous a servi à merveille.

Quirós se gratta la barbe.

– J'ai eu de la chance.

– C'était plus que de la chance. Nous étions sur le pont, à vous chercher comme des damnés, certains que nous allions vous découvrir d'un moment à l'autre, quand mon second a remué la tête et prophétisé : « Ce roublard nous a encore une fois filé entre les doigts. » Et il a vu juste.

– Vous vous êtes montrés tenaces, reconnut Quirós en se grattant de nouveau la barbe. Et vos calculs étaient les bons. En définitive, nous voici face à face, vous et moi.

– C'est miraculeux que vous soyez arrivé à Tanger comme vous l'avez fait, compte tenu de notre vitesse et de la vôtre… Quand je vous ai deviné, vous étiez déjà dans le port. Et ce alors que votre bateau ne file pas plus de dix ou onze nœuds, je suppose. Trois fois moins que le mien.

Il se toucha la tempe du doigt et donna de légers coups en signe d'incrédulité. Un apparent aveu d'émerveillement.

– Un miracle, sans aucun doute, répéta-t-il, plus bas.

– La République ne croit pas aux miracles.

On pouvait voir là du sarcasme, mais avec Quirós, se dit Falcó, on n'était jamais sûr de rien. Le commandant Navia observait maintenant son collègue avec un intérêt renouvelé.

– Vous n'êtes pas croyant ? se risqua-t-il à demander.

– Plus ou moins.

– Moi, je le suis un peu plus que moins. – Le commandant du *Martín Álvarez* parlait tout à fait sérieusement. – Il est bien difficile de ne pas regarder vers le haut quand la mer secoue fort.

Quirós hocha la tête, à la fois compréhensif et sceptique.

– Chacun regarde où il le peut.

– Oui, bien sûr.

Le résidu de clarté s'éteignait sur la terrasse. Une partie du salon était déjà dans la pénombre.

– Cet incident survenu entre nos équipages, à terre… poursuivit Navia ; … avec les Anglais, vous êtes au courant, n'est-ce pas ? m'a valu une sévère réprimande de mes chefs et du consul britannique.

Quirós fit un geste d'assentiment qui lui demanda cinq bonnes secondes.

– Et moi du gouvernement de Valencia, reconnut-il, et aussi du consul britannique.

– Il a fallu que je m'entretienne avec le commandant du *Boreas* pour calmer les esprits. La Perfide Albion a très mal pris la chose. Je me suis entendu dire, avec emportement : « Je croyais que vous étiez en guerre. »

Falcó les vit sourire. Ce fut une vive ébauche, mais qu'ils échangèrent indubitablement. Puis, au bout d'un moment qui parut vouloir s'éterniser, le tour de Quirós vint. Après cet échange de sourires, comme par hasard – mais Falcó sut aussitôt qu'il n'y avait là rien d'accidentel –, leurs deux regards convergèrent vers la bouteille de cognac posée sur la table. Aucun ne la toucha, cependant. Et ce fut le marin national qui prit la parole.

– Je crois que vous avez interdit à vos hommes de descendre à terre, comme je l'ai interdit aux miens.

– C'est exact.

– Il n'est pas bon qu'ils fraternisent trop. Et, après ce qui s'est passé la nuit dernière, le risque existe. En fin de compte, nous sommes ennemis. Nous ne devons effectivement pas oublier que nous sommes en guerre.

Les sourires s'étaient éteints. Quirós passa une main sur sa calvitie tannée et tachée de son, sans un mot. Navia regardait encore la bouteille de cognac, avec tristesse.

– Il faut nous faire une idée claire de ce qui va bientôt arriver, lança-t-il abruptement.

Quirós remua doucement la tête, toujours coi.

– Qu'en pensent vos hommes ? insista Navia. De votre côté, vous avez des comités de marins et tout le reste. Vous débattez de tout ce qui vous regarde.

– Entre mes hommes, il n'y a pas de débats. Ils ont un capitaine.

– Un bateau n'est pas une démocratie, fit Navia, une nouvelle fois souriant.

– Bien sûr que non.

– J'ai plaisir à vous l'entendre dire.

– J'en suis heureux.

Navia regarda de nouveau du côté de la baie vitrée.

– Vous ne pouvez pas vous échapper de Tanger, dit-il. Quoi que vous fassiez, je vous attendrai et vous prendrai en chasse. Cette fois, vous n'avez aucune échappatoire. Quand vous aurez franchi les trois milles marins d'eaux neutres, je vous arraisonnai.

– La République porte la neutralité jusqu'à six milles marins.

– Dans ce cas, nous appliquons la doctrine britannique des trois milles, après lesquels on est en eaux internationales.

On entendait au loin un *Allah Akbar* prolongé. De dehors, malgré les vitres de la baie, venait le chant du muezzin d'une mosquée ; c'était l'heure de la prière du soir.

– Quand votre bateau aura franchi cette limite, je viendrai sur vous, insista Navia. Je vous ordonnerai de stopper les machines. Et si vous ne le faites pas…

– Vous ouvrirez le feu.

Quirós avait dit ces mots sans emphase, tranquillement. Il semblait pensif.

– Une fois, j'ai perdu un bateau, ajouta-t-il comme pour lui-même. Un pétrolier… Le *Punta Atalaya*.

Navia le regarda, intéressé, mais ne dit rien. Quirós se toucha la barbe, d'un geste absent.

– Une torpille allemande, à vingt-trois milles au nord-est du cap Finisterre.

Il sembla vouloir ajouter quelque chose, mais ne le fit pas. Ce fut tout. Un souvenir présenté objectivement. De façon neutre. Navia hocha d'abord la tête en signe d'adhésion, et ensuite d'un côté à l'autre, avec une flagrante contrariété.

– Il y a un mois, j'ai moi aussi vu brûler un pétrolier, mais au loin… Un champignon rouge qui montait dans le ciel noir. Comme une boîte d'allumettes à laquelle on aurait mis le feu.

Le capitaine du *Mount Castle* lui lança un coup d'œil vaguement intéressé.

– C'est vous qui aviez fait ça ?

– Non. C'était le croiseur *Cervera.*

– Pour mon pétrolier, ç'a été à peu près pareil. Je parle du champignon de feu. Sur vingt-trois hommes, j'en ai perdu dix-sept.

– Je comprends.

– Oui… Je suppose que oui.

Au-dehors, le chant du muezzin s'était tu. Navia se tourna vers Falcó, comme pour lui faire comprendre qu'il était à court d'arguments. Qu'il ferait mieux de mettre lui aussi la main à la pâte.

– Tout cela pourrait être évité, dit alors Falcó, obtempérant, en se penchant un peu en avant sur son siège. Cette fois, il n'est pas nécessaire que qui que ce soit meure.

Navia approuva d'un geste et se tourna vers Quirós.

– La proposition que vous fait cet homme est raisonnable, lui dit-il.

– Vous croyez ?

– Ne comptez pas que la flotte républicaine vienne à votre secours. Vous savez comment ces gens se conduisent en mer… Il suffira de deux coups de canon d'un de nos croiseurs pour les faire regagner leur base.

Quirós toucha légèrement du doigt la boîte de cigares, sur la table, mais il ne l'ouvrit pas. Au bout d'un moment, il plongea la main dans une poche de sa veste et en sortit une blague en cuir de laquelle il tira une cigarette roulée. Qu'il mit à sa bouche. Falcó s'approcha pour lui donner du feu.

– Vous rappelez-vous comment s'est comporté le *Lepanto* quand il vous escortait et qu'il est tombé sur nous près d'Alborán ? insista Navia.

Quirós se renversa dans son fauteuil, la cigarette oscilla dans sa bouche quand il se mit à parler.

– Bien sûr que je m'en souviens.

– Le branle-bas n'avait pas commencé qu'il vous a laissé seul et s'est enfui à toute vapeur, en s'abritant derrière un rideau de fumée.

Le capitaine du cargo écoutait, sans broncher. En silence. La braise de sa cigarette se détachait sur son visage, parce que dans la pièce l'obscurité était maintenant plus profonde et s'emparait de tout.

– Vous êtes encore une fois seul, capitaine, ajouta Navia.

Le point rouge de la braise s'agita un peu.

– Probablement.

Leurs voix venaient maintenant de leurs deux ombres. Il faisait presque noir, mais Falcó ne se décidait pas à allumer la lampe sourde qui se trouvait sur une commode proche. Il craignait d'altérer le ton et le cours de la conversation.

– Dites-moi une chose, fit Navia. Livreriez-vous votre bateau ?

Il n'obtint pas de réponse.

– Le livreriez-vous ?

Le petit signal rouge s'écarta de la bouche de Quirós. Il tenait maintenant sa cigarette à la main.

– Si vous étiez dans un port neutre, dit-il enfin à Navia, et que des agents républicains venaient vous offrir argent et sécurité, accepteriez-vous leur proposition ?

– C'est différent. J'appartiens à l'armée de mer. Je combats dans une croisade que j'estime nécessaire. C'est une lutte antimarxiste, contre des canailles qui saignent l'Espagne… Et pardon. Vous savez que je ne pense pas à vous.

– Je sais.

– Je crois en ce que je fais.

La pièce était dans l'obscurité. Le seul point lumineux était la braise de la cigarette du capitaine Quirós, qui s'avivait de temps en temps et brillait dans le noir. Falcó se leva et, presque à tâtons, chercha la lampe.

– Et que savez-vous de ce en quoi je crois ou ai cessé de croire ? dit Quirós.

Falcó sortit son briquet, retira l'écran de verre et approcha la flamme de la mèche, dont il régla la hauteur avec la roulette.

– Nous connaissons votre loyauté envers votre armateur, qui a mis ses navires au service de la République, dit-il en retournant vers la table avec la lampe allumée. Quant aux opinions politiques…

– Mes opinions politiques ne regardent que moi. Je suis ici en tant que marin et, comme tel, ma seule opinion consiste à faire mon devoir.

Falcó posa la lampe sur la table. La flamme du pétrole dessinait des angles d'ombre sous les pommettes et les yeux de deux hommes assis. Il sortit un papier de sa poche et le tendit à Quirós.

– À propos de votre devoir, il serait peut-être bon que vous lisiez ceci… le message est arrivé hier par un canal sûr. Il est attesté.

Quirós remit la cigarette à sa bouche et sortit des lunettes de la poche de poitrine de sa veste. Puis il approcha le papier de la lumière de la lampe et lut à haute voix :

Ambassade République à Londres et consulat national de Biarritz confirment. stop. Armateur Noreña réfugié en Grande-Bretagne. stop. Graves différends avec gouvernement parti national basque et gouvernement de Valencia.

– Voilà de quoi vous libérer, il me semble, de tout engagement moral, suggéra Falcó.

Ombre et lumière dansaient sur le visage figé du marin, qui relut le câblogramme.

– Cet engagement moral n'existait pas, dit-il. Depuis le soulèvement fasciste, la flotte de Noreña a été confisquée par la République. Il n'était plus armateur que de nom.

– Eh bien, il l'est encore moins que de nom, à présent.

Le capitaine du cargo rangea ses lunettes et posa le message sur la table.

– Sans doute.

– À quoi vont vos loyautés, à présent, capitaine ?

Pour la première fois, le marin parut hésiter. Il regarda Navia comme s'il attendait de son collègue une certaine compréhension, ou une réponse. Mais Navia ne desserra pas les dents. C'étaient là les cartes de Falcó, pas les siennes. Il y a toujours le bon policier, et le méchant. Il ne fallait pas empiéter sur le terrain de l'autre.

– J'accomplis mon devoir, répéta Quirós.

Cette fois, Falcó fit une grimace qui sortait du cadre de son rôle.

– Vous vous devez aussi à vos hommes, ce qui est incompatible avec la décision de les mener à une mort certaine. Ou, si vous devez baisser pavillon, au pénitencier. – Sur ces mots, il ménagea une pause stratégique avant d'ajouter le plus important : – Ou au peloton d'exécution, une fois à terre… Ce ne serait pas la première fois que l'on fusillerait des marins républicains faits prisonniers.

Il avait essayé de le dire de manière à ne faire sentir aucune menace, mais c'en était une.

– On le fait presque toujours, murmura Quirós.

Il avait écrasé sa cigarette dans le cendrier avec une certaine brusquerie, qui ne passa pas inaperçue aux yeux de Falcó. Un homme de marbre, mais pas tant que ça. Nul n'aurait pu en être véritablement un, en pareil cas. Trop de vies étaient en jeu, la sienne comprise. Et celles de sa femme et de ses deux filles qui attendaient, à Luarca.

– À Tanger, votre équipage a une chance. Vous aussi.

Quirós regarda de nouveau l'officier de la marine nationale, qui restait maintenant en retrait.

– Comme vous le savez, je transporte à bord un chargement qui m'a été confié par le gouvernement de la République. J'en suis responsable.

– De l'or espagnol, rectifia Falcó. Que les Russes vont se mettre dans la poche et qui ne reviendra jamais en Espagne. Vous connaissez la façon d'agir de Staline.

Silence. Quirós avait légèrement baissé la tête. Ses yeux bleus restaient rivés sur la flamme de la lampe.

– Il y a à bord des gens qui ne font pas partie de mon équipage, dit-il enfin. Qui ne sont pas sous mes ordres.

– Nous le savons. Trois communistes… dont un est espagnol. Juan Trejo, commissaire politique de la flotte.

– Qui n'est pas commode, murmura Quirós, comme pour lui seul.

– Nous pouvons nous occuper de lui.

Falcó l'avait dit avec le plus grand naturel. Le capitaine du cargo le regarda, un peu déconcerté, comme s'il ne cernait pas tout à fait le sens de ces paroles.

– Vous occuper de lui ?

– De lui et des autres.

Quirós fit un geste étrange, de recul. Il semblait prendre brusquement conscience que les choses étaient allées trop loin.

– Sans doute, fit-il, songeur.

Falcó estima que le harcèlement avait assez duré. Tout était dit. Navia et lui échangèrent un bref regard entendu.

– Mon offre est toujours valable. Et du côté du commandant Navia tout est maintenant clair, il me semble. Trois ou six milles d'eaux territoriales n'y changeront rien. Pour votre bateau, les dés sont jetés.

D'un bref regard, il s'en remit à l'officier de marine. Qui se pencha un peu vers Quirós.

– Je ne veux pas le faire, capitaine, dit-il. Pas comme ça… Et moins encore depuis ce qui s'est passé entre nos hommes, la nuit dernière.

Voilà qui semble diablement sincère, se dit Falcó. Et même honnête. Et ça l'était sans doute. Il comprit alors qu'il était un corps étranger, dans cette situation. Deux marins parlaient entre eux, des gens de mer qui se comprenaient par-delà les couleurs que chacun brandissait.

– Vous vous portez garant de tout ? demanda Quirós.

– De tout, dit Falcó. Vous avez ma parole.

– Sans vouloir vous offenser, votre parole ne signifie rien pour moi, dit Quirós, qui se tourna vers Navia. Ai-je la vôtre ?

– Vous l'avez.

Le capitaine du *Mount Castle* se leva. Il regarda la nuit, de l'autre côté des vitres du double arc sombre.

– Donnez-moi vingt-quatre heures de réflexion.

8

Là-bas ne sera jamais ici

– Tu as fait du bon travail ? demanda Moïra Nikolaos.

– Impeccable.

– Alors, viens ici et tiens-moi un moment compagnie. Vous en avez mis, du temps, tes amis et toi… Ai-je bien gagné mon argent ?

– On ne peut mieux.

– Allez, viens, te dis-je. Bois et fume quelque chose.

Le gramophone automatique faisait entendre la voix agréable de Jean Sablon : *Mélancolie, un jour s'achève, mélancolie, on n'y peut rien**. Moïra était allongée sur un divan turc, éclairée par un chandelier juif à sept branches qui laissait une partie de la pièce dans la pénombre. Déchaussée, les cheveux noués en une grosse tresse, elle était vêtue d'un kimono dont la manche droite pendait, vide depuis le moignon que formait le coude. À côté d'elle, il y avait une table basse avec une carafe d'eau, une bouteille d'absinthe et divers autres objets. Tout en se dirigeant vers elle, Falcó remarqua le petit plateau d'argent avec une seringue en verre et une ampoule vide.

– Approche, allez.

Obéissant, il alla s'asseoir sur le bord du divan. Il regardait la seringue.

– C'est nouveau, ça.

Elle sourit doucement, quasi absente, comme si son expression arrivait très lentement et de très loin.

– Je vieillis, mon petit. Les années passent. *Mais où sont les filles d'antan* ?…* La cocaïne aide à digérer certaines choses.

– Depuis quand ?

– Quelle importance.

Falcó versa de l'absinthe dans le verre où elle avait bu et il ajouta un peu d'eau. La première gorgée lui fit du bien. Il prit dans une boîte une cigarette de kif déjà roulée, la cala entre ses lèvres, l'alluma et inspira profondément la fumée. Moïra le regardait faire.

– Maudit sois-tu, lui dit-elle de sa voix rauque. Tu es toujours un beau rufian.

Falcó fit un de ces gestes d'indifférence, d'une innocence calculée, qui lui étaient propres. Il avait l'esprit dans le passé. Il revoyait la femme splendide qu'avait été Moïra, une quinzaine d'années plus tôt : son corps ferme, brun et chaud, à peine enlaidi par la perte de son avant-bras droit. Sa voix grave, ses grands yeux noirs qui le regardaient de tout près pendant qu'ils échangeaient gémissements et soupirs, paroles impudiques et tendres. Athènes et Beyrouth avaient été les cadres parfaits de leurs ébats. Du temps de la jeunesse de Falcó et de la superbe maturité de Moïra.

– Passe-moi ça, dit-elle.

Falcó lui mit la cigarette de kif entre les lèvres et elle aspira avidement tandis qu'il parcourait les tatouages de ses pommettes du bout des doigts. Ses tatouages berbères, qui dataient du moment où elle s'était installée à Tanger avec son mari peintre. Maintenant, ces marques indélébiles entraient en compétition avec des rides autour de ses paupières, que le khôl ne dissimulait pas.

– Toi, oui, tu es toujours très belle.

Laissant s'échapper la fumée après l'avoir retenue quelques instants, elle ronronna comme une chatte que l'on caresse. Son kimono entrouvert laissait voir la naissance de ses cuisses. Elle avait encore des jambes attirantes, rendues plus piquantes par les bracelets de cheville en argent et ses pieds aux ongles peints d'un rouge vif. Des pieds de pute turque, lui disait-il en d'autres temps, en un murmure, quand ils couchaient ensemble et que Moïra, égoïste et violente, jouissant de sa sueur et de son sexe, lui entourait les hanches de ces cuisses.

– Menteur, dit-elle au bout d'un moment. Sale menteur.

Elle lui rendit la cigarette, sur laquelle il tira aussitôt. Jamais il n'avait été enclin à mélanger paradis artificiels et vie réelle. Dans son ténébreux métier, ce genre de dépendance, avec les négligences qui s'ensuivaient, était dangereux, menait tout droit aux plus graves ennuis et au cimetière.

– Aspire-le bien, petit… On l'apporte pour moi des hauteurs de Ketama.

– Il est bon.

– Oui. Bien sûr qu'il l'est.

Les incursions de Falcó dans le monde des stupéfiants s'étaient toujours produites par le biais de quelqu'un d'autre, des femmes, à chaque fois, avec lesquelles il avait partagé certaines effusions et quelques habitudes pendant de brefs laps de temps. Une dizaine d'années plus tôt, il avait fumé de l'opium avec l'épouse d'un attaché commercial français à Istanbul : une Arménienne,

Klara Petrakian, qui l'avait conduit dans une fumerie de Karaköy, dans la large rue qui est derrière les quais. Quant à la cocaïne liquide, il ne s'en était injecté qu'une fois, à l'hôtel Adlon de Berlin, en compagnie de Hilde Bunzel, mannequin et actrice qu'avait fait connaître *M. le Maudit*, de Fritz Lang, avec laquelle il fréquentait les pires cabarets de cette ville dévergondée et fascinante qui résistait encore – pour peu de temps – au bruit de bottes et aux chemises brunes des nazis.

– Allonge-toi près de moi… *Viens**. – Moïra tapotait le divan de son unique main. – Ici.

Il résista, avec le sourire.

– Je suis bien comme ça. Laisse-moi te regarder.

– Mes charmes sur le déclin ne te séduisent plus ?

Il lui prit la main, en baisa les doigts couverts de bagues en argent.

– Ne dis pas de bêtises.

Il se demanda qui étaient les hommes avec lesquels elle couchait depuis la mort de Clive Napier. De vieux amis qui revenaient la voir, un peintre ou un écrivain de passage à Tanger, de vigoureux adolescents berbères qu'elle devait bien payer. Elle n'était plus jeune et, à cinquante-quatre ans, sa beauté s'était repliée sur une condition physique différente, plus profonde qu'allé-chante, plus chaude qu'éclatante. Cependant, elle était encore, à sa manière, une femme attirante. Et, bien entendu, avec cette patine de vies multiples que lui avait donnée son existence, singulière.

*Oui, je revois les beaux matins d'avril.**

Jean Sablon chantait maintenant *Vous qui passez sans me voir**, et le kif commençait à faire son effet. Falcó se rafraîchit la bouche avec une gorgée d'absinthe et se renversa un peu plus en arrière. Avant de le faire, il avait retiré le pistolet de sa ceinture et l'avait glissé sous le divan. Jamais d'arme trop près de soi avec alcool ou drogue au milieu, telles étaient ses règles.

La main de Moïra se posa sur son bras.

– Tu m'as laissé de beaux souvenirs, mon petit, murmura-t-elle d'une voix somnolente.

– J'en dirai autant de toi.

Ils restèrent un moment silencieux, à écouter la chanson. En se passant le kif.

– Tu n'en as pas assez de vivre comme tu le fais ? demanda-t-elle.

– Comment ça ?

– Tu sais bien. Une vie hasardée. Dangereuse.

Falcó remua la tête.

– Existe-t-il une autre sorte de vie ?… Certains le croient, mais rien n'est moins sûr. Toi, tu sais qu'il n'y en a qu'une.

– C'est ce qui fait la différence de ces points de vue : certains le savent et d'autres pas.

– C'est juste.

Moïra leva le moignon sous la manche vide du kimono.

– Moi, je l'ai su en vingt-deux, à Smyrne.

Falcó sourit à l'évocation du passé.

– La ville brûlait, au fond de la baie. Tu es montée à bord vêtue de noir, ton bras blessé en écharpe, en regardant autour de toi avec une expression de défi. Malade, consumée par la fièvre. Si pâle, et si belle.

– C'était une autre Moïra, dit-elle, et sa main serra plus fort le poignet de Falcó. *Das Dort ist niemals hier*… As-tu lu Schiller un jour ?

– Non.

– Il disait : « Là-bas ne sera jamais ici. »

– J'avais compris. Pour faire cette déduction, il ne faut pas être Philo Vance.

– Tu aimes tant jouer les rustres.

– Je t'assure que je ne sais pas qui est ce Schiller… Un musicien ?

– Idiot.

La cigarette s'était consumée. Falcó en tira une dernière goulée et la laissa dans le cendrier. Puis il rajouta un peu d'absinthe et d'eau dans le verre.

– J'aimais ta façon de me regarder, dit doucement Moïra, quasi somnolente, en séparant largement ses mots. Et cette façon de t'approcher de moi, ensuite, en souriant comme un adolescent, pour te mettre à ma disposition. Plus tard, j'ai appris que tu avais donné de l'argent aux marins pour qu'ils veillent sur moi… Et tu es venu me voir à l'hôpital, à Athènes.

– Je voulais coucher avec toi.

– Eh bien, nous l'avons fait et bien fait. Peu t'importait mon bras, ou tu donnais bien le change… Nous nous enlacions, nus, et je pensais que le contact avec mon corps mutilé devait te déplaire.

– Ton bras n'y changeait rien. Tu étais absolument belle.

– Je hurlais comme une chienne, tu t'en souviens ? Tu te répandais dans ma bouche, mon cul, partout… Tu mettais la paume de ta main entre mes dents, comme un bâillon, pour ne pas scandaliser les voisins, et je te mordais jusqu'au sang.

– Tu pleurais aussi, la nuit. Dans l'obscurité. Quand tu me croyais endormi.

– Mais ça n'avait rien à voir avec toi.

– Je sais. C'est pourquoi je ne suis jamais intervenu, je ne t'ai jamais rien dit.

– Je me souvenais de Smyrne… De tous ces morts… Mon mari et mon fils.

– Bien sûr.

Le gramophone s'était arrêté, mais Moïra ne faisait pas mine de se lever. Falcó non plus n'en avait aucune envie. Il ressentait une stupeur douce et agréable, et chaque mouvement qu'il faisait lui semblait extraordinairement lent, sensation qu'il éprouva quand il tendit la main vers les cigarettes de kif, pour en prendre une autre.

– Toi aussi, malgré ta jeunesse, tu avais une Smyrne en flammes au fond de tes yeux, disait Moïra. Tu te levais la nuit, tu allais et venais dans la chambre, tu cherchais une cigarette, ou de l'aspirine quand tu avais très mal à la tête. – Elle le regarda avec un vague intérêt. – Tu as toujours tes migraines ?

– Oui.

– Maintenant que j'y pense, je ne sais pas si fumer du kif te fera du bien.

– Il me fait le plus grand bien.

La flamme du briquet éclaira ses traits durs. Son masque ordinaire. Il inhala une goulée profonde, emplissant ses poumons de distance vis-à-vis du monde et de lui-même.

– Tu étais éhonté et étrange, avec ton sourire insolent et ton regard alarmant, dit Moïra un instant plus tard. Même tes infamies ne te rendaient pas infâme…

Falcó voulut lui passer la cigarette, sans répondre, mais elle la refusa d'un mouvement de tête. Ses pupilles dilatées restaient fixées sur lui.

– Tu n'en as pas assez ?… Tu n'as pas peur de te faire tuer ?

Il sourit, sans un mot, aspirant de nouveau la fumée.

– Non, tu n'as pas peur, conclut Moïra.… Tu as toujours été de ceux qui croient savoir quand viendra le moment de cesser de boire, de quitter une femme ou de dire adieu à la vie… Et qui se trompent parfois.

– Belle phrase.

– Je l'ai lue je ne sais où. Ou je ne l'ai peut-être pas lue. Il se peut même qu'elle soit de Clive, mon défunt mari. Ou de moi… Ou de toi.

Ses paroles arrivaient à Falcó de très loin. Amorties et lentes. Peut-être les prononçait-elle ainsi, se dit-il. Ou peut-être est-ce moi qui les entends de cette manière.

– Je ne t'ai jamais demandé si tu avais déjà tué, dit-elle soudain, avec une insolite vivacité.

Elle s'était légèrement déplacée, pour se coller contre lui. Il sentait la chaleur de son corps à travers l'étoffe du kimono. En bougeant, elle découvrit involontairement son sexe. Épilé, remarqua Falcó.

– Tu m'as dit un jour une chose, se souvint-il : « J'aime que tu fasses ce que les autres se contentent de rêver. »

Moïra avait de nouveau posé les yeux sur lui, comme étourdie, le regard dans le vague.

– Je m'en rappelle, oui – Parler semblait maintenant lui demander un effort. – J'y ai pensé bien des fois… C'est pour ça que je t'ai aimé un certain temps… Si j'ai un jour pu le faire… Bon… Au moins, je crois qu'il s'agissait d'amour.

Il remua une main et, délicatement, lui couvrit le sexe avec un pan du kimono.

– Qu'importe ce que ce fut.

Moïra resta un moment silencieuse. Puis, elle parut rire, très doucement.

– Un jour, tu vieilliras, mon ami.

– C'est possible.

– Ou peut-être auras-tu de la chance et mourras-tu jeune. Parce que je n'arrive pas à t'imaginer vieux, en train de regarder tomber la pluie derrière la vitre d'une fenêtre.

– En me souvenant de toi, en tout cas. Tu es unique.

Il sentit un coup, à son flanc. Elle venait de le frapper.

– Menteur. Tu as toujours été un rufian menteur.

Falcó se mit à rire, et la fumée, en lui, le fit tousser. La braise de la cigarette lui brûlait les ongles. Il la posa dans le cendrier.

– Le désir profond d'une femme unique est de survivre à elle-même, dit-elle, en se touchant le visage avec précaution. Et tu vois… On finit pas monter la garde dans un château où il n'y a plus rien à défendre.

Elle avait de nouveau bougé, s'écartant un peu pour lui faire de la place. Falcó avait insensiblement perdu le contrôle jusqu'à se retrouver dans une région où les sons venaient de très loin et où les mouvements semblaient ne jamais vouloir s'achever. Il se coucha en travers du divan, posa sa tête sur le ventre de Moïra.

– Je n'arrive pas moi non plus à me voir devant cette fenêtre, dit-il, mais la vie n'est jamais à court de mauvaises blagues.

– On devrait pouvoir mourir comme on a vécu, suggéra Moïra en lui caressant les cheveux. Tu ne crois pas ?

– Oui. Mais ça n'arrive pas souvent.

– Dis-moi tout, allez. Rien que pour moi… *À l'ombre de nos amours**… À l'ombre de notre vieille, belle, douce et désormais mélancolique amitié.

– Ça n'a jamais été mon fort.

– Allez, vas-y. Pour une fois.

On est bien, se dit Falcó, la tête appuyée sur ce ventre. C'était confortable, quasi maternel. Il canalisa la torpeur et laissa couler les idées. Les mots.

– Savoir que la vie, dit-il avec lenteur, est une plaisanterie de mauvais goût, bourrée de hasards, d'ennemis et de pantins qui sautent comme de beaux diables de leur boîte à ressort est la seule chose qui trempe assez un caractère pour que l'on puisse se moquer de tout. – Il leva le visage vers elle. – Qu'en dis-tu ?

– Avec un beau sourire ravageur comme le tien ?

– Par exemple.

– J'applaudirais si j'avais deux mains, chéri.

Elle continuait de lui caresser les cheveux, qu'elle enroulait entre ses doigts.

– Seuls les idiots et les faibles masquent la puanteur de la vie sous les parfums, ajouta-t-il.

Il ferma les yeux, se livrant à la lagune grise dans laquelle il flottait.

– Quand j'étais petit, je rêvais de partir. Une plume de poule faisait de moi un Indien des grandes prairies ; une canne de mon père me changeait en mousquetaire, et le regard d'une fille en amoureux.

– Oui, je suis sûre que tu n'étais que rêves… et pressentiments. Nostalgie prématurée de ce que tu ne connaissais pas encore.

– Peut-être.

– Et, un jour, tu es parti en chercher la confirmation. Dans l'île des pirates.

Les quatre derniers mots réveillèrent quelque chose en Falcó. Trop longtemps, se dit-il avec une subite lucidité. Trop exposé. Il ne pouvait se le permettre. Dans un moment, il serait dans la rue, et il faisait nuit. Un quart d'heure de marche jusqu'à son hôtel. Cible fixe ou cible mobile.

Cette pensée lui cingla l'esprit comme un coup de fouet, une certitude brute. On peut me tuer facilement, se dit-il. Un frisson d'alarme, une peur soudaine lui parcourut l'aine.

– Peut-être.

Il avait saisi le pistolet sous le divan avant de le lever, vacillant, puis il secoua la tête pour essayer de reprendre ses esprits. En essayant de contrôler ses mouvements, il remit l'arme dans sa gaine. Moïra le regardait, de très loin.

– Je vois que tu es encore là-bas, mon garçon. Avec tes pirates… Il y a des endroits d'où l'on ne revient pas.

Les couronnes des palmiers étaient sombres, immobiles, vaincues par le crachin, et les lumières du port brillaient, brumeuses, entre l'hôtel Continental et l'étendue noire de la baie.

Tout en montant par l'escalier extérieur vers la terrasse, Falcó éprouva un véritable soulagement. Il commençait seulement à se détendre un peu. Jusqu'à ce moment-là, l'humidité ambiante, la nuit obscure et son étourdissement l'avaient fait se déplacer dans un milieu inhospitalier. Menaçant.

De la maison de Moïra Nikolaos, il était descendu vers le quartier de Dar Baroud par une médina glissante plongée dans les ténèbres, en se défiant de chaque ombre, chaque masse obscure qu'il dépassait, attentif au contact dur du Browning à son flanc ; il en était même venu à l'empoigner, à demi caché dans la poche de la gabardine, après un tournant où, à la lumière de la loupiote d'un petit café, son regard était tombé sur deux Européens en train d'échanger quelques mots et, un peu plus tard, quand il avait cru entendre des pas derrière lui.

Ayant donc sorti le pistolet de sa gaine, en ôtant la sécurité, il s'était mis aux aguets, arme à la main droite, sans bouger, dissimulé dans l'obscurité d'une ouverture en arc, au milieu d'une ruelle étroite, guettant les bruits étouffés par la rumeur du sang qui cognait à ses tempes, jusqu'à être certain qu'il n'était pas suivi.

La marche et le crachin l'avaient aidé à reprendre ses esprits. Il était furieux contre lui-même. Tu ne dois plus jamais être aussi stupide sur le terrain des opérations que tu l'as été cette nuit, plus jamais te laisser aller comme ça, se disait-il. Parce que les distractions tuent et les distraits meurent.

Quand il fut dans l'hôtel, Youssouf, le concierge, lui tendit avec la clef un papier plié. Un message. Avant de monter l'escalier qui conduisait aux chambres, il s'arrêta pour le lire.

Apporte café et salut de la part du Sanglier. Je suis au Rif, en bas de la rue.

Il resta un moment immobile à regarder le papier. Puis il retourna sur ses pas, descendit la rue, passa près du bastion aux vieux canons et fit encore quelques pas.

Le Rif était une petite taverne avec cuisine apparente. L'intérieur sentait le kebab et les épices. Les murs étaient chaulés, une main de Fatma pendait au linteau au-dessus d'une demi-douzaine de tables, dont une seule était occupée. Il y avait devant elle, dos au mur, Paquito Araña.

En s'asseyant en face de lui, Falcó reconnut son odeur de pommade capillaire et son parfum d'eau de rose.

– Bonsoir, beau gosse, dit Araña.

Ses yeux saillants de batracien dangereux l'observaient, attentifs. Il avait devant lui un plat creux de terre cuite avec du tajine de poulet auquel il semblait avoir fait un sort.

– Tu veux manger quelque chose ?

– Non.

L'homme de main était coiffé avec soin, raie sur le côté, basse, et cheveux aplatis sur le front pour dissimuler une calvitie naissante. Sur la chaise près de lui était posé un imperméable loden de couleur vert mousse et un chapeau en gabardine. Il portait un costume trois-pièces léger, une chemise rayée à col américain et un nœud papillon rouge à pois bleus. Il avait mis la serviette devant son gilet, pour ne pas le tacher.

– Dis que tu es heureux de me voir, mon amour, fit-il un instant plus tard.

Falcó sourit. Il regarda un moment en direction de la porte, et sourit de nouveau.

– Je suis heureux de te voir.

Araña suivit la direction de son regard, puis il fit la lippe, en fronçant les lèvres.

– Problèmes immédiats ?

– Pas cette nuit.

– Il ne manquerait que ça, tu vois. Que tu n'en sois pas heureux. Je suis ici parce que tu as demandé que je vienne.

– Je te remercie.

– Tu as intérêt, mon beau. Quel voyage… en l'air, à être secoué, assis au milieu de sacs des services postaux, et après en voiture, de Tétouan à ici, à avaler de la poussière.

Il regarda les restes de tajine, piqua un morceau de pain sur la fourchette et l'imbiba de sauce.

– Tanger m'allait bien, tu comprends, ajouta-t-il. Tous ces garçons à peau brune, avec leurs grands yeux noirs et tout le reste. Tellement stimulants, pas vrai ?… La mission ne me déplaît pas.

– Tu ne vas pas avoir le temps de te faire des amis.

Araña mit le morceau de pain dans sa bouche et le mâcha lentement. Pensif.

– On ne sait jamais, conclut-il.

– Où loges-tu ?

– Dans une pension discrète, à quelques pas d'ici. – Il fit un geste vague avec la fourchette, en montrant la rue. – Profil modeste, comme la plupart du temps. Nom d'un chien ! Les bons hôtels, c'est toujours pour les starlettes comme toi. Les beaux garçons de l'Amiral.

– Que t'a dit le Sanglier ?

– Mot pour mot ?

– Oui.

– « Ce mariolle ne peut vivre sans toi. » Voilà ce qu'il m'a dit.

– Je voulais parler de la mission.

Araña regarda ses ongles, qui étaient très nets, rosés, bien coupés et limés. Il avait des mains pâles, délicates, qu'il oignait tous les jours de Neige des Cévennes ou d'autres préparations cosmétiques très recherchées et chères. Avec ces mains presque féminines et sa petite taille – il ne mesurait qu'un mètre soixante –, Paquito Araña s'était lancé onze ans auparavant dans une carrière d'assassin en devenant le « pistolero », l'homme de main de la Fédération patronale de Barcelone. Sa première victime – qui avait été suivie de nombreuses autres, parmi les membres de la CNT, avant que l'Amiral l'eût recruté pour le Grupo Lucero sur la recommandation d'un homme d'affaires catalan –, abattue à la sortie d'un bal, était « El Chiquet del Raval[1] », garde du corps du leader anarchiste Ángel Pestaña : trois balles d'un 9 mm à canon long, deux dans la tête, une dans le dos, toutes tirées à bout portant, et inévitablement mortelles, comme l'avait écrit *La Vanguardia* sous la photo du défunt, tombé en avant sur le trottoir, devant témoins.

1. Surnom. « Le Gamin du Raval ».

– Sur la mission en elle-même, il ne m'a rien dit de particulier, il a tout survolé de très haut : le bateau avec l'or de la Banque d'Espagne, et le reste. En résumé : « Tu vas là-bas, et tu fais ce que Falcó te dit. » Et me voici, une fois de plus, prêt à jouer pour toi les servantes soumises.

Il termina son tajine et se renversa sur le dossier de sa chaise, en nettoyant avec la serviette sa bouche cramoisie et cruelle.

– Ce qui veut dire, ajouta-t-il, que tu commandes et que j'obéis, mon maître.

Falcó jeta un regard du côté de la cuisine. Il y avait là une Marocaine avec un foulard noué sur la nuque et un jeune serveur. Il adressa un signe négatif à celui-ci, qui s'approchait, obséquieux.

– J'entrerai dans les détails plus tard. Pour le moment, tenons-nous-en à l'essentiel. Au plus urgent.

– Je suis tout oreilles, avec des pendants.

– Paie, allez. Nous parlerons dehors.

Falcó se leva. Il venait de cerner une petite idée. Celle d'un projet immédiat, qui pouvait être fructueux. Improvisé, sans doute, mais qui réussirait peut-être, justement pour ça. Il regarda sa montre. Les effets du kif et de l'absinthe s'étaient totalement dissipés, à moins qu'il ne leur dût la clarté soudaine que répandait son imagination. Tout était possible.

– Eh là, se plaignit Araña. Pas si vite… J'allais commander un thé.

– Nous n'avons pas le temps.

– Quel pisse-vinaigre tu fais.

Falcó regarda encore une fois sa montre, pour plus de sûreté. Il n'était que vingt et une heures quarante-cinq, et il fit ses calculs. La nuit venait de commencer, et elle était pleine de promesses, pour peu qu'il fût prompt à agir. Comme le disait parfois l'Amiral : *Audaces fortuna*… il avait oublié la suite. La fortune sourit aux audacieux.

– Je vais à l'hôtel passer un coup de fil et je reviens dans dix minutes.

Araña promena un doigt sur ses sourcils épilés, dont il ne restait que deux fines lignes, fit la grimace et, résigné, adressa un signe au serveur.

– Apporte-moi l'addition, trésor.

Quand il eut appelé Antón Rexach, qui par chance répondit, et auquel il donna des instructions précises, Falcó retourna chercher Paquito Araña. Le sicaire l'attendait dans la rue, couvert de son pardessus, son chapeau rabattu devant les yeux.

– Tu me mets sur des charbons ardents, mon amour.

Falcó montra le bastion proche.

– Il ne pleut plus. Faisons quelques pas.

Ils marchèrent jusqu'à la fortification. Dans la pénombre, mouillés, les vieux canons ressemblaient à des cétacés luisants.

– Je te raconterai plus tard, tranquillement, l'affaire dans ses moindres détails, dit Falcó. Ce qui importe, c'est une idée qui m'est venue, maintenant que tu es là. Et nous n'avons pas beaucoup de temps pour la mettre en œuvre.

Il montra quelque chose le long de la muraille, au-delà de la Tannerie.

– Tu vois ce petit édifice sur la pente, celui qui est éclairé par des réverbères électriques ?… Tu le vois ?

– Je le vois.

– C'est un casino, le Kursaal français… où nous allons nous rendre dans un quart d'heure.

– Quelle mouche te pique ? demanda Paquito Araña, en riant, retors et grinçant. Tu as envie de jouer à la roulette ?

– J'ai envie de jouer un tour aux rouges. Un joli tour de cochon.

Un bref silence spéculatif suivit. Araña assimilait ce que Falcó lui apprenait.

– De quel ordre ? demanda-t-il enfin.

– Ça dépendra du résultat.

Araña souffla, incrédule, en se tâtant le ventre.

– Il va falloir tuer, à l'heure qu'il est, et mouillés comme nous le sommes ?

Falcó haussa les épaules.

– Je ne sais pas, dit-il, flegmatique. On avisera à pied d'œuvre. J'ai dit que je venais seulement d'en avoir l'idée.

– Les idées que tu peux avoir me fichent la trouille, mon petit, fit le vénérable pistolero en se curant les dents avec un ongle. Finalement, c'est toujours moi qui dois les liquider. Comme cette fois, en gare de Narbonne, tu t'en souviens ?

– Je ne me souviens de rien.

– La femme.

– J'ai une mémoire catastrophique.

– Allons, mon vieux. Cette espionne avec des papiers de la Généralité de Catalogne…

Falcó regardait en direction du Kursaal, indifférent à tout ce qui n'était pas l'idée qu'il avait en tête. Ce qui allait s'ensuivre.

– Je ne sais pas de quoi tu me parles, alors, tiens-t'en à ce qui nous occupe en ce moment.

Le rire étouffé du tueur se fit de nouveau entendre.

– Tu sais une chose, mon joli ?

– Non.

– Avec cette gueule d'amour que tu as et qui plaît tant aux femmes et à leurs mères, tu es devenu un beau salaud.

– Dit l'hôpital en se foutant de la charité.

– C'est bien pour ça que je te le dis, chéri.

Falcó posa les mains sur le fût mouillé et froid d'un canon.

– Il y a un communiste, Juan Trejo, un commissaire politique de la flotte rouge… Il aime l'alcool, les nuits blanches et le tapis vert. C'est dans ce casino qu'il va toutes les nuits.

– Il y est, en ce moment ?

– Probablement. C'est pour ça que je suis allé passer ce coup de fil. Nous le saurons d'ici peu.

– C'est ça, l'idée qui t'est venue comme ça, d'un coup ? À cette heure ?

– Plus ou moins.

– Sainte Vierge.

Falcó lui donna une tape sur l'épaule, et ils s'éloignèrent du bastion. Araña marchait mains dans les poches de son pardessus, tête basse. Il semblait pensif.

– Comment est-il, ce type ? voulut-il savoir après avoir fait quelques pas. Fort, entraîné ? Professionnel ? Hétérosexuel ?… Père de famille ?

– Je crois plutôt que c'est une demi-portion.

– Un garde du corps ?

– Négatif.

– Il est armé ?

– Aucune idée.

– Et qu'allons-nous faire de cette perle ?

Quand ils passèrent de nouveau devant le Rif, le serveur, qui fermait la porte, leur dit bonsoir. Ils descendirent en direction de la rue de la Marine la rue Dar Baroud, peu éclairée, dont certains tronçons étaient presque obscurs, et où ils ne croisèrent pratiquement personne.

– Il y a deux facteurs dont nous devons tenir compte, dit Falcó, reprenant son explication. Le premier, c'est que dans l'affaire de ce bateau ce type nous encombre. Il peut être un empêchement, et il vaudrait mieux pour nous qu'il soit licencié.

– Ça, c'est la partie facile. Et l'autre ?

– Il sait des choses que nous devrions savoir.

Sous le bord de son chapeau, dont la gabardine était maintenant gondolée, les yeux d'Araña luisirent, aussi affables que ceux d'une hyène au nez fin.

– Alors, il devrait rester en vie, non ?... Pour un moment.

– Pour un assez long moment.

– As-tu un endroit tranquille où le travailler un peu et lui faire un brin de causette ?

– On est en train de m'en chercher un.

Araña le considéra un instant, et Falcó l'entendit pousser un soupir de lassitude.

– Pour l'amour de Dieu, mon petit gigolo. J'arrive, tu me tombes dessus en plein repas pour me faire entrer dans la danse. – Il se frotta la bedaine, mécontent. – Sans même me laisser le temps de digérer.

Antón Rexach les attendait à la porte de la Tannerie, sous le tunnel. Quand Falcó et Araña s'approchèrent, la tache volumineuse de son imperméable clair se détacha de l'obscurité.

– Quand vous m'avez appelé, j'étais sur le point de me coucher, dit-il.

Il paraissait impatient. Ou nerveux. Falcó rit dans sa barbe, sarcastique.

– La patrie exige de durs sacrifices, dit-il.

Quand Rexach s'aperçut que Falcó n'était pas seul, il se montra encore plus mal luné.

– Avec qui êtes-vous venu ? s'enquit-il en constatant que Falcó ne lui présentait pas celui qui l'accompagnait.

– Un ami. Noctambule.

– Ah… Je vois.

Ils marchèrent tous les trois dans la pénombre le long de la muraille, jusqu'à la rampe qui montait vers la ville européenne.

– Il est là, lui dit Rexach. J'ai pu m'en assurer. Il a d'abord passé un moment au bar, puis à la roulette. Il y a quelques instants, il pariait au *Chemin de fer**.

– Seul ?

– On dirait bien. Son hôtel est à côté, à deux cents pas. Il s'y rend à pied, en descendant la rampe.

Ils s'étaient arrêtés au bas de la pente. Il y avait là, tout près, un chariot bâché avec une mule attelée. Falcó regarda en direction du Majestic, éclairé par les réverbères proches. Sur la rampe, le Kursaal aussi était illuminé. Mais le reste de la montée, avec le coude qu'elle faisait en son milieu, était dans l'obscurité. Terrain propice.

– L'endroit est bon, convint-il. Avez-vous la voiture ?

Rexach montra le chariot, et Falcó secoua la tête.

– Vous vous moquez de moi… Vous n'avez rien trouvé de mieux ?

– À cette heure, bien sûr que non. Et estimez-vous heureux que je l'aie trouvé.

– Vous avez une voiture.

– Je ne peux pas m'en servir pour ça. On risquerait de la reconnaître. Vous partirez dans quelques jours, mais moi, je vis à Tanger.

Falcó se tourna vers Paquito Araña, mais celui-ci ne dit pas un mot. À côté de l'humanité débordante de Rexach, le sicaire ressemblait à un gringalet.

– Il y aura quelqu'un pour conduire le chariot, tout de même.

– Bien sûr.

Rexach siffla doucement, et du véhicule sortit un homme vêtu d'une djellaba. Malgré le peu de lumière, il semblait jeune. Et bien bâti.

– Et pour l'endroit ?

– Le Marocain sait où vous conduire. Il s'appelle Kassem.

– *Salam aleykum*, Kassem.

– *Aleykum salam*, répondit l'homme.

– On peut se fier à lui ?

Falcó s'était adressé à Rexach.

– Absolument, répondit celui-ci.

– Tu parles espagnol, Kassem ?

– *Meziane*… Je suis de Chaouen.

– Il a deux frères, trois cousins et un oncle dans un bataillon de *regulares*, en Espagne, expliqua Rexach. Je lui ai dit que vous le paierez bien. Il peut vous conduire à l'endroit adéquat, là-bas sur la plage.

Falcó l'observa avec curiosité.

– Vous ne venez pas ?

– Il ne faut pas que je sois mêlé à cette affaire.

Il y avait de la contrariété dans sa voix. Mais aussi de l'indécision. Il était clair qu'il n'approuvait pas le projet. Falcó eut un sourire dédaigneux, de chasseur.

– Vous y êtes mêlé, et drôlement. Jusqu'au trognon.

– Je veux parler seulement de cette partie de l'affaire.

Falcó consulta sa montre, mais l'insuffisance de lumière l'empêcha de voir l'heure. Il n'avait pas le temps d'épiloguer sur les scrupules de Rexach.

– Assurons-nous encore d'une chose… Je n'ai vu cet individu que de loin, sur le port, avec des jumelles. Je ne voudrais pas me tromper. Et il se pourrait que lui m'ait vu.

– C'est possible, confirma Rexach.

Falcó montra Paquito Araña, qui n'ouvrait toujours pas la bouche.

– Ici, personne ne connaît mon ami. Vous allez entrer tous les deux au casino, et vous lui désignerez discrètement l'homme, pour qu'il n'y ait pas d'erreur. C'est entendu ?

Araña acquiesça, flegmatique, pendant que Rexach semblait hésiter.

– Vous avez tout bien considéré ? dit-il sur un ton encore inquiet. Cela pourrait peut-être précipiter les choses.

– Peut-être, admit Falcó, amusé.

– Je ne peux pas intervenir directement, comprenez-le… Et je ne sais pas non plus exactement ce que vous comptez faire.

– Ne vous inquiétez pas. Je vous tiendrai informé.

– C'est justement là qu'est le problème, dit Rexach en regardant avec méfiance le silencieux Araña. Je ne sais pas si je tiens à être informé.

Moins de dix minutes plus tard, Falcó laissa tomber sur le sol mouillé la cigarette qu'il tenait entre ses doigts. Paquito Araña et Antón Rexach descendaient précipitamment la côte, en risquant de glisser et de se rompre le cou.

– Il arrive, dit Rexach, suffoqué par la course. Il sortait du casino, et nous avons failli le bousculer à la porte.

Falcó regarda vers le haut de la pente. Une silhouette masculine se déplaçait, en haut de la rampe, découpée dans le contre-jour du réverbère le plus proche de la porte du Kursaal.

– Vous êtes sûr que c'est lui ?

Rexach essayait de reprendre son souffle.

– Certain.

– Il porte un parapluie fermé et il est sans chapeau, signala Araña.

Falcó se tourna vers Kassem, qui fumait une de ses Player's.

– *Allah bismillah*, lui dit-il.

Le sourire du Marocain se détacha dans la pénombre. Il semblait apprécier que Falcó donnât l'ordre au nom de Dieu. Il finit sa cigarette et alla sans se presser vers le chariot.

– Je m'en vais, dit Rexach, inquiet. Comme je vous l'ai dit, je ne crois pas nécessaire…

Il n'en dit pas plus. Il grillait visiblement d'impatience, et Falcó n'émit aucune objection. Ce n'était vraiment ni le moment ni l'endroit pour le faire. Araña et lui regardèrent la tache claire de l'imperméable se perdre hâtivement dans l'ombre.

– Drôle d'oiseau, le gros, fit Araña.

– Chacun son affaire. Occupons-nous de la nôtre.

– Il est plus que temps… Le type arrive.

L'homme descendait la rampe du côté gauche. À ce moment précis, il laissait le tournant derrière lui. On pouvait entendre le bruit de ses pas et celui, métallique, de l'embout du parapluie.

– Un de chaque côté, dit Falcó. Toi d'en haut, moi d'en bas. Laissons-le arriver ici.

Prenant son air le plus innocent, Araña monta la rampe du côté droit, pendant que Falcó restait sans bouger dos au mur. Trejo, qui sous cette lumière n'était qu'une masse sombre, avançait sans se douter de rien. Il n'était plus, maintenant, qu'à une douzaine de pas de Falco, qui déboutonna sa gabardine et sa veste, pour être libre de ses mouvements. Il palpa le Browning à sa ceinture, même si rien, ce soir, ne devait se régler à l'arme à feu. Mais on ne savait jamais, peut-être faudrait-il recourir à elle d'une manière ou d'une autre. Un coup de crosse sur le crâne était un recours aussi bon qu'un autre. Donné ni trop fort ni trop doucement. Juste ce qu'il fallait pour s'éviter les problèmes. Cloc. Faites de doux rêves, camarade commissaire.

À cinq pas de Falcó, l'homme qui descendait s'arrêta brusquement. Il avait repéré ou deviné la silhouette immobile contre le mur. D'un coup d'œil rapide, Falcó s'aperçut qu'un peu plus haut, Araña, qui avait dépassé la cible, en voyant que celle-ci s'était immobilisée, traversait la rampe rapidement et s'en approchait par-derrière.

Au diable les précautions, se dit-il. C'était le moment.

Il courut en montant la côte vers l'homme qui ne bougeait plus, déconcerté, comptant l'atteindre avant que celui-ci ait pu réagir. Il eut le temps de jeter un coup d'œil derrière la cible et de s'assurer qu'Araña était sur le point de l'atteindre.

Ce fut alors qu'il glissa sur le sol mouillé.

Chaaas, firent les semelles de ses chaussures. Et toump. Ce fut le bruit qu'il fit en tombant par terre à la renverse.

Une glissade dans les règles. Il s'affala de tout son long, comme un parfait imbécile, juste aux pieds de la supposée victime. En se donnant un coup dans le dos et sur le côté qui retentit dans toute son ossature.

Je me suis cassé quelque chose, se dit-il. Putain de merde. Je me suis cassé quelque chose.

De terre, étourdi par le choc, il vit deux choses. Tout d'abord que Trejo réagissait avec la célérité d'un lièvre, lui donnait un coup de parapluie, sautait par-dessus lui et se mettait à courir comme s'il avait le diable à ses trousses. Ensuite, qu'Araña, qui s'était élancé pour sauter sur la cible, et n'ayant plus rien pour l'arrêter, venait buter contre lui avant de s'affaler à son tour.

– Au secours ! À l'aide ! se mit à crier l'homme. Au secours !

Ce qu'il fit sans arrêter de courir. Il était en bas de la rampe quand Falcó se releva – son poignet gauche lui fit un mal de chien – et fila pour le rattraper.

– Au secours ! À l'aide ! criait Trejo.

Falcó, tout en courant, sentait que Paquito Araña fonçait aussi, derrière lui.

– Au secours !

Pendant un instant, il envisagea de renoncer. C'est totalement grotesque, se dit-il. S'il nous échappe, nous sommes dans la mouise, et rudement. Mais si nous l'attrapons maintenant et que quelqu'un survient, ce sera pire. Un policier, par exemple. Pris en flagrant délit, toute l'affaire tombe à l'eau. Il en était là, essayant de prendre une décision tout en sprintant – avec l'impression d'avoir les poumons en feu à cause de la chute et de l'effort –, quand il vit qu'au moment où le fuyard passait devant le chariot, une ombre s'en détachait, véloce, et lui barrait le passage.

– Au sec…

Quand Falcó arriva à cet endroit, l'homme était par terre et gigotait, Kassem sur lui. Le Marocain, un bras autour du cou de Trejo, semblait bien avoir assuré sa prise. De sa main libre, il lui fermait la bouche.

Falcó s'arrêta, hors d'haleine, mains sur les cuisses, et entendit Paquito Araña en faire autant, haletant près de lui. Quelques secondes plus tard, un peu remis, il dégaina, se pencha au-dessus des deux hommes à terre et, tâtonnant pour ne pas se tromper – il ne fallait surtout pas assommer le Marocain –, donna un coup de crosse sur la tête du commissaire, qui souffla plus fort, toujours tenu par le bras de Kassem, puis cessa de s'agiter.

– J'espère que c'est vraiment le commissaire rouge, dit Falcó en rengainant.

– C'est bien lui, confirma Araña entre deux inspirations profondes.

Le Marocain se relevait, et Falcó lui donna quelques tapes sur l'épaule.

– Beau travail, mon ami.

Il vit resplendir le sourire de l'homme.

– *Alhamdulillah*.

Falcó jeta un regard aux alentours. Par miracle, il n'y avait pas un chat. Et pas davantage sur la rampe, un peu plus haut. Pas le moindre témoin gênant. Araña essayait d'enlever l'eau de ses vêtements en se donnant de petits coups du revers de la main.

– On a bien fait les pitres, remarqua le tueur.

– Oui, de vrais Pieds Nickelés, rétorqua Falcó, qui se massait les reins et le poignet en regardant le corps immobile à ses pieds.

– Tu as vu comment il détalait, ce salopard, dit-il avec rancœur en se penchant pour fouiller Trejo.

– J'aurais aimé t'y voir, chéri.

– Il s'en est fallu de peu.

– Oui.

Falcó se leva, un portefeuille et un petit couteau à cran d'arrêt à la main. Le rouge était désarmé. Falcó garda le portefeuille et jeta le couteau.

– Encore heureux qu'il n'ait pas eu de pistolet, merde… Il aurait tout aussi bien pu nous tirer dessus.

Araña se gaussait, caustique. Enchanté par l'épisode.

– Quand on leur racontera ça, à Salamanque, ils en resteront sur le cul… Le petit chouchou de l'Amiral, l'intrépide espion se ramasse une pelle. Vlan. Et ce fils de pute qui te saute par-dessus et se tire après t'avoir donné un coup de parapluie… Sublime, tu m'entends. C'était sublime. Je me souviendrai de Tanger toute ma vie.

– Boucle-la.

À trois, ils relevèrent l'homme à terre et le chargèrent dans le chariot, encore mal en point. Falcó s'assit à côté de Kassem, qui avait désentravé la mule et fait claquer les rênes.

– Où allons-nous ? lui demanda-t-il.

– Toi tranquille, dit le cocher. Je sais, près.

– Brave garçon, dit Falcó, en lui offrant une autre cigarette. Sans toi, il nous échappait.

Il lui donna du feu et vit, à la lumière du briquet, que Kassem souriait de nouveau.

– Toi tranquille, je sais… Sur mes yeux, ces communistes, rien de bon. Franco sait, tous *ahmar*. Être rouges. Ne croient pas en Dieu.

9

Nécessités opérationnelles

Il bruinait encore quand Falcó ouvrit la porte et sortit pour s'éclaircir les idées. Il était en manches de chemise, la sueur collait à son corps. Sa montre indiquait quatre heures et demie du matin et il n'en pouvait plus.

Il alluma une autre cigarette et resta un moment sans bouger, appuyé contre le mur, à regarder les rares lumières lointaines allumées en ville à cette heure. De la plage voisine montait la douce rumeur de la mer sur la grève.

De temps en temps se faisaient entendre, à l'intérieur de la baraque – une construction en brique et torchis, située sur le chemin de Tanja Balia, au-delà d'une ancienne usine de tabac – des cris de douleur. Très aigus, pénétrants, ils se terminaient presque toujours par un hurlement et un râle sourd. D'agonie.

Torturer est un travail très déplaisant, se dit Falcó, en tirant sur sa cigarette.

Ce travail-là, il n'aimait pas le faire, instruit par expérience comme il l'était des deux côtés du processus. Le rôle de la victime était certes plus désagréable que l'autre, mais revêtir celui du bourreau n'avait rien de rassurant.

Il tira de nouveau sur la cigarette. La fumée dans ses fosses nasales lui faisait oublier l'autre odeur. Les suppliciés puent, ils sentent la peur aigre et le désespoir. Ce qu'il détestait surtout, c'était le côté physiologiquement animal de la besogne, ses effets immédiats : chair maltraitée, larmes, tremblement, suppliques, relâchement des sphincters. Comme ces cris qui retentissaient à présent à l'intérieur de la baraque. Des hurlements à vous déchirer les cordes vocales et vous rendre aphone.

Certains, comme Paquito Araña, se complaisaient dans ce bain. Il appliquait à la tâche son sens de l'humour pervers avec une efficacité cruelle. Ce n'était pas le cas de Falcó. Il n'était pas cruel, même si ses comportements pouvaient parfois l'être. Il ne s'agissait, dans son cas, que d'un outil efficace. Un moyen technique. Pour son travail, en grande partie centré sur la survie, être cruel était aussi pratique qu'avoir un pistolet ou savoir tuer à mains nues. Une arme objective utilisée sans remords mais pas non plus pour le plaisir, ni par instinct. Une simple nécessité tactique.

Comme tant d'autres choses, elle faisait partie des règles du jeu.

Il jeta le mégot et retourna à l'intérieur. La baraque n'avait qu'une pièce, traversée par une grosse poutre en bois qui soutenait le toit. Une lampe à pétrole posée sur le sol l'éclairait à demi. Juan Trejo était pendu à la poutre par les deux mains attachées ensemble, les pieds à quelques centimètres du sol, de sorte qu'il pouvait seulement le frôler du bout des orteils. Il était nu.

– Comment ça se passe ? demanda Falcó.

– Bien, répondit Araña.

Lui aussi était en manches de chemise, gilet déboutonné, ses autres vêtements soigneusement pliés posés par terre, dans un coin. Il avait à la main un nerf de bœuf, dont les marques, violettes ou brunes selon un ordre rigoureux d'ancienneté – le traitement que subissait Trejo durait maintenant depuis quatre heures –, zébraient le corps du prisonnier dans tous les sens. Il en avait sur la poitrine, les jambes et le dos, et aussi sur le ventre et entre les jambes. Ce qui représentait une cinquantaine de coups.

Pendu à la poutre, le commissaire politique avait tout d'un sac de sable sur lequel se serait acharné pendant des heures un boxeur psychopathe.

– Il a dit autre chose d'intéressant ?

– Rien, pour le moment. Tu n'étais pas sorti qu'il s'évanouissait… Maintenant, il a un peu repris du poil de la bête.

Falcó regarda Kassem. Accroupi dans un coin, le Marocain observait la scène, sans bouger. Ce devait être pour lui un spectacle curieux de voir deux *Nasrani* en écorcher un troisième.

– *Labès*, Kassem ? Tout va bien ?

– *Labès*.

Falcó s'approcha de Trejo. L'homme était mince, mais musclé. Nez busqué, joues creuses et bleuies par la barbe qui pointait, cheveux noirs aplatis par la sueur et le sang coagulé de la blessure que le coup de crosse lui avait fait sur la tête. Sa position, mains attachées en hauteur, faisait nettement ressortir ses côtes sous la peau maltraitée, si pâle qu'elle semblait presque cireuse. Sa nudité sans défense le faisait paraître encore plus maigre et pitoyable.

Nous le sommes tous, se dit Falcó, une fois placés en pareille situation. Ou nous pouvons l'être, le cas échéant. Je l'ai été il n'y a pas si longtemps, et maintenant, c'est son tour.

– Tu peux parler, camarade commissaire ? demanda-t-il.

Trejo leva faiblement la tête, jusqu'alors inclinée sur sa poitrine, pour poser sur lui le regard tourmenté de ses yeux, sombres et violacés sous les paupières. La lumière tremblante de la lampe lui creusait plus encore les traits.

– On t'a assez tapé dessus, il me semble… Restons-en là. Finis de nous raconter ce que tu sais, et allons tous dormir.

Le ton était affable. Pendant toute la séance, Falcó et Araña avaient alterné assez efficacement les rôles, chacun dans son répertoire de gentil et de méchant. Cette nuit, Falcó jouait le gentil. Celui à qui le torturé devait ou pouvait se confier. Qui lui inspirait la tentation de se relâcher. Freinait la violence de son acolyte, ou semblait le faire.

– Ce n'est plus la peine d'endurer tout ça, tu nous as tout dit, insista-t-il. Il ne reste plus que quelques menus détails… Tu comprends ce que je te dis ?

Trejo acquiesça, très faiblement. Après l'indignation qui avait suivi sa capture, puis la peur, il avait tenu bon une demi-heure. Une attitude héroïque de sa part. Arrogance, insultes à ses ravisseurs, repli sur ses idées politiques et sur sa certitude, défendue avec la dernière vigueur, que la cause du peuple était juste, l'agression contre la République intolérable, et qu'ils allaient payer très cher cette agression fasciste en territoire neutre. Ensuite, peu à peu, à mesure que se succédaient les coups, ses bravades et ses insultes avaient cédé place à des cris de douleur qui s'étaient bientôt changés en suppliques, et il s'était mis à raconter des choses sans importance, et d'autres qui devenaient de plus en plus intéressantes à mesure qu'Araña augmentait la dose et que Falcó, guettant les moments opportuns, feignait de retenir le bras de son collègue et en appelait au bon sens du prisonnier, en l'invitant à s'épargner de plus grandes douleurs.

– J'ai dit… tout ce que… je sais, répéta Trejo d'une voix faible qui semblait monter de ses entrailles.

Falcó remua la tête d'un air patient.

– Non, camarade. Il manque quelques petites choses. Dans quelle chambre es-tu, à l'hôtel ?

– La trois cent huit… Troisième étage.

– Et les autres ? Tu ne nous as pas encore parlé de tes compagnons de voyage. L'homme et la femme.

C'était exact. Pendant ces quatre heures de torture, Trejo avait livré des informations importantes sur les démarches diplomatiques du gouvernement de Valencia auprès du Comité de contrôle, et aussi sur le *Mount Castle* – dont il avait décrit avec précision l'équipage, l'armement, l'intérieur et sa cargaison : 512 caisses en bois scellées et arrimées dans la cale, dont le contenu s'élevait très exactement à 30 tonnes et 649 kilos d'or, en lingots et monnaies anciennes, ainsi qu'une autre caisse de joyaux et d'argent, qui avaient été embarquées à Carthagène par les troupes d'élite de la 46e division – du Parti communiste espagnol – sous le contrôle d'agents soviétiques. Le rôle de Trejo dans l'opération était limité : assurer la présence formelle d'un délégué de la République et certifier que l'or aurait bien été remis aux Russes. Il avait aussi révélé entièrement les plans de route originaux, qui prévoyaient de gagner les eaux territoriales algériennes, de naviguer en longeant la côte nord-africaine en direction du levant, puis de traverser le Bosphore et d'accoster à Odessa. Quant au capitaine Quirós, il était théoriquement tenu d'obéir aux ordres de Trejo et des agents soviétiques embarqués, mais il n'avait fait cas d'aucun d'entre eux, pas plus que son équipage, qui lui était attaché, alors même qu'il y avait parmi ses membres des communistes et des anarchistes. Dès le moment où le destroyer national les avait découverts près d'Alborán, le capitaine du cargo avait pris toutes ses décisions sans consulter un seul des trois agents. Cependant, depuis que le navire était ancré dans le port de Tanger, tout avait changé. Quirós se conformait de nouveau aux ordres, attentif aux résultats des arbitrages diplomatiques, sans plus s'occuper que de la sécurité de son bateau et de ses hommes.

– Garrison est à l'étage au-dessous, chambre deux cent un. Et elle…

Trejo s'interrompit, hésitant ou peut-être épuisé, et le coup de nerf de bœuf qu'Araña lui donna lui arracha un cri d'angoisse. Falcó, d'un regard, ordonna au tueur de se calmer. On était dans la phase amicale de l'affaire. Celle du brave garçon.

– La femme, insista-t-il, presque avec douceur. Dans quelle chambre est-elle, camarade ?

– La deux cent dix… De l'autre côté du couloir, avec fenêtre sur rue. Mais il n'y a rien là qui puisse vous intéresser, pas plus que dans celle de Garrison… Ils sont très prudents.

– Et dans la tienne ?

– Rien non plus. Seulement quelques documents… et de l'argent.

– Quels documents ?

– Ceux que doivent signer les Russes à la remise du chargement. Tout y est détaillé.

– Très bien. Parlons maintenant de tes collègues. Allez, finissons-en une bonne fois… Qui est Garrison ?

D'une voix faible, en faisant de longues pauses sans qu'Araña doive recourir au nerf de bœuf, Trejo dit ce qu'il savait : William Garrison, nord-américain et communiste de la ligne dure, était arrivé en Espagne au mois d'août de l'année précédente, sous la couverture de correspondant de presse ; en réalité, il avait été envoyé de Paris par le Komintern. Blond, grand et myope, il portait parfois des lunettes à monture d'écaille. Après avoir passé trois mois infiltré dans les brigades internationales, pour les purger des trotskistes, des suspects et des irrésolus, il était allé conduire des interrogatoires et participer aux exécutions de la tchéka de La Tamarita, à Barcelone. Un homme d'action peu sympathique. Qui méprisait tout ce qui était espagnol. Ses relations avec le capitaine Quirós restaient correctes, mais elles n'étaient pas bonnes.

Falcó le laissa se reposer un moment.

– Et elle ?

Trejo le regarda, sonné.

– La femme, insista Falcó.

Le commissaire politique passa la langue sur ses lèvres sèches, craquelées.

– Elle s'entend bien avec Quirós, dit-il enfin, non sans peine. Elle le respecte, et c'est réciproque… Quand le destroyer fasciste s'est montré, elle est restée sur le pont… Tout tranquillement, à ce qu'on dit.

– À ce qu'on dit ?

– Oui. Je n'étais pas là… Mais en bas, occupé à encourager l'équipage.

– Ah, je vois. À encourager les autres.

– C'est mon travail… Je suis commissaire de la flotte.

Et pas exactement un héros, se dit Falcó. Une bataille navale, c'est tout de même autre chose que de tuer des chefs et des officiers sans défense. L'apparence pitoyable du prisonnier, son corps torturé ne lui donnaient aucune satisfaction, mais ne lui inspiraient pas non plus la moindre compassion. Il n'était pas près d'oublier ce que lui avait raconté Antón Rexach : sept mois plus tôt, alors qu'il était mécanicien en second et membre de la Garde rouge à bord du croiseur *Jaime I*, Juan Trejo avait participé au massacre des cent quarante-sept officiers supérieurs et subalternes de l'armée de mer et de l'armée de terre prisonniers sur le convoyeur *España n° 3*. Les détenus avaient été forcés de sortir de l'entrepont un par un, et on leur avait tiré une balle dans la nuque avant de les jeter à la mer des fers aux pieds, alors que certains d'entre eux étaient encore vivants.

– Parle-moi de cette femme.

– Je ne sais pas grand-chose d'elle… Seulement qu'elle s'appelle Luisa Gómez.

Un coup de nerf de bœuf claqua. Le prisonnier se contracta et poussa un hurlement. Falcó adressa un regard de reproche à Paquito Araña, dont il découvrit le sourire insolent, et il immobilisa Trejo qui, sous l'effet du coup, tournait lentement, pendu à la corde. En le touchant, Falcó s'aperçut que l'homme s'était brusquement couvert d'une sueur très froide. C'était surprenant, se dit-il, de constater qu'il restait encore du liquide dans le corps de ce type.

– Eh bien, il vaudrait mieux pour toi que tu en saches plus, camarade commissaire.

Celui-ci ouvrit tout grand la bouche, comme s'il manquait d'air, puis il émit un son déchirant, rauque et bref. Falcó fit signe à Kassem, qui se leva, versa de l'eau d'une dame-jeanne dans un gobelet en fer-blanc et l'apporta à Falcó. Celui-ci l'approcha des lèvres crevassées du commissaire, qui but avidement.

– Elle ne s'appelle pas Luisa, mais Eva, dit Trejo quelques instants plus tard, quand il eut recouvré non sans mal la parole. J'ignore son nom de famille… Elle n'est pas non plus espagnole, mais russe.

Falcó ignora le regard étonné que lui adressa Paquito Araña.

– Compétente ?

– Extrêmement. Et d'une autorité… Garrison n'est qu'un subalterne. C'est elle qui prend les décisions.

– Sans te consulter ?

– Elle bénéficie des plus hautes protections… Elle est la responsable de l'opération.

– Sous les ordres de qui travaille-t-elle ?

Un murmure à peine audible. Falcó se rapprocha de la bouche de Trejo.

– De qui, dis-tu ?

– Un Russe important… Il se fait appeler Pablo.

Falcó hocha la tête. Tout cadrait. Pablo était le surnom de Pavel Kovalenko, le chef du NKVD en Espagne.

– Tu l'as vu ?

– Il surveillait l'embarquement. Il est fort, chauve, moustachu… Elle et lui, ils sont restés tout le temps à l'écart, à discuter… Même Garrison ne s'est pas approché d'eux.

– Comment le joint-elle ?

– Par le consulat… Un appareil de chiffrement russe a quitté le bateau dans une mallette. Elle va aussi aux bureaux des télégraphes français et anglais.

– Et Garrison ?

– Il ne communique avec personne, que je sache… C'est Luisa, ou Eva, qui se charge de tout.

– Sait-elle que je suis à Tanger ? M'a-t-elle identifié ?

Trejo tarda à répondre, et Falcó dut faire un geste pour qu'Araña ne recommence pas à le frapper. Derrière le détenu, le sbire fit une mine dépitée.

– Nous le savons depuis deux jours, confirma enfin Trejo. Elle connaît même ton vrai nom : Lorenzo Falcó.

– A-t-elle fait une remarque sur mon compte ?

– Elle a dit que tu étais un agent franquiste… Très dangereux.

– C'est ce qu'elle a dit ?

– Exactement… C'est Garrison qui, sur son ordre, est chargé de te surveiller, mais je ne sais pas comment, ni de qui il se sert pour le faire.

– A-t-elle dit autre chose ?

– Oui… Qu'on devrait peut-être te tuer.

Il bruinait encore, dehors. Appuyé contre le mur près de la porte, Falcó contemplait la nuit. Il avait mis sa veste et fumait. Paquito Araña vint le rejoindre.

– Quelle surprise, pour la Russe, reconnut le sicaire. Tu étais au courant ?

– Oui.

– Le monde est petit.

Ils se turent.

– Que faisons-nous de ce rouge, à l'intérieur ? demanda enfin Araña.

– J'étais justement en train de me le demander.

– On ne peut pas le laisser comme ça. S'il va dans un hôpital ou un poste de police, nous finirons en prison.

– Je sais.

– Alors ?

Il ne s'agissait même pas d'une question. Tous deux étaient des professionnels.

– Dans ce boulot, on ne fait pas de prisonniers, ajouta Araña un moment plus tard.

Avant de parler, Falcó tira encore une fois sur sa cigarette.

– Il faut faire croire qu'il a déserté, dit-il enfin. Ne laisser aucune trace.

– Ça, je m'en charge, dit Araña.

– Que fait-on du corps ?

– J'en ai parlé à Kassem. Il va s'en occuper. Il y a un puits à sec, pas loin d'ici.

Falcó hocha la tête en signe d'assentiment. Il regardait la braise de sa cigarette, qu'il porta à ses lèvres, une dernière fois, avant de jeter le mégot sur la terre mouillée.

– Détache-le de la poutre et qu'il repose en paix.

– Bien.

Araña rentra dans la baraque, Falcó resta dehors, à contempler les quelques rares lumières lointaines de Tanger. Il y avait d'autres petits points lumineux au large, dans la baie. Des pêcheurs qui faisaient là leur besogne.

Les règles du jeu, se dit-il.

On joue tous selon les mêmes règles. Il n'y en a pas d'autres. La seule différence, c'est que certains l'assument, et d'autres pas ; surtout quand vient le moment de payer le prix convenu. Le nombre de mauvais payeurs avait de quoi surprendre.

Il entra dans la baraque. Araña et Kassem avaient dépendu Trejo de la poutre. Le prisonnier était par terre, mains encore liées, nu et pâle, zébré de coups de nerf de bœuf, brisé, sans force. Il poussait un gémissement rauque de douleur. Celui d'une bête à l'abattoir.

Falcó s'arrêta devant lui et Trejo le regarda. Une faible lueur de compréhension brillait dans ses yeux vitreux.

– Vous n'allez pas me tuer, n'est-ce pas ? Je vous ai dit tout ce que je savais, salauds.

Son balbutiement était presque un sanglot. Une supplique.

– Réfléchissez, s'il vous plaît… je vous serai plus utile vivant. J'allais partir pour la France… Je ne voulais pas poursuivre ce voyage insensé.

Araña se pencha vers lui par-derrière, en glissant la main dans une poche de son pantalon. Il souriait.

– Vous ne pouvez pas faire ça… J'ai une famille… J'ai une famille…

Tous ont quelque chose, se dit Falcó : des enfants, une femme, une mère. Tous ont quelqu'un pour qui vivre. Tous croient être nécessaires pour ceci ou cela, et c'est ce qui les rend encore plus vulnérables. En définitive, c'est un privilège de vivre sans affections. Sans rien avoir à perdre. En passant, comme je le fais, jusqu'au moment où un Paquito Araña, quel qu'il soit, viendra à son heure se pencher comme ça derrière moi. Et arriver sur la rive obscure sans autres possessions que celles qui nous ont jusqu'alors été indispensables pour sauver sa peau en camp ennemi. Sans rien d'autre que mon sabre et mon cheval.

Un jour de sa jeunesse, il avait lu cette phrase dans un roman d'aventures, elle lui avait plu, et il s'en était toujours souvenu. Son sabre et son cheval.

– Attendez, suppliait Trejo. Je vous en prie… Je vous en prie…

Dans la main droite du tueur une lame luisait. Un peu à l'écart, bras croisés sur la poitrine, le Maghrébin regardait, avec une curiosité effarée.

Fasciné, Falcó observa l'expression d'Araña. D'un être humain en train de tuer. Il n'y avait ni émotion apparente, ni plaisir, ni répugnance. Paquito ne souriait plus. Il était seulement concentré sur l'accomplissement précis de sa tâche. La lumière de la lampe à pétrole laissait une partie de son visage dans l'ombre. Et dans cette ombre s'étoilaient ses yeux de crapaud, d'un éclat très brillant et fixe.

Et ce fut avec ce regard qu'Araña saisit Trejo par les cheveux, lui tira la tête en arrière et lui coupa proprement le cou trois centimètres au-dessous de la mandibule, d'un seul coup porté de gauche à droite.

Falcó fit un pas en arrière pour que le giclement de sang ne tache pas ses chaussures.

À huit heures moins vingt, il traversa avec le plus grand naturel le vestibule de l'hôtel Majestic, adressa un sourire au veilleur de nuit et se dirigea vers le petit salon de lecture. Il prit place sur un divan d'où l'on pouvait surveiller l'escalier et la porte de la rue et, pendant une dizaine de minutes, il fit comme s'il lisait des magazines illustrés. Puis, après un dernier coup d'œil distrait à une nouvelle d'Eduardo Zamacois – *El excelentísimo señor* – et un autre, plus attentif, sur le vestibule, il se leva et se dirigea vers l'escalier.

Il ne fit aucune rencontre inopportune. Deux femmes de chambre, une Maghrébine et une Européenne, nettoyaient le palier du deuxième étage, et au troisième le couloir était désert et silencieux, avec seulement quelques chaussures cirées devant les portes. La chambre 308 était dans le fond, du côté de l'immeuble qui donnait sur la mer. Un petit crochet, vivement manipulé avec dextérité, lui suffit pour faire jouer la serrure. Il jeta un coup d'œil dans le couloir et, après s'être assuré qu'il n'y avait personne, il entra et referma la porte derrière lui.

Dans la chambre, l'air était lourd, sentait les vêtements malpropres et le tabac froid. Le balcon à la balustrade en fer donnait sur le front de mer. Il y avait près du lit un cendrier avec une demi-douzaine de mégots, une grande valise et une mallette. Sur le lit défait traînaient une chemise et des chaussettes sales. Il y avait aussi un imperméable pendu dans une armoire, que Falcó palpa et inspecta avec soin. Puis il alla vers la commode, dont il ouvrit tous les tiroirs. Il y trouva des documents avec des tampons officiels de la République – dont le manifeste d'embarquement de l'or de la Banque d'Espagne –, qu'il rangea dans la mallette. Il ajouta quelques objets personnels de Trejo : nécessaire de rasage, sous-vêtements et imperméable, ce que le commissaire politique n'aurait pu manquer de prendre avec lui lors d'un départ précipité. De déserteur.

Au cours de l'interrogatoire, Trejo avait avoué où il cachait son argent et son passeport. Falcó les trouva facilement aux endroits indiqués, l'argent sur l'armoire et les deux passeports, dont un français avec un nom d'emprunt, derrière le miroir de la commode. Il découvrit aussi un billet Tanger-Marseille à bord du *Maréchal Lyautey*, de la Compagnie Paquet, pour le surlendemain. Quant à l'argent, il y en avait une quantité surprenante : deux épaisses liasses de francs et de livres sterling qui faisaient une somme considérable. Une bonne assurance de voyage et de belle vie.

L'expression de Falcó, tandis qu'il mettait l'argent dans ses poches, était sarcastique. Entre tout ce que Trejo avait dit avant de mourir, une chose était certaine : le commissaire politique de la flotte républicaine ne comptait nullement remonter à bord du *Mount Castle* pour courir le sort qui attendait le cargo quand il aurait repris la mer. Il n'avait pas une vocation de martyr pour la cause du peuple, et pas davantage celle de déserteur, fantaisie inventée pour se concilier les bonnes grâces de ses bourreaux. La seule intention de Juan Trejo était de jouer les filles de l'air. Et il y était presque arrivé. Triste sort que le sien.

Falcó ferma la mallette, regarda tout autour de lui, jeta certains papiers dans la corbeille et procéda à quelques petits arrangements pour renforcer l'impression que l'occupant de la chambre était parti de son plein gré et en catimini. Il réfléchit ensuite au chemin à prendre pour aller de cette chambre à la rue sans faire de fâcheuse rencontre, en se demandant ce qui se passerait s'il croisait dans l'escalier Garrison et que celui-ci le reconnaissait ; ou, ce qui était tout aussi envisageable, s'il tombait sur Eva Neretva. L'un et l'autre occupaient des chambres au deuxième étage.

Cette idée en tête, il vérifia une fois de plus qu'une balle était bien engagée dans la chambre de son Browning avant de sortir dans le couloir, la mallette à la main gauche. Tendu, il alla jusqu'à l'escalier. Les femmes de chambre n'étaient plus sur le palier du second. En essayant d'étouffer ses pas autant qu'il le put, il s'arrêta un instant pour regarder en direction des chambres 201 et 210. Eva se trouvait sans doute dans cette dernière, se dit-il. Encore endormie ou à peine réveillée.

Il sentit un pincement étrange, fait de souvenirs et de sensations mêlés. Ou peut-être de sentiments, malgré ce que l'Amiral avait coutume de dire – pas tout à fait en plaisantant : ce n'est pas que Falcó ait de bons ou de mauvais sentiments, c'est qu'il n'en a tout simplement pas du tout. Ce couloir, la porte de la chambre 210, cette proximité étrange et impalpable ne l'en troublaient pas moins, ou bien assez ; ils altéraient l'impartialité de son jugement, qui lui était pourtant indispensable. Et cette inquiétude crispait ses muscles et sa pensée, parce qu'il se disait que ce trouble le rendait vulnérable. Le mettait en danger.

Paradoxalement, le mot *danger* le rasséréna. Le ramena au calcul froid. La pensée s'imposa soudain que s'il avait eu sur lui, à cet endroit et à ce moment-là, son silencieux Heissefeldt, il aurait pu en profiter pour gagner la chambre de Garrison et le liquider. Toc, toc, un message pour vous. Bang. Un problème de moins, et une vue plus dégagée. Deux adversaires mis hors jeu en quelques heures. Mais quelque chose lui disait que l'affaire n'allait pas être aussi facile avec ce type qu'elle l'avait été avec Trejo. La fortune a beau sourire aux audacieux, improviser peut donner tout aussi bien du bon que du mauvais. Mieux valait ne pas trop tenter le sort en moins de douze heures.

Il continua donc de descendre jusqu'à l'entrée, avec à portée de la main dans une poche un billet de cent francs – son arme favorite, selon l'individu auquel il était confronté – au cas où le concierge aurait envie de poser quelques questions. Ce qui ne manqua pas de se produire.

– Je vous demande pardon, monsieur… Logez-vous à l'hôtel ?

Ce n'était plus le veilleur de nuit. La relève devait avoir eu lieu à huit heures, se dit Falcó en se retranchant derrière son plus aimable sourire, tandis qu'il s'approchait du comptoir. La tension, invisible, était jugulée en lui. L'affaire n'allait pas se résoudre à coups de pistolet.

– Monsieur Trejo, qui est un ami proche, m'a demandé de venir chercher certaines choses dans sa chambre, prétendit-il en levant légèrement la mallette. Je vais les lui apporter.

Le concierge était un Français chauve et maigre, d'âge moyen. Il avait deux petites clefs d'or au revers de sa veste, qui n'était pas reluisante.

– Quelle chambre ?

– La trois cent huit.

L'homme regarda le tableau derrière lui. La clef de la chambre était dans son casier, pendue à un crochet.

– C'est votre collègue le veilleur de nuit qui m'a ouvert la porte, ajouta Falcó sans se départir de son sourire.

Le regard que le concierge posa alors sur la mallette était suspicieux, mais toute méfiance s'effaça aussitôt que Falcó eut présenté le billet de cent francs.

– Donnez ceci de ma part à votre collègue quand vous le verrez, je vous en prie. Il a été très aimable.

Les cent francs disparurent aussitôt dans la poche du réceptionniste.

– Merci beaucoup, monsieur.

– Mais non, mon brave, répartit Falcó, dont le sourire s'élargit. C'est à vous deux qu'il faut dire merci.

Il se débarrassa de la mallette dans une des bennes à ordures près de l'enceinte du port et monta jusqu'au Continental. Comme il commençait à avoir la migraine, il se rendit tout d'abord à la salle à manger, où il commanda au serveur un pichet de lait chaud, du pain grillé, de l'huile d'olive et, quand on l'eut servi, il avala un comprimé de Cafiaspirina avec un verre d'eau. Il petit-déjeuna ensuite sans se presser, en feuilletant les journaux.

Dernier délai pour le cargo républicain. La tragédie semble inévitable.

Tel était le titre à la une de *L'Écho de Tanger*, et les autres journaux en avaient fait autant. *El Porvenir* et *La Dépêche* mentionnaient en outre les pressions diplomatiques exercées sur le Comité de contrôle par les autorités nationales et républicaines. Falcó mit les quotidiens de côté et, comme l'analgésique commençait à produire son effet, il alluma une cigarette.

Réfléchissant aux étapes suivantes, il considérait les possibilités de défense et d'attaque, des plus probables aux plus dangereuses. Il devait envoyer un message à l'Amiral pour lui rendre compte de ce qui s'était passé au cours de la nuit, et prévoir une réunion avec Rexach et le commandant du destroyer *Martín Álvarez* afin de se préparer à certaines éventualités, dont un assaut du cargo républicain, si les choses se gâtaient ou en cas de résistance de l'équipage. Sous réserve, bien entendu, que le capitaine Quirós accepte de livrer le navire. Ce dont on ne pouvait pas encore être sûr.

Il devait aussi anticiper, se dit-il ensuite, la réaction d'Eva et du Nord-Américain. Quand ils s'apercevraient que le commissaire politique avait disparu, l'idée d'une désertion possible les laisserait dans le brouillard pendant un certain temps, peut-être seulement quelques heures ; mais ils allaient tôt ou tard comprendre de quoi il retournait. Le concierge du Majestic finirait par parler de *l'ami* de Trejo venu chercher ses affaires. Et parti avec une mallette.

Eva. L'image vue dans les jumelles, sur le port, était toujours aussi vivace dans son esprit : désinvolte, sûre d'elle, elle s'entretenait avec les hommes sur la plate-forme de la dunette du *Mount Castle*. Et il y avait eu ce regard lancé vers l'endroit d'où il l'épiait. Cette expression prégnante, comme due à l'intuition ou à la certitude qu'il était là, tout près, en train de l'observer.

« Elle a dit qu'il faudrait peut-être te tuer », avait révélé Trejo, et Falcó savait que c'était vrai.

Il dormit près de trois heures, après avoir demandé à Youssouf, le concierge, de le réveiller à midi, puis avoir bloqué la porte avec une chaise et glissé le pistolet sous son oreiller, parce qu'on était maintenant en guerre ouverte, et que ce n'était pas le moment de faciliter les choses à l'ennemi.

Quand il eut fait sa toilette, il s'occupa longtemps de chiffrement, à l'aide du manuel *Le Navire et le Droit international*. Une fois le message codé, il mit une chemise propre, un costume gris demi-saison – l'autre avait été taché quand il s'était affalé sur la montée –, cacha l'argent de Trejo derrière la commode, rengaina le pistolet à sa ceinture, prit sa gabardine, son chapeau, et descendit l'escalier.

Paquito Araña, assis dans le vestibule, se limait les ongles. Il avait l'air aussi pimpant, net et bien rasé que s'il venait de sortir de chez le barbier. Seuls ses yeux cernés dénotaient sa fatigue. Aujourd'hui, il ne sentait ni la pommade ni l'eau de rose. En voyant apparaître Falcó, il se leva et alla à sa rencontre.

– Affaire réglée, dit-il.

– Le puits ?

Araña ébaucha un sourire qui ne connaissait pas la pitié.

– Bon garçon, ce Kassem, fit-il en se pourléchant. Efficace et très mâle.

Falcó regardait les paupières gonflées de fatigue d'Araña.

– Tu as pu te reposer un peu ?

L'homme de main haussa les épaules.

– Je suis passé à la pension me rafraîchir en vitesse. Maintenant, j'aimerais bien dormir, si tu n'as plus besoin de moi.

– Je ne t'ai pas laissé souffler depuis ton arrivée, hier soir.

Le tueur prit une expression sinistre.

– Ça valait la peine. L'affaire de l'échalas rouge ne manquait pas de charme. – Il regarda Falcó avec curiosité. – Tu en as informé Salamanque ?

– C'est ce que je vais faire. Nous avons ici un opérateur radio. Un certain Villarrubia.

– On me l'a dit.

– Un homme de Lisardo Queralt.

– Ah. Ça, on ne me l'a pas dit.

– De toute façon, les messages sont mon affaire.

– Bien entendu, dit Araña en lui adressant un clin d'œil blagueur. C'est toi le chef, mon beau… À toi la gloire et l'opprobre.

– Tu ne devais pas partir ?

– Salut, splendeur.

Ils se séparèrent une fois dans la rue Dar Baroud. Il ne bruinait plus, mais le ciel semblait lourd et cendreux. Falcó consulta sa montre et entra au Rif, où il mangea tout doucement un ragoût de poisson. Après avoir fumé une cigarette, il régla la note, se dirigea vers le Zoco Chico et, de là, en traversant le marché, vers la ville européenne. Il s'arrêta deux fois en chemin, pour voir s'il était suivi et, la troisième fois, non loin du consulat de France, il revint sur ses pas et sur une vingtaine de mètres scruta les visages des passants qui étaient arrêtés ou qui venaient dans sa direction. Enfin, tranquillisé, il traversa, évita un tramway, passa près d'un policier qui réglait la circulation des voitures à cheval et des automobiles, puis entra au Café de París, où il se dirigea vers la cabine téléphonique comme s'il avait l'intention de passer un appel.

Villarrubia était assis à l'une des premières tables. Vêtu sans recherche, avec un pantalon de golf et une chemise dont le col déboutonné débordait sur les revers de sa veste. On aurait dit un étudiant. Il se leva dès qu'il vit entrer Falcó, qui le suivit. Ils prirent le trottoir de gauche du boulevard Pasteur, en restant à distance l'un de l'autre et, en arrivant en face du 28, l'opérateur radio traversa. Falcó jeta un regard prudent d'un côté et de l'autre et traversa à son tour.

Il rattrapa Villarrubia dans l'escalier et ils arrivèrent au même moment devant la porte.

– Tout va bien ? demanda le jeune homme.

– Tout va bien.

Villarrubia fit jouer la clef dans la serrure et s'écarta, pour laisser Falcó entrer le premier.

– Hier soir j'ai mangé dans un endroit formidable, dit-il d'un ton léger. Le restaurant s'appelle Le Bretagne, devant la plage. Je te le recommande.

– J'en prends note.

L'homme de Queralt se montrait loquace. Il semblait vouloir se faire apprécier.

– L'ambiance de la ville est sensationnelle, non ? On ne se croirait pas en Afrique. Comparée à ça, Tétouan est aussi funèbre qu'un cyprès. Et quelles femmes !

– Oui.

Ils passèrent dans la salle à manger. Comme la dernière fois, l'équipement radio était sur la table, et le câble de l'antenne traversait encore le plafond d'un côté à l'autre, accroché à la lampe. Villarrubia suspendit sa veste au dossier d'une chaise, et brancha la source d'alimentation.

– Je démonte le transmetteur-récepteur chaque soir et je le range, par mesure de sécurité. – Il leva vers lui un regard interrogateur. – Qu'avons-nous, aujourd'hui ?

Falcó lui tendit le message chiffré, et le jeune homme le parcourut d'un regard d'expert les ensembles de lettres et de chiffres que d'autres que lui devraient convertir en mots, et qu'il se bornait à transmettre, sans chercher à savoir s'il s'agissait d'informations de routine ou d'éclaircissements sur la mort d'un homme. Rien de ce qu'il envoyait n'était son affaire. Du moins en principe.

– Deux minutes, dit-il.

Il ôta sa montre de poignet, alla s'asseoir devant l'équipement et la plaça sous ses yeux, devant le manipulateur morse. Puis il mit les écouteurs à ses oreilles.

– Trente secondes.

Il me plaît, conclut Falcó. Respectueux, discipliné, compétent dans son travail. Conscient du rôle qui revient à chacun. Pendant un moment, il se demanda quelle sorte d'informations le garçon pouvait transmettre, pour sa part, à l'équipe de Lisardo Queralt. Quels pouvaient être les renseignements qu'on lui demandait de fournir. Après tout, on n'avait pas envoyé Villarrubia à Tanger dans le seul but de donner un coup de main au SNIO dans cette opération destinée à empêcher l'or de la Banque d'Espagne d'arriver en Russie, mais aussi pour avoir un moyen d'être tenu au courant de tout, et Falcó était loin de se faire des illusions à ce sujet. Il ne doutait pas un instant que le message qu'il allait transmettre serait simultanément à la disposition de l'Amiral et de son rival politique. Dans le milieu douteux des agents secrets, tout le monde trempait dans le même jus. Ce garçon était aussi dangereux que n'importe quel autre espion.

– Connexion, dit Villarrubia. Allons-y.

Ti, ti-ti. Ti, ti, ti-ti, ti... Point, trait. Point, point, trait, point. Le jeune homme avait commencé à tapoter rapidement le bouton du manipulateur morse, et Falcó suivit mentalement l'envoi de chacun des mots chiffrés.

Nécessités opérationnelles imposé donner café troisième voyageur. stop. Obtenu matériel précieux. stop. Changement garde possible. stop. Réponse imminente. stop. Coordonne modalités forces locales.

– Quelque chose à ajouter ? demanda Villarrubia.

– Rien.

Le garçon tapa un point, un trait et trois points. Ils restèrent sans rien dire en regardant le transmetteur-récepteur.

– Il n'y a pas de réponse, dit Villarrubia au bout d'un moment.

Il tapa trois points, un trait, un point, un trait. Fin de transmission. Puis il ôta les écouteurs, reprit sa montre et éteignit l'appareil.

Falcó brûlait le papier avec le texte du message en l'exposant à la flamme de son briquet.

– Demain, ne bouge pas du Café de París, ordonna-t-il. Je pourrais avoir besoin de toi à n'importe quel moment de la journée.

Le garçon lui adressa un sourire dénotant à la fois l'excitation et la candeur.

– Alors, on en voit le bout ?

Falcó réduisait soigneusement en poudre le morceau de papier calciné dans le cendrier.

– Presque.

Quand il eut terminé, il sortit son étui dans lequel il prit une Player's qu'il cala entre ses lèvres. Villarrubia montra la cigarette.

– Je peux te poser une question ?

– Ça dépend.

– Pourquoi les allumes-tu toujours en sens inverse ?

– Pour brûler la marque, ne pas la laisser sur le mégot. On peut t'identifier avec des riens comme ça.

Le jeune homme le regardait, admiratif.
– Merde, alors, fit-il.

Quand il retourna à son hôtel, il y avait dans son casier une enveloppe fermée avec un message. Sans nom de l'expéditeur, mais le message portait en signature les initiales de Moïra Nikolaos.

Le marin te contactera ce soir entre huit et neuf heures. Il demande que tu attendes son appel.

Il n'était encore que sept heures et quart. Falcó entra dans la cabine téléphonique de l'hôtel, appela Antón Rexach à son bureau et en prenant toutes les précautions requises, le mit au courant. Il fallait prendre des mesures préventives, lui indiqua-t-il, aussi bien dans le cas où le capitaine Quirós accepterait l'offre et livrerait le navire que dans celui où il la refuserait. Il demanda aussi à Rexach d'en informer le commandant du *Martín Álvarez*, d'organiser une réunion pour le lendemain matin de bonne heure, et de mettre au point la tactique à laquelle recourir dans un cas comme dans l'autre. Après quelques instants de réflexion, il ajouta qu'il ne serait pas superflu que le consul du camp national assiste aussi à la réunion. Rexach approuva et lui assura que tout serait prêt de bon matin.

Après avoir raccroché, Falcó dit à Youssouf qu'il serait au bar marocain. Il s'y rendit, commanda un gin-fizz et s'assit sur un divan, où il feuilleta des numéros de *Voilà* et d'*Estampa* d'avant-guerre – *Nouvelles d'Hollywood : Claudette Colbert combine films historiques et comédie psychologique*. Il put se concentrer un moment sur un article consacré à la mode masculine à Londres, incluant des chaussures qui se terminaient en pointe et que le bottier pour hommes – souriant sur la photo de l'illustration – présentait comme : *à l'espagnole*. Il en conclut que quelqu'un capable de qualifier ainsi, en 1937, des chaussures d'homme qui se terminaient en pointe méritait de subir le même sort que le commissaire politique Juan Trejo. Y compris le puits de Kassem pour destination ultime.

À huit heures dix, Youssouf apparut à la porte du bar, pour l'avertir que quelqu'un le demandait au téléphone. Falcó resta un instant figé sur place, pour vider sa tête de tout ce qui n'était pas ce qu'il allait entendre et dire pendant les minutes suivantes. Puis il se leva et gagna le vestibule. Avant de refermer derrière lui la porte vitrée de la cabine, il s'assura que le concierge, qu'il pouvait voir d'où il se tenait, ne restait pas l'oreille collée au standard.

– Je vous écoute.

– J'ai réfléchi à votre offre. Surtout en ce qui concerne ma famille… Maintenez-vous ce que vous avez dit ?

La voix du capitaine Quirós semblait lointaine et lasse. Ces derniers jours n'avaient été faciles pour personne, se dit Falcó, et moins encore pour cet homme.

– Je le maintiens absolument, répondit-il.

– Et aussi pour la partie… économique de l'accord ?

– Bien entendu.

Un silence suivit. Le marin devait se débattre avec certains scrupules.

– Je le veux en espèces, finit-il par dire.

– Bien sûr, fit Falcó qui avait envie de pousser un cri de joie. Quelles devises préférez-vous ?

Le capitaine parut hésiter un instant.

– Les livres sterling, dit-il.

– Aucun problème, de votre côté ?

– Rien d'insoluble, pour le moment.
– Avez-vous besoin d'aide ?
Il y eut un nouveau silence, cette fois plus long.
– Je pourrais en avoir besoin.
L'inquiétude fouetta Falcó, qui tenta de faire le tour des difficultés possibles, et elles étaient nombreuses. L'état d'âme de l'équipage, par exemple, quand il l'apprendrait.
– Vous pouvez m'en dire davantage ?
– Pas au téléphone.
Falcó se passa une main sur le front. Sa pensée filait comme le vent. Il fallait absolument éviter de commettre une erreur. D'effrayer le gibier.
– Demain en fin de matinée, tout sera prêt… C'est bien pour vous ?
– Je crois.
– Sur le port ?
– Plutôt en ville, répondit Quirós, avant de rester un long moment silencieux. La maison de la ville haute ?
Falcó prit lui aussi le temps de réfléchir. À ce stade, alors que tout allait sous peu chauffer, il préférait laisser Moïra hors scène. Ne pas l'exposer plus qu'il ne l'avait fait.
– Il y a un magasin de tapis près du Zoco Chico, suggéra-t-il. À l'angle de la rue où se trouve le bureau de poste français. Le patron s'appelle Abdel… À dix heures du matin, ça vous convient ?
– Ça me convient, dit Quirós après un silence.
– Autre chose ?
– Oui… J'aimerais que ce monsieur avec lequel je me suis entretenu, la dernière fois, soit présent.
Le commandant Navia, se dit Falcó, sans pouvoir s'empêcher de sourire. J'aurais dû y penser plus tôt, bien sûr. De marin à marin. Cela facilitera les choses.

– Vous pouvez y compter… Quelqu'un viendra avec vous ?

– C'est possible. Quelqu'un de confiance.

– Si cela vous convient.

– Non… Je vous l'assure, rien ne me convient dans cette affaire.

Un clic retentit et la communication fut interrompue. Falcó regarda un instant le combiné et raccrocha doucement. Le sourire s'attardait sur ses lèvres, un sourire en coin, méprisant et cruel. Nous avons tous un prix, se dit-il. Plus ou moins élevé, ou vil, même s'il ne s'agit pas toujours d'argent. Et, bien malgré eux, les vieux loups de mer, aussi coriaces qu'ils soient, en ont un eux aussi.

Il faisait froid. Après avoir passé un moment sur le balcon en manches de chemise, gilet déboutonné et cravate dénouée, à regarder les lumières ténues du port et l'éclat du phare à l'extrémité de la jetée, Falcó entra dans la chambre et referma la porte-fenêtre. Son esprit était alors un labyrinthe où se croisaient toutes les possibilités tactiques des prochaines vingt-quatre heures. Les hypothèses admissibles et les plans correspondant à chacune d'elles.

Comme le disait son instructeur roumain, avant de se fourrer dans le guêpier, il fallait en avoir repéré l'issue. Et le guêpier, à Tanger, commençait à vrombir.

Il frissonnait un peu. Pour chasser le froid, il alla chercher la bouteille de Fundador posée sur la commode et en versa un doigt dans un verre. Il but lentement, faisant rouler l'alcool dans sa bouche. Recouvrant sa chaleur. Le goût du cognac combiné aux frissons lui rappelait de mauvais souvenirs : douze ans plus tôt, il avait passé cinq jours, délirant de fièvre, dans une chambre infecte d'un hôtel minable de Moukhtara, au Liban français, avec des cafards qui couraient la nuit sur le lit, et sans autre recours ou compagnie qu'un tube d'Aspirine et une bouteille de cognac. Tout cela pour une vente de pistolets Astra à la milice druze qui en définitive était allée au diable. Une opération commanditée par Basil Zaharoff.

Il sourit en se remémorant le vieux sir Basil, sa petite barbiche en pointe et l'extrême intelligence et la dureté de son regard, derrière ses lunettes. Leur rencontre à bord du *Berengaria*, entre Gibraltar et New York, avait changé la vie de Falcó. Expulsé depuis peu de l'École navale, et envoyé par sa famille nanti d'une brève lettre de recommandation destinée à un homme d'affaires new-yorkais avec lequel elle était en relation commerciale, les hasards d'une partie de poker dans la *smoking room* du transatlantique avaient fini par le placer en face de Zaharoff, qui à soixante-dix ans était encore en pleine forme. Le vieux trafiquant s'était intéressé à ce jeune homme élégant et désinvolte qui perdait au jeu avec le sourire, parlait diverses langues, était vêtu avec une élégance étudiée et savait se comporter avec audace et naturel sous le feu nourri des œillades féminines. Lors de ce voyage, Zaharoff était accompagné de sa maîtresse, Pilar de Muguiro, une Espagnole qu'il avait épousée peu après. Elle aussi avait apprécié le jeune homme qui, avant que le bateau accoste sur les quais de New York, avait trouvé à quoi s'employer : pendant les douze années suivantes il avait été trafiquant d'armes en Méditerranée orientale, dans les Balkans, en Afrique du Nord et en Amérique centrale, jusqu'à ce que l'Amiral le recrute dans les services secrets de la République.

Figures paternelles, se dit-il ironiquement après une nouvelle gorgée de cognac. Le docteur Freud, cet

Autrichien dont on parlait tant, aurait sans doute eu son mot à dire à ce sujet. Sir Basil et l'Amiral, substituts du père avec lequel il n'avait jamais pu s'entendre, jusqu'à la fin dernière de cet homme ; de même que tout l'avait toujours séparé de sa mère, compassée et religieuse, de ses sœurs mariées à des imbéciles et de son frère aîné, héritier du négoce de *fino* Tío Manolo et de cognac Emperador, gens dont la fumée des sacrifices domestiques montait toujours droit au ciel, alors qu'il en allait autrement en ce qui le concernait. Pour la famille Falcó, Lorenzo avait été dès son enfance un modèle de mouton noir, que le bon sens commandait de tenir à l'écart. Mais Basil Zaharoff et l'Amiral, personnes d'une autre trempe, avaient aussitôt reconnu en lui l'un des leurs, avec cette complicité faite de curiosité et de tolérance que les professeurs perspicaces réservent aux sujets brillants qui se démarquent des autres. En retour, Falcó leur avait témoigné une loyauté impavide que nuançait son style particulier – respect et discipline combinés à une insolence désinvolte –, qui ne déplaisait en rien à ce type d'homme, bien au contraire.

Il allait allumer une cigarette quand on frappa à la porte. Surpris, il regarda sa montre. Il était près de minuit.

– Qui est là ?

Il n'y eut pas de réponse.

Immédiatement, son esprit aguerri écarta tout le superflu, en se focalisant sur la situation présente : nuit, porte, Tanger, territoire hostile, danger.

Te voilà dans le guêpier, conclut-il de nouveau. Il pouvait entendre bourdonner l'essaim en effervescence.

Son pouls s'arrêta un instant ; il se figea, respirant doucement jusqu'à ce que son cœur ait repris son rythme normal. Alors, sans bruit, il alla ouvrir la porte-fenêtre du balcon pour se ménager une issue de secours, prit le Browning sur la commode, ôta le cran de sûreté. Puis, avançant en posant d'abord le talon au sol, bien que le tapis étouffât ses pas, il s'approcha de la porte. Là, de la main droite, il leva l'arme à la hauteur approximative du visage de l'intrus, posa l'index sur la détente, et ouvrit de la main gauche.

Devant lui, découpée dans le contre-jour du couloir, le front à quelques centimètres de la bouche de l'arme, il y avait Eva Neretva.

10

Die letzte karte

Quand Falcó referma la porte, Eva fit quelques pas dans la chambre, en examinant tout, puis s'arrêta devant la porte-fenêtre entrouverte du balcon. Elle le fit tout doucement. Maintenant, elle lui tournait le dos, regardant en direction du port et de la nuit. Aucun des deux n'avait desserré les lèvres.

– Je me demandais… commença à dire Falcó.

– Moi, je ne me demandais rien, l'interrompit-elle.

Ils restèrent un moment silencieux. Eva se tourna vers lui.

– Rien, répéta-t-elle, pensive.

Il y avait une seule lampe allumée dans la chambre : une applique au-dessus de la table de nuit. La courtepointe était tendue sur le lit, bien que fripée, et dessus étaient posés des documents et des feuilles de papier couvertes de notes – certains avaient appartenu à Juan Trejo – dont Falcó était en train de prendre connaissance. La lumière, qui éclairait Eva de côté, laissait la moitié de son corps dans l'ombre et soulignait son profil, sous le bord du chapeau presque masculin qui la coiffait. Ses yeux vaguement slaves n'étaient pas maquillés, pas plus que ses lèvres. En quatre mois, ses cheveux avaient poussé. Elle était vêtue d'une veste en cuir et d'une jupe grise. Un foulard de soie était noué à son cou et elle portait des chaussures à talons plats.

– Il fallait seulement que ça arrive, dit-elle.

– Bien sûr.

– Un jour ou l'autre.

– Oui.

Elle regardait le pistolet que Falcó tenait encore à la main.

– Je ne suis pas venue te tuer.

Si c'était une blague, elle la disait sans sourire.

– Pas encore, ajouta-t-elle au bout d'un moment.

Elle restait très sérieuse. Grave et sûre d'elle. Elle avait d'abord examiné Falcó de la tête aux pieds, en prenant son temps et, maintenant, elle le regardait dans les yeux. Il alla jusqu'à la commode avec le Browning, ôta le chargeur et la balle engagée dans la chambre, et mit le tout dans un tiroir, non pas comme preuve de confiance, mais il préférait ne pas laisser une arme chargée sous les yeux d'Eva. Elle parut le comprendre, parce qu'un sourire quasi imperceptible dans la faible lumière lui vint aux lèvres, et Falcó se demanda si elle était armée.

– C'est le pistolet dont tu t'es servi cette nuit-là ?

Il hésita un instant.

– Le même, dit-il.

– Tu t'en es resservi depuis ?

Il ne répondit pas à cette question. Tous les deux étaient maintenant face à face et se mesuraient du regard. À trois pas de distance.

– Certaines choses se sont passées, entre-temps, dit-elle.

– Tu es restée tout le temps en Espagne ?

Elle tarda à répondre, la tête inclinée comme si elle se demandait s'il le fallait ou pas. Au bout d'un moment, elle fit un geste d'indifférence.

– Presque tout le temps.

– J'ai appris certaines choses sur ton compte : Kovalenko, le Bureau des opérations spéciales… Le *Mount Castle* et le reste.

– Moi aussi j'ai entendu parler de toi.

Ce fut alors lui qui sourit, pour la première fois.

– Le théâtre de cette guerre est petit.

– Très petit.

Eva regardait la bouteille de cognac.

– Donne-m'en un peu s'il te plaît.

Falcó alla jusqu'à la commode, prit un verre propre dans lequel il versa deux doigts d'alcool.

– Je n'ai pas d'eau de Seltz.

– Peu importe.

Il lui tendit le verre et, ce faisant, leurs mains se frôlèrent. Les ongles d'Eva étaient restés tels qu'il se les rappelait : très courts, négligés, rongés. Sans vernis. Tachés de nicotine.

Falcó montra une chaise.

– Tu veux t'asseoir ?

– Non.

Elle avait ôté son chapeau, et la lumière de l'applique mit des reflets dorés dans les cheveux blonds et lisses qui couvraient ses oreilles et sa nuque. Ses épaules étaient toujours aussi vigoureuses sous la veste.

Des épaules de nageuse, se rappela-t-il.

Cette femme ne ressemblait pas à celle, torturée, fiévreuse et brisée, qu'il s'était chargé de conduire en voiture jusqu'au Portugal. C'était de nouveau l'Eva de Carthagène, du temps où les Montero étaient encore vivants, ce frère et cette sœur qu'ils s'étaient résolus à trahir, chacun pour des raisons différentes, et à conduire à une mort certaine en même temps qu'une vingtaine d'hommes. Eva Neretva. Eva Rengel. L'infiltrée qui s'était chargée de tirer une balle dans la tête de Juan Portela pour éviter d'être démasquée. Qui l'avait couvert, lui, Falcó, en ouvrant le feu contre ceux qui les poursuivaient, alors qu'ils couraient sur la plage pour sauver leur peau, au cours de cette nuit où tout était allé au diable, et où personne n'avait pu sauver José Antonio Primo de Rivera.

– Pourquoi vas-tu en Russie ?

Elle le regarda, presque surprise, comme s'il venait de dire une inconvenance. De manquer de tact.

– J'ai une mission, dit-elle au bout d'un moment, comme toi, qui en as une autre.

– Je sais quelque chose sur ces voyages. Et je ne parle pas de celui de cet or.

Elle lui lança un regard moqueur, après avoir suspendu le mouvement qu'elle faisait pour porter le verre à ses lèvres.

– C'est vrai ?

– Oui. Ils sont de ceux dont on ne revient pas toujours.

C'était exact, et Falcó le savait. L'Amiral lui avait confié que le NKVD était en train de se livrer à une purge, celle de ses agents actifs en Espagne et dans d'autres pays étrangers. Un règlement de compte politique se déroulait dans les plus hautes instances du Parti. On rappelait ces espions et certains d'entre eux finissaient, dans les sous-sols de la Loubianka, par signer tout ce qu'on leur présentait. Y compris les documents par lesquels ils s'accusaient d'être à la solde de l'anticommunisme.

– De mon côté, j'ai appris certaines choses sur les gens de ton bord, dit-elle après avoir bu une gorgée de cognac. Les prisons, les fossés et les cimetières… Sur l'agression fasciste de tes généraux et de leurs amis de Berlin et de Rome.

Il la regarda, quasi stupéfait.

– C'est inconcevable… Tu as encore la foi.

– Bien sûr que je l'ai encore ; mais je ne suis pas venue ici pour parler de ça.

– Et pourquoi es-tu venue ?

Elle baissa légèrement la tête pour regarder son verre. Quand elle la releva, il y avait du défi dans son expression.

– Je ne sais pas exactement pourquoi je suis venue.

Elle fit de nouveau le geste de porter le verre à ses lèvres, mais suspendit le mouvement.

– Il y a des liens, je suppose.

– Je suis étonné de t'entendre dire une chose pareille.

Elle posa le verre sur la commode.

– J'ai cru que nous ne nous reverrions jamais.

– Moi aussi je l'ai cru. À la gare de Coimbra, quand tu m'as regardé pour la dernière fois… Où t'a-t-on conduite, ensuite ?

Elle parut se demander, pendant quelques secondes, si elle allait répondre ou pas. Finalement, elle sembla accepter la conclusion à laquelle elle avait abouti en son for intérieur.

– Par mer, en France. Là, je me suis rétablie. Puis je suis retournée en Espagne.

– Je vois que tu as fait du chemin. Tu grimpes. L'affaire du bateau, ce n'est pas rien. J'ai cru comprendre que c'est toi qui donnes les ordres.

Maintenant, elle le regardait avec défiance.

– D'où tiens-tu ça ?

– Je ne sais pas. Un peu d'ici, un peu de là.

Elle inclina la tête d'un côté, regardant le tapis.

– Il y a aussi une autre possibilité, que tu insinuais tout à l'heure : que l'on m'envoie là-bas pour m'y accuser d'être une déviationniste et une contre-révolutionnaire… On ne peut l'écarter, n'est-ce pas ?

La surprise de Falcó était sincère.

– Tu parles sérieusement ?

Elle garda le silence, en le fixant d'un regard mi-ironique, mi-méfiant.

– C'est vraiment ce qui se passe ? insista Falcó. Les purges de Staline et de la vieille garde soviétique ?

– Ça se peut. Je ne sais pas.

– Et pour quelle raison ?

– Peut-être celle de faire encore passer les sentiments avant le souci collectif de l'humanité, comme dans le monde bourgeois.

Il leva la main pour réclamer une pause, afin de bien la comprendre.

– Où est le mal ? demanda-t-il.

– Qui donne la primauté aux sentiments est coupable.

– De quoi ?

– Il commet des erreurs qui mettent en péril la révolution internationale… Il agit objectivement comme un agent du fascisme.

Falcó n'en croyait pas ses oreilles.

– Tu as commis ce genre d'erreur ?

Il la vit rire en sourdine.

– Peut-être que te laisser en vie en était une.

– Tu plaisantes.

– Bien sûr que je plaisante.

Mais elle n'en avait pas l'air, malgré son rire. Falcó était toujours aussi déconcerté.

– De quelles erreurs parles-tu, alors ?

– Ce serait au parti d'en décider.

– Et même dans de telles conditions tu te rendrais à Moscou, le cas échéant ? Pour te mettre entre leurs mains ?

Eva le regarda longuement, avec une fixité extrême. Elle semblait se demander s'il valait la peine de prolonger cette partie de la conversation.

– La démocratie, c'est du capitalisme camouflé, et le fascisme du capitalisme déclaré, dit-elle enfin. Le paradoxe, c'est que pour lutter contre les réactionnaires, il faut vivre parmi eux… Tu comprends ?

– Plus ou moins.

– Ce qui finit par te contaminer.

– Je vois.

– Le vieux monde doit tirer sa révérence. S'il m'avait contaminée, il serait juste que je disparaisse avec lui.

– Juste, dis-tu ?

– Oui.

– Tu parles de mourir ?

– Ce n'est pas si horrible. Les êtres humains le font depuis des milliers d'années.

– Et ta vie ? Ton bonheur ?

– La vie n'est qu'une préoccupation bourgeoise, rétorqua-t-elle comme s'il venait de l'insulter. Et le bonheur un problème de gestion sociale.

Arrivée là, elle s'interrompit. Quand elle reprit la parole, ce fut d'une voix dure et arrogante.

– Tout à l'heure, tu parlais de foi. La mienne implique que je sache quel rôle je dois jouer dans l'engrenage. Que je sois prête à obéir aux ordres.

– Tous ?

– Tous.

– Et même d'être sacrifiée par les tiens, s'il fallait en arriver là ?

Eva le regardait comme on regarde un enfant incapable de comprendre, ou un idiot.

– Il ne s'agit pas de sacrifice, mais de faire partie de quelque chose d'historiquement aussi correct, inévitable et évident que les postulats d'Euclide.

Ils s'entretenaient ainsi, sereinement, depuis une quinzaine de minutes, sur un ton qui était celui d'un calme las, comme si chacun savait que jamais il ne parviendrait à se faire tout à fait comprendre de l'autre. Il s'agissait, trancha Falcó après un moment de réflexion, de mondes opposés, de façons différentes de concevoir la vie, la mort et les liens inévitables qui les lient l'une à l'autre. Froide méthode et foi d'un côté, égoïsme assumé et lucide de l'autre. Qui n'étaient absolument pas conciliables. Et pourtant, il savait – certain qu'elle le savait aussi – qu'il existait encore entre eux un lien singulier et fort, fait de vieille complicité et d'un vague respect de quelque chose d'impossible à définir. Une étrange combinaison de souvenirs, de sexe, de danger et de tendresse. Ce dernier terme ne convenait guère, apparemment, à la femme laconique et dure qui se tenait devant lui, mais convenait parfaitement, en revanche, au souvenir de la nuit pendant laquelle il l'avait étreinte, nue, entre ses bras, alors que les bombes des Savoia italiens explosaient sur l'Arsenal de Carthagène. Peut-être le bon terme est-il loyauté, conclut-il au bout d'un moment. L'insolite loyauté de deux ennemis en passe de s'entretuer aussitôt que l'un ou l'autre baisserait la garde.

– Tu as une cigarette ? demanda Eva.

Il prit son étui et quand il le lui tendit, ouvert, il la vit esquisser un sourire.

– Tu fumes toujours ce tabac cher et bourgeois.

– Oui… Je déteste vos clopes prolétariennes.

Il approcha la flamme de son briquet du visage d'Eva, dont les yeux au regard sombre, tout près de ce petit éclat rougeoyant, l'étudiaient, curieux et en même temps alarmés.

– Tu n'as pas beaucoup changé, dit Eva.

– Toi, oui, tu as changé, rétorqua-t-il avec maintenant un large sourire. En mieux, depuis la dernière fois.

Le visage d'Eva s'assombrit, et pas seulement parce que la flamme du briquet venait d'être éteinte. Elle rejeta doucement la fumée, pensive, sans cesser de le regarder. Puis elle lui tourna le dos et sortit sur le balcon. Après un moment d'hésitation, il alla jusqu'au lit, prit les documents qui y étaient étalés et les glissa sous le matelas. Du balcon, elle le vit faire et ne le lâcha pas des yeux quand il alluma à son tour une cigarette et vint la rejoindre.

– Nous sommes ce que nous sommes, dit-elle d'une voix absente, comme si elle ne s'adressait pas à lui.

Falcó hocha la tête en signe d'approbation, sans un mot. Ils fumèrent l'un près de l'autre en silence, regardant la nuit, l'éclat intermittent du phare à l'extrémité de la jetée et les rares lumières du port et des navires au mouillage dans la baie. Le froid humide était supportable.

– Tout n'a pas été calcul, dit-il tout à coup.

– Je sais.

Falcó remua un peu la tête, mal à l'aise. Mécontent de lui. Il n'aimait pas cette soudaine tristesse qui montait de son ventre à son cœur, cette étrange faiblesse qui le poussait à lever la main pour poser doucement les doigts sur le cou d'Eva, à l'endroit tiède où battait à un rythme régulier le pouls de la vie. À l'endroit exact, sur la carotide, où il porterait le coup de lame s'il fallait la tuer.

– Il m'a fallu longtemps pour m'en remettre.

Elle avait parlé à mi-voix, et il lui était redevable de ces paroles qui éloignaient la sensation précédente. Sa faiblesse.

– Ça n'a pas dû être facile, estima-t-il.

– Non.

Falcó s'était adossé à la balustrade et regardait Eva, dont le visage, plongé dans la pénombre, était à peine rendu visible par de faibles lumières lointaines. De temps en temps, l'extrémité rouge de sa cigarette s'éclairait.

– Ils couleront le cargo, ou tu seras arrêtée, lui dit-il.

– C'est possible, admit-elle.

– Rester à bord serait de la folie.

– J'ai des ordres.

– Au diable toi et tes ordres.

Il ne voyait pas bien son visage, mais dans les yeux d'Eva luisit un mépris qui s'étendait à l'humanité entière. Au genre humain, elle-même incluse. En fin de compte, disait cette lueur, le sacrifice de milliers d'hommes et de femmes se résumera à deux lignes dans les livres d'histoire.

– Le diable n'existe pas, l'entendit-il dire.

Falcó poussa un soupir d'exaspération.

– Eh bien, prends tes propres décisions.

– C'est ce que je fais… Les décisions se prennent par élan salutaire ou par élimination raisonnée de toutes les autres options possibles. Je n'agis pas impulsivement.

– Mon Dieu, fit-il en la regardant avec un étonnement spontané, tu as appris ça à Moscou ?

Un court silence suivit.

– Tu parles allemand, je crois ? demanda-t-elle ensuite.

– Un peu.
– *Die letzte Karte spielt der Tod.*
– C'est la mort qui abat la dernière carte ?
– Oui.
– Combien de cartes nous reste-t-il ?
– C'est ce que j'aimerais savoir.

Eva resta de nouveau un moment silencieuse. Puis elle fit briller une dernière fois la braise de la cigarette avant de jeter celle-ci au loin. Falcó suivit la trajectoire du point rouge, qui dessina un arc avant de se perdre dans l'obscurité.

– Après le Portugal, on m'a conduite dans une maison de repos, au sud de la France, reprit-elle. J'y ai passé trois semaines à ne rien faire, sans lire, sans parler à qui que ce soit… Je m'asseyais sur un banc du parc et je regardais les saules qui bordaient la pièce d'eau. Les oiseaux qui venaient boire à une fontaine voisine… C'était tout.

Elle fit une brève pause.

– Absolument tout, ajouta-t-elle.

Puis elle se tut, et cette fois si longtemps que Falcó crut qu'elle n'en dirait pas plus.

– Un jour, quelqu'un est venu me voir, reprit-elle brusquement. Un de mes supérieurs.

Il fut aussitôt tendu, aux aguets. Intéressé. Par pur réflexe conditionné.

– Kovalenko ?

– Peu importe son nom… Il m'a demandé si j'étais prête à retourner en Espagne. J'ai dit oui. Mais, au lieu de m'y envoyer tout de suite, comme je m'y attendais, on m'a d'abord chargée d'une mission auprès d'un agent provocateur infiltré dans les cercles républicains, en France. On le soupçonnait de travailler pour vous… Il nous avait déjà coûté trois agents, deux hommes et une femme que nous avions envoyés en zone franquiste et qui ont été découverts et exécutés.

Falcó prit une expression cynique. Professionnelle.

– Ce sont les risques du métier.

– Oui. Le fait est que j'ai approché votre homme, que je me suis liée d'amitié avec lui et lui ai fourni une fausse information : un supposé rendez-vous à Burgos, qui n'a jamais eu lieu. Il a mordu à l'hameçon, on l'a ferré et emmené dans une de nos planques, où ont eu lieu un jugement expéditif et une exécution.

– Eh bien, c'est rien que de l'habituel, non ?… La boucle est bouclée.

– Pas vraiment. C'est moi qui ai tiré. Dans la tempe.

Falcó jeta sa cigarette comme elle l'avait fait, en la regardant disparaître dans l'obscurité, du haut du balcon.

– De la même manière que tu as tiré sur ce phalangiste, lui rappela-t-il, rationnel.

– Oui… Un autre camarade aurait pu s'en charger, mais j'ai demandé à le faire.

Elle parut frissonner légèrement, comme sous l'effet de la fraîcheur de la nuit.

– Après ça, j'ai été considérée apte au retour en Espagne, ajouta-t-elle au bout d'un moment.

– Et où es-tu allée ?

– Peu importe. Par ici… Où j'ai vu comment tes compatriotes républicains préfèrent s'entretuer plutôt que gagner la guerre.

– Encore heureux qu'ils vous aient, vous, n'est-ce pas ? Les communistes russes disciplinés.

– Tu peux bien t'en moquer, mais c'est juste. Sans notre aide militaire, nos conseillers et notre discipline, le désastre serait considérablement plus grand, à cause de ces stupides anarchistes qui jugent plus important de faire la révolution que de remporter la victoire, et de ces bureaucrates retranchés derrière leurs nouveaux privilèges qui réclament des armes pour que d'autres se battent à leur place et des prisons pour y enfermer leurs adversaires politiques.

Elle s'interrompit et frissonna de nouveau.

– Je reprendrais bien un peu de cognac.

– Rentrons, suggéra Falcó.

Elle regardait la nuit.

– Je préfère rester ici.

Il entra seul dans la chambre, prit le verre qu'Eva avait laissé sur la commode, but ce qui restait d'alcool, y versa deux autres doigts de cognac et l'apporta sur le balcon.

– Pendant que je me rapprochais de votre agent, en France, il a tenté de me séduire.

– J'en aurais fait autant, remarqua Falcó en lui tendant le verre.

– Il n'a pas pu poser la main sur moi, poursuivit-elle comme si elle ne l'avait pas entendu. Je ne l'ai pas laissé faire… Pourtant, il me plaisait bien. C'était un homme attirant.

Le verre qu'elle tenait à la main resta tout près de ses lèvres.

– Je n'ai pas pu le supporter. La seule idée d'un tel contact me révulsait.

Elle prit une longue gorgée de cognac. Puis elle tendit le verre à Falcó, qui but lui aussi.

– Depuis Salamanque, aucun homme ne m'a touchée… Cette perspective me fait reculer comme si l'on mettait du sel sur de la chair à vif.

Cette fois, le silence qui suivit fut véritablement long, et il ne put éviter de la revoir, nue, dans la maison où il avait tué trois hommes et un chien pour la libérer, la détacher du sommier sur lequel on l'avait torturée et violée, jambes écartées dans une posture sans défense et obscène. Elle posait sur lui un regard perdu, vide de tout ce qui n'était pas incompréhension et horreur. Un regard qui avait rendu Falcó honteux d'être un homme, et qui restait fiché dans sa mémoire.

– J'ai froid.

Il la sentit trembler vraiment, avec violence, comme s'ils partageaient le même souvenir. Alors, pour la faire entrer dans la chambre, il la prit doucement par les mains et s'aperçut qu'elles étaient transies. Il les frotta pour les réchauffer, elle le laissa faire. Maintenant, à la lumière de l'applique, il pouvait voir nettement son visage. Elle le regardait avec une fixité de glace. Quasi inhumaine.

– Tu as été le dernier qui… Je veux dire, avant ça.

Elle le regarda encore un instant, silencieuse et dure, avec une de ces expressions qui mettent à l'épreuve les ressorts secrets des hommes. Parmi les idées avantageuses que ceux-ci se font d'eux-mêmes, il n'en est guère qui résistent à un pareil regard, mais Falcó l'encaissa sans grands dégâts. N'était le souvenir de lui-même en train d'avancer sans bruit, bouche sèche, pistolet à la main, dans cette maison plongée dans la pénombre où il avait tué l'un après l'autre les hommes de Lisardo Queralt, il n'aurait pu le supporter.

– Depuis, tout n'a été qu'horreur et obscurité, conclut-elle.

Il approcha son visage de celui d'Eva, qui ne le retira pas en arrière. Et il l'embrassa. Ce fut un doux baiser, à peine une caresse sur des lèvres aussi froides que la mort. Falcó avait déjà étreint des femmes sur des draps plus chauds que leurs corps, mais ce froid-là dépassait tous les autres. Il leva la main, posa deux doigts sur le cou de la jeune femme, où il sentit battre son pouls. Il n'y avait là pas le moindre froid.

Elle le regardait encore sans desserrer les lèvres, impassible. Alors Falcó la prit une fois encore par les mains et la conduisit tout doucement vers le lit. Il n'éprouvait pas de désir, en fait. Il n'était même pas excité physiquement, ce qui l'étonnait. Il ne ressentait qu'une étrange nécessité de se montrer tendre.

– Ne me fais pas mal, dit-elle.

Il ne lui fit pas mal. Ou, du moins, il essaya. La sensation que lui communiqua ce corps nu sur le lit, rigide, tendu comme si tous ses muscles étaient douloureusement noués, fut curieuse. Il s'allongea près d'elle, nu lui aussi, la caressa sans nulle urgence. Tout d'abord, chaque fois qu'il posa la main sur sa peau vulnérable – sans autre odeur que celle d'une chair féminine fraîche –, Eva recula instinctivement, comme elle l'aurait fait si elle avait reçu une légère décharge électrique. Patient, il arrêta de la toucher, s'allongea sur le dos et l'engagea à se pelotonner au creux de son épaule droite. Elle y resta sans bouger, tandis qu'il restait attentif à son souffle, très léger et lent. Il lui caressa les cheveux.

– Tu es mieux comme ça ?

Elle ne répondit pas, se contenta de respirer tout doucement, la bouche collée à la peau de Falcó. Muette et très calme. Alors, il cessa de lui caresser les cheveux et pressa délicatement sa main sur le dos d'Eva. Elle avait toujours – ou plutôt de nouveau – un corps musclé et ferme, bien découplé. Quasi athlétique.

– C'est difficile, dit-elle enfin d'une petite voix à peine audible.

– Bien sûr.

– Je ne supporte pour ainsi dire pas que tu me touches.

– J'arrête, si tu préfères.
– Non. Continue.

Caresse après caresse, il sentit la chair d'Eva tiédir peu à peu, tandis que sa tension diminuait. Aussitôt se fit également sentir la première morsure du désir, mais il comprit qu'elle ne mènerait nulle part. Le moment n'était pas encore venu, l'occasion ne s'était pas encore présentée. Il caressa son dos, ses cheveux. À la lumière de l'applique, il put contempler de tout près le front, l'arc blond des sourcils, le nez d'Eva. Il recula un peu son visage pour voir ses yeux, et s'aperçut qu'elle le regardait.

– Pardon, dit-il.

Il était sincère, éprouvait vraiment le besoin de solliciter son indulgence et sa compréhension, croyait que le moment s'y prêtait, parce qu'elle connaissait les règles. Elle savait et avait su, comme lui, ce qu'il en coûtait de mener la vie qu'ils s'étaient un jour choisie sur leur terrain insalubre peuplé d'êtres humains et par conséquent prodigue en cruauté. Une cruauté à laquelle n'étaient étrangers ni la femme lovée contre cette épaule ni l'homme qui la caressait.

En l'entendant prononcer ce mot, ses yeux sombres et fixes plongés dans les siens, Eva comprit qu'elle le croyait, qu'elle était sûre, à ce moment-là, qu'il disait la vérité.

Il tendit la main pour éteindre l'applique, et ils restèrent comme ils étaient, pendant que la respiration d'Eva devenait plus lente et plus régulière. Elle semblait endormie. Sans oser retirer son bras, de peur de la réveiller, Falcó se tint tranquille un bon moment, les yeux ouverts dans l'obscurité.

La compassion, la tendresse, le désir se diluaient progressivement dans les pensées et les calculs tactiques qui occupaient de nouveau son esprit. Il s'efforçait d'isoler du reste la présence d'Eva dans la chambre 108 du Continental, de la séparer de ce qui s'était produit au cours des dernières heures, mais il n'y parvenait pas. Son esprit méthodique habitué à classer les hypothèses selon le degré de risque et de menace qu'elles présentaient ne pouvait la situer de manière convaincante dans l'ensemble. Néanmoins, le tremblement du corps à présent endormi contre lui, de même que l'ancienne douleur qu'elle portait en elle telle une plaie ouverte, sa tension et son désarroi ne pouvaient mentir, étaient réels.

Même endormie, nue et sans défense, vulnérable comme elle l'était à ce moment-là, Eva Neretva demeurait une énigme. Et Falcó, qui recouvrait son égoïsme foncier, la salutaire incertitude de qui connaît la difficulté de rester en vie, eut la certitude que leur situation présente, loin d'écarter le danger, ne faisait que l'accroître. Son instinct d'agent secret rompu à l'exercice et une fois de plus en alerte, exigeait une réflexion et un calcul immédiats. Il fallait écarter l'embarrassante – et très dangereuse – interférence des sentiments. Personne n'allait le rappeler à Moscou parce qu'il leur aurait accordé trop d'importance, mais ils pouvaient fort bien lui valoir une balle dans la tête à Tanger.

Il se leva avec précaution, alla jusqu'à la commode et alluma une cigarette. Il fuma debout, nu, en regardant la forme immobile dans l'ombre. Puis il alla à la salle de bain, se brossa les dents, se rinça la bouche à la Listerine, retourna dans la chambre et se recoucha en prenant soin de ne pas réveiller Eva, de laquelle il se rapprocha jusqu'à mouler son corps au sien, maintenant détendu et chaud. À la fin, après avoir trouvé une bonne position, il s'endormit.

Il rêva de villes étranges et de taxis qui ne s'arrêtaient jamais, d'hôtels qu'il devait quitter précipitamment, de trains et de bateaux qui partaient sans lui. C'étaient des songes récurrents qui l'accompagnaient depuis longtemps, le faisaient se sentir seul et déraciné et le réveillaient en sursaut, avec une vive impression de frustration et d'échec. Quelle que fût la trame du songe, les endroits étaient toujours les mêmes : rues inconnues dans lesquelles de rares visages revêches ou indifférents passaient sans le voir, comme s'il n'existait pas, accentuant ainsi par leur silence un étrange climat oppressant, la perception d'un danger tel qu'il le tirait du sommeil en sueur, crispé, les muscles tendus et le souffle violemment court. Prêt à se battre.

Cette fois, ce fut Eva qui le réveilla. Elle s'agitait dans une étrange torpeur, réveillée sans l'être vraiment, et se plaignait faiblement tel un animal blessé. Il glissa de nouveau le bras autour de ses épaules, et elle se serra plus étroitement contre lui. Son corps était à présent aussi chaud que si elle avait la fièvre, et elle tremblait fortement.

– Qu'est-ce qui t'arrive ? demanda Falcó.

Il n'obtint pas de réponse. Eva tremblait et se collait contre lui comme si elle redoutait d'en être séparée, ou comme si quelqu'un essayait à ce moment-là de l'arracher à son étreinte. Alors, il lui caressa les cheveux, pour la rassurer. Il l'embrassa sur le front, et elle leva son visage. Il l'embrassa encore, cette fois sur la bouche, tout d'abord avec une grande douceur, quand il sentit ses lèvres s'ouvrir sous les siennes, telle une fente humide et tiède. Le désir surgit brusquement, puissant, irrésistible, la chair tendue de Falcó se pressant contre le flanc d'Eva, qui suspendit un instant son souffle, apparemment réveillée à cet instant même, et elle glissa une main sur la poitrine et le ventre de Falcó, jusqu'à ses cuisses et son sexe durci, maintenant quasi vibrant d'une ardeur si violente qu'il dut faire appel à tout son sang-froid pour ne pas la plaquer sur le dos et entrer en elle sans plus de considérations ni de retenue, plonger dans ce corps qui semblait tout à coup s'ouvrir chaleureusement, livré à lui. Cependant, au lieu de suivre cette impulsion, Falcó garda son calme, embrassa Eva sur la bouche, le menton, le cou, au creux duquel il enfouit son visage pour sentir sous ses lèvres la palpitation douce et cadencée de l'artère qu'il n'allait trancher ni cette nuit ni aucune autre.

– S'il te plaît, supplia-t-elle, tout bas, fais-le. Fais-le, mais en douceur… Je t'en supplie.

Et il le fit ainsi. Doucement, avec la plus grande prévenance. Falcó resta attentif aux réactions d'Eva en essayant de ne pas lui faire le moindre mal. Il porta la patience aussi loin qu'il le put, avec toute la tendresse dont il fut capable, dans cette chair de femme si semblable à une plaie qui n'a pas encore cicatrisé.

– Arrête, je t'en prie… Ne va pas plus loin. Ça fait trop longtemps. Arrête.

Falcó obtempéra, dans l'obscurité, et ne bougea plus. Puis il recula posément, avec toujours autant de délicatesse, finit par sortir d'elle, se pressa contre son ventre et jouit dans un silence paisible.

Il faisait semblant de dormir quand, au petit jour, Eva se leva doucement, ramassa ses vêtements et s'habilla dans le contre-jour grisâtre de la porte-fenêtre du balcon. Il l'entendit aller et venir dans la chambre, passer un moment dans la salle de bain, puis rester immobile, debout devant le lit, si longtemps qu'il en vint à se dire qu'elle était partie. Il n'osa pas lever la tête pour voir ce qu'elle faisait, de peur qu'elle découvre qu'il ne dormait pas.

Elle finit par bouger et, quelques instants plus tard, la porte fit un petit bruit en se refermant discrètement. Falcó alluma la lumière et se leva. Tout était apparemment à sa place : le portefeuille dans la poche intérieure de sa veste, le pistolet dans le tiroir de la commode, le reste de ses affaires n'était pas bouleversé. Eva n'avait touché à rien, mais laissé une feuille de papier qui portait quelques mots, écrits avec le stylo à plume de Falcó : un bref message d'adieu, ou peut-être un aperçu de ce qu'allait être leur prochaine rencontre. Ce n'était qu'une ligne, en allemand, et la lire lui arracha un sourire triste.

Die letzte Karte spielt der Tod. C'est la mort qui abat la dernière carte.

11

C'était un chapeau neuf

– L'escadre républicaine a renversé la vapeur, dit le consul.

Il s'appelait Luis Fragela de Soto. Il avait plus de cinquante ans, un visage hâlé et de beaux vêtements avec une légère touche britannique. Des cheveux poivre et sel, une moustache taillée, des mains nerveuses et un regard intelligent. Ingénieur dans le civil, il avait construit des barrages et des retenues d'eau pendant la dictature de Primo de Rivera. Depuis cinq mois, il était le représentant officieux de l'Espagne franquiste à Tanger.

– Ils les ont lâchés, ajouta-t-il.

Falcó croisa les jambes et but une gorgée de thé à la menthe qui lui brûla les lèvres. Tenant le verre entre le pouce et l'index, il le reposa sur la table.

– Il y a eu combat ?

– Non. Le *Baleares* les a interceptés au sud de Malaga : un croiseur et deux destroyers. Quand ils l'ont aperçu, ils se sont retirés derrière un rideau de fumée.

Falcó regarda en direction de la rue. Ils étaient dans un petit salon à l'étage du Café Central, avec Antón

Rexach de garde dans le couloir, pour empêcher qu'ils puissent être dérangés. Du balcon, entre les pots de fougères et de basilic, on voyait l'animation matinale du Zoco Chico, les gens attablés en face à la terrasse du Fuentes. Une affiche annonçait un film, *Les Trois Lanciers du Bengale*, et une autre vantait l'huile Giralda.

– L'Ibérie n'a pas toujours accouché de lions, fit le consul, en plaisantant.

Il s'était adressé au capitaine de frégate Navia, assis avec eux, qui ne parut pas apprécier la plaisanterie, parce qu'il regarda le consul avec une insistance qui exprimait une sorte de censure polie.

– Ils n'ont pas de chefs, fit-il remarquer. Tous leurs officiers supérieurs été assassinés.

– C'est vrai.

– Maintenant, leur escadre est sous les ordres d'opportunistes et d'incompétents.

– Évidemment.

– Et de criminels.

Le commandant du destroyer *Martín Álvarez* était en civil, et son aspect négligé révélait que l'uniforme lui manquait. Il avait mis une cravate en tricot et un objet pesait visiblement du côté droit de la veste de son costume, qui pochait. Lui aussi prend ses précautions, remarqua Falcó, amusé.

– En tout cas, voilà qui simplifie la situation, observa le consul. Le *Mount Castle* ne peut s'attendre à aucun secours externe… Il est livré à ses seules ressources.

– Qui sont ? demanda Navia.

– Quasi nulles. Côté opérationnel, son capitaine est pris dans une souricière par vous et votre bâtiment. Côté diplomatique, il n'y a plus de retour en arrière possible. Il devra quitter Tanger après-demain, ou être interné avec son chargement.

– Et qu'adviendra-t-il de l'or, dans ce cas ?

– Il restera en dépôt ici jusqu'à la fin de la guerre, sous la surveillance du Comité de contrôle.

– Qui finira par nous le remettre, dit Falcó.

– Bien entendu, confirma le consul en les regardant avec un sourire de triomphe retors. Ce qui fera une belle propagande contre l'Union soviétique… Un scandale sensationnel.

Quand il s'arrêta de tapoter sa tasse de café, il se mit à jouer avec la petite cuillère.

– Mais le coup serait encore plus beau si nous nous en emparions avant, ajouta-t-il. La fin de la guerre pourrait se faire attendre, parce que Franco n'est pas pressé. Sa stratégie est celle du boa constrictor, il va étouffer peu à peu l'adversaire, en prenant son temps. On l'a vu à l'œuvre dans la bataille du Jarama. Alors que ces petits cocos passent leur temps à détaler…

Falcó éprouva le besoin de s'offrir une insolence. C'était dans sa nature.

– Ces rouges, corrigea-t-il.

– Pardon ?

– Il n'y a pas de petits cocos qui tiennent. Pendant la bataille du Jarama, ils n'ont pas détalé… Ils se sont battus avec bravoure et sont tombés par centaines, comme les nôtres. Et dans le siège de Madrid ils ne détalent pas non plus.

Déconcerté, le consul regarda Navia comme s'il s'attendait à un appui de sa part, mais le marin ne dit pas un mot. Il semblait plutôt amusé par la pique de Falcó.

– Nous nous éloignons de la question, remarqua le consul, mal à l'aise.

– Eh bien, il ne faudrait pas.

De Soto hocha la tête, décontenancé. Il eut un peu de peine à renouer le fil de la conversation.

– Quant au cargo, dit-il enfin, le Caudillo veut faire preuve de fermeté et il ne semble pas que l'or soit son premier souci… En définitive, nous sommes des gens d'honneur.

– Des hidalgos espagnols, ajouta Falcó d'une voix égale.

Le consul le regarda, déstabilisé une fois de plus en percevant l'ironie. Puis il se remit à jouer avec la petite cuillère.

– L'espoir de la République, c'est que la guerre éclate bientôt dans le reste de l'Europe, même si cela ne devrait pas se produire avant que la nôtre ait pris fin. Nous sommes un excellent apéritif pour les uns et les autres… Après, ils passeront aux plats principaux.

– A-t-on pu intercepter les communications du capitaine Quirós ? s'enquit Navia.

Le consul répondit d'un geste de dénégation. Ce que l'on avait pu apprendre, c'était qu'un débat se déroulait à Valencia : le gouvernement républicain, horrifié à l'idée que le *Mount Castle* pût être arraisonné, préférait encore le savoir interné à Tanger. Mais les Soviétiques ne l'entendaient pas de cette oreille ; le sort du cargo était devenu pour eux une affaire d'honneur, et ils faisaient pression afin que le navire reprenne la mer. En réalité, ils donnaient le chargement d'or pour perdu. Ce qu'ils cherchaient, à présent, c'était un conflit ouvert, dans le but d'en exploiter le retentissement international. Leurs agents embarqués avaient reçu l'ordre de remonter à bord à tout prix et d'y faire respecter la discipline.

– De se suicider, résuma Navia, objectif.

Le consul prit une expression dédaigneuse.

– S'ils tombent entre nos mains hors de la zone de juridiction internationale de Tanger, j'ai bien peur qu'ils ne soient fusillés tous les trois – il était clair qu'il ne le redoutait pas du tout, bien au contraire. – La Russe aussi, naturellement. – Là-dessus, il regarda Falcó comme si celui-ci avait détenu des clefs dont lui-même ne savait rien. – Que diable fait une femme là-dedans ?

– Les rouges sont comme ça : imprévisibles, dit froidement Falcó. Sans doute s'est-elle lassée de faire la lessive et le repassage.

Le consul le regarda, entrouvrit la bouche pour dire quelque chose, puis parut y réfléchir à deux fois. Ce fut Navia qui prit la parole.

– Si j'envoie le bateau par le fond, ils couleront peut-être avec lui, dit-il.

Falcó attendit trois secondes avant de poser la question.

– Et s'ils survivent et que vous les sortez de l'eau ?

– J'ai des instructions. Les membres de l'équipage seront mis aux arrêts de rigueur en attendant d'être jugés, et les deux hommes et la femme seront passés par les armes.

– Et vous le ferez, le cas échéant ?

Navia lui lança un regard dur.

– Ça ne vous regarde pas.

Le consul remuait la tête avec l'air, un peu forcé, de trouver tout ça regrettable.

– Je n'aimerais pas être à la place de ces trois-là, dit-il en s'adressant à Falcó. Croyez-vous vraiment qu'ils partageront jusqu'au bout le sort de ce navire ?

Falcó y réfléchit, ou feignit de prendre quelques instants pour le faire. Par la fenêtre ouverte arrivait la rumeur des gens, dans la rue.

– Je crois que oui, admit-il enfin. Il ne faut pas oublier que l'Américain et la Russe sont des agents du NKVD. Des gens disciplinés, des durs. Ils suivront les ordres reçus, quels qu'ils soient.

– Voulez-vous dire que si l'affaire de cette nuit se gâte, ils forceront le capitaine Quirós à prendre la mer ou à tenter de le faire ?

– J'en suis sûr.

– Et en ce qui concerne l'Espagnol ?… Ce commissaire politique de la flotte ? Ce Trejo ?

Falcó se renversa sur son siège, ôta une poussière de son pantalon et dirigea tranquillement son regard vers la rue. Il plissait les yeux, tel un faucon qui abandonnerait la dépouille de sa proie.

– Oh, celui-là n'a pas grande importance, répondit-il, circonspect. Il me semble qu'il a débarqué, et que l'affaire ne lui plaît guère… Je ne serais pas étonné qu'il refuse de monter à bord, ou qu'il déserte avant que le dénouement soit inévitable.

– Déserter ?… Hum, vous croyez ?

– Tout est possible.

La petite cuillère dansait dans la main du consul.

– Vous avez appris quelque chose de concret à ce sujet ?

– Rien.

– Vous supposez, alors.

– Oui.

Après un léger balancement, le consul, en quête de certitude, se tourna du côté de Navia.

– Vos ordres n'ont pas changé, n'est-ce pas ?… Pas plus que vos intentions, je présume.

– Non, répondit le commandant. Quand le *Mount Castle* sera à trois milles marins de Tanger, je lui enverrai le signal de stopper les machines. S'il n'obéit pas, j'ouvrirai le feu. S'il répond par le feu, je le coulerai.

Il avait mentionné chaque éventualité avec un calme d'homme de mer éprouvé. Sans la moindre intonation.

Le consul cessa d'agiter la petite cuillère pour se pencher vers lui, intéressé.

– Et à quelle profondeur ?

– De quarante à soixante mètres, selon les lignes de sonde de la carte marine. Je le laisserai dans une position accessible aux plongeurs, le moment venu.

Les yeux du consul brillaient. Son expression de soulagement disait que c'était exactement ce qu'il désirait, sans qu'il eût à risquer grand-chose. Quoi qu'il advint, dans le port ou au large, la responsabilité ne retomberait pas sur lui. Il allait pouvoir continuer de se rendre au Country Club sans être exposé aux attaques des autres consuls.

– La victoire est à nous et le capitaine rouge le sait, dit-il avec fougue. Cette nuit va se jouer la partie décisive. La plus pacifique et la plus raisonnable.

Falcó montra d'un geste de la main le capitaine de frégate.

– Quirós exige que notre commandant soit lui aussi présent, ce soir.

– Bien sûr, dit le consul, avec un sourire tolérant. Entre marins, il est plus facile de se comprendre, non ?

– Peut-être, répondit Navia.

– Vous avez mon appui, bien entendu. Ma collaboration enthousiaste. Mais vous comprendrez que je ne peux pas m'en mêler publiquement… Si ça tourne mal et qu'un scandale éclate, le consulat national ne peut être impliqué. Cette mission dépend de votre service, poursuivit-il en regardant Falcó avec autant de méfiance que d'espoir. Plus particulièrement de vous, non ?… Je suppose que tout a été prévu.

– Tout.

– Pour nous assurer que tout ira bien, précisa Navia, une unité d'abordage est prête…

Le consul se montra déconcerté. Il haussa les sourcils.

– Une unité ?

– Je veux parler d'un groupe d'assaut.

De Soto se toucha la moustache.

– Mon Dieu… Il y aura échange de coups de feu ?

– Pas nécessairement.

Sur ce, Navia exposa le projet : vingt hommes armés menés par un officier dc confiance aborderaient le *Mount Castle* du côté opposé au quai dès que le capitaine Quirós aurait signé le document par lequel il livrerait de son plein gré le navire à la marine nationale. On lui avait demandé de dresser la liste des membres de l'équipage les plus dangereux, afin de les neutraliser. On donnerait à ceux qui ne désireraient pas rester à bord la possibilité de descendre à terre et d'être évacués vers la destination de leur choix.

– Ce dont le consulat devra se charger, précisa Falcó.

Le consul hocha la tête pour approuver, rasséréné. Il regardait ses mains comme pour s'assurer qu'elles étaient encore propres.

– Bien entendu. Pour cette phase de l'opération, je peux intervenir ouvertement. Il s'agira d'une action humanitaire, de toute évidence.

– Il faudra veiller tout particulièrement sur le capitaine Quirós.

– Vous pouvez y compter. Je serai aussi humanitaire que possible.

– Les instructions concernant sa famille ont bien été transmises ?

– Je m'en occupe. Ils pourront se retrouver au Portugal ou en France, selon sa préférence.

Falcó dodelina de la tête.

– Je le lui dirai.

– Je lui prépare un passeport… L'argent est là ?

– Il le recevra quand il aura signé le document par lequel il nous livre le navire.

Le consul semblait méditer quelque chose. Il avait repris en main la petite cuillère, et Falcó fut tenté de la lui arracher et de la jeter par la fenêtre.

– Et quand il aura signé, que ferez-vous des agents communistes ? demanda enfin Fragela de Soto en soulignant le « vous ». Seront-ils à bord cette nuit ?

– Je ne crois pas. Ils dorment habituellement à l'hôtel où ils logent.

– Que pensez-vous faire d'eux ?

Falcó échangea un regard avec Navia, qui resta muet et impénétrable. Son silence semblait dire : « Mouille-toi un peu. Le côté sale de l'affaire te revient. Moi, je me contente de commander un navire. »

– Je ne sais pas encore, prétendit Falcó en donnant l'impression d'y réfléchir un instant, avant d'ajouter : Ou pas vraiment.

– Les tuer, je suppose, dit enfin le consul comme s'il venait de s'enhardir. Ou quelque chose comme ça.

Il avait parlé à voix basse, sur le ton horrifié d'une vieille fille puritaine confrontée à un séducteur. Falcó soutint un moment son regard, puis il prit le verre de thé posé devant lui sur la table en pensant à l'impassibilité professionnelle de Paquito Araña, au giclement du sang de Juan Trejo qui avait failli éclabousser ses chaussures, au battement de la carotide d'Eva sous ses lèvres.

– Sûrement, murmura-t-il. Quelque chose comme ça.

Il s'aperçut que le thé était froid. Et avait aussi un goût amer.

La journée était tiède, avec une alternance de nuages et de soleil. Après avoir quitté le consul et le commandant Navia, il coupa par les rues couvertes et étroites du marché pour se rendre à l'appartement de l'opérateur radio. À cette heure, il y avait là beaucoup de monde : des vendeurs en djellaba qui criaient leurs marchandises, des Européennes chapeautées et des Maghrébines voilées, chargées les unes et les autres de paniers à provisions. Il y avait aussi des odeurs de viande crue, de poisson, de légumes frais, de dattes mûres et d'épices arabes.

En passant près d'un volailler, il vit le marchand égorger un poulet pour son client en tenant par une patte l'animal qui battait des ailes en se vidant de son sang au-dessus d'une cuvette. Falcó n'avait pas besoin de rappels de ce genre, mais la scène lui fit jeter un regard instinctif autour de lui. Il se faisait peu d'illusions après la visite d'Eva Neretva dans sa chambre d'hôtel et pas davantage sur le reste de la journée. Elle n'allait pas être facile et, dans son monde, les jours difficiles sont des jours dangereux.

Dans ce métier, se dit-il avec un sourire intérieur cynique, la journée est bonne quand on est mort.

Il n'y avait là rien de mal pour lui. Au contraire. Il aimait cette façon de vivre. Les poussées d'adrénaline dans les artères, la bouche sèche lors des nouveaux défis, l'incertitude liée aux endroits où les règles du jeu sont un rite de vie ou de mort lui donnaient une clarté de jugement extraordinaire, une sensation de bien-être pareille à celle que procurent les analgésiques quand, la douleur atténuée et les cognements du sang à ses tempes calmés, il pouvait regarder le monde avec la sérénité qu'apporte le détachement.

Paradoxalement, le risque, la tension, la peur le comblaient de vie et aiguisaient la conscience qu'il avait de lui-même : voitures blindées qui ouvraient le feu à Budapest, embarquements illégaux d'armes dans les ports de la mer Noire et de l'Égée, descentes de police à Sofia, Belgrade ou Barcelone, fausses identités, passages nocturnes de frontières dans cette Europe agitée et fascinante… Tout cela éveillait en lui des sensations proches du bonheur, plus fortes que d'autres plaisirs plus conventionnels, tels ceux que donnent le confort, la détente, la table et le sexe. Pour Falcó, le mot *danger* avait d'intéressants synonymes. Rien ne le stimulait plus que de le sentir tout proche et de devoir recourir, pour survivre, à ses facultés maîtresses, tributaires de son tempérament, de son instinct et de son entraînement. Aucune autre source de satisfaction et d'incitation n'égalait pour lui le fait que l'on voulait sa mort – sans pouvoir l'obtenir.

Ce fut ainsi, avec cette sensation d'être sur le qui-vive, aux aguets, tous les réflexes imprimés dans ses sens par une longue vie de clandestinité qu'en sortant du Zoco Grande il s'arrêta à la devanture d'un marchand de journaux, acheta *La Dépêche* et, feignant de feuilleter le quotidien, jeta un coup d'œil aux fiacres et aux taxis en attente à la station, aux gens assis devant les échoppes de marchands de sardines et de kebab, aux camelots accroupis dans l'ombre des arbres et des auvents de petites épiceries. Il cherchait les ennemis cachés qui viendraient confirmer ce mode de vie.

L'été précédent, quand il avait revu l'Amiral au retour d'une mission d'infiltration dans le Madrid rouge où il avait failli laisser sa peau – il était allé y tuer deux hommes, ce qu'il avait fait, bien que le second eût failli le liquider –, celui-ci lui avait dit : « Il y a un mot à la mode dont tout le monde abuse, et qui te sied à merveille : psychopathe. Parce que c'est ce que tu es, mon garçon, n'en doute pas. C'est un natif de Betanzos qui te le dit. Un putain de psychopathe. Il y a des guerres où l'on tue, c'est l'évidence même, mais dans la nôtre, on assassine. Autant de notre bord que de l'autre. En un clin d'œil, le bourreau peut devenir la victime et vice-versa. Voilà pourquoi c'est une guerre qui nous va à merveille, à nous, Espagnols, et plus encore à toi. Elle est parfaite pour les criminels sans conscience, sans décence et sans gloire. »

Villarrubia n'était pas au Café de París, ce que Falcó fut surpris de constater : le jeune opérateur radio était discipliné et n'avait pas été en retard une seule fois. Il ôta son chapeau, s'assit dos au mur près d'une table d'où l'on pouvait surveiller l'entrée et la rue, commanda un verre de lait et resta un moment à attendre pendant qu'un cireur ambulant lui lustrait les chaussures. Dix minutes plus tard, il se leva et sortit du café. Quelque chose allait mal.

Il suivit d'un pas égal le trottoir de droite du boulevard, le plus loin possible du bord et des voitures qui approchaient derrière lui, tout en réfléchissant à ce qui arrivait. L'instinct lui conseillait de redoubler de prudence, ou plus exactement le poussait vers une sorte de conduite automatique fondée sur le réflexe. Ne sachant pas s'il était observé, ce fut donc avec un naturel apparent qu'il alla jusqu'au n° 28, alors qu'en réalité une tension intérieure presque féline l'animait, le rendait attentif au moindre détail, à tout indice révélateur d'une possible menace. À mi-chemin, il revint sur ses pas et feignit de s'intéresser à la vitrine de l'agence de voyage Cook – une affiche touristique du casino de Monte-Carlo, une autre des pyramides d'Égypte –, ce qui lui permit de jeter un coup d'œil attentif sur la portion de rue qu'il avait laissée derrière lui, et aussi, dans le reflet de la vitre, sur le trottoir d'en face.

En entrant dans le couloir sombre, il s'assura qu'il y avait bien une balle engagée dans la chambre du Browning et remit l'arme à sa ceinture. Puis il monta prudemment l'escalier jusqu'à la porte, qui était fermée. Il continua de monter jusqu'au dernier étage, vérifia qu'il n'y avait personne, et redescendit. Avec sa clef de l'appartement, il fit jouer la serrure en veillant à ne pas faire de bruit, poussa tout doucement le battant de la main gauche et, tenant le pistolet dans la droite, il inspecta pièce après pièce. Il n'y avait personne.

Tandis qu'il glissait le pistolet dans son étui, il remarqua quelque chose d'inhabituel. L'équipement radio n'était pas sur la table de la salle à manger avec le câble de l'antenne accroché à la lampe. Villarrubia les installait pourtant ainsi chaque jour avant de se rendre au Café de París ; tout était pourtant là, rangé dans sa mallette, comme il le vérifia en ouvrant la porte d'une armoire. Dans la chambre, le lit n'était pas défait, et il n'y avait pas le moindre relief de petit déjeuner dans la cuisine, ce qui semblait indiquer que le jeune homme était absent depuis la veille au soir. Falcó inspecta tout une seconde fois avec la plus grande attention à la recherche de quelque élément plus révélateur, mais il ne trouva rien. Il alla jusqu'à la fenêtre et à l'abri des rideaux observa la rue. Il ne vit là non plus rien d'inquiétant.

Ce n'était pas que quelque chose allait mal, se dit-il. C'était que tous les signaux d'alarme retentissaient. Il resta un moment immobile à analyser calmement la situation et arrêter ce qu'il devait faire ensuite. Eva Neretva avait passé la nuit avec lui au Continental. Pendant ce temps, l'opérateur radio n'avait pas dormi chez lui. C'était une coïncidence curieuse, d'autant plus que dans un travail comme le sien les coïncidences n'existent pas, et que les éléments fortuits entrent à peine en ligne de compte. Le hasard est une explication qui ne tranquillise que les idiots.

Cette idée en tête, et spéculant dans l'inquiétude, il se dirigea vers la porte, l'ouvrit et sortit sur le palier, toujours pensif. Ce fut peut-être pour cela qu'il commit l'erreur. La faute d'inattention.

Parce qu'ils se jetèrent alors sur lui.

Ils sont deux, constata-t-il en recevant le premier coup. Et leur intention n'était pas de le supprimer, mais de le capturer vivant. Ou d'essayer, du moins. Ce fut sa première chance, dans le malheur. La seconde fut qu'en prenant conscience du danger un instant avant de recevoir ce premier coup, et pour l'éviter, il s'élança de côté avec une rapidité désespérée, ce qui lui fit faire un faux pas, jeter un pied dans le vide de la première marche de l'escalier, qu'il dégringola. La chute mit trois mètres de distance entre lui et ses assaillants, ce qui suffit pour qu'il puisse se relever, quelques degrés plus bas, endolori et mal en point, mais libre de ses mouvements pour se battre, quand ils s'élancèrent vers lui du haut du palier.

L'un avait l'air maghrébin, l'autre européen. Un duo mixte.

Le Maghrébin – un type costaud, aux cheveux crépus et noirs –, fut le premier à l'atteindre. Falcó le reçut en lui donnant dans le plexus solaire un coup magistralement administré. L'homme, au nez écrasé et à la corpulence d'ancien boxeur, l'aurait sans doute apprécié en d'autres circonstances. Au demeurant, il grogna, s'arrêta et tomba assis comme si l'air et les forces lui faisaient brusquement défaut. Falcó aurait voulu sortir son pistolet à ce moment-là, mais il n'en eut pas le temps, parce que le second attaquant passa par-dessus son acolyte à terre avec une agilité surprenante et se jeta sur lui.

Il était blond, grand, mince et fort. Bien entraîné et lourdement chargé de hargne, il le dépassait de près d'une tête, avait de longs bras et des poings à l'avenant, dont il savait se servir. Il le démontra en lui décochant un direct en plein visage. Précipité contre le mur par la violence du coup, Falcó eut l'impression que son cerveau était secoué à l'intérieur de sa boîte crânienne, qui retentit comme une grosse caisse. Par ailleurs, la douleur de la chute dans l'escalier commençait à se faire sentir et lui engourdissait les jambes. Mauvaise affaire.

Un autre coup comme celui-là, se dit-il, et il m'envoie au tapis. Hors de combat.

Il n'eut pas d'autre recours, à ce moment-là, que d'attraper à bras-le-corps le grand type maigre et de lui donner un coup de genou à l'entre-jambes – les vêtements de l'adversaire avaient une odeur de tabac et de naphtaline. Falcó sentait à son oreille le souffle entrecoupé de l'homme, et ses mains fortes qui cherchaient son cou. Cet enfant de pute connaissait son affaire.

Pas question, se dit-il en vitesse, de me laisser étrangler comme un imbécile.

Le dos contre le mur, accroché au type, il essaya de nouveau de lui décocher un coup de genou. Une fois, deux fois, trois fois. Mais son assaillant se dérobait. Du coin de l'œil, Falcó vit alors le Maghrébin se relever et il comprit que s'il ne réglait pas l'affaire rapidement, il était fait. Extinction des feux et bonsoir.

Toump.

Cette fois, il eut de la chance. Il tapa dans les parties, ce qui l'encouragea à poursuivre.

Toump, toump, toump.

Au quatrième coup de genou, le grand type lâcha prise et ses jambes fléchirent. Il laissa une énorme quantité d'air s'échapper de ses poumons et se plia en deux en portant les mains à son ventre. Falcó eut enfin le loisir de voir ses yeux – bleus, sans doute myopes – et la peau très blanche de son visage, qui s'était brusquement couvert de sueur comme si on l'avait arrosé d'eau. Alors, il l'oublia un instant pour s'occuper de l'autre.

Le Nord-Africain était debout, et quelque chose luisait dans sa main droite.

Chaque fois qu'il affrontait de l'acier nu, un frisson parcourait l'aine de Falcó. Il en allait ainsi depuis son enfance ; il n'y pouvait rien, et ce n'était pas agréable. Pourtant, loin d'entraver les mouvements de parade et d'attaque adéquats, les armes blanches le poussaient à agir encore plus rapidement. Pour se défendre ou frapper, selon la situation. Pour éviter coûte que coûte les effets pernicieux – absolument déconseillés par tout médecin – qu'entraînent quelques centimètres d'acier plongés dans le corps, hémorragies et autres.

Méthode de survie routinière.

À laquelle il s'était exercé un bon millier de fois à Târgu Mureş.

Situé à la bonne distance, il avait le choix des moyens, aussi mit-il ses réflexes en mode automatique. Il banda ses muscles. Puis il se présenta de côté à l'adversaire pour protéger son ventre, leva le bras gauche, donna un coup sec oblique, plia légèrement les genoux et saisit de la main droite le bras armé du Maghrébin, presque sous l'aisselle. À l'instant se fit entendre le bruit du couteau déchirant quelque part ses vêtements, mais il ne sentit rien. Il avait déjà fait tomber l'agresseur à la renverse, en le précipitant en bas de l'escalier.

Maintenant, organisons-nous un peu, se dit-il, en partie soulagé.

À côté de lui, au milieu de l'escalier, le grand type maigre se remettait doucement, reprenait son souffle. Falcó envisagea de dégainer son arme, mais cela aurait diminué le plaisir, et il était temps d'en profiter. Ou d'essayer. Pendant un bref moment, il étudia l'adversaire, pour le graver dans sa mémoire. L'homme avait belle allure. Un visage légèrement chevalin, mais aux proportions régulières. Des mèches de cheveux blond paille décoiffés par la lutte tombaient sur son front. Il portait une chemise sport sous sa veste, des tennis blanches et un pantalon cintré aux jambes larges qui était à la mode. Son apparence était très peu espagnole. C'était plutôt celle d'un Anglo-Saxon.

Il était en présence de Garrison, comprit-il tout à coup. L'agent bolchévique. Le collègue nord-américain d'Eva Neretva.

L'homme palpait ses vêtements. Sans doute à la recherche d'une arme, mais Falcó n'était guère disposé à lui fournir l'occasion de se servir d'instruments nocifs. Aussi lui donna-t-il un coup de pied en pleine poitrine qui l'envoya contre le mur, en lui arrachant un gémissement. Falcó fit un pas en avant, prêt à lui décocher un nouveau coup – cette fois dans la figure –, mais il fut surpris de voir son adversaire réagir avec sang-froid, se dérober et se lever, les poings en position de défense. C'était un dur, sans nul doute. Si dur qu'avant même que Falcó eût décidé du prochain traitement à lui infliger, il reçut de lui un coup qui lui fit voir les trente-six chandelles.

Merde, se dit-il. Ça recommence.

En se maudissant intérieurement de n'avoir pas sorti son pistolet alors qu'il en avait encore le loisir, il prit une inspiration profonde, esquiva par miracle un autre direct et, au lieu de reculer comme s'y attendait l'autre, il le saisit de nouveau à bras-le-corps. Ils luttèrent en cherchant mutuellement à se déséquilibrer, finirent par rouler ensemble en bas des marches, tombèrent à côté du Maghrébin qui, heureusement, était encore allongé, immobile. Falcó avait enfin réussi à passer le bras gauche derrière le cou de son adversaire et, en le serrant très fort, il arriva à libérer sa main droite et à lui donner des coups de poing dans la figure, en visant la base du nez et les yeux.

Il y eut des grognements. Du sang qui sortait des fosses nasales.

Cloc, cloc.

Puis des gémissements et davantage de sang.

Cloc, cloc, cloc, faisait son poing en frappant l'ossature du visage.

La chose allait bon train. Falcó commençait à n'en plus pouvoir, mais n'allait pas si mal.

Cloc.

Garrison, ou quel que fût le nom de cet homme, cracha une dent. La proie se relâchait dans les bras de Falcó. Le visage, d'abord dur et tendu, devenait plus mou à chaque nouveau coup.

Cloc, cloc.

Falcó martelait, systématique. Alors, brusquement, l'homme poussa un hurlement inhumain et, comme s'il rassemblait pour survivre toutes les forces qui lui restaient, arqua son corps avec violence et lui asséna un coup de tête en plein front. Falcó vit une nouvelle fois une explosion d'étincelles de couleur, roula sur le côté et se releva.

Maintenant, ça suffit, se dit-il. Qu'il aille se faire voir.

Il porta la main à sa ceinture, dégaina, mais quand il voulut pointer l'arme sur le blond, il n'était plus là. Le rectangle de lumière du couloir s'était fermé derrière lui comme un rideau.

Ce n'est que partie remise, conclut Falcó.

Il se releva péniblement, en douceur et en prenant tout son temps. Il avait mal de la racine des cheveux à l'extrémité des orteils. Le Nord-Africain était couché sur le dos. Maintenant, il remuait légèrement, reprenait peu à peu conscience. Il fit bientôt entendre une plainte sourde et rauque.

Son couteau était par terre, à quelques pas de lui. Falcó s'approcha pour le ramasser. C'était une bonne lame, d'une quinzaine de centimètres, à double tranchant, ce qui lui rappela le bruit de déchirure qu'avaient fait ses vêtements. Il palpa son flanc gauche, sous la veste et, quand il retira sa main, elle était tachée de son sang. La blessure ne lui faisait pas mal, elle ne brûlait pas, ne se faisait pas sentir. L'entaille n'avait pas non plus l'air profonde. C'était juste une égratignure.

Son chapeau avait également roulé en bas de l'escalier. Le Maghrébin était tombé dessus et l'avait écrasé. Falcó le poussa un peu de côté pour ramasser son Stetson à 87,50 francs, qui était maintenant déformé et avait un aspect lamentable.

L'homme de main continuait de se plaindre. Ses yeux à demi ouverts étaient ceux d'un boxeur resté au tapis. Falcó se pencha au-dessus de lui, en lui montrant le Stetson et se rapprocha, pour le fixer de son regard gris et dur.

– Il était neuf, mon salaud.

Sur ces mots, d'un coup de couteau, il lui taillada le visage en diagonale.

Après avoir retapé ses vêtements et redonné forme à son Stetson aussi bien qu'il le put, il s'en coiffa et sortit dans la rue. Il y avait un bar-tabac un peu plus bas, sur le boulevard. Il entra dans les toilettes et se regarda dans le miroir.

Il se dit qu'en vérité ça aurait pu être pire.

Hormis le fait qu'il avait mal partout – ce qui ne se voyait pas –, la bagarre lui avait laissé un hématome sous un œil et des ecchymoses sur le cou. Ses mains avaient les jointures à vif et des taches de sang, le sien et celui de ses adversaires, et quelques petites éclaboussures maculaient les manches de sa veste. Rien de spectaculaire, dans l'ensemble. Le blanc de ses yeux était un peu injecté de sang, son visage crispé par la tension ; il le lava à l'eau froide et plaqua ses cheveux en arrière jusqu'à leur redonner un aspect à peu près civilisé. Puis il enleva veste, cravate et chemise pour voir où en étaient les contusions et la blessure. Il avait des bleus, la blessure au couteau n'était qu'une légère entaille, du côté gauche. Le sang y coagulait bien, et elle lui cuisait à peine. La déchirure de la veste n'était pas très importante non plus. Il dissimula les éclaboussures de sang en les frottant avec un mouchoir mouillé, remit chemise et veste, refit le nœud de cravate. Avant de sortir des toilettes, il prit le tube de Cafiaspirina et avala deux comprimés en buvant directement au jet du robinet.

La caissière était une Française d'âge mûr et guillerette, dont même les sourcils étaient décolorés. Elle regarda le visage tuméfié de Falcó avec curiosité quand il lui demanda un jeton de téléphone, mais le splendide sourire qu'elle reçut en échange chassa toute réserve.

– Une amie jalouse, lui dit-il en lui faisant un clin d'œil.

– Je le serais moi aussi, rétorqua-t-elle.

– Auprès de vous, il n'y aurait aucune raison d'aller voir ailleurs.

La caissière le regarda encore, flattée, tandis qu'il se dirigeait vers la cabine téléphonique, où il introduisit le jeton dans l'appareil puis composa le numéro d'Antón Rexach.

– Où êtes-vous ? demanda l'agent aussitôt qu'il eut décroché.

Il y avait de l'anxiété dans sa voix, et Falcó comprit que rien n'allait bien non plus de ce côté-là.

– Près de la maison de l'ami que je vois habituellement à cette heure, répondit-il.

Rexach resta un moment silencieux. C'était un silence tendu, inquiétant.

– Avez-vous eu un problème ? demanda-t-il enfin.

Ce n'était pas une façon optimiste de poursuivre la conversation. Sans même pouvoir allumer la cigarette qu'il avait mise entre ses lèvres, Falcó sentait qu'une ombre tombait sur les heures qui allaient suivre. Il pensa au présumé Garrison et au Maghrébin au visage tailladé.

– Il y en a eu un, en effet, dit-il… Pourquoi cette question ?

– Parce que votre ami a eu lui aussi des problèmes.

La langue de Falcó colla à son palais, sa bouche était brusquement devenue sèche, comme tapissée de sable. Il remua, mal à l'aise, dans la cabine. Sa main serrait si fort le combiné que ses jointures en étaient devenues blanches.

– Graves ? se risqua-t-il à demander en redoutant la réponse.

– Assez graves, oui.

Il s'efforçait de réfléchir aussi vite que possible, en imaginant les formes que pouvaient prendre les difficultés présentes. Et ce qu'il imaginait ne lui plaisait pas du tout. Il se demanda si les agents communistes avaient agi pour leur compte, ou si cette attaque était liée au rendez-vous prévu la nuit même avec le capitaine du *Mount Castle*. Dans le premier cas, il aurait à affronter une complication. Dans le second, un probable désastre.

– Il faut que nous nous voyions immédiatement, dit-il.

Rexach parut pousser un soupir de soulagement.

– J'allais justement vous le proposer.

– Dites-moi où.

– Devant le consulat de France, dans dix minutes.

Falcó raccrocha, sortit de la cabine et fit un effort pour adresser un sourire à la caissière. Mais, une fois dans la rue, il se sentit profondément fatigué. Il s'arrêta un moment, le bord froissé du chapeau rabattu au-dessus des yeux, la cigarette à sa bouche, pas encore allumée. Espérons que la Cafiaspirina va faire son effet rapidement, se dit-il, je crois bien que ces deux comprimés ne sont pas les seuls dont je vais avoir besoin aujourd'hui.

12

Œil pour œil

Le corridor long et froid était couvert de carreaux de céramique blancs, et l'écho des pas des trois hommes semblait retentir dans les moindres recoins, invisibles et sinistres.

– Quel malheur, murmura Rexach.

Le policier et lui se rangèrent sur le côté pour laisser passer Falcó. La salle avait six tables de marbre dont quatre étaient occupées par des corps couverts d'un drap. Un petit homme vêtu d'une blouse grise, qui lisait assis à un pupitre dans le fond, se leva et vint à leur rencontre. Le policier montra l'un des cadavres.

– Celui-ci, dit-il.

C'était un sous-officier aux cheveux blancs bouclés, avec des insignes espagnols sur son uniforme. Un vieux sergent de la gendarmerie internationale. Casquette calée sous le bras, il fumait une cigarette à bout doré. Il resta en arrière, appuyé contre la porte, pendant que Rexach et Falcó suivaient le petit homme gris.

– Vous seul pouvez l'identifier, dit tout bas l'agent tangérois sur le ton de l'excuse.

– Et qu'en est-il du policier ? demanda Falcó sur le même ton.

– Aucun problème… Je le connais bien, et je lui graisse encore mieux la patte. Il saura rester discret.

– Il vaudrait mieux pour nous.

– Je vous l'ai dit. Ne vous inquiétez pas.

L'employé en blouse grise retira le drap.

– Bonté divine ! murmura Rexach.

Falcó était un homme peu enclin aux épanchements sentimentaux, mais il ne put éviter de sentir son cœur se serrer de compassion, quasi bouleversé. Ou tout à fait. Villarrubia était passé par la géhenne avant de mourir. Et, bien entendu, il ne l'avait pas traversée rapidement. On avait pris tout le temps qu'il fallait, avec lui. Pas un instant ne lui avait été épargné.

– Mais regardez ce qu'ils lui ont fait, dit Rexach d'une voix tremblante.

Falcó l'examinait. Il y avait des brûlures de cigarettes sur les cuisses, la poitrine et les testicules. Des meurtrissures et des coupures sur tout le torse. La peau très pâle et cireuse bâillait à la hauteur du cœur, sous forme de trois brèches de couleur violacée, très proches les unes des autres. Trois coups de poignard avaient mis un point final à ce qui pour le jeune opérateur radio avait dû être une traversée des enfers interminable.

– C'est lui ? demanda Rexach.

– Bien sûr que c'est lui.

Rexach fit un signe au policier qui s'approcha d'eux.

– Monsieur ne peut identifier la victime… Il ne l'a jamais vue.

Le vieux sergent regarda sans la moindre expression le visage de Falcó.

– Vraiment, monsieur, vous ne le reconnaissez pas ?

– Je n'ai jamais vu cet homme de ma vie.

Le policier soutint un instant encore son regard, sans ciller. Puis il porta la cigarette à ses lèvres, aspira une bouffée de fumée, qu'il rejeta tout doucement.

– Je vois.

– Oui, intervint Rexach. C'est bien triste.

– Et comment, fit le policier en se tournant vers l'homme en gris. – Inscrivez-le comme homme de race blanche, non identifié.

Le vieil homme opina de la tête en retournant à son pupitre. Le policier regarda de nouveau Falcó.

– Il n'y a pas d'autre formalité en pareil cas, dit-il.

– Je vous remercie.

– Il n'y a pas de quoi. J'attendrai là que vous soyez prêts à partir.

Il retourna se poster, comme un peu plus tôt, devant la porte, contre laquelle il s'adossa. Visiblement, Rexach savait acheter, à un prix ou à un autre, des collaborateurs discrets. « Je vis à Tanger », avait-il dit quelques jours plus tôt. La preuve en était faite.

Falcó regarda l'agent franquiste.

– Où l'a-t-on trouvé ?

Rexach jeta un rapide coup d'œil sur le policier et sur l'homme en gris, pour s'assurer qu'ils ne tendaient pas l'oreille.

– Près du mur du cimetière juif, répondit-il à voix très basse, à moitié enveloppé dans un sac en toile de jute. Il semble avoir été tué à l'aube, après toute une nuit de torture… Ils ne se sont même pas donné la peine de le rhabiller.

Falcó se pencha sur le cadavre. Il sentait les substances chimiques. Les yeux bleus entrouverts aux pupilles opaques dans les fentes des paupières immobiles donnaient une curieuse impression de paix. D'indifférence. Ramón Villarrubia lui semblait aussi plus petit et plus jeune que dans son souvenir, et il se dit que les êtres humains paraissent toujours plus petits et plus fragiles une fois morts.

– J'ai bien peur que ce soit là une réponse à la disparition de Trejo, remarqua Rexach avec dans la voix le reproche qui signifie : « Je vous avais averti ». Œil pour œil.

Il y avait là autre chose, se dit Falcó. Un message destiné à lui seul. Quand Eva Neretva était venue le voir à l'hôtel, son camarade s'était déjà emparé de Villarrubia. Et elle le savait. Le plus probable, c'était qu'Eva en avait donné l'ordre et, pendant qu'elle passait la nuit avec lui, Garrison s'occupait du jeune homme dans les règles de l'art, sans doute assisté par le tueur à l'allure de boxeur. Ces trois coups de couteau dans le cœur étaient des parents proches de celui donné par Falcó au Maghrébin avec une arme semblable, après la bagarre, pour lui fendre la joue.

– J'imagine qu'il aura parlé, avant de mourir, dit Rexach.

Il avait sorti un mouchoir de sa poche et s'épongeait les sourcils, comme s'il suait. Falcó posa sur lui un de ces regards que l'on réserve aux imbéciles.

– Mais bien sûr qu'il a parlé, fit-il en montrant les marques sur le cadavre. N'importe qui l'aurait fait.

– Il savait des choses compromettantes ?

– Quelques-unes.

– Oh… Beaucoup ?

– Peu.

Rexach dirigea son regard vers le policier devant la porte et ensuite vers l'employé de la morgue. Puis il baissa la voix.

– Également sur l'opération prévue cette nuit ?

– Non. – Falcó réfléchit un moment, analysant ses manquements possibles aux mesures de sécurité, et il finit par hocher la tête. – Il n'en savait rien.

– Vous en êtes sûr ?

– Tout à fait.

– Encore heureux. – Rexach fit entendre un léger sifflement de soulagement. – Tout aurait été fichu, n'est-ce pas ?

– Il se bornait à transmettre des messages chiffrés dont il ne connaissait même pas la teneur.

– Ah. Bien. Très bien. Vous ne pouvez savoir à quel point ce que vous me dites là me rassure. Cela signifie qu'ils n'auront pas pu en tirer grand-chose.

Falcó lui montra de nouveau les coupures et les brûlures.

– Je suppose que c'est ce qui a été son principal problème. Il n'avait pas grand-chose à raconter, mais ils croyaient le contraire… S'en convaincre leur a pris toute la nuit.

– Pauvre type.

Falcó regardait les paupières entrouvertes du jeune homme. Leur insolite expression de paix.

– C'était un brave garçon, murmura-t-il.

– Oui, bien sûr, approuva Rexach, solennel. Un brave garçon.

Et ce fut toute l'épitaphe de l'opérateur radio.

Pendant l'heure et demie qui suivit, Falcó passa à l'action, sans prendre une minute de repos. Il restait trop de recoupements à faire, et le temps pressait.

Privé du contact radio et suspectant les lignes téléphoniques ou les petits centres de communication d'être sur écoute, il ne lui restait que les services télégraphiques. Une fois écartés pour des raisons évidentes le bureau espagnol, et le français dont il se défiait, il décida de recourir au britannique, vers lequel il se dirigea et où il passa un long moment à une table du fond, trempant la plume dans l'encrier et rédigeant des télégrammes destinés à l'Amiral, en partie chiffrés, surtout à l'aide d'allusions et de sous-entendus très personnels plutôt que d'un véritable code secret.

Les brouillons lui prirent un certain temps, et il ne les mit au propre qu'une fois satisfait. Fondamentalement, il informait le Sanglier du décès de Villarrubia et de l'imminente manœuvre de subornation du capitaine Quirós. N'attendant pas de réponse, dès qu'il eut remis les formulaires remplis au guichet – l'employé anglais sec et efficace ne le regarda même pas –, il paya et sortit.

Il était peu probable qu'après la bagarre du boulevard Pasteur les rouges refassent une tentative contre lui, du moins pas dans l'immédiat. Mais le chemin du cimetière est pavé de certitudes, aussi se tint-il prêt, sur ses gardes, en appliquant toutes les règles de sécurité qu'il connaissait et en se servant de la topographie urbaine pour couvrir sa marche, surveiller ses arrières et étudier la géométrie compliquée des probables angles de tir, des directions à prendre et à ne pas prendre, des facilités de fuite selon la nature des menaces, et des endroits critiques où il pouvait être exposé à un coup de couteau, un tir à distance ou à bout portant.

Il avait l'estomac vide, mais il écarta l'idée de manger quelque chose. Ce n'était pas le moment de se convertir en cible fixe. Il préférait rester en mouvement de façon à disposer au besoin d'un élan suffisant, et ce d'un air dégagé, avec toutefois l'œil aux aguets. Il marchait donc mains dans les poches, mais son regard, sous le bord du chapeau, avait la vivacité de l'oiseau de proie, attentif aux visages, aux positions, aux attitudes, aux détails révélateurs, à tout ce qui pouvait faire la différence entre continuer de respirer ou devenir lui aussi un morceau de chair pâle sur le marbre de la morgue.

Une ville est toujours neutre, se rappela-t-il. Comme le sont la nuit ou la jungle. C'était ce que lui avait dit Rudi Kreiser, l'un de ses instructeurs de la Gestapo, pendant un cours sur les techniques modernes d'autodéfense qu'il avait suivi à Berlin. Même le côté pour lequel penche la ville dépend de toi, soutenait Kreiser, et Falcó savait que c'était vrai. Un centre urbain populeux comme Tanger ne dérogeait pas à la règle : tout territoire peut être un allié ou un ennemi, selon l'entraînement et les intentions de celui qui s'y déplace.

À proximité de l'hôtel, il s'arrêta donc et retourna sur ses pas, attentif. Personne ne le suivait. Puis il passa par une rue étroite surplombée d'un vieil arc mauresque et posa la main sur la crosse de son arme quand un Marocain vêtu d'un burnous et coiffé d'un fez passa tout près de lui. Il se rappela alors un proverbe entendu dans les Balkans : « Quand le risque est grand d'être emporté par les eaux, accroche-toi même au diable jusqu'à l'autre bout du pont. »

Il savait que le moyen le plus sûr de traverser un pont est d'être son propre diable.

Paquito Araña, toujours ponctuel, inspectait avec curiosité le bazar marocain de l'hôtel Continental. Falcó le trouva en train d'examiner des babouches. Il arborait un nœud papillon jaune, des chaussures pointues bicolores, et avait à la main un élégant panama au large bord. Son odeur de pommade capillaire et d'eau de rose couvrait celle de vieux laiton et de cuir mal tanné de la boutique.

– Ils ont liquidé mon opérateur radio, lui dit Falcó.

Le tueur leva ses sourcils épilés.

– Que me dis-tu là ?

– Ce que je te dis.

– Raconte-moi ça.

Falcó le fit tandis qu'ils sortaient. Araña l'écouta sans un mot jusqu'à la fin du récit.

– Ce sont des choses qui arrivent, conclut-il sans plus d'émotion.

– Oui.

Près des canons du bastion, ils s'arrêtèrent pour regarder le port sous un ciel aux trouées bleues et aux nuages bas nacrés. De cet endroit, on distinguait parfaitement, amarrés au quai entre les entrepôts et les grues, le *Mount Castle* et le destroyer national.

– Cette nuit, le capitaine Quirós passe de notre côté, dit Falcó. Du moins, je l'espère.

– Il livrera aussi le bateau ?

– Bien entendu.

– La mort de ton opérateur radio n'y changera rien ?

– Pas grand-chose, pour cette nuit en tout cas.

– Et quel est mon rôle dans cette partie ?

– Garde du corps. Je dois porter beaucoup d'argent.

– En espèces ?

– C'est ça. Et, une fois sur place, il faudra s'assurer qu'on ne nous jouera pas un tour à la Fu Manchu.

– Et si on nous le joue, ce tour ?

– Il s'agira alors d'en sortir indemnes.

– Probabilités ?

Falcó y réfléchit un instant.

– Cinquante-cinquante, au moins.

– Alors, comme d'habitude, non ?… Pile ou face.

– Je dirai que cette fois les choses se présentent plutôt bien.

– Comment penses-tu gagner cette partie, mon trésor ?… Quand les membres de l'équipage apprendront que le capitaine du *Mount Castle* a retourné sa veste, il me semble que tous ne vont pas le laisser faire tranquillement.

– Une fois les gens du destroyer à bord, plus personne ne bougera sur le cargo.

– Tu crois ?

– J'en suis presque sûr.

– Seulement presque ?

– C'est ça. Seulement presque.

– Alors, dis-moi exactement où en est l'affaire, pour que je me fasse une idée d'ensemble. L'opération et ses antécédents immédiats.

Falcó lui raconta tout, et par le menu. Hormis la visite nocturne d'Eva Neretva, qu'il garda pour lui, il lui dit ce qu'il savait et ce qu'il avait prévu de faire. Sans omettre l'agression dont il avait été victime boulevard Pasteur.

– Ils t'ont fait payer l'élimination de Trejo.

– Exactement.

Araña frotta ses ongles sur le tissu de sa veste et jugea de l'effet. Il paraissait amusé à l'idée que Falcó eût été à deux doigts d'occuper une autre des tables de la morgue de Tanger.

– C'était ce Garrison, dis-tu ?… Le communiste yankee ?

– J'en suis sûr.

– Et il t'a échappé vivant ? Tu as seulement zigouillé l'Arabe ? – Araña fronça les lèvres et lui jeta un regard sardonique. – Je crois que tu perds tes moyens, mon petit.

– C'est possible.

– Oui, c'est parce que tu mènes la grande vie. Tu te relâches.

– Tu m'enlèves le mot de la bouche.

Maintenant, le sicaire riait entre ses dents, retors et dangereux.

– Puisque nous parlons de relâchement, qu'en est-il de la femme ?… Qu'as-tu à me dire de ta petite amie bolchévique ?

– Je n'ai rien à en dire : tu le sais déjà, c'est elle qui commande.

Araña le regardait avec curiosité.

– C'est elle qui a fait tuer l'opérateur radio, non ?

– C'est ce que je crois.

– Elle t'aura bien revalu le service que tu lui as rendu à Salamanque, la satanée pute… Cette sale rouge.

Falcó ne dit rien. Il regardait le port et la baie. Araña ôta son chapeau et passa une main dans ses cheveux teints pour les lisser avant de le remettre, coquet.

– Il y a des fois où tu te crois malin, dit-il en soupirant.

– Ça se peut.

– Un jour, on va te prendre de vitesse, et adieu, le petit Falcó.

Falcó allumait une cigarette en protégeant la flamme dans le creux de ses mains.

– Va tailler une pipe.

Araña consulta sa montre-bracelet comme s'il prenait l'idée au sérieux.

– Ce n'est pas l'heure, chéri. Il est trop tôt… Ce n'est pas encore l'heure.

Depuis des siècles, se dit-il une fois encore, les hommes se préparent au combat. Ils accomplissent le rite préalable qui consiste à tailler le silex d'une hache, à ceindre une cuirasse, à affûter une épée. Il avait lu un jour, sans doute dans un roman de gare ou une revue illustrée – ou peut-être encore beaucoup plus tôt, au lycée –, qu'avant de mourir aux Thermopyles, à l'aube de leur dernier jour face à l'armée perse, trois cents hoplites spartiates avaient peigné leurs cheveux et poli leurs armures, dont ils s'étaient revêtus méticuleusement en prenant leur temps, pour se lancer dans la bataille.

Cette image, restée gravée dans son esprit, se présentait chaque fois qu'il s'estimait plongé dans une situation similaire, prêt à passer à l'action. Il n'y avait là rien de colossal ni de dramatique, et Falcó était certain que ces trois cents guerriers, en se préparant au combat, n'avaient pas non plus été animés par des idées transcendantes. Les poses héroïques et les grandes phrases destinées à la postérité n'étaient pas le propre des hommes de cette trempe. Voilà pourquoi il aimait imaginer ces Spartiates, en leur dernier matin d'incertitude, pareils à tant d'autres êtres humains qu'il avait pu voir, par obligation ou pas, s'approcher sans rien dire de la rive obscure. Il savait comment ils s'étaient sentis : calmes, résignés, efficaces. Dans le sort qui n'était pas encore jeté, dans ce qu'ils avaient vécu comme dans ce qui les attendait tous – et ce *tous* l'incluait –, vivre ou mourir n'était qu'une formalité, une simple conséquence des règles du jeu.

Telles étaient ses pensées tandis qu'il se préparait dans la chambre 108.

Il avait pris un bain chaud, s'était rasé avec grand soin avant de discipliner ses cheveux dans le miroir en prenant son temps, les coiffant en arrière avec du fixatif, une raie haute et bien droite du côté gauche. Quant à l'écorchure à son flanc, elle cuisait un peu mais ne montrait pas signe d'infection. Après l'avoir couverte d'un pansement de gaze maintenu avec du sparadrap, il mit une chemise en coton gris-bleu au col américain, un pantalon en toile écrue, des chaussures de sport anglaises – des Keds à semelles de crêpe –, une ceinture en cuir marron avec l'étui du pistolet, une cravate rayée rouge et bleue, qu'il noua avec soin en respectant la bonne distance entre la pointe et la boucle de la ceinture.

Il regarda l'heure. Le moment de partir était venu.

Le poste radio à galène Emerson diffusait une chanson d'Édith Piaf, *Mon légionnaire*. En chantonnant les paroles, Falcó mit sa veste, dans laquelle il rangea le nécessaire : tube de Cafiaspirina, briquet, étui avec vingt cigarettes, stylographe, carnet de notes, portefeuille, mouchoir propre et le document à faire signer au capitaine Quirós, par lequel celui-ci livrait officiellement le navire.

Et me laissant à mon destin,
il est parti dans le matin…

Piaf chantait. Quand il eut rangé tous ces objets dans ses poches, Falcó prit le Browning qui était sur la commode, le soupesa un moment pour vérifier qu'il n'avait laissé aucune trace d'huile – il venait à peine de le nettoyer –, ôta la sûreté d'un coup de pouce, alla jusqu'au lit, tira six fois sur la culasse pour éjecter les cartouches sur la courtepointe, ôta le chargeur, dans lequel il les réintroduisit une à une avant de le renfoncer dans la crosse jusqu'à ce qu'il entende le déclic du blocage. Puis il actionna de nouveau la culasse pour faire monter une balle dans la chambre, retira encore une fois le chargeur pour y rajouter une balle. Le pistolet, prévu pour tirer six fois, pouvait maintenant le faire une septième.

Mais je n'ai rien osé lui dire.
J'avais peur de le voir sourire…

Il enclencha la sûreté et glissa l'arme dans la gaine à sa ceinture. Ensuite, il ouvrit l'armoire et en sortit une mallette en cuir noir, semblable à celle des médecins, qui contenait huit mille livres sterling en billets de Sa Gracieuse Majesté britannique et un passeport pour le capitaine Quirós. Il attacha la mallette avec des menottes à son poignet gauche, et mit sa montre à son poignet droit. Puis il glissa la clef des menottes dans une poche, prit son chapeau, vérifia que la lame à rasoir était bien en place, cachée sous la basane, et promena un dernier regard autour de lui.

D'un naturel ordonné, Falcó essayait de l'être encore davantage quand il partait en opération, en laissant tout impeccablement rangé : le lit fait, les vêtements pliés et placés dans les tiroirs et l'armoire, ceux qu'il avait portés dans le sac de la buanderie, le nécessaire de rasage dans son coffret en cuir italien, le silencieux du pistolet, sa réserve d'argent et ses papiers cachés derrière la commode, et tous les documents inutiles brûlés dans la salle de bain. Peu de pistes laissées derrière lui, et moins de travail pour la personne qui, si les choses tournaient mal, devrait débarrasser le tout, telle était l'idée.

Il aimait le côté impersonnel des hôtels, des plus luxueux aux plus modestes ou minables. Tout commençait et finissait avec sa présence. Il existait pendant quelques jours puis disparaissait sans laisser de trace, effacé par l'arrivée suivante d'autres vies.

Mais je n'ai rien osé lui dire.
J'avais peur de le voir sourire...

Il chantonnait encore tout bas quand il ferma la porte et s'engagea dans le couloir. Ce fut ainsi, rassuré par ce qu'il laissait en partant, libéré du superflu, avec sur lui tout ce dont il avait besoin dans l'incertitude et le combat, que Lorenzo Falcó quitta l'hôtel et s'aventura à travers la ville plongée dans l'ombre.

Il surveillait la nuit de ses yeux durs et sereins, faits pour regarder par la fente d'un casque de bronze ou d'acier.

Rue de la Marine, près de la mosquée, il vit Paquito Araña qui, devant la boutique d'un orfèvre, semblait contempler les pièces exposées.

Falcó passa à côté de lui et n'eut pas besoin de se retourner pour savoir que le sbire le suivait à quelque distance afin de le couvrir. Tous deux étaient doués pour prendre ce genre de précaution. Il se demanda si son coéquipier ne s'était équipé que de la navaja dont il se servait avec une mortelle habileté, ou si pour l'occasion il s'était muni d'un instrument plus convaincant. Peut-être un 9 mm Astra Long, arme à laquelle Araña était resté attaché depuis ses temps de lutte antisyndicale à Barcelone. Une arme capable de tuer un bœuf.

La nuit était déjà tombée et dans les boutiques s'allumaient des bougies, des lampes à huile ou à pétrole. Pour le moment sans éclairage public, les rues n'étaient qu'une succession d'ombres, de pénombre et de chétives lueurs qui dessinaient leurs contours, jusqu'à l'endroit dégagé illuminé par les terrasses des deux grands cafés, le Central et le Fuentes où, à cette heure, il n'y avait pas foule. Falcó arriva au Zoco Chico, tourna à gauche et alla jusqu'à la rue étroite proche du bureau de poste français, une montée qui menait au magasin de tapis où il avait rendez-vous.

Arrivé à mi-pente, il s'arrêta et prit le temps d'écouter et d'observer. De s'assurer qu'il n'y avait pas de menace immédiate pour pouvoir poursuivre son chemin. Tout semblait normal, aussi parcourut-il sans se presser les derniers mètres après avoir défait le bouton de sa veste et porté la main à la crosse de son arme.

Une lampe au kérosène était allumée à l'entrée du magasin de tapis. Il s'arrêta et regarda à l'intérieur. La silhouette du marchand se détacha dans le contre-jour et s'approcha de Falcó.

– *Salam aleykum*, dit-il.

– *Msa el-jir*.

Le Marocain lui céda le passage et Falcó entra. Au bout du couloir flanqué de piles de tapis, une fois soulevé le rideau de l'arrière-boutique, il vit, devant une fenêtre à vitraux, à la lumière d'un chandelier à trois branches dont les bougies étaient allumées, deux hommes assis sur des poufs de cuir, qui se levèrent en le voyant entrer.

L'un des deux était le capitaine Quirós. Pas complètement habillé en civil, cette fois, il avait mis une veste bleue de marin avec cinq galons de manche. En son compagnon, grand et d'apparence athlétique, avec sa peau recuite et ses cheveux crépus, Falcó reconnut le maître d'équipage que les autres marins du *Mount Castle* appelaient El Negus.

– À vrai dire, je ne vous attendais pas accompagné, dit Falcó, surpris.

– C'est mon homme de confiance, répondit Quirós sur un ton égal. Il s'appelle Fornos et il va de pair avec moi dans cette affaire. C'est mon bosco.

Falcó porta son regard sur le visage du dénommé Fornos, alias El Negus, ses traits durs, ses yeux qui l'observaient avec très peu de sympathie et un petit quelque chose d'intraitable. Un éclat hostile.

– De confiance ? Jusqu'à quel point ?

– Absolue.

– Et qu'en est-il de votre second ?… Je suppose que vous en avez un.

– Ne vous souciez pas de lui. Ça me regarde.

Tous trois s'étudièrent avec défiance, debout. Yeux bleus et yeux gris acérés par la méfiance, se dit Falcó. À ce moment-là, le Marocain entra avec trois verres de thé fumant sur un plateau, les posa sur une table basse et disparut derrière le rideau.

Falcó jeta un regard sur les poufs de cuir, sans pourtant s'asseoir. Pour ne pas se mettre dans une position désavantageuse par rapport aux deux autres, qui auraient facilement pu se jeter sur lui. Quirós sembla deviner sa pensée, parce qu'il échangea un regard avec son compagnon, et tous les deux s'assirent les premiers. Alors, Falcó les imita, en veillant à laisser flottant le pan de sa veste du côté où il portait le pistolet.

Les yeux des deux marins étaient maintenant posés sur la mallette et les menottes qui la tenaient assujettie au poignet gauche de Falcó.

– Où est le commandant du *Martín Álvarez* ? demanda Quirós.

Il grattait sa barbe poivre et sel. Pendant un instant, Falcó crut percevoir en l'homme un mouvement d'inquiétude, mais ce fut tout. Le capitaine reprit son dehors paisible.

Falcó prit un verre de thé, trempa les lèvres dans le breuvage brûlant et le reposa sur la table basse.

– Le capitaine Navia ne devrait pas tarder.

Du coin de l'œil, il surveillait le maître d'équipage. Celui-ci portait un pantalon de travail, des espadrilles et un caban noir ouvert sur un maillot d'une propreté douteuse. Falcó se dit que le caban pouvait cacher une arme et tenta pendant un moment de deviner du regard si l'une des poches n'était pas anormalement boursouflée.

– Vous avez apporté le document ? demanda Quirós.

Il le dit presque avec brusquerie. Avec une étrange et soudaine impatience. Il regardait en direction du rideau et, malgré son calme apparent, il devenait évident que le retard de l'officier de la marine nationale l'inquiétait. C'était la troisième rencontre entre Quirós et Falcó, qui n'avait encore jamais vu le capitaine s'impatienter. Son imperturbabilité de marbre semblait cette nuit d'effriter.

Sans rien dire, Falcó sortit le feuillet dactylographié de la poche intérieure de sa veste, le déplia et le tendit au marin, qui chaussa des lunettes de lecture et l'étudia attentivement.

Je soussigné, Fernando Quirós Galán, capitaine du Mount Castle, *déclare livrer de mon plein gré le navire placé sous mon commandement à la Marine nationale espagnole, et ce sous les conditions qui suivent...*

Il allait doucement, en remuant légèrement les lèvres, comme s'il se faisait la lecture. À côté de lui, El Negus ne prêtait pas la moindre attention au document. Il se contentait d'observer Falcó avec une fixité extraordinaire.

– Cela paraît correct, déclara Quirós en posant le document sur la table basse.

– Vous ne le signez pas ?

– Nous attendons le commandant du *Martín Álvarez*.

Ce retard était voulu. Falcó avait demandé à Navia d'arriver quelques minutes après lui et de lui laisser ainsi le temps d'évaluer la situation.

– C'est tout naturel, dit-il.

Il sortit son étui et offrit une cigarette aux deux hommes, mais ni l'un ni l'autre n'acceptèrent. Il en mit une entre ses lèvres, l'alluma avec son briquet et fuma, la mallette sur ses genoux, en tâchant de garder en permanence sa main droite libre.

– Et qu'en est-il du passeport pour moi et ma famille ? demanda brusquement Quirós.

Falcó tapota légèrement la mallette.

– Tout est là. L'argent et le passeport, expliqua-t-il en regardant El Negus et en se tournant ensuite vers le capitaine avec l'air de vouloir s'excuser. Vous ne m'avez pas fait savoir que je devrais m'occuper de quelqu'un d'autre.

– Ne vous inquiétez pas pour ça. Je vous ai dit que le sort de mon équipage ne regarde que moi.

Falcó montra El Negus.

– Le sien inclus ?

Il n'obtint aucune réponse. Quirós s'était replié dans le mutisme. Lui et son bosco le regardaient sans dire un mot.

Ça ne tourne pas rond, se dit brusquement Falcó. Quelque chose ne cadre pas dans cette situation.

Il commençait à s'interroger plus avant quand Navia apparut, ouvrant le rideau. Les trois hommes se levèrent.

Le capitaine de frégate de la marine nationale était en civil, sans chapeau, avec le costume un peu flottant des fois précédentes. Lui aussi parut surpris de voir Quirós accompagné et porta instinctivement la main droite à la poche de sa veste. Tous restèrent un moment immobiles, à se toiser. Puis El Negus posa sur son capitaine un regard de chien fidèle qui attend l'ordre d'attaquer, les yeux bleus de Viking de son maître cillèrent un instant, et ce fut alors que s'éveillèrent en Falcó, comme actionnés par un ressort, les vieux instincts que lui valaient sa vie et son métier.

– C'est un piège, dit-il froidement.

En à peine deux secondes, il eut le temps de voir le nouveau venu faire un pas en arrière et le capitaine Quirós sortir un sifflet de sa poche.

– Évidemment, lui jeta celui-ci. Vous vous êtes trompés sur mon compte.

Il porta le sifflet à ses lèvres pendant que le bosco se jetait sur Falcó pour essayer de lui arracher la mallette, sans obtenir autre chose qu'une violente secousse des menottes, qui blessa le poignet de Falcó.

Tout s'enchaîna très rapidement.

Falcó arrêta son attaquant d'un coup de poing dans la figure, jeta un regard rapide sur Quirós qui lançait un coup de sifflet strident et se tourna vivement vers Navia.

– Filez… Courez !

Puis il s'occupa de lui-même, et il était grand temps. Remis du coup de poing, El Negus revenait à la charge, lui barrant le passage en direction du rideau. Des pas de gens qui arrivaient en courant se firent entendre, et Falcó supposa que quelques membres de l'équipage du *Mount Castle*, cachés dans les environs jusqu'à ce moment-là, venaient à la rescousse de leur bosco et de leur capitaine. À moins que ce ne fût la police.

Il n'y a plus rien à faire ici, conclut-il. Sauf ficher le camp.

Alors, il regarda la fenêtre à vitraux qui donnait sur la rue, leva un bras pour protéger son visage et se précipita à travers elle.

Il se reçut en roulé-boulé pour amortir le choc, qui ne se fit pas moins sentir dans tout son corps. Endolori, il se palpa pour s'assurer qu'il ne s'était pas coupé avec les éclats de verre ni blessé de sorte à ne pouvoir courir et s'échapper.

La petite rue était un piège obscur où des ombres se déplaçaient rapidement. Au bas de la pente, on entendait des voix, des cris et des pas de course. Derrière lui, de l'autre côté du vitrail brisé, les coups de sifflet cessèrent brusquement. Un instant, Falcó pensa au commandant Navia, en espérant qu'il avait pu s'enfuir. Mais le sort de cet homme ne dépendait plus de lui. Une seule chose comptait, dans l'immédiat : sauver sa peau. Ce qui s'annonçait difficile.

Une silhouette se détacha dans l'encadrement vide de la fenêtre.

– Attrapez-le !… Il s'enfuit !

Ce n'était pas la voix du capitaine Quirós, et Falcó supposa qu'il s'agissait de celle d'El Negus, qui lâchait les chiens à sa poursuite. La meute chargée d'éventer la piste encore chaude. Comme en réaction à cet ordre, des pas venus d'en bas de la rue se firent entendre, de plus en plus proches. Ils étaient plusieurs, bien entendu. Mais ce n'était pas le moment de rester là pour les compter.

– Attrapez cette saloperie de fasciste !

Falcó se releva vivement et se mit à courir vers le haut de la ruelle obscure. Il se demandait où diable était passé Paquito Araña quand, tout à coup, comme en réponse à cette pensée, une masse noire se détacha devant lui des ténèbres environnantes.

– Baisse-toi, ma beauté !

Presque au même instant un éclair resplendit entre les mains de l'ombre, le coup de feu retentit entre les murs de la rue étroite et une balle siffla au-dessus de Falcó qui venait de se jeter à terre.

– Allez, file ! cria Araña juste avant de se remettre à tirer. – Cours !

Falcó ne se le fit pas dire deux fois. Il se releva, passa à côté du tueur qui appuyait de nouveau sur la détente et, jetant un rapide regard en arrière, il vit plus bas, à l'autre bout de la rue, des fulgurations de poudre, accompagnées de déflagrations. Zuuum. Un bourdon de plomb passa près de son oreille et deux impacts retentirent contre un mur. Clac, clac. Trop près. Araña tira encore, cette fois sur la fenêtre brisée, et la silhouette qui s'était tenue dans l'encadrement disparut.

Falcó continua de courir dans la montée, avec l'impression que son souffle lui écorchait les poumons. D'une main, il tenait la mallette contre sa poitrine, de l'autre il cherchait le Browning à sa ceinture. Maintenant, il entendait les pas précipités du sicaire qui courait derrière lui. Il n'y voyait rien, mais il avait bien étudié le terrain en plein jour, anticipant une situation pareille à celle qui venait de se présenter. Il savait que quelques mètres plus loin il y avait une bifurcation, et que le bon chemin était à gauche.

– À gauche ! cria-t-il à Araña, presque hors d'haleine.

Il s'arrêta, laissa passer son acolyte, mit un genou à terre et tira quatre fois en direction du bas de la ruelle. Poumba, poumba, poumba, poumba, fit l'arme dans le creux d'ombre de la rue étroite, lui blessant les tympans. En bas, on cessa de tirailler pour se mettre à l'abri. Alors, Falcó se releva et se remit à courir.

En arrivant à la bifurcation suivante, il vit la masse obscure d'Araña, prêt à faire feu, accroupi.

– À toi, lui lança-t-il en passant.

Il prit à droite pendant que derrière lui retentissaient deux nouveaux coups de pistolet. Brave garçon, cet Araña, se dit-il. Pédé en diable, mais aussi dangereux qu'un serpent à sonnette. Il adorait l'avoir de son côté.

Maintenant, la petite rue commençait à descendre et l'on pouvait courir plus vite, mais il s'arrêta à l'abri d'une arcade pour attendre son acolyte, son arme pointée en direction du coin de rue qu'il venait de quitter. La masse noire arriva peu après, en courant. Petits pas courts et rapides, odeur de pommade et de parfum mêlée à celle de la poudre brûlée.

C'était tout Araña.

– Je crois que cette fois ils ne suivent plus, dit le sbire.

Lui aussi, suffoqué, avait la respiration sifflante. Ils ne restèrent cependant pas à attendre pour en avoir confirmation et repartirent en courant, cette fois ensemble. Après bien des tours et des détours, ils finirent par s'arrêter sur une petite terrasse elle aussi plongée dans l'ombre, encastrée entre des arcades et pleine de linge étendu, de laquelle un escalier étroit conduisait aux rares lumières du port et à la plage. Ils guettèrent le moindre bruit suspect, mais seule se faisait entendre la rumeur lointaine de la mer.

– C'était moins une, dit Falcó en rengainant son arme.

– Tu as encore l'argent ou tu le lui avais déjà remis ?

Falcó fit tinter les menottes.

– Je l'ai.

– Encore heureux.

Après ce court dialogue, ils demeurèrent silencieux pendant qu'ils reprenaient leur souffle. Autour d'eux, le linge étendu évoquait des suaires blancs. De pâles fantômes qu'animait la brise nocturne.

– Raconte, dit enfin Araña.

Falcó sortit son étui à cigarettes. Ce faisant, il s'aperçut qu'il avait du sang entre les doigts. Il palpa son poignet gauche et tomba sur la blessure.

– Merde.
– Que se passe-t-il ?
Falcó ôta sa veste, remonta la manche de sa chemise. Des gouttes tièdes couraient sur la paume de sa main.
– Je me suis coupé en brisant la fenêtre.
– Beaucoup ?
– On ne dirait pas.
– Fais voir. – Araña inspecta le poignet à tâtons. – C'est superficiel. Mais tu aurais pu te sectionner un tendon ou une veine… Tu as un mouchoir propre ?
Falcó sortit celui qu'il gardait dans la poche de poitrine de sa veste. À ce moment-là, il se rappela que son chapeau était resté dans le magasin de tapis. Il ne le regretta pas. C'était un chapeau qui portait la poisse.
– Mon petit oiseau, veux-tu te soigner, chantonnait Araña en lui bandant le poignet et en serrant le nœud du mouchoir. Après, tu regarderas et nettoieras bien ça… Tu ne m'as pas encore raconté ce qui s'est passé là-bas.
– Il n'y a pas grand-chose à dire, reconnut Falcó en poussant un soupir résigné. Quirós nous a dupés. Il n'a jamais eu l'intention de nous livrer le bateau.
– On ne peut pas le lui reprocher. Chacun mène son jeu comme il l'entend.
– Je ne le lui reproche pas. Mais ces salauds ont bien failli m'avoir. Le maître d'équipage et les autres.
– C'était une idée de la Russe ?
La voix du tueur avait une nuance moqueuse. Falcó vérifia que le bandage tenait bien, et haussa les épaules. Le geste éveilla une douleur à la nuque et dans le dos, due au coup qu'il s'était donné en tombant.
– Il se peut que ce soit elle qui ait tendu ce piège, admit-il.
Il entendit Araña siffler entre ses dents.
– Quel agent de pacotille tu es devenu !

Falcó ne répondit pas. Il regardait les lumières du port en se demandant ce qu'il devait faire dans l'immédiat. Prendre le temps de se calmer et de réfléchir.

– Et qu'est-il arrivé au capitaine du destroyer ? demanda Araña au bout d'un moment. Il a pu s'échapper, lui aussi ?

– Je n'en ai pas la moindre idée.

– Pour lui, c'est la honte, non ?… Avec ces coups de feu et le reste. Il va falloir qu'il fournisse quelques explications aux autorités.

– C'est son problème. – Falcó fit une grimace amère. – J'ai les miens.

– Ça c'est sûr, mon beau. Tout ton plan est parti en vrille.

Falcó mit une cigarette entre ses lèvres.

– On dirait bien.

– Reste à voir comment ils vont le prendre à Salamanque.

– Oui.

En se mettant à l'abri entre les draps étendus et en creusant ses mains pour y cacher la flamme, Falcó fit jouer la molette du briquet. Quand elle entra dans ses poumons irrités, la fumée le fit tousser.

– Tu devrais faire attention, dit Araña en riant dans l'obscurité. On dit que le tabac tue.

13

Entre chien et loup

Falcó passa la nuit chez Moïra Nikolaos, parce qu'il ne se fiait guère à l'hôtel : les rouges pouvaient lui tomber dessus tout aussi bien que la police internationale. Même ainsi, dans la chambre qu'elle lui céda, le laissant seul et tranquille après lui avoir désinfecté la blessure au poignet avec de la teinture d'iode, il fut plus souvent réveillé qu'endormi. Il fuma une cigarette après l'autre, le pistolet et la mallette à portée de la main, en compagnie de la bouteille de cognac à laquelle le capitaine Quirós et le commandant Navia n'avaient pas touché en s'entretenant dans cette maison l'avant-veille.

La lumière couleur de cendre du petit matin éclaira dans l'encadrement d'une fenêtre son visage fatigué qui n'était pas rasé, tandis qu'il regardait l'étendue grise de la mer où se profilait peu à peu, dans le fond, la ligne obscure de la côte espagnole. Cette heure n'était certes pas de celles qui lui rappelaient les souvenirs les plus agréables, bien au contraire : môles sombres, gares ferroviaires, martèlements des roues le long de quais brumeux, routes sous la pluie, frontières passées à pied dans la neige, crosses de fusils frappant le sol pendant que les douaniers inspectent de faux passeports. Moments d'incertitude et de danger, le plus souvent. Et même de peur.

L'échec ne fait qu'empirer le tout, conclut-il.

Il pensait à l'Amiral, et le jour qui se levait n'en était que plus sombre et gris.

Quand les premiers rayons de soleil commencèrent à dorer la ligne de terre lointaine, Falcó s'écarta de la fenêtre et alla dans la salle de bain de la chambre d'amis, où la maîtresse de maison rangeait le nécessaire de toilette de son défunt mari, et il put se laver et raser sa mâchoire carrée que bleuissait la barbe. Il coiffa en arrière ses cheveux noirs luisants et contempla les cernes de fatigue qui obscurcissaient son visage sous les paupières. Aucune femme ne l'aurait trouvé beau ce matin, pensa-t-il. Il avait connu de plus belles aubes. Il changea le pansement à son poignet gauche, remit sa chemise de la veille et noua sa cravate. Un moment plus tard, il était prêt à partir.

Quand il sortit dans le couloir, une odeur de café chaud le conduisit jusqu'au salon où Moïra prenait son petit déjeuner. Sans aucun maquillage, elle était assise devant une table abondamment servie. Ses cheveux étaient ramassés dans un turban blanc, et son kimono découvrait ses jambes nues et hâlées. Sans un mot, Falcó alla s'asseoir en face d'elle et se servit un verre de lait tiède.

– Que vas-tu faire, maintenant ? lui demanda-t-elle.

Il tarda à lui répondre, sortit le tube de Cafiaspirina de sa poche, et constata que rien n'était clair, à ce sujet.

– Je ne sais pas, dit-il en mettant un comprimé dans sa bouche, dont il sentit la saveur amère, avant de l'avaler avec une gorgée de lait. La mission a été un échec.

– Complet ?

Falcó mordit dans une tranche de pain grillé.

– Presque.

Moïra regardait la mallette qu'il avait de nouveau attachée à son poignet bandé.

– Tu peux m'en dire quelque chose ?

– Pas vraiment. – Il but une autre gorgée de lait. – Seulement que j'ai mal jugé l'homme sur lequel je comptais.

– Tu penses à ce marin barbu qui passait par l'escalier de la plage ?

– Oui. Et à bien d'autres choses.

– Ah. J'en suis désolée.

– Avec lui, j'ai raté le coche en jouant au plus malin.

Moïra l'observait, intéressée, par-dessus le bord de sa tasse de café.

– Il y a toujours plus malin que soi, dit-elle au bout d'un moment.

– Toujours.

– Tu t'en sortiras… Tu le fais toujours.

– Je suppose, oui.

– Veux-tu que je te rende l'argent que tu m'as donné ?

– Ne dis pas de sottises.

Elle reposa sa tasse et, de sa main unique, lui tendit une enveloppe fermée.

– Ce petit bonhomme horrible avec qui tu es arrivé, cette nuit, est revenu il y a un moment… Il a laissé ça pour toi.

Falcó ouvrit l'enveloppe avec la lame d'un couteau. Le message était bref, l'écriture anglaise, quasi féminine, claire et nette, était celle de Paquito Araña.

Nouveautés intéressantes. Je t'attends à ma pension. Ne tarde pas.

Moïra regardait le visage de Falcó. Quand il glissa le papier dans sa poche, elle eut un petit sourire.

– Je connais cette expression, chéri.

Alors, ce fut à lui de sourire. Ce qu'il faisait pour la première fois ce matin.

– Et que te dit-elle, mon expression ?

– Que le succès ou l'échec, en réalité, t'importent peu. N'ont jamais beaucoup compté pour toi... Tout ce à quoi tu tiens vraiment, c'est que jamais ne manque une lettre à décacheter.

– Entre, dit Paquito Araña. La porte est ouverte.

Le logis du tueur portait le nom très espagnol de Pensión Carmencita et était situé rue de la Tannerie, près du tunnel qui reliait le port à la médina, non loin de l'hôtel de Falcó. Quand celui-ci referma la porte derrière lui, Araña était assis sur le lit, près d'une boîte ouverte de biscuits Crawford. Il avait substitué à sa veste un peignoir bordeaux aux boutons de nacre et au col en soie. À côté de lui ressortait sur la courtepointe l'acier bleui de son 9 mm Astra Long. Il se vernissait les ongles.

– Rexach, dit-il aussitôt que Falcó fut entré.

– Eh bien, que lui est-il arrivé ?

Délicatement, Araña posa le flacon de vernis à côté du pistolet.

– Il a ses petits secrets.

Intrigué, Falcó alla s'appuyer au rebord de la fenêtre ouverte, d'où l'on découvrait la muraille qui se dressait en face, un morceau de ciel et un petit bout du port ; Araña remarqua que la mallette n'était plus attachée à son poignet.

– Qu'as-tu fait de l'argent ?

– Avant de venir te voir, je suis allé le rendre à Seruya, le banquier. Pas question de le promener plus longtemps dans Tanger.

– Voilà une mesure prudente.

– Qu'en est-il de Rexach ?

Araña leva l'index et le majeur d'une main.

– Le gros joue double jeu.

– Plus de deux, j'imagine. C'est son travail.

– Oui, mon beau. Mais en ce qui nous concerne, l'affaire sent mauvais.

Falcó, qui avait sorti son étui à cigarettes, s'immobilisa, intrigué.

– Mauvais comment ?

– Elle empeste.

– Explique.

Et Araña expliqua. Depuis l'affaire de Juan Trejo – certaines aventures partagées rapprochent beaucoup, nuança-t-il –, il était resté en contact avec Kassem, leur collaborateur marocain, contact huilé avec assez d'argent pour être assuré d'une loyauté temporaire, aussi longtemps que les affaires en cours n'auraient pas été réglées. Comme Kassem était éveillé et fûté, il lui avait confié certaines missions de surveillance, afin d'assurer leurs arrières. Il lui avait aussi posé beaucoup de questions, qui lui avaient apporté quelques réponses.

– Savais-tu que Rexach est en excellents termes avec le chef de la sûreté républicaine à Tanger ?

Falcó fit signe qu'il était au courant. Un médecin, Istúriz, dit-il. C'était Rexach lui-même qui lui en avait parlé, en ajoutant que leur politique, c'était vivre et laisser vivre. Ils s'entendaient bien.

– Un peu trop bien, il me semble, estima Araña.

Falcó lui jeta un regard vif en allumant sa cigarette.

– Que veux-tu dire ?

– Kassem m'a raconté des choses intéressantes sur le vivre et laisser vivre de ces deux-là. Hier, par exemple, pendant que toi et moi préparions la rencontre avec le capitaine Quirós, je lui ai demandé de ne pas lâcher le gros de l'œil.

Falcó exhala doucement la fumée entre ses dents.

– Tu aurais pu m'en parler.

– Je ne voulais pas t'inquiéter davantage. Mais j'étais curieux… Tu te rappelles que Rexach a dit qu'il voulait rester à l'écart de l'opération, pour ne pas se griller ? Qu'il allait passer toute la journée et toute la nuit chez lui, à attendre les nouvelles ?

– Parfaitement.

Le sicaire souriait, méphistophélique. Il sortit un biscuit de la boîte en veillant à ne pas abîmer le vernis frais de ses ongles, et il sourit de nouveau.

– Eh bien, il n'en a rien fait, mon grand. Absolument rien. Au contraire, il a été étonnamment actif. Il est sorti et a rencontré deux fois cet Istúriz.

– Tu en es sûr ?

– Kassem l'est, répondit-il après avoir croqué le biscuit et s'être pourléché. Et je me fie à ce gaillard, pour le moment… Je le paie suffisamment pour ça.

Falcó imagina brièvement ces paiements et leurs compensations. Ce n'était pas son affaire, de toute façon. Ce qui l'était, en revanche, c'était l'information obtenue. Araña n'était pas de ceux qui se laissent embobiner facilement, pas plus par un vigoureux Maghrébin que par la mère qui les a mis au monde.

– Il a pu voir Istúriz pour lui parler d'autre chose, suggéra-t-il.

– Bien entendu. Et tout aussi bien de notre affaire. Ou pour échanger des images.

– Ça ne le lie pas forcément à ce qui s'est passé la nuit dernière… J'ai bien l'impression qu'on a un peu laissé Istúriz à l'écart de tout ça.

Les yeux de crapaud du tueur cillèrent.

– Tu penses à ta petite pute communiste et à son camarade ?

– Oui.

Araña réfléchit.

– Tu crois que la Russe et le Yankee étaient hier soir avec les gens de Quirós quand ils te sont tombés dessus ?

– Aucune idée. C'est possible.

– Celui qui tirait ne le faisait pas mal du tout.

Falcó eut un geste d'indifférence.

– C'était peut-être l'Américain.

– Ou elle.

L'air pensif, Araña se leva, prit le pistolet et le glissa dans l'étui qui pendait au portemanteau. Puis il alla vers la fenêtre, près de Falcó, et se hissa sur la pointe des pieds pour mieux voir le port.

– J'ai pris quelques renseignements, dit-il. Le commandant Navia est retourné au destroyer sans rencontrer la moindre difficulté. Ce n'est pas à lui qu'on en voulait.

– Et du côté de la police ?

– Quand elle est arrivée, il n'y avait plus personne.

Ils restèrent silencieux, mais en se regardant. Ils se connaissaient bien et avaient la même idée en tête.

– Il se pourrait que Rexach sache quelque chose, admit Falcó. Ou, du moins, qu'il magouille avec Istúriz pour son compte, et qu'il détienne des informations qui circulent de ce côté-là.

Araña manifesta d'un geste son approbation.

– C'est clair, dit-il. Après tout, quand toi et moi serons partis, Rexach restera ici. Et cette guerre peut être gagnée ou perdue par les uns ou les autres, et il doit ménager la chèvre et le chou.

Un autre court silence suivit.

– Tu le crois mêlé à l'affaire ? s'enquit Falcó au bout d'un moment. Tu penses qu'il savait que l'on allait nous tendre un piège la nuit dernière ?

Ce n'était pas une question, plutôt une réflexion à voix haute. Les mains dans les poches de son peignoir, le sicaire eut un sourire cruel.

– Moi, je ne crois rien. Mais on pourrait le lui demander.

Falcó réfléchissait encore, paupières plissées à cause de la fumée de la cigarette pincée entre ses lèvres. Il venait d'avoir une idée.

– On pourrait même, dit-il, faire mieux que le lui demander.

Après avoir observé pendant un moment les fenêtres du bureau d'Antón Rexach, Falcó se détacha de la façade de l'hôtel Minzah et traversa la rue du Statut. Du coin de l'œil, il vit arriver sur le trottoir Paquito Araña, qui allait d'un pas de promeneur, mais aussitôt entré dans le couloir, il entendit son pas court et leste derrière lui. Ils montèrent ensemble l'escalier, sans desserrer les lèvres. Ils avaient déjà convenu de tout.

Les yeux gélatineux de Rexach les examinèrent quelques secondes, déconcertés, quand il ouvrit la porte. Les voir ensemble dans son bureau à cette heure contrevenait aux normes de sécurité. Un instant plus tard, il s'écarta pour les laisser entrer. Il tenait un havane fumant entre ses doigts.

– Un désastre, la rencontre d'hier, d'après ce que j'ai entendu dire, remarqua-t-il sur un ton peiné.

– Oui.

Rexach regarda Araña avec une certaine défiance et s'adressa à Falcó.

– J'espérais que vous me raconteriez ce qui s'est passé, mais je ne m'attendais pas à vous voir débarquer tous les deux ici.

– Il y a une certaine urgence.

– Ah.

Le bureau avait son odeur habituelle de vieux mégots de cigare, comme si l'occupant n'avait pas ouvert les fenêtres depuis la dernière visite de Falcó, qui regarda la photo aérienne de Tanger, le calendrier de la Trasmediterránea et la pendule à coucou, puis alla s'asseoir sur la chaise que lui offrait Rexach. Araña resta debout, adossé à la porte.

– Que s'est-il passé exactement hier soir ?... On vous a tendu un piège ?

– Comment l'avez-vous appris ?

Après une brève hésitation, en jetant un nouveau regard intrigué sur Araña, Rexach alla s'asseoir derrière la table. Il était en manches de chemise et bretelles. Son double menton débordait le col dur et cachait la moitié de son nœud de cravate.

– La gendarmerie. J'y ai mes contacts, comme je vous l'ai dit. De toute manière, la ville entière est déjà au courant.

– Au courant de quoi ?

– Que cette nuit il y a eu un échange de coups de feu près du Zoco Chico entre agents républicains et nationaux.

– On fait le lien avec le *Mount Castle* ?

– Officiellement, non, pas que je sache. Les rouges n'ont pas non plus ébruité l'affaire. Ils ne cherchent pas à compliquer davantage l'affaire.

– Le capitaine Quirós s'est joué de nous, expliqua Falcó. De moi, plus exactement… Il n'a jamais eu l'intention de livrer son navire.

Rexach demanda comment les choses s'étaient passées, et Falcó le lui raconta. Du rendez-vous dans le magasin de tapis jusqu'à la fusillade et la fuite.

– Ça aurait pu être pire, estima Rexach. Si la tentative de subornation avait été dénoncée à la police internationale, à l'heure qu'il est vous auriez été arrêtés, le commandant Navia et vous. Mais ils ont préféré régler leurs comptes en privé.

– Et me prendre l'argent.

– Aussi, bien sûr.

– Que savez-vous au sujet de Navia ?

– Oh, on ne l'a pas trop secoué… On ne malmène pas le commandant d'un navire de guerre, même ennemi, dans un port neutre comme Tanger. Quirós l'a traité avec toute la considération possible. Il l'a laissé partir, sur un échange de quelques mots bien sentis… Celui qu'ils voulaient, c'était vous, avec votre argent.

– Comment savez-vous tout ça ?

– J'ai vu le commandant Navia très tôt ce matin. Il était avec notre consul, et ils considéraient les mesures à prendre pour étouffer l'affaire de cette nuit… Ils ont demandé de vos nouvelles, très inquiets. Je leur ai répondu que je n'en avais pas, mais que c'était bon signe. Que vous aviez dû leur échapper et vous cacher quelque part.

Après avoir prononcé ces derniers mots, l'agent le regarda, attendant un commentaire. Mais ni Falcó ni Araña n'ouvrirent la bouche. Rexach tira sur son cigare en lançant un regard hésitant du côté du sicaire. Mais celui-ci, impassible, toujours adossé à la porte, contemplait ses mains.

– Navia voudrait vous voir, dit Rexach à Falcó, un moment plus tard. Le délai accordé au *Mount Castle* arrive à expiration demain matin à huit heures, et le destroyer doit larguer les amarres plus tôt, pour l'attendre à la limite des eaux territoriales.

– Quelles nouvelles du cargo ?

Rexach fit une grimace ambiguë.

– Rien de particulier J'allais me rendre au port, pour jeter un coup d'œil. J'ai appris qu'ils se ravitaillent en charbon et dernières nécessités.

– Ils vont prendre la mer ? Chercher à forcer le blocus ?

– On dirait bien. On prévoit du brouillard dans le détroit, et ils pourraient en profiter. Quirós est une tête dure, et le gouvernement républicain lui a ordonné d'éviter un internement à Tanger… Il ne lui reste qu'à obéir.

– Et qu'en est-il des agents communistes ? De la Russe et de l'autre ?

– Je ne sais rien à leur sujet.

Sur ces derniers mots, il regarda Falcó avec la plus grande attention, comme s'il essayait de déchiffrer son expression et son silence – que celui-ci fit durer, intentionnellement. Il se préparait à passer à la phase suivante du programme.

– Parlez-nous de votre ami Istúriz, suggéra-t-il enfin.

Rexach cilla, surpris. La main qui tenait le havane resta suspendue en l'air.

– Ce n'est pas mon ami, c'est…

– Nous savons très bien qui c'est, l'interrompit Falcó avec une douceur équivoque. Dites-moi de quoi vous avez parlé, hier. Et aussi pendant ces derniers jours.

– C'est ridicule. Moi…

Il se tut brusquement quand Falcó se leva et vint s'asseoir tout près de lui, sur le bord de la table. La cendre du cigare était tombée sur le ventre de l'agent.

– Écoutez, Rexach, je suis un homme compréhensif, et mon compagnon que vous voyez là, poursuivit-il en montrant Paquito Araña, peut l'être lui aussi, à ses heures… Que vous teniez à assurer votre position à Tanger est tout naturel. Chacun s'arrange comme il le peut. Mais il y a des choses, dans votre manière de le faire, qui nous affectent, ou qui m'affectent, moi.

Rexach avait pâli et s'était un peu reculé sur sa chaise. Il cilla de nouveau. Trois fois. Il était évident qu'il avait eu dans sa vie des moments plus heureux que celui-ci.

– Je ne vois pas ce que vous voulez dire par là.

– Je veux dire que vous ne savez pas tenir votre langue. Et je crois que vous avez trop parlé.

Rexach ouvrit de grands yeux.

– C'est absurde. Jamais…

Plaf. La baffe claqua sèchement et lui fit violemment tourner la tête de côté. Le cigare tomba de ses doigts et alla finir sa course par terre. Et quand il leva un regard atterré vers celui qui l'avait frappé, il en reçut une autre. Qui retentit à son tour. Plaf. Puis Falcó passa au tutoiement.

– Écoute, imbécile. Mon opérateur radio, dont seuls toi et moi connaissions l'existence et l'adresse, a été séquestré, torturé et assassiné. Et peu après, dans la planque du boulevard Pasteur, on m'a tendu un piège et j'ai failli y laisser la peau. Pour ne rien dire de la nuit dernière.

Abasourdi, les joues vermeilles, Rexach regarda un tiroir de son bureau. Falcó lui présenta un masque de carnassier et leva un pan de sa veste pour lui montrer le Browning.

– Si tu touches à ce tiroir, fit-il tout bas d'une voix glacée, je te tue.

Il vit Rexach se rétracter comme une palourde vivante arrosée de jus de citron.

– Je n'ai rien à voir avec ce qui s'est passé cette nuit, balbutia-t-il. Je le jure.

– Ça, je veux bien le croire, plus ou moins. Parle-moi de ce que je ne crois pas.

Une interruption suivit, au cours de laquelle le regard de Falcó croisa celui, amusé, d'Araña. Le tutoiement, ils le savaient l'un et l'autre, faisait encore plus d'effet que les claques. De même que le ton. Et la façon de regarder, en approchant de très près, le visage de l'homme assis et humilié.

– Istúriz et moi nous nous parlons de temps à autre, dit faiblement Rexach.

– Raconte-moi quelque chose que je ne sais pas.

Rexach baissa la tête et regarda le cigare qui fumait sur le sol et brûlait le linoléum.

– Il se peut que je me sois laissé aller à faire quelques confidences… et lui aussi, de son côté. Certaines informations qu'il m'a données sur les rouges nous ont été très utiles.

– Sans doute. Continue.

– J'ai pu commettre une erreur. Mais ça, c'est Tanger.

L'expression de Falcó était tout sauf sympathique.

– Je te comprends. Quoi d'autre ?

– Rien d'autre, répliqua Rexach dont le double menton tremblait légèrement. Des commentaires, de petites informations… C'est tout.

– Qu'il a transmises aux agents communistes et qui ont coûté la vie à Villarrubia.

Le gros s'agita, en un sursaut.

– Je ne pouvais pas le savoir, protesta-t-il. Et Istúriz n'en est pas non plus responsable. Il a dû en parler, c'est tout. Il n'est pas de ceux qui se compliquent la vie.

– Toi, tu aimes l'argent.
– Comme tout le monde. Ça n'a rien à voir.
– Combien te paie ton copain rouge ?
– Il ne me paie pas… Et je ne le paie pas moi non plus.Je le jure.
– Tu jures trop.
Une autre baffe claqua et Rexach poussa un gémissement. Ses yeux aqueux roulaient dans leurs orbites comme ceux d'un animal pris au piège. Falcó échangea un nouveau regard avec Araña. Il dit la vérité, signifiait le silence du tueur, et Falcó était du même avis. Il se leva de la table, alla jusqu'à la fenêtre et regarda la rue en allumant une cigarette.
– Si on apprend ça à Salamanque, tu es un homme mort… Tu le sais, non ?
Rexach ne dit rien. Ses mains potelées reposaient sur la table, sa tête était baissée. Ses joues devaient le brûler, alors que son front était pâle et son visage couvert de sueur.
– Ce n'est pas tout, ajouta Falcó. Rien ne nous empêche de nous charger nous-mêmes de la besogne. J'ai toute latitude de le faire dans le cadre de l'opération.
Rexach leva la tête. La peur semblait lui donner une soudaine énergie.
– Je ne le crois pas, dit-il avec assez de conviction. On a encore besoin de moi, ici, et plus encore ces jours-ci. Vous n'allez pas…
Falcó s'approcha de nouveau du visage de Rexach.
– Regarde-moi bien, fit-il. Et regarde la tête de ce monsieur, poursuivit-il en montrant Araña avec les doigts qui tenaient la cigarette. Tu ne crois toujours pas que tu pourrais être mort d'une minute à l'autre ?
Le tremblement du double menton de l'agent s'intensifia. Un cercle de sueur mouillait le col de sa chemise

et son nœud de cravate. À ce moment-là, l'horloge suisse fit entendre un petit claquement, l'oiseau se montra dans la petite ouverture et y alla de son coucou.

– Que voulez-vous de moi ?

La voix semblait sortir d'une caverne. Elle paraissait lointaine et craintive. Falcó eut un sourire sinistre.

– Ton compère Istúriz.

– Que lui voulez-vous ?

– Nous voulons que tu fasses une autre de tes confidences à ce fils de pute de rouge.

Rexach les regardait, bouche ouverte.

– Quel genre de confidence ?

– Un moyen facile qui permette à ses tovaritchs de s'emparer de moi cette nuit.

On était entre deux lumières, au moment du crépuscule du soir où les objets proches semblent s'éloigner dans les premières ombres. L'heure *entre chien et loup**, comme disent les Français. Semblable à celle du crépuscule du matin où, d'après le Coran, la prière commence quand on distingue le fil blanc de l'aube du fil noir de la nuit.

Falcó, dos à la muraille du fort de Dar Baroud, voyait dans le gris de plus en plus sombre, de l'autre côté de la baie, les éclats lointains du phare du cap Malabata. Il n'y avait aucune brise et l'air était chargé d'humidité. Le brouillard semblait s'annoncer, dans les halos qui troublaient les reflets du phare et l'éclat de la lune à peine levée dans le ciel, tel un œil entrouvert et ambré.

Il trouva que cette lune ressemblait à une pâle grimace. À un sourire dangereux.

À quelques mètres de là, à la fin de la montée qui partait du port, l'homme qui tenait la gargote de kebab et de sardines grillées, faite de planches et plaques de tôle, rangeait ses affaires à la lueur sale d'une lampe à pétrole et nettoyait les tables couvertes d'une toile cirée graisseuse. C'était un vieux Marocain édenté, vêtu d'une djellaba, qui avait regardé Falcó avec indifférence après que celui-ci eut refusé d'un signe de tête sa proposition de manger quelque chose. Maintenant, il finissait de ranger, couvrait le petit fourneau éteint et s'éloignait enfin, descendant en direction du port.

Falcó écrasa sous la semelle de sa chaussure le mégot de la cigarette qu'il venait de fumer, déboutonna sa veste pour rester libre de ses mouvements et ôta sa cravate. Puis il urina contre la muraille. Ce qu'il faisait toujours avant d'entrer en action, parce que recevoir une balle ou un coup de couteau dans le ventre avec la vessie pleine changeait la donne. La mesure vous épargnait bien des infections. Des choses de ce genre.

Il regardait autour de lui les taches obscures des bougainvilliers accrochés aux vieilles pierres de la muraille, des figuiers de Barbarie à peine visibles dans les dernières lueurs du jour, les troncs sveltes des palmiers proches, plus noirs que le ciel encore bleuté. Tout était tranquille, sans un souffle de vent. Du bord de mer arrivait la rumeur distante de la houle.

En haut, entre les formes encore blanches des maisons juchées sur la muraille, seul se fit entendre un aboiement de chien. Puis il n'y eut que le silence et le battement distant de la mer.

Falcó plissa un peu les paupières, cherchant des indices alarmants dans les environs. Il ne vit rien, mais il sut que les uns et les autres étaient là, attendant leur moment. Pour suivre les règles de la profession et de la vie, qui étaient leur obligation et leur destin. Il sortit le Browning de sa gaine, le silencieux allemand d'une poche de sa veste, et le vissa en trois mouvements sur le canon tandis qu'il faisait les premiers pas sur la montée. Après quoi il enleva sa veste, qu'il plia et mit à son bras de manière à cacher l'arme, qu'on ne pouvait guère voir dans la pénombre de plus en plus épaisse, mais il valait mieux ne pas courir de risque. Faire confiance à ceux qui se tenaient aux aguets.

À mi-côte, il ôta discrètement la sûreté du pistolet et maintint son index sur la détente. Ce poids en main, la tension de tous les muscles de son corps et la perception de ses sens aiguisée à l'extrême lui faisaient éprouver quelque chose de semblable à un bonheur tranquille. Un calme serein, la conscience en éveil. L'impression de ne rien reléguer derrière lui et de ne rien attendre à l'autre bout du parcours.

Il avançait seul dans un monde vide.

Une minute de silence semblable à une minute de mort suspendue s'écoula. Il n'y eut que ses pas et la rumeur vague de la houle sur la grève.

Le portillon de l'escalier qui montait vers la maison de Moïra Nikolaos était encore à une trentaine de mètres, presque au bout de la déclivité. On pouvait encore distinguer les formes, et Falcó observa du coin de l'œil, avec grande attention, les arbustes et les rochers à sa droite, les ombres toujours plus confuses entre la muraille et la mer. Ils allaient sans doute arriver de ce côté.

Ils vont essayer de me prendre vivant, se dit-il. Ou du moins espérons-le.

De sa main libre, il alluma une autre cigarette, sans la moindre envie de fumer, mais pour se donner un air détendu. Il le fit en s'arrêtant et en laissant la flamme du briquet éclairer son visage, apparemment serein. Puis il se remit en marche.

Pour donner le change, se souvint-il, il est important de ne pas oublier ce que l'adversaire sait. Pour au moins quelques heures, Eva Neretva et l'Américain Garrison le préféraient vivant que mort. Il avait trop de choses à dire, s'ils arrivaient à les lui arracher, et personne de sensé en possession de toutes ses facultés, personne d'aveuglé par la fureur ou la soif de vengeance n'aurait laissé passer l'occasion d'avoir avec lui un long entretien avant de l'égorger ou de lui loger une balle dans la tête. C'était ce sur quoi il tablait avant tout en cette chute du jour ; son assurance sur la vie, le filet qui l'encourageait à se livrer à cette acrobatie et sur la présence duquel il comptait pour se rétablir, si ses mains le trahissaient au moment où il lâcherait le trapèze.

S'il s'était trompé, ils se contenteraient de lui tirer dessus. Bang. Fin de l'histoire et des problèmes. Le temps du long sommeil serait venu.

« Ne me fais pas mal », avait-elle dit. Il sourit vaguement, pour lui seul, avant d'oublier complètement cette femme pour ne plus penser qu'à une autre. Celle qui en ce moment pouvait lui ôter la vie.

Il était à dix pas du portillon quand ils attaquèrent.

Et oui, apparemment, ils le voulaient vivant. Pas de coups de feu qui pouvaient alerter le voisinage sur ce qui se passait et attirer les curieux importuns. C'était un règlement de compte privé.

Il jeta la cigarette dès qu'il vit les silhouettes surgir brusquement à contre-jour dans la lumière de la lune et son reflet sur la mer lointaine, masses qui se mouvaient avec rapidité et discrétion au milieu d'une pénombre gris bleuté où les formes étaient encore discernables.

Il restait du jour une vague clarté mourante. Il compta une demi-douzaine d'ennemis qui s'approchaient entre les roches et les arbustes et, deux secondes après, il entendit le bruit de leurs pas encore précautionneux.

L'un d'eux portait une djellaba et souffla « *Yallah* » comme pour encourager les siens. Au moins, celui-ci est maghrébin, se dit Falcó. Il s'aperçut que deux ou trois autres d'entre eux l'étaient aussi. Main-d'œuvre mercenaire et bon marché, comme l'autre scélérat qu'il avait balafré boulevard Pasteur. Des crapules, conclut-il, qui ne savent pas qu'elles vont mourir pour vingt pesetas par jour. Et qui passent brusquement de vie à trépas.

Il laissa tomber sa veste, leva le Browning et envoya une balle à l'homme en djellaba, presque à bout portant. Le pistolet bondit dans sa main droite tel un crotale qui crache comme une bouteille de champagne bien agitée quand saute le bouchon. Il y eut juste une lueur, atténuée par le silencieux ; la cartouche éjectée fit un bruit métallique en frappant les pierres du sol, et Falcó vit l'agresseur tomber sans desserrer les lèvres dans la clarté oblique de la lune. Il visait les suivants – il y en avait cinq debout, constata-t-il – quand il entendit derrière lui, venant du portillon, une succession de petits pas rapides qui lui apprit que Paquito Araña entrait en action.

Kassem ne devait pas être très loin non plus, ou du moins l'espérait-il. Ce fut la dernière chose à laquelle il pensa avant d'arrêter de penser. Il cherchait, de façon instinctive, pistolet levé, une deuxième cible : Maghrébin, Maghrébin, grand Européen, Maghrébin, femme. Parce que la cinquième forme était celle d'une femme, il en était certain, malgré ses vêtements d'homme. Se forçant à la quitter des yeux, Falcó choisit le grand Européen, ou plutôt le Nord-Américain qui répondait au nom de Garrison. Avant de presser la détente en visant la poitrine, il entrevit un double reflet de verres de lunettes dans un visage que la pénombre rendait plus maigre et anguleux qu'il ne l'avait cru en l'apercevant dans l'escalier du 28, boulevard Pasteur, un visage qui présentait les hématomes et les marques de la bagarre précédente. Cette fois, l'homme n'avait pas retiré ses lunettes. Peut-être avait-il une mauvaise vue dans le demi-jour.

À cet instant, un autre Maghrébin s'interposa. Falcó eut le temps de voir qu'il était habillé à l'européenne et qu'un couteau brillait dans sa main avant de lui loger dans le ventre la balle destinée à Garrison. Les genoux de l'homme fléchirent, il lâcha le couteau et tomba en avant, dans les jambes de Falcó, qu'il empêtra. Ce qui permit au Nord-Américain de se jeter sur lui. En dépit de son visage tuméfié, l'agent rouge semblait en forme et de toutes ses forces décochait les coups de poing comme une machine bien huilée. Le maudit salopard. Mais Falcó était lui aussi en forme. Ils roulèrent sur les pierres tandis qu'autour d'eux les autres se battaient.

Nul ne tirait. Tout n'était que coups de poing, de couteau, et gémissements. Chacun était bien trop occupé pour user sa salive à parler. Falcó se demanda, fugacement, ce qu'il en était des autres. Des siens.

À cette distance, accroché à Garrison comme il l'était, le Browning avec son silencieux était aussi inutile qu'un morceau de bois. Il le lâcha et saisit son adversaire par les cheveux. Celui-ci grognait, se débattait, essayait de lui mordre la nuque. Falcó n'était pas disposé à se faire avoir comme la fois précédente, aussi rassembla-t-il toutes ses forces pour donner un de ces coups qui remettent les choses à leur place. Les lunettes de Garrison avaient disparu, et c'était bien dommage, parce qu'il aurait été utile de lui remplir les yeux de morceaux de verre brisé. Il fit tout de même de son mieux. Libérant une de ses mains, il en fit ressortir l'articulation du majeur, poing serré, et il envoya à Garrison un terrible coup dans l'œil.

Un moment de combat, lui avait un jour appris l'Amiral, en dit plus sur la nature profonde de l'être humain que des siècles de culture, d'éducation et de paix.

C'était peut-être vrai.

Garrison hurla comme s'il avait eu en lui une sirène d'usine et porta la main à son visage, ce qui suffit à Falcó pour se relever à demi au-dessus de lui, le retourner sur le ventre et, posant un genou sur la colonne vertébrale de l'adversaire, malgré les efforts que celui-ci faisait pour se débattre et les appuis qu'il cherchait sur le sol, il le saisit fermement des deux mains par la mâchoire et la tête, qu'il fit violemment tourner de côté.

Croc, fit-elle.

On entendit un craquement sec et fort, sinistre, de grosse branche qui casse. Alors, l'Américain lança une plainte brève et resta raide et tranquille comme un bon garçon. Falcó respira trois fois pour reprendre son souffle et se releva au-dessus du cadavre en regardant autour de lui. Il chercha des yeux son pistolet, mais ne le vit pas.

– Pute rouge, entendit-il.

C'était la voix d'Araña. Presque tout n'était plus qu'ombre ; mais le halo de la lune ambrée et figée tel un œil mort s'était emparé du ciel et donnait une clarté suffisante pour laisser deviner divers corps étendus sur le sol. Parmi eux, à contre-jour, il y avait une silhouette menue à demi relevée et une autre, debout devant elle.

– Salope, insista Araña, non sans un certain panache.

La seconde silhouette, celle qui était debout, leva sans dire un mot une main dans laquelle brilla un feu, et une détonation – celle d'un petit calibre, peut-être un 6.35 – assourdit tout. C'était le point final mis à la discrétion et au respect des formes. Paquita Araña tomba ou se jeta en arrière. Impossible de le savoir. Falcó n'eut le temps de s'assurer de rien, parce que la silhouette qui avait tiré se tournait vers lui, et il sentit sur sa nuque l'haleine froide et familière de la Parque. La vie avait de ces moments inévitables, qui se résumaient à vivre ou mourir. Mais il arrive parfois que mourir recèle des malentendus et que l'intéressé veuille rester en vie. C'était son cas, en cet instant. Ce fut ainsi qu'un instant avant qu'Eva Neretva n'actionne de nouveau la détente, il se jeta sur elle.

Il sentit le second coup partir et la détonation alors que l'arme était déjà tout près, de côté, sous son bras droit. La balle alla se perdre dans la nuit après avoir frôlé sa chemise, lui laissant une désagréable sensation de chaleur. Et celle d'avoir été touché, tandis qu'il se heurtait à elle.

Ils tombèrent tous les deux par terre.

Le choc contre la constitution musculeuse et ferme d'Eva, ou plus exactement le solide qu'elle était, avait été rude. Elle était vêtue d'un pantalon d'homme et d'une canadienne. Des épaules de nageuse, se souvint-il. Tout cela n'avait rien à voir avec la chair nue et douce que Falcó gardait en mémoire depuis la nuit de l'avant-veille, passée dans la chambre 108 de l'hôtel Continental. Maintenant, il s'agissait d'un corps dur, entraîné. Prêt au combat.

À le tuer, comprit-il aussitôt.

Il reçut le premier coup en se relevant encore meurtri par sa chute sur les pierres du chemin. Une main et un genou douloureux lui firent perdre quelques précieuses secondes tandis qu'il se remettait debout en les frottant, et il ne put arriver au bout de son mouvement. Une violente torgnole, semblable à un coup de trique, l'atteignit au visage sur la tempe gauche, et la pénombre se remplit de fantasques points lumineux. Il eut le temps de voir les yeux d'Eva, exorbités et très brillants dans la pâle clarté de la lune, avant de recevoir un deuxième horion. Cette fois, ce fut à la gorge, et il arriva avec une force telle que s'il l'avait atteint un peu plus sur la droite, il lui aurait enfoncé la pomme d'Adam dans la trachée. Il se démena comme s'il se noyait, cherchant son souffle.

Elle va me liquider, se dit-il un instant, déconcerté. Elle va me liquider.

Il ouvrait désespérément la bouche, comme un poisson hors de l'eau. Impuissant, ou presque. À genoux, il la vit se dresser au-dessus de lui, flegmatique et puissante. Bien que sonné, il se demanda pourquoi elle ne lui tirait pas dessus, et il comprit brusquement qu'elle avait perdu le pistolet dans la lutte. Elle était mains nues. Et une de ces mains, sous forme de poing, l'atteignit pour la troisième fois, de nouveau à la tempe. Falcó perdit l'équilibre – le manque d'air l'affaiblissait beaucoup –, mais il trouva assez de force pour se relever complètement. Alors, il put enfin lui donner un coup au visage qui arracha à Eva une plainte furieuse et la fit reculer de trois pas, en vacillant.

C'est mon tour, se dit-il en se jetant sur elle. C'est mon tour.

Mais ce n'était pas tout à fait exact. Elle n'était qu'une ombre sur la lumière brumeuse de la lune quand elle le reçut d'un coup de genou dans les testicules qui l'arrêta sur-le-champ. Il se plia en deux, recroquevillé par la douleur et la surprise, essayant encore d'emplir d'air ses poumons, et il la vit qui tournait tout doucement autour de lui, méthodique, cherchant un autre endroit précis où le frapper. Elle parut se décider soudainement, parce qu'elle lança un cri bref, rude, prit son élan, et Falcó reçut un coup de pied dans les reins qui lui fit aspirer l'air de la nuit comme s'il avalait de l'encre épaisse. La douleur survint immédiatement, paralysante et brutale. Il lui sembla que des centaines d'aiguilles s'enfonçaient dans sa moelle et son cerveau pendant qu'il tombait à la renverse comme une masse, et le choc fut rude. Alors, il sentit le corps d'Eva, qui s'était jetée sur lui pour essayer de l'immobiliser.

Elle se débrouille bien, se dit-il, assommé et équanime. Il avait fermé les yeux et une étrange et dangereuse lassitude semblait vouloir s'emparer de lui. Cette fille de pute se débrouillait très bien.

Jamais il ne s'était senti ainsi pendant un combat. Si résigné et indifférent, tout à coup. Si fatigué. Il avait envie de ne plus bouger et de se reposer pendant des siècles.

C'est comme ça qu'on meurt, pensa-t-il.

Crispées et dures comme des serres, les mains d'Eva se refermaient autour de son cou, sur lequel elles pesaient, inexorablement. Leurs visages étaient très près l'un de l'autre, et le souffle tumultueux de la jeune Russe, ses grognements de fureur, sa respiration entrecoupée par l'effort qu'elle faisait pour le tuer, étaient à peine à quelques millimètres de la bouche de Falcó.

À ce moment-là, il eut une érection.

Il ne put y croire, mais la chose se produisit. Sous le corps de celle qui essayait de l'étrangler, exactement dans l'angle obtus que formaient les cuisses d'Eva, ouvertes au-dessus des siennes, qui le maintenaient plaqué contre terre, la chair de Falcó, sur le point d'aborder à la rive obscure, se réveillait, dure et sans équivoque.

Je crois, se dit-il, soudain lucide, que je mourrai un autre jour.

Il se serait mis à rire, s'il avait eu le temps et le souffle suffisants. Au lieu de quoi il se rappela qu'un point vulnérable de l'anatomie féminine n'est autre que les seins. Plus prosaïquement, les mamelles.

Eva, comme toutes les femmes, en avait deux.

Il choisit le sein droit, qu'il avait sous la main, et, de toutes ses forces, il lui administra une succession de violents coups de poing, d'affilée, jusqu'à ce qu'il sente se relâcher un peu la pression des doigts sur sa gorge. Il lança alors un coup de tête contre le visage d'Eva, qui rata le nez mais atteignit de plein fouet le menton. Un craquement se fit entendre, et il l'entendit pousser un cri de douleur. Elle avait enfin lâché sa proie. Alors, il se débarrassa d'elle d'un coup de genou dans le pelvis, roula sur lui-même et put se remettre sur ses jambes. Encore tout près de lui, aussitôt remise, elle se releva en prenant un élan redoutable, mais Falcó maintenant redevenu maître de lui, avait enfin repris le contrôle de la chorégraphie.

– Arrête, maintenant, dit-il, fatigué, quasi conciliant.

Il ne pouvait voir son visage, seulement la lueur de ses yeux. Elle s'était brusquement immobilisée, comme si elle essayait de permettre à ces mots de se frayer un chemin jusqu'à son esprit et considérait ce qu'elle venait d'entendre. Un instant plus tard, son ombre fit entendre un grondement acrimonieux et elle se relança à l'attaque.

Falcó la frappa au visage, puis au plexus solaire, et pour finir de nouveau au visage. Eva tomba à genoux, et quand il se passa la main sur le visage, désireux de récupérer un peu avant de se remettre à frapper, il sentit qu'elle était visqueuse de sang. Le sien, ou celui d'Eva. Avec si peu de lumière, il n'y avait pas moyen de le savoir.

– Finissons-en, suggéra-t-il.

Eva souffla, grogna plus fort, furieuse, en essayant de se remettre debout. Alors, il lui décocha un coup de pied dans la tête qui la laissa sans mouvement, par terre.

14

Regarde-moi dans les yeux

Il faut quitter les lieux, se dit Falcó en jetant un coup d'œil autour de lui. Trop de coups de feu, trop de bruit. Tout ce qui attirait l'attention avait été fait. La police internationale pouvait apparaître d'un instant à l'autre, et le panorama ne se prêtait guère aux explications. La nuit était complètement tombée, à présent, mais la clarté brumeuse de la lune permettait de distinguer certaines choses. Le phare du cap Malabata continuait de luire au loin par intermittence, et au-delà de la muraille et du fortin on apercevait quelques lumières du port.

Il compta six ou sept corps immobiles, ou presque : l'un d'eux se traînait doucement et faisait entendre une plainte prolongée et rauque. Falcó s'en approcha et constata qu'il s'agissait d'un type vêtu à l'européenne, aux cheveux bouclés, hirsutes, qui avait l'air nord-africain, sans doute une des fripouilles qu'Eva et Garrison avaient emmenées avec eux. La lumière oblique et pâle tirait des reflets du sang qui le couvrait ; Falcó se dit que ce devait être le résultat d'un coup de couteau de Paquito Araña ou de Kassem. De bons soldats, qui veillaient à ne pas donner l'alarme et s'étaient battus à l'arme blanche, comme les autres. Seule Eva, à la fin, n'avait pas joué le jeu. Elles le font toujours.

– *Matkhafch*, dit-il au Maghrébin blessé. Ne t'inquiète pas… On va venir te soigner.

Sa voix ne sortit pas sans peine, parce qu'il avait encore très mal à la gorge et aux reins. Il chercha entre les corps à terre jusqu'à ce qu'il ait trouvé Kassem. Il était couché sur le dos, un ennemi mort au-dessus de lui. Falcó posa les doigts sur son cou, sans trouver de pouls. Il commençait à devenir froid. Un peu plus loin, il y avait le cadavre de Garrison. Il le fouilla, prit le portefeuille et quelques papiers pliés au fond d'une poche. En tâtonnant tout autour, il mit la main sur le Browning avec le silencieux. Il se leva, l'arme à la main, jeta un regard sur Eva, qui était toujours inconsciente. Ensuite, il alla jusqu'au Nord-Africain blessé et l'acheva d'une balle dans la tête.

– Ne me fais pas la même chose, chéri, lui dit Paquito Araña.

Sa voix était faible. Souffreteuse. Falcó le trouva deux mètres plus loin couché sur un rocher.

– Un vrai désastre, murmura le sicaire.

– Comment te sens-tu ?

– Fichu. Comment veux-tu que je me sente ?… Cette pute m'a bien eu.

– Elle t'a touché ?

– Évidemment.

Falcó s'était accroupi à côté de lui et palpait tout doucement les vêtements de son acolyte. Sous la veste, dans la gaine d'aisselle, il y avait le 9 mm Astra Long dont Araña, fidèle aux ordres, ne s'était pas servi. Sa navaja ouverte était tout près, par terre. Falcó referma le couteau à cran d'arrêt et le lui glissa dans une poche.

– Où t'a-t-elle atteint ?

– Ici, du côté droit de la poitrine. Juste au-dessus du pistolet… Ce qu'il y a de bien, c'est que ça ne fait pas trop mal. Je respire normalement, et je ne saigne pas beaucoup.

– Petit calibre. Tu as eu de la chance.

– Si l'on veut. – Araña regardait les corps à terre. – Comment va Kassem ?

– Il est mort.

– C'est sûr ?

– Oui, tout ce qu'il y a de plus sûr.

– Dommage… C'était un brave garçon.

Falcó le redressa un peu, chercha la blessure à tâtons. Araña se plaignit, entre ses dents.

– La balle est ressortie par-derrière, sur l'aisselle, dit Falcó. On dirait qu'elle n'a traversé que la chair, sans toucher le poumon, ni les côtes. L'os te fait mal ?

– Je n'en sais rien, mon trésor. Je ne crois pas, mais je ne pourrais pas l'affirmer.

– Voyons un peu. Tousse.

– Cof, cof.

– Tu as plus mal quand tu tousses ?

– Non.

– Le poumon n'a rien. S'il n'y a pas d'infection, tu vas t'en sortir.

– Tu ne peux pas savoir, cof, à quel point je m'en réjouis.

Falcó improvisa un pansement d'urgence avec un de ses mouchoirs et un autre d'Araña, et il se releva.

– Il faut filer… Tu vas pouvoir marcher ?

– Je crois que oui. Tu m'aides ?

– Seulement à te lever. – Falcó montra les corps à terre. – Il faut que je l'emmène, elle.

– Tu as laissé vivre cette communiste ?

– Oui.

– Achève-la, mon grand. Qu'est-ce que tu attends ?

– Négatif. On l'emmène.

Araña s'était levé. Il pressait les mouchoirs contre la blessure à sa poitrine.

– Où ? demanda-t-il, étonné.

– Là-haut. – Falcó montra le sentier qui conduisait au portillon en bas de la muraille. – Chez Moïra.

– Tu es un idiot.

– Ça se peut.

– Dans nos petites guerres, on ne fait pas de prisonniers, mon beau.

– Excepté cette nuit.

Il chercha sa veste, l'enfila, puis alla jusqu'à Eva, qui commençait à remuer, par terre. Se penchant au-dessus d'elle, il écouta son faible gémissement. Elle respirait à peu près normalement, constata-t-il, soulagé ; son pouls était lent mais constant. Il lui palpa la tête, trouva une belle contusion sous les cheveux, et remarqua aussi qu'elle saignait du nez.

Araña s'était approché pour jeter un coup d'œil. Il toucha le corps chaud du bout du pied, sans trop s'en approcher.

– Je vous ai regardés faire, pendant que vous vous secouiez. Cette bolchévique est un danger public.

– Elle a failli me tuer.

– Ouais.

– Aide-moi à la relever, allez, lui demanda Falcó.

– Il n'en est pas question. Viens, et qu'elle crève. On devrait liquider cette salope.

– Aide-moi, te dis-je.

En rouspétant, et en se plaignant à cause des douleurs que lui infligeait sa blessure, Araña finit pas aider Falcó à la charger sur ses épaules. Elle était très lourde.

– Que lui as-tu fait ? demanda Araña, intéressé, tandis qu'ils montaient péniblement la côte, éclairés par la lune.

– Je l'ai frappée à la tête.

– Tu aurais mieux fait de lui taper dans la chatte.

– Ça, c'est déjà fait.

Cette visite nocturne n'était pas du goût de Moïra Nikolaos, ce qui sautait aux yeux. Même s'il s'agissait de Falcó, épuisé d'avoir monté l'escalier marche après marche avec une femme inconsciente sur le dos et en compagnie d'un homme blessé, tous les trois sales et tachés de sang, le leur et celui d'autrui. Malgré tout, la maîtresse de maison n'allait pas les chasser. Elle n'en était pas capable. Les vieilles affections gardaient tout leur poids, et Falcó savait qu'elles jouaient en sa faveur. En homme prévoyant, il lui avait annoncé sans détour, la veille au soir, qu'il pourrait venir se réfugier chez elle. Ses élans de sincérité calculée portaient toujours leurs fruits, avec les hommes comme avec les femmes, et plus particulièrement avec celles-ci. Il perfectionnait la manœuvre depuis toujours. « Je vais peut-être avoir besoin de toi », lui avait-il dit, assis près d'elle, lors d'une brève visite, tandis qu'il fumait sur la terrasse, un verre de Pernod à la main, avec sa tête de bon garçon. « Si l'affaire tourne mal, ta maison sera le seul endroit de Tanger où il me sera possible de trouver refuge. Je n'en ai pas d'autre. Ma seule issue de secours, c'est toi », etc.

– Tu ne m'avais pas dit qu'il s'agirait de ça, dit-elle sur le coup, en les voyant entrer.

C'était moins un reproche qu'une manifestation de surprise, d'ailleurs compréhensible. Aussitôt qu'ils avaient frappé à la porte de la muraille, elle était allée leur ouvrir, vêtue d'un caftan brodé, pieds nus, chevilles ornées de bracelets d'argent. Sur une table basse, il y avait un cendrier plein de mégots de kif et un verre à demi plein d'un alcool jaune-vert ; le gramophone faisait entendre une chanson d'Édith Piaf. Moïra n'avait pas bougé de là, en déduisit Falcó, tandis qu'elle attendait de ses nouvelles. Bonne et fidèle amie. Sensuelle et maternelle ou vice-versa. En souvenir de Smyrne, d'Athènes, du temps passé et d'autres choses encore.

– Je ne pouvais pas savoir comment l'affaire allait se terminer, dit-il.

Moïra les regardait, tous les trois, en proie au saisissement.

– Qui est cette femme ?

– Une Russe… Une espionne républicaine.

– Tu es fou.

– Oui. Selon les jours.

– C'est lié à l'affaire du bateau ?

– Oui, répondit Falcó, qui portait toujours Eva, dont la tête retombait d'un côté de la sienne. Et ce n'est pas tout, il me faudrait une pièce où pouvoir l'enfermer sous la garde de mon collègue.

– Ici, chez moi ?

– Je ne vois pas où, sinon.

L'étonnement fit place à la stupéfaction. La bouche de Moïra était grand ouverte.

– Vous l'avez enlevée ?

– Plus ou moins. Pendant qu'elle essayait d'en faire autant avec moi.

Près de son oreille droite, la bouche d'Eva émettait de nouveau une faible plainte. Elle était terriblement lourde, et Falcó désirait être soulagé de ce poids, parce que ses forces commençaient à le trahir. Il regarda autour de lui et la laissa tomber sans plus de considération sur le divan turc : elle avait les yeux fermés, une énorme bosse près de la tempe gauche sous ses cheveux blonds couverts de terre, et le sang qui avait coulé de son nez, maintenant coagulé, formait une croûte brune sur ses lèvres et son menton. Elle faisait encore entendre un gémissement à peine perceptible, mais sans avoir repris connaissance.

Moïra s'approcha pour la regarder de plus près, et lui posa la main sur le front. Puis elle se tourna vers Falcó.

– Tu es fou, mon garçon, redit-elle.

Il se massait le cou et les reins, endoloris.

– Oui, admit-il une nouvelle fois.

– Il faudrait qu'un médecin l'examine.

– On devrait tous être examinés par un médecin, rétorqua-t-il en saisissant le verre à moitié plein sur la table basse ; il en avala d'un trait le contenu et sentit la brûlure du Pernod dans sa gorge. Mais ce n'est pas le moment.

– On l'a frappée à la tête ?... Qui a fait ça ?

– C'est moi, répondit Falcó, puis il montra d'un geste Paquito Araña. – Quand elle lui a tiré dessus.

Moïra examina le tueur d'un regard critique. Araña la laissa faire pendant que ses yeux globuleux et injectés de sang parcouraient la maison avec curiosité. Le raffinement qui le caractérisait avait disparu. Son apparence était indiscutablement ignoble : à sa petite stature barbouillée de terre s'ajoutaient les mouchoirs ensanglantés qu'il tenait sur sa blessure, sa veste déchirée au coude, son nœud papillon de travers et ses cheveux teints décoiffés et ébouriffés sur son crâne. Minable, tête basse, il ressemblait à un traître de cinéma quelques instants avant que n'apparaisse le mot *Fin*. Un Adolphe Menjou mâtiné de Peter Lorre.

– Et celui-là ?

Moïra posa cette question en montrant Araña avec le moignon et la manche vide du caftan. Falcó eut un sourire las en sortant d'une poche le tube de Cafiaspirina.

– Celui-là, c'est mon ami.

Il urina du sang sur la cuvette des toilettes, appuyé contre les azulejos de la salle de bain : un jet rosé venu de ses reins endoloris. Il se dit que ça n'avait pas l'air trop méchant, même s'il allait falloir du temps pour que tout rentre dans l'ordre. Du moins l'espérait-il. Ce n'était pas tout ; il avait de la peine à avaler sa salive. Une chose était sûre : Eva n'y était pas allée de main morte. Et elle l'avait fait dans les règles de l'art. Son efficacité était pour ainsi dire mortelle. Il s'en était fallu d'un rien pour qu'elle le soit cette fois tout à fait. Le plus souvent, les gens n'ont pas idée de cette infime distance qui s'interpose entre être vivant ou mort. Tout juste quelques millimètres.

Le miroir lui renvoya l'image d'un visage las, en piteux état, sur lequel gouttait l'eau qui venait d'en ôter la saleté. Il resta dans cette position en respirant lentement pendant qu'il tentait de se reconnaître dans ces traits qui revenaient progressivement à la normale. Le bord de ses lèvres était encore crispé, et ses pupilles pareilles à de la limaille de fer n'avaient pas perdu leur dureté. C'était là l'expression brute, distante, de qui vient de regarder le diable dans le blanc des yeux, tout en l'aidant à accomplir sa besogne.

Sans bouger, il se regarda encore un peu. Au bout d'un moment, il secoua la tête comme s'il sortait d'un songe très désagréable et il finit de s'essuyer le visage. Ensuite, il passa dans le couloir et alla lentement jusqu'au salon. Il y trouva Moïra qui, allongée sur le divan turc, une bouteille à portée de la main, fumait du kif. Falcó alla s'asseoir à côté d'elle et elle lui passa la cigarette. Il n'aspira qu'une fois, la lui rendit. La fumée racla sa gorge irritée et le fit tousser.

– Tu ne peux pas la laisser ici, dit-elle.

Il lui fallut quelques secondes pour comprendre de qui elle parlait. Et ce ne fut pas facile. Il revenait tout doucement d'un endroit lointain et dangereux.

– Il me faut seulement quelques heures, dit-il enfin.

La voix légèrement rauque de Moïra fut plus sèche que d'habitude.

– Ici, ce n'est pas une prison, mais ma maison… Je ne peux me mettre dans l'embarras de cette manière.

– Un moment de plus suffira, je te le promets.

Il essayait de se retrancher derrière son sourire de bon garçon, mais Moïra lui lança un regard sceptique.

– Tu me fais payer toutes nos vieilles dettes en une seule nuit.

– Je sais.

– Je vis à Tanger.

– Je te revaudrai ça.

Elle le regarda alors avec dédain.

– Va au diable.

– J'ai été à deux doigts d'y aller, je t'assure.

– Ne te paie pas de mots, mon garçon… Ne me sers pas des paroles creuses.

– Je t'ai dit que je te revaudrai ça.

– Je n'ai pas besoin de tes compensations. – Dans la manche vide, le moignon fit un mouvement d'impatience. – Ce que je veux, c'est que tu me débarrasses de ces voyous. Au plus vite.

– Je m'en occupe.

– Eh bien, dépêche-toi.

Moïra but une gorgée de Pernod, vidant son verre. Un moment plus tard, elle lui tendit de nouveau la cigarette, mais il refusa d'un mouvement de tête.

– Que vas-tu faire de la femme ?

Falcó eut un geste d'indifférence.

– Rien, en réalité. Ou, du moins, je ne sais pas encore. – Il s'interrompit. – Lui parler, je suppose.

Moïra se mit à rire sans le moindre humour.

– On ne dirait pas que vous ayez beaucoup parlé jusqu'à présent.

Elle rit encore un peu, avec acrimonie et sagacité. Seule une femme, se dit Falcó, pourrait rire ainsi en parlant d'une autre femme. C'était l'unique point où certaines loyautés touchent à leur limite.

– C'est vraiment elle qui vous a mis dans cet état, toi et le nabot aux yeux de crapaud ?

Falcó ne répondit pas. Il se rappelait l'éclat des yeux d'Eva dans la pénombre tandis qu'elle se battait au bas de la muraille. Son halètement tout près de lui pendant qu'elle essayait de l'étrangler en renâclant comme une bête sauvage.

– Une dure, à ce que je vois, ajouta Moïra au bout d'un moment. Qui ne doit pourtant pas avoir mauvaise allure une fois propre et bien vêtue.

Cette fois encore, Falcó ne dit mot. La cigarette fumante entre les doigts, elle le regarda longuement, avec curiosité.

– Tu la connaissais d'avant ?

Il garda le silence. Moïra, pensive, tira une dernière fois sur la cigarette et laissa le minuscule mégot dans le cendrier.

– Pourquoi cela ne me surprend-il pas de ta part, chéri ?… Il semble bien que tu connaissais déjà toutes les femmes qui ont croisé ta vie.

Falcó s'était levé.

– Je vais lui parler, dit-il.

Sans le regarder, Moïra s'était saisie de la bouteille et remplissait une nouvelle fois son verre.

– C'est ça, vas-y... Parle-lui et fais-la sortir d'ici avant que la police vienne frapper à ma porte.

Eva Neretva était couchée sur le lit d'une chambre d'amis. À plat ventre sur la courtepointe, elle avait les mains attachées dans le dos par trois tours de fil de fer. Ce n'était pas là l'œuvre de Falcó, qui se tourna avec un regard interrogateur vers Paquito Araña. Le sicaire s'était assis sur une chaise la veste sur ses épaules, le torse à demi nu, sur lequel un pansement propre couvrait sa blessure, le pistolet sur ses genoux.

– Je ne me fie pas à elle, dit-il, répondant à la question muette de Falcó.

Celui-ci allait lui demander de délier les mains d'Eva, mais une réflexion l'arrêta. Les cimetières – et en Espagne les fossés – étaient pleins de gens trop confiants, aussi s'approcha-t-il du lit sans rien dire.

Eva portait encore la canadienne, et son pantalon froissé était couvert de terre et taché de sang, comme les chaussures de toile qu'elle avait aux pieds. Ses cheveux, sales et emmêlés, étaient collés à son front et à ses yeux par la sueur. Il la tourna à demi, et elle resta sur le côté. Réveillée, elle regardait Falcó à travers ses courtes mèches blondes.

– Laisse-nous seuls, dit-il à Araña.

– Tu es sûr ?

– Oui.

– Je serai là, dehors. Appelle-moi s'il le faut. – Le sbire s'arrêta un instant, une main sur la poignée de la porte. – Ne te fie pas à cette garce.

Il sortit et referma la porte derrière lui. Falcó s'était assis sur le bord du lit et contemplait les ravages du combat sur le visage d'Eva : la bosse sur la tempe avait encore enflé, plusieurs contusions violacées déformaient ses pommettes et le côté gauche de la mâchoire, elle avait un œil plus fermé que l'autre, et la croûte de sang sèche et brune se craquelait du nez au menton. Mais l'éclat de ses yeux était toujours aussi sombrement assassin.

– Comment vas-tu ? lui demanda-t-il.

Un regard hargneux et dur encore rivé sur lui, elle ne répondit pas. Il tendit la main pour écarter les cheveux de son visage, mais elle le rejeta d'un mouvement brusque en arrière. Maintenant, il l'entendait respirer profondément. Avec lenteur.

– Tu as failli réussir, dit Falcó.

Elle le tint un moment sous son regard fixe sans desserrer les dents. Puis elle cligna les yeux et posa son regard sur lui.

– Où sont les autres ? demanda-t-elle enfin en un murmure.

Sa voix était rauque, souffreteuse. Falcó haussa les épaules.

– Morts, dit-il simplement.

– Garrison aussi ?

– Oui. Ils sont tous morts.

Il remarqua que son regard s'évadait un instant et semblait s'intérioriser, ou s'éloigner. De nouveau, il essaya d'écarter les mèches de cheveux du visage d'Eva, et cette fois elle ne s'y opposa pas, se laissa faire. Du bout des doigts, doucement, Falcó effleura les contusions.

– Ce n'est rien de bien méchant, conclut-il.

– J'ai mal à la mâchoire.

Falcó se rappela le coup de tête qu'il lui avait donné. Il palpa avec délicatesse le maxillaire inférieur d'Eva. Il lui sembla qu'il n'y avait aucune fracture.

– Tu as tapé fort, dit-elle.

– Nous avons tous les deux tapé fort… Nous savons nous y prendre.

Il se pencha vers elle pour examiner ses mains. Elles étaient tuméfiées par la pression du fil de fer. Araña avait consciencieusement serré les liens. Il les relâcha un peu pour que le sang puisse mieux circuler.

Eva ne le quittait toujours pas des yeux.

– Que vas-tu faire de moi ?

– Je ne sais pas encore.

– Je dois regagner le *Mount Castle*.

– N'y songe même pas.

– J'ai des ordres.

– Au diable tes ordres.

Eva se mit à rire avec mépris.

– Acheter Quirós ne vous a pas réussi, dit-elle sur un ton triomphant.

– C'est vrai, reconnut Falcó. Vous y êtes pour quelque chose ?

– Non. Il a dit que c'était une affaire entre vous et lui. Que ses hommes lui suffiraient. Le maître d'équipage et quelques autres.

– Qui m'a tiré dessus quand je me suis enfui ? Toi ?

– Mon camarade.

– Garrison ?

– Oui. Nous étions en bas de la rue, au cas où les choses tourneraient mal. Quirós s'est fâché. « C'est mon bateau, a-t-il dit, et mon bateau, c'est mon affaire »… Il avait l'intention de te capturer et de te livrer à la police pour tentative de subornation.

– Rien que ça ? s'exclama Falcó, en riant à son tour, d'un rire métallique. Quelle honorabilité, avec ses préjugés bourgeois… Je suppose que Quirós est un de ces compagnons de voyage que vous avez l'habitude, dans la seconde phase révolutionnaire, de fusiller quand ils ne vous sont plus nécessaires. Ceux que vous torturez avant de les liquider, quand le petit père Staline vous en donne l'ordre. Quand ils refusent de courber l'échine.

– Comme vous le faites aussi, fit-elle, crachant presque sa phrase.

– Nous ?... Il me semble que ce pluriel est de trop. Je n'ai pas la foi comme toi et tes camarades de lutte, je ne crois pas à la rédemption du prolétariat...

– C'est l'évidence même. Tu crois aux généraux fascistes et aux pelotons d'exécution aspergés d'eau bénite... Aux assassins du Tercio, à vos troupes d'Arabes violeurs de femmes, aux nazis et aux mussoliniens.

Falcó la regarda, railleur.

– Je devrais plutôt croire à vos tchékas, aux pilotes de chasse et aux tankistes russes ? À cette république idyllique dans laquelle vous, les communistes, tirez plus de balles sur les trotskystes et les anarchistes que sur les soldats de Franco ? Épargne-moi les vérités toutes faites. Je chasse seul, et j'aime ça.

– Tu n'es qu'un sale tueur.

– Oui.

– Tu ne pourrais jamais faire un bon communiste.

– Et pas même un mauvais.

Ils se turent. Eva s'agitait, mal à l'aise, en essayant de trouver une meilleure position. Falcó la regardait faire sans intervenir.

– Le *Mount Castle* va prendre la mer, n'est-ce pas ? demanda-t-il.

Eva le dévisagea avec encore plus de hargne qu'auparavant, détourna les yeux, mordit ses lèvres couvertes de sang séché, puis reporta son regard sur lui.

– N'en doute pas, dit-elle enfin. C'est pour cela que je dois y aller.

– Ce serait un suicide. Le destroyer va l'envoyer par le fond. Tu n'as aucune chance.

– Quirós est une forte tête, comme tu as pu le constater. De plus, il a reçu l'ordre de ne pas laisser interner son navire ici.

– Et ses hommes ?

– Ils iraient avec lui en enfer, s'il leur en donnait l'ordre. Et il va le faire.

– Tous ? Un équipage entier de héros ?… Ça m'étonnerait beaucoup.

– Tu ne connais pas Quirós, lui dit-elle au bout d'un moment. Ni ses liens avec ses marins

À bord du *Mount Castle*, la République était encore ce qui comptait le moins. Même les communistes et les anarchistes, parce qu'il y en avait aussi à bord, lui obéissaient aveuglément, du maître d'équipage au dernier des chauffeurs. Pendant toute la durée des pérégrinations, les dangers courus ensemble avaient tissé entre eux des liens particuliers. Qui ne reposaient pas sur des idées, mais sur la loyauté. Il y avait des hommes capables de susciter de telles choses autour deux, et le capitaine Quirós était de ceux-là.

– Et puis, ajouta-t-elle, il permettra à ceux qui le désirent de débarquer et de rester à Tanger.

– Combien sont-ils ?

– Je ne sais pas. Mais avec une vingtaine d'hommes à bord, ça suffira.

Falcó l'écoutait avec attention, en se livrant à quelques calculs de probabilités.

– À quoi sers-tu dans tout ça ? demanda-t-il enfin. Tu sais que le *Mount Castle* n'atteindra jamais la mer Noire.

– Je te l'ai déjà dit. Ils m'ont donné l'ordre d'y aller.

– Ils ? Qui ça ?… Le Komintern ? Le NKVD ? Pavel Kovalenko ?

Elle le scruta sans desserrer les lèvres. Sombrement, tout à coup. Ou plus encore.

Falcó remuait la tête, désapprobateur. Il pensait aux procès commencés l'année précédente à Moscou pour mieux asseoir le pouvoir de Staline. La plus grande partie de la vieille garde léniniste avait été jugée et exécutée pour déviationnisme et adhésion à la contre-révolution. L'Union soviétique et ses services secrets devenaient un enfer de détentions et de tortures, où tout le monde dénonçait tout le monde pour rester en vie. Et quand quelqu'un tombait en disgrâce, il entraînait avec lui dans sa chute ses subalternes, sa famille et ses amis. La Loubianka n'avait plus assez de place pour une telle élimination collective.

– Tu n'imagines pas ce qui t'attend en Russie, si jamais tu y arrives, objecta-t-il. Ou peut-être ne veux-tu pas le savoir… Les purges atteignent aussi les agents à l'étranger. On les convoque sous un prétexte quelconque, et rares sont ceux qui s'en tirent. Et cela vous inclut, vous qui êtes en Espagne.

– Tu ne sais pas de quoi tu parles.

– Tu te trompes. Je le sais très bien. Hors du parti, il n'y a rien, n'est-ce pas ?… Il est votre famille, le foyer spirituel de ceux qui croient à la libération des damnés de la Terre et des forçats de la faim. Dis-moi que je me trompe, allez. Dis-le-moi.

– Tu ne comprends rien… Comment oses-tu ?

– Abandonner cette certitude vous paraît inconcevable, poursuivit-il comme s'il ne l'avait pas entendue. Cela priverait de sens tout ce que vous avez fait et enduré. Et c'est ainsi qu'à présent, après avoir mis votre vie en jeu, être passés par toutes les prisons et toutes les frontières, vous reconnaissez avoir commis des crimes imaginaires, réglés comme des automates, pendant que les embusqués qui n'ont jamais pris de risque vous offrent en sacrifice.

– Ce que tu racontes ne tient pas debout.

– Au contraire. Ce rôle que vous jouez est le résultat d'une cohérence répugnante, et tu es toi aussi prête à l'assumer, comme les anciens chrétiens livrés aux lions dans l'arène… Tu accepterais même la balle dans la nuque, s'il le fallait, comme tu acceptes de couler avec le *Mount Castle*. Et tout cela à seule fin de ne pas affronter la réalité, n'est-il pas vrai ?

– Tu n'as pas la moindre idée de ce dont tu parles.

– Tu te trompes. Il se peut que je sois une brute qui ne croit en rien, mais je te connais de l'intérieur… Et je ne pense pas seulement à ta chatte.

– Fils de pute.

Ils demeurèrent en silence, les yeux dans les yeux. Ceux d'Eva n'étaient que défi. Ceux de Falcó qu'admiration réfléchie – malgré lui.

– Je n'ai jamais vu de couardise aussi héroïque, murmura-t-il.

Elle laissa passer, sans rien dire. Ils restèrent silencieux encore un moment, sans se lâcher du regard. Puis Falcó remua la tête.

– Tu n'iras pas sur ce bateau.

– Tu vas me tuer ?

Il ne décela pas l'ironie de la question, parce que l'expression d'Eva semblait aussi empreinte de gravité que si elle l'avait posée sérieusement.

– Je ne sais pas encore, répondit-il, il y a des solutions intermédiaires.

Elle tentait péniblement de se redresser. Il la laissa faire sans l'en empêcher ni l'aider.

– Dis-moi une chose : savais-tu que, pendant que tu passais la nuit avec moi dans ma chambre, tes gens torturaient mon opérateur radio ?

Il n'obtint pas de réponse. Elle avait réussi à s'asseoir sur le lit. Le visage d'Eva était maintenant près du sien. Et elle le regardait avec dureté.

– Je saisis, fit-il. C'est toi qui en as donné l'ordre.

– Je ne crois pas que tu saisisses quoi que ce soit.

Il la vit faire un mouvement avec les bras derrière le dos, qui s'acheva sur un rictus dc douleur.

– Détache-moi les mains, demanda-t-elle. Elles me font mal.

– Je ne vais pas te détacher.

Le coup de tête le prit au dépourvu. Il l'atteignit sur le front ; un peu plus bas, il lui aurait cassé le nez. Il vacilla sous le choc, encore assis au bord du lit, et elle lui tomba dessus de tout son poids, le précipitant à terre. Bien qu'elle eût les mains attachées dans le dos, elle se jeta aussitôt sur lui en essayant de lui envoyer des coups de genou dans les testicules et sur la tête. Elle haletait avec fureur comme une bête, quand elle tente coûte que coûte de sauver sa peau. Falcó se défendit en lui envoyant un direct qui la fit tomber sur lui à plat ventre, et Eva essaya alors de le mordre au visage.

Ça suffit, se dit Falcó. Finissons-en.

Il l'attrapa par les cheveux et tira brusquement en arrière, la faisant grogner de douleur et, de son autre main, il lui décocha un coup de poing tel qu'il la souleva de quelques centimètres. Alors, il roula sur lui-même pour se dégager. Un instant plus tard, il était sur elle, qui luttait pour se redresser. Il la frappa de nouveau et la fit retomber en arrière sur ses mains liées.

Elle donnait des coups de pied et se débattait, irréductible. Féroce.

Un moment, il observa ses yeux étincelants sous les cheveux emmêlés et ébouriffés, la croûte brune sur sa bouche et son menton. Les jambes d'Eva, plaquée au sol, essayaient encore de l'atteindre.

Mon Dieu, se dit-il, admiratif. Si cette femme était une génisse, elle mettrait bas des taureaux de combat.

Il se pencha avec prudence, juste ce qu'il fallait pour lui administrer une claque retentissante qui la fit se tourner sur le côté. Alors, il s'agenouilla au-dessus d'elle, plaça ses pouces d'un côté et de l'autre du cou d'Eva et appuya très fort sur ce que son instructeur de Târgu Mureş appelait le *glomus caroticus*, la bifurcation de la carotide – quinze secondes, évanouissement, se souvint-il ; une minute, mort. Il compta jusqu'à quinze sans cesser d'appuyer, et quand il retira ses mains, Eva avait perdu connaissance.

Il entendit la porte s'ouvrir derrière lui. Paquito Araña était sur le seuil, arme au poing.

– On ne peut pas te laisser seul, dit le sbire, surpris et sarcastique. Tu es devenu une vraie poule mouillée.

Falcó se leva, frottant son front endolori.

– Reste avec elle… Gorge-toi de café s'il le faut, mais ne la lâche pas des yeux jusqu'à mon retour. J'ai des choses à faire.

– C'est une connerie, protesta Araña en remuant la tête. Il faudrait la liquider une bonne fois… Si ça te pose un problème, je peux m'en charger. Je le ferais avec grand plaisir.

Falcó s'approcha de lui lentement, et lui parla de même, sur un ton sec et posé.

– Je te tuerai s'il lui arrive quelque chose. Tu as bien compris ?… Regarde-moi dans les yeux. Je te tuerai.

15

Chacun fait ce qu'il peut

Un brouillard toujours plus dense enveloppait la ville basse, rendant les ténèbres plus épaisses, quand Falcó laissa derrière lui la rue Dar Baroud et passa sous l'arche de la muraille qui reliait la médina au port.

Il déclina son identité aux agents de la police internationale et se dirigea vers les quais. L'humidité ambiante laissait de minuscules gouttelettes d'eau sur ses cheveux et son visage. Les lumières ambrées de quelques réverbères faisaient luire le sol mouillé, découpaient dans leurs halos brumeux les contours des entrepôts, des grues et les formes floues des navires attachés aux bittes d'amarrage.

Deux autres gendarmes lui barrèrent le passage et le faisceau de lumière d'une lampe électrique éclaira son visage.

– *Où allez-vous** ?

– À bord du *Martín Álvarez*, répondit-il en montrant de nouveau ses papiers. J'en ai l'autorisation.

Le destroyer mouillait à l'extrémité du quai et, pour y arriver, Falcó longea le flanc du *Mount Castle*. Le cargo républicain, amarré par son bordé de bâbord, était complètement obscur, protégé par une rangée de chevaux de frise et une clôture de barbelés. Seul l'accès était éclairé par une lampe à kérosène posée par terre, autour de laquelle se mouvaient les ombres de trois ou quatre policiers armés de fusils.

De la terre, en revanche, personne ne surveillait le destroyer national. Il était un peu plus loin, le long du même quai embrumé, amarré lui aussi par bâbord, à une trentaine de pas de la proue du cargo. Quelques lumières, à bord, permettaient d'entrevoir la superstructure, la dunette et les canons de 120 menaçants. De la cheminée s'échappait une fumée noire qui se mêlait à la nuit et au brouillard.

À peine Falcó eut-il posé le pied sur l'échelle de coupée qu'une lanterne l'éclaira d'en haut et que se fit entendre le bruit reconnaissable d'un Mauser que l'on arme.

– Halte !… Qui va là ?

– *Arriba España*, répondit-il, prudent.

Un moment plus tard, il était plaqué contre une cloison tandis que des mains vigoureuses le fouillaient et que d'autres contrôlaient ses papiers.

– Il porte un pistolet, dit une voix.

– Enlevez-le-lui, répondit-on… Officier de garde !

À cet appel, quelques pas retentirent sur le pont et Falcó vit venir vers lui, éclairés par une ampoule encrassée de salpêtre, une casquette blanche et un uniforme sombre avec une double rangée de boutons dorés.

– Je suis autorisé à monter à bord par votre commandant, dit-il. Je m'appelle Pedro Ramos et je dois le voir… C'est urgent.

L'officier contrôla à la lueur de la lanterne les papiers que lui tendirent les marins. C'était un jeune enseigne de vaisseau, maigre, aux yeux mélancoliques, qui examina l'arrivant de pied en cap.

– Suivez-moi.

– On m'a pris mon pistolet.

– On vous le rendra quand vous partirez.

Falcó suivit l'officier dans les entrailles du bâtiment, où il sentit l'odeur de peinture caractéristique des navires et la douce vibration des coursives et des cloisons. Ils y croisèrent quelques marins en tenue de travail grise, qui se mirent au garde-à-vous avec la plus grande correction. Partout semblaient régner la propreté et la discipline.

Navia était dans le carré en compagnie de deux autres officiers. Un caporal en uniforme, avec des guêtres et un sabre au ceinturon, montait la garde à la porte et leur livra passage. À l'intérieur, tous étaient en uniforme. Ils parlaient, assis autour d'une carte marine entourée de cendriers, de tasses de café et de verres d'anis. L'atmosphère était chargée de fumée de cigarette. Sur la cloison principale, il y avait un portrait du Caudillo, une image de Notre-Dame du Mont-Carmel et, entre les deux, un joug et des flèches en bois peint sur un drapeau rouge et jaune où figuraient le nom du destroyer et la devise *Ésta es mi bandera*.

– Monsieur Ramos, annonça l'enseigne de vaisseau.

Navia et les autres officiers se levèrent. Il n'y eut pas de présentations. Sur un regard du commandant, les deux gradés, l'un aux cheveux blancs, l'autre plus jeune, gros et chauve, se retirèrent sans dire un mot. Falcó et Navia demeurèrent seuls dans le carré.

– Nous larguons les amarres dans deux heures, annonça ce dernier.

Falcó regarda l'horloge vissée dans la cloison. Il était près d'une heure du matin.

– Et le *Mount Castle* ?

– Son délai expire à huit heures. À ce moment-là, au plus tard, il devra appareiller lui aussi.

– Leurs préparatifs sont terminés ?

– Ils ont chargé hier le charbon et leurs chaudières ronflent. Comme les nôtres.

– Et vous serez en mer, à les attendre ?

Navia le regarda comme s'il venait d'entendre une incongruité.

– Évidemment.

Il passa une main sur ses traits fatigués. Le poignet de sa veste s'ornait de trois galons, le supérieur avec l'insigne de capitaine de frégate, le plastron présentait une double rangée de boutons, sa chemise était blanche, sa cravate noire. Il avait sous les paupières inférieures des cernes obscurs, et Falcó se dit qu'il ne devait pas y avoir là seulement un signe de fatigue. Les responsabilités qui pesaient sur cet homme étaient lourdes : celles rattachées à son bateau, et celles tributaires du navire ennemi. Ce à quoi s'ajoutait cette prochaine sortie en mer qui allait sans nul doute finir par un combat. Une victoire sans gloire.

– Que savez-vous du capitaine rouge ? demanda Falcó.

Navia posa sur lui un regard étrange. Fixe et pensif. Puis il montra la bouteille d'anis sur la table. Falcó refusa d'un mouvement de tête.

– J'irai le voir dans un moment, dit enfin le marin.

Falcó en resta pantois.

– Quirós ?

– Oui.

– Pourquoi ?

– Je ne sais pas. Il m'a donné rendez-vous.

– Sur son bateau ?

– Non, grand Dieu ! – Navia fit un geste vague en direction de la cloison, du côté de la terre. – Là, dans un bureau du port… En terrain neutre.

– Le magasin de tapis était aussi en terrain neutre, et vous avez vu ce qui s'est passé. Ils nous ont joué un sale tour.

– J'ai l'impression que cette fois il en ira autrement.

Falcó poussa un profond soupir.

– Je crois que je vais finalement prendre une goutte d'alcool.

Navia saisit la bouteille, versa de l'anis dans un verre propre, puis le lui tendit. Falcó porta la liqueur transparente et douce à ses lèvres.

– Croyez-vous qu'il soit revenu sur sa décision ?… Qu'il va laisser interner son navire à Tanger ?

– Ça me surprendrait beaucoup dans l'état actuel des choses.

– Que veut-il, alors ?

– Je n'en ai pas la moindre idée. J'ai reçu son message il y a seulement une demi-heure. – Il sortit de sa poche une feuille de papier pliée en deux, la tendit à Falcó. – Lisez-le vous-même.

Commandant, je regrette que notre dernière rencontre se soit terminée comme elle s'est terminée, mais je crois que vous comprendrez ma situation. Ce sont là les enjeux d'une guerre que ni vous, j'imagine, ni moi n'avons voulue, mais que nous sommes forcés de livrer. Je vous serais très reconnaissant si vous acceptiez de vous entretenir avec moi une dernière fois. Dans une heure, je serai dans le bureau de mon consignataire, qui se trouve sur le port, en face de nos bateaux. Je vous donne ma parole d'honneur que tout se passera avec le respect que je vous dois, et j'attends la même chose de vous. Signé : Fernando Quirós Galán, capitaine du Mount Castle.

Falcó lui rendit le papier et alluma une cigarette.

– Entre gentlemen, remarqua-t-il, sarcastique.

– On dirait bien.

– Ça paraît convaincant.

Navia lut une nouvelle fois le message, sourcils froncés.

– Ça l'est. – Il replia le papier, qu'il glissa dans sa poche. – Et c'est pourquoi j'accepte de le voir.

Un silence suivit. Falcó but encore une gorgée d'anis. Navia étudia la carte maritime sur laquelle il pointa une position. Falcó supposa que ce serait celle où il avait prévu d'intercepter le cargo.

– Le brouillard pourrait-il favoriser le *Mount Castle* ? demanda-t-il.

– Il tardera à se lever, et il se peut même qu'il se maintienne tout au long du jour… Ce qui rendra la tâche plus difficile, pour les localiser, parce que personne ne pourra voir à plus de deux ou trois cents mètres.

– Et ?

– Ils n'y verront pas plus que nous. Nous serons là, silencieux, à scruter le brouillard. Attentifs au bruit des machines.

Il y eut un nouveau silence. Navia considérait encore la carte. Il finit par donner quelques petits coups d'ongle sur la même position qu'auparavant.

– Ils ont une chance, ajouta-t-il, et ils vont essayer de la saisir.

Il enleva la carte de la table, la roula et la cala sous son bras. Puis il regarda Falcó avec curiosité.

– Voulez-vous m'accompagner ?

Falcó inclina la tête, surpris.

– Pour aller voir Quirós ?... Croyez-vous qu'il le permettra ?

– Je ne crois pas qu'il soulève d'objection, et ça pourrait vous intéresser. Lui aussi, d'ailleurs... Il se pourrait que lui et moi apprécions de pouvoir disposer d'un témoin.

– C'est probable, admit Falcó. Que l'affaire se termine d'une façon ou d'une autre, nous devrons fournir beaucoup d'explications.

Navia regarda l'horloge et prit sa casquette.

– Eh bien, allons-y.

Ils passèrent dans la coursive, où le commandant remit la carte marine au caporal qui portait guêtres et sabre et qui, après l'avoir reçue de son supérieur, s'éloigna. Ils descendirent ensuite un escalier sonore jusqu'au pont.

– Ce que je ne sais pas, c'est ce que feront les agents marxistes que Quirós aura à son bord, dit tout à coup Navia. J'ignore tout d'eux.

– Ne vous inquiétez pas pour ça. Le problème est réglé.

Ils étaient près d'une des ampoules couvertes de salpêtre qui éclairaient le pont. Le commandant s'arrêta pour scruter Falcó d'un œil inquisiteur.

– Il est réglé, répéta celui-ci, impassible.

Navia l'observa encore un instant. Puis il haussa un sourcil.

– Ce qu'on m'a dit de vous n'était pas exagéré.

Falcó tira une dernière fois sur la cigarette qu'il lança ensuite par-dessus bord.

– Chacun fait ce qu'il peut.

– Fondamentalement, dit le capitaine Quirós comme en conclusion d'un long raisonnement intérieur, fondamentalement, je suis un marin.

L'affirmation paraissait hors de propos, ou inutile. Il l'avait formulée en regardant le commandant Navia, et Falcó vit celui-ci acquiescer. Codes partagés, pensa-t-il. Si bien qu'il décida de s'effacer. Ou peut-être l'était-il déjà pour eux, conclut-il.

Les capitaines étaient assis en face l'un de l'autre dans le bureau du consignataire, casquette sur leurs genoux. Tous deux portaient des vestes bleu marine avec les galons de leur grade aux poignets, par-dessus chemise et cravate pour le national et maillot à col roulé pour le républicain. De l'autre côté de la fenêtre, il n'y avait que la nuit et le brouillard. La lumière d'une lampe à pétrole éclairait leurs visages et laissait dans la pénombre d'un angle de la pièce Falcó, debout, adossé au mur. Depuis dix minutes il assistait, silencieux et immobile, au dialogue entre les deux hommes qui allaient s'affronter au large, quelques heures plus tard.

– Fondamentalement, répéta Quirós.

Ses yeux bleu délavé considéraient son adversaire avec une insolite candeur. On aurait dit qu'il guettait une sorte d'approbation catégorique, ou une absolution qualifiée. Navia, de son côté, changea de position sur son siège et posa les mains sur ses genoux.

– Je suppose, dit-il enfin, que vous ne pouvez faire autrement.

Quirós approuva avec vigueur, une seule fois, en baissant brusquement sa tête chauve tannée par le soleil. Entre les poils roux et gris de sa barbe apparaissait un triste rictus.

– Je sais que vous le comprenez, dit-il.

Navia répondit d'un geste vague.

– C'est tout ce que je peux faire pour vous et votre bateau… Comprendre.

– Bien sûr.

Ces derniers mots, Quirós les prononça avec une grande simplicité, fataliste et serein, en regardant ses mains couvertes de taches de son, occupées à caresser la visière de sa casquette. Au bout d'un moment, il leva la tête.

– Vous êtes toujours décidé à prendre la mer avant le *Mount Castle* ?

– Évidemment.

– Vous savez que vous contrevenez ainsi à la convention internationale de dix-neuf cent sept, dit-il en levant une main comme s'il avait le texte à sa portée. Un navire de commerce réfugié dans un port neutre a le droit de larguer les amarres vingt-quatre heures avant un vaisseau de guerre ennemi.

– Mon gouvernement ne reconnaît pas cette convention concernant l'escadre républicaine.

– Votre gouvernement, dites-vous.

– C'est bien ce que je dis.

– Alors, vous appareillerez avant moi ?

Navia consulta sa montre-bracelet.

– Dans une heure et dix-huit minutes, dit-il froidement. – Il tourna légèrement son visage du côté de la fenêtre, en direction des quais et de la nuit. – Allez-vous débarquer une partie de votre équipage, ou tous ses membres resteront-ils à bord ?

– J'en laisse quelques-uns à terre, précisa Quirós après une légère hésitation. Mais j'emmène avec moi tous ceux qui me sont nécessaires.

– Pour les machines et la manœuvre, je suppose.

– Évidemment.

– Et pour actionner le canon.

– Aussi.

– Votre unique canon.

Quirós ne répondit pas, et Navia laissa passer quelques secondes sans rien dire.

– Vous avez peu de possibilités de vous échapper, dit-il enfin, et vous le savez.

Quirós se caressa la barbe, pensif. Puis il remua la tête comme s'il déniait ses propres pensées.

– Que feriez-vous à ma place ? dit-il brusquement.

Navia appuya sa tête contre le dossier du fauteuil. Avec ce geste, il semblait vouloir prendre du recul. Éluder la question.

– Je ne suis pas à votre place, dit-il sèchement.

– Et si vous l'étiez ?

Un silence lui répondit. ce fut Quirós qui reprit alors la parole.

– Le *Mount Castle* est un bon navire.

Navia parut être sur le point de sourire, mais il ne le fit pas.

– Tous ceux que l'on commande le sont, se contenta-t-il de dire.

– Vous tenteriez de profiter du brouillard, avança Quirós. Comme je me prépare à le faire.

– Et le jeu du chat et de la souris recommence.

– Manifestement.

– Le brouillard ne s'éternisera pas, et la route de la mer Noire est longue… Il y a les bateaux italiens, et j'ai une bonne radio à bord. Cette fois, le chat a de longues griffes.

– Je le sais.

Ils se turent de nouveau, pendant que Quirós regardait ses mains, méditatif. Ou peut-être, se dit Falcó, ne méditait-il rien de particulier, ne considérait-il que des vitesses en nœuds, des cartes marines, des routes et autres choses de ce genre-là. Il semblait aussi calme que s'il était question d'une manœuvre conventionnelle quelconque.

– C'est pour ça que vous vouliez me voir ? demanda Navia avec une certaine aigreur. Pour me demander ce que je ferais si j'étais aux commandes de votre bateau ?

– Non, dit Quirós, apparemment offensé par la question. J'ai toujours su ce que vous feriez.

Il regardait maintenant Falcó, toujours immobile et muet dans son coin. Et il sembla brusquement se souvenir de quelque chose.

– J'espère que vous ne me gardez pas rancune pour l'affaire de l'autre nuit. Mon devoir…

– Ne vous souciez pas de ça, l'interrompit Navia, rassurant. Chacun livre sa guerre de son mieux.

Quirós s'était levé, laissant sa casquette sur le fauteuil. De sa place, le commandant le regardait avec attention.

– Je veux vous adresser une requête, commandant Navia. Ou plutôt deux, en réalité. – Il avait sorti une enveloppe scellée d'une poche de sa veste, qu'il tint entre ses doigts et regarda. – J'ai une femme et deux enfants en zone nationale. Ils sont à Luarca, je crois. Et j'aimerais que si… Je veux dire… Si le sort vous était favorable, que vous leur fassiez parvenir cette lettre.

Après un moment d'immobilité, comme s'il tergiversait, Navia tendit la main.

– Je ferai mon possible.

– Je vous remercie. La seconde requête concerne mes hommes… L'équipage du *Mount Castle*.

Il s'était approché de Navia pour lui remettre l'enveloppe. Maintenant, il était debout devant lui.

– Si vous nous découvrez, je n'ai pas l'intention de baisser pavillon. Nous livrerons bataille.

Navia hocha la tête avec un évident regret.

– Votre décision est prise ?

– Définitivement.

– Je me verrai forcé de…

– Je sais à quoi vous vous verrez forcé. Et il s'agit justement de ça. Il est très possible que pour nous tout se termine là, mais qu'il y ait des survivants… Je suppose que vous aurez la déccnce de les repêcher, comme le veut le droit de la mer.

– N'en doutez pas. Le cas échéant, je ferai pour eux tout ce qui sera en mon pouvoir.

– Même dans le brouillard ? Vous les chercherez jusqu'au bout ?

– Pour autant que la manœuvre ne mettra pas mon bâtiment en péril.

Le capitaine républicain avait mis les mains dans ses poches. On l'aurait dit cloué sur place, jambes légèrement écartées, comme si la terre roulait sous ses pieds : petit, râblé, aussi solide et réfractaire qu'une brique.

– Pouvez-vous répondre franchement à une question, commandant Navia ?

– Posez-la, et vous le saurez.

– Avez-vous l'ordre de passer par les armes ceux que vous repêcherez ?

– Pas les membres de votre équipage.

Le commandant n'avait même pas cillé. Quirós pencha un peu la tête vers lui.

– J'ai votre parole d'honneur ?

– Vous l'avez… Mes ordres sont d'un caractère général en accord avec le traitement réservé aux prisonniers de guerre. Ce qui suppose que je dois les conduire en territoire national et les remettre aux autorités locales qui disposeront d'eux.

– En les fusillant.

– Ce qui n'aura rien d'exceptionnel. C'est ainsi que l'on procède, comme vous le faites avec les prisonniers de notre camp. Mais ce ne sera plus de mon ressort.

Quirós fit trois pas en direction de la fenêtre. Il regarda la nuit, sortit de sa poche un paquet de cigarettes et en glissa une entre ses lèvres.

– Ce sont de braves gars, vous savez… Des marins comme les autres que la vie a conduits à bord du *Mount Castle* comme elle aurait pu les conduire à bord de votre destroyer. Une demi-douzaine d'entre eux a des idées radicales, les autres se bornent à rester fidèles à leur bateau, à leur capitaine et à la République. Qu'ils servent en faisant leur travail aussi bien qu'ils le peuvent… C'est tout.

– Qu'attendez-vous de moi ?

Quirós s'était tourné vers le commandant.

– Que vous ayez l'humanité de ne pas débarquer les survivants en zone nationale.

– C'est impossible.

Le capitaine avait craqué une allumette. Pendant qu'il l'approchait de sa cigarette, elle éclaira ses yeux de Viking imperturbable décolorés par des siècles de tempêtes, de naufrages et de routes incertaines.

– Vous pouvez recourir à de nombreux prétextes, dit-il calmement ; que leur état requiert une assistance médicale à terre ou tout autre chose qu'il vous plaira d'inventer… Que vous-même et votre navire devez revenir ici pour une raison ou pour une autre. Mais je vous demande de les ramener à Tanger.

– Je ne peux pas faire ça.

– Bien sûr que vous le pouvez.

Navia parut déconcerté.

– Pourquoi devrais-je le faire ?

– Parce que ce sont des gens de mer comme vous. Parce que ce sont des hommes courageux dont les mains n'ont jamais été souillées de sang.

– Ça, je n'en sais rien.

– Ça, je vous le garantis, répliqua Quirós en faisant quelques pas dans le bureau, qui le conduisirent devant le fauteuil, dans lequel il ne s'assit pas. Je les ai vus accomplir leur devoir sans rien dire, obéissants, pendant que nous déjouions le blocus ou par des coups de chien, risquant leur vie parce qu'ils me faisaient confiance, et ne se plaignant jamais. Ils me regardaient dans les pires moments comme on lève les yeux vers son créateur…

Il se tut tout à coup, comme s'il se demandait s'il fallait poursuivre. Puis il tira une bouffée de sa cigarette et rejeta doucement la fumée. La lumière de la lampe, proche, l'entoura d'un halo gris.

– Les hommes courageux ne doivent pas mourir fusillés, conclut-il sombrement.

– Et vous ? s'enquit Navia. Que dois-je faire de vous si je vous repêche ?

La réponse ne fut qu'un bref silence et un sourire éloquent, très long à s'épanouir, et très triste. Navia soupira. Il remua la tête, découragé, et poussa un nouveau soupir.

– Vous avez ma parole, dit-il enfin. Je ferai tout ce que je peux pour eux.

Il s'était levé. De son côté, Quirós, comme s'il venait de se rappeler quelque chose, s'adressa pour la première fois à Falcó.

– Je n'ai aucune nouvelle de certains passagers. Deux hommes et une femme… Peut-être savez-vous quelque chose.

– Oui. Je sais quelque chose.

– Je suppose qu'il est inutile que je les attende à bord.

Falcó se contenta de le regarder sans répondre. Le capitaine hocha la tête.

– Je comprends.

Il saisit sa casquette et s'en coiffa. Sous la visière, ses yeux bleus prirent une expression d'indifférence lointaine. Falcó pensa alors que le capitaine du *Mount Castle* venait de quitter la terre ferme.

– Je crois que tout est dit, l'entendit-il murmurer comme pour lui-même.

Après cela, Quirós éteignit sa cigarette dans le cendrier et se redressa un peu plus. Il était devant l'autre marin, qui le dépassait d'une bonne tête. Falcó remarqua que les deux hommes semblaient indécis. Finalement, presque avec timidité, Quirós tendit la main à Navia, qui la lui serra. Ils se dévisageaient.

– Bonne chance, capitaine, dit le commandant. Nous nous verrons au large.

Quirós acquiesça, pensif. Tout à lui-même dans la nuit et le brouillard.

– Oui. Probablement.

Une brume entourait d'un halo trouble les rares lumières du port encore éclairées, qui se reflétaient, brouillées, sur le sol mouillé. Le reste était une pénombre grise et, plus loin, un cercle de ténèbres enveloppait tout.

Mains dans les poches de la gabardine dont il avait relevé le col, le visage et les cheveux mouillés, Falcó, debout près de l'une des grues, regardait le *Martín Álvarez* larguer les amarres : ses feux de navigation étaient allumés et l'on entendait la douce trépidation des machines. Sa silhouette gris de plomb se détachait peu à peu du quai, sous un panache de fumée noire que l'absence de vent et l'humidité de l'air tenaient suspendu au-dessus des cheminées et confondaient avec l'obscurité de la nuit. Vu de la terre par son estain de bâbord, le destroyer présentait son canon de poupe et le pavillon national se devinait à son mât, trempé et flasque.

Il y avait des gens venus voir le *Martín Álvarez* prendre la mer. Les gendarmes de garde s'étaient approchés des bittes d'amarrage et observaient la scène de l'autre côté de la clôture de barbelés qui entourait l'endroit du quai où était arrimé le *Mount Castle*. Près d'eux s'étaient rassemblés environ douze hommes d'équipage du cargo, descendus à terre pour assister au spectacle ; les autres marins républicains l'observaient de la proue du cargo, réunis autour du cabestan. Silhouettes immobiles et silencieuses dans le reflet des lanternes filtré par le brouillard, ils observaient et fumaient, la tête coiffée de bérets ou de casquettes, couverts de chandails ou de cabans sombres. Maussades et muets, ils voyaient partir le navire ennemi qui quelques heures plus tard allait exécuter la sentence qui pesait sur eux, dès qu'ils seraient en pleine mer.

Un peu plus tôt, Falcó avait assisté à l'ultime échange de regards entre nationaux et républicains, les premiers occupés aux manœuvres d'appareillage, les seconds groupés pour les voir retirer l'échelle de coupée et haler à bord les amarres ruisselantes d'eau tandis que retentissaient sur le pont ordres et coups de sifflet. Ni les uns ni les autres n'avaient prononcé la moindre parole ; il n'y avait eu entre eux que des regards et des signes qui, de l'endroit où Falcó les observait, pouvaient être d'hostilité aussi bien que d'adieu. Toutefois – et cela il l'avait clairement vu –, deux des marins nationaux, tournés en direction de l'autre bateau, avaient furtivement porté deux doigts à leur casquette ; mais nul n'avait répondu à leur salut.

Juste avant le commencement de la manœuvre, Falcó avait également vu le commandant Navia longer le bordé de son navire tourné vers la terre, aller jusqu'à la tourelle et, de là, diriger son regard vers la dunette du cargo qu'il laissait derrière lui, où la silhouette du capitaine Quirós était appuyée, côté tribord, au garde-fou de la plate-forme. Navia était resté un moment immobile à regarder dans cette direction. Puis un officier s'était approché pour échanger quelques mots avec lui, et le commandant, tournant le dos au cargo, avait regagné la proue.

La sirène du destroyer retentit telle une sonnerie aux morts qui déchira l'atmosphère brumeuse et parut faire entendre un adieu, un avertissement et une menace. Enfin, la manœuvre terminée, la trépidation des machines s'intensifia, les hélices battirent l'eau noire et le feu rouge de bâbord s'éloigna à une vitesse toujours accrue jusqu'à ce que ne demeurent visibles que les halos diffus du feu de tête de mât et celui, blanc, de la poupe. Alors, tandis que l'ombre fantomatique du destroyer disparaissait dans l'obscurité et le brouillard, les marins républicains abandonnèrent la proue du *Mount Castle* et leurs camarades, sur le quai, remontèrent lentement à bord.

– Notre tour est venu, dit l'unique voix qui se fit entendre, en laquelle il lui sembla reconnaître celle du maître d'équipage que l'on appelait El Negus.

Falcó s'éloigna lui aussi du quai, en direction de la ville. En passant devant le cargo, il vit le capitaine Quirós, encore accoudé au garde-fou de la plate-forme, le regard tourné vers l'obscurité qui venait d'avaler le destroyer, et ses hommes d'équipage qui, en montant l'échelle de coupée, le considéraient avec un respect silencieux. « Des hommes courageux qui, dans les pires moments me regardent comme on lève les yeux vers son créateur », avait dit Quirós peu auparavant.

La clarté brumeuse des lanternes, derrière lui, déformait son ombre sur le sol mouillé, tandis qu'il avançait. En la regardant, ou en se regardant, sa bouche se tordit en une grimace sarcastique. Peut-être cruelle. Pour un marin à bord d'un navire, se dit-il, comme pour un soldat au combat ou un fidèle agenouillé devant un prêtre, l'énormité de sa propre insignifiance devenait si évidente que la seule consolation était de s'imaginer gouverné par des hommes qui détenaient des certitudes au lieu d'avoir des doutes. Ou quelque chose d'approchant. Voilà pourquoi il y aurait toujours quelqu'un prêt à se repentir de ses péchés, à se battre pour un drapeau ou à faire partie de l'équipage d'un bateau parti sans espoir de retour.

16

La dernière carte de la mort

Paquito Araña avait bien rempli sa mission. Face au lit sur lequel était étendue Eva Neretva, il se tenait assis, une couverture sur les épaules, une cafetière devant lui et le pistolet à portée de la main. Il lisait un vieux numéro de *Marie Claire*. Quand Falcó entra dans la pièce, les yeux somnolents du sicaire se dirigèrent vers la prisonnière, mains toujours attachées dans le dos avec du fil de fer, couchée sur le côté, une moitié du visage couverte par ses mèches de cheveux blonds et sales.

– Comment s'est-elle comportée ? demanda Falcó.

– On ne peut mieux… Tu as dû la mater comme il faut, parce qu'elle n'a pas bougé ni ouvert la bouche.

Falcó montra la cafetière.

– Tu lui en as donné ?

– Lui en donner ?… Un coup de navaja en travers du cou, voilà ce que je lui aurais donné si tu m'avais laissé faire.

Falcó se mit à rire.

– Tu es une vieille rancunière.

– Et toi une beauté irresponsable qui a failli me conduire à ma perte. Comme le pauvre Kassem.

Falcó lui tâta le torse. Le pansement sous la couverture. Il n'y avait pas trace de sang, ni sur la poitrine ni dans le dos, ce qui était bon signe. La balle, de petit calibre, n'avait touché aucun vaisseau sanguin important, et une croûte se formait sur la blessure. Une chance.

– Tu as très mal ?

– Pas trop. Ton amie Moïra m'a fait une piqûre de je ne sais quoi.

– Va te reposer. Je t'appellerai si j'ai besoin de toi.

Araña poussa un soupir, s'étira avec précaution. Il prit son arme et se leva.

– Il était temps, mon beau. Surveiller des salopes communistes n'est pas mon fort. – Il regarda Eva avec un mélange de rancune et de curiosité. – Que comptes-tu faire d'elle ?

– Je l'emmène avec moi.

Le sicaire arqua ses sourcils épilés.

– Où ?

– Je te le dirai plus tard.

Les yeux de batraciens regardaient Falcó avec inquiétude, plus soupçonneux que d'habitude.

– Tu n'as vraiment pas besoin de moi ?

– Vraiment pas.

– Écoute, petit, j'ai plus peur de toi que d'une tornade… Tu t'amuses beaucoup, mais cette pute est dangereuse. Prends bien garde à elle.

– Sois tranquille.

– Ne vaudrait-il pas mieux la tuer ?

– Négatif.

– Réfléchis bien, mon gars. Elle meurt pour la Cause, et nous nous évitons les difficultés.

– Allez, va-t'en, dit Falcó qui souriait, rassurant. Va dormir un peu.

Araña finit par partir, peu convaincu. Falcó s'approcha du lit. Entre les mèches blondes, les yeux d'Eva étaient posés sur lui avec une fixité furibonde. Elle était revenue à elle. Il écarta les cheveux de son visage, qu'elle voulut reculer avec brusquerie. Elle sentait l'aigre, la saleté, la sueur, et elle s'était uriné dessus : son pantalon était mouillé à l'aine. Les contusions marquaient ses pommettes, son front et sa mâchoire inférieure. Elle avait encore des croûtes de sang séché, et son œil gauche, tuméfié et à demi fermé, présentait un vilain cerne violacé. Belle et propre n'étaient pas les mots qui lui convenaient.

– Le destroyer national vient de quitter le port, dit Falcó. Dans trois heures, ce sera le tour du *Mount Castle*.

Elle le regardait en silence, avec une fixité assassine, tout d'abord sans comprendre ce qu'il lui disait. Puis elle cligna des yeux et lâcha une plainte rauque. Un son désespéré et bestial.

Falcó alla jusqu'à la cafetière, vérifia s'il restait du café et lui en versa dans la tasse dont s'était servi Araña. Il sortit son tube de Cafiaspirina, prit deux comprimés et retourna près de la jeune femme.

– Prends ça, insista-t-il quand elle écarta de nouveau son visage. Ça te fera du bien.

Finalement, au bout de plusieurs tentatives, Eva accepta. Elle permit à Falcó de lui mettre les comprimés dans la bouche – ce qu'il fit avec la paume de la main, pour éviter qu'elle lui morde les doigts – et elle avala une bonne gorgée de café. Falcó sortit quelques instants et revint avec une cuvette pleine d'eau, une serviette de toilette, et il s'assit sur le bord du lit.

– Laisse-moi te nettoyer un peu. Tu es à faire peur.

Avec délicatesse, il la débarrassa de la croûte de sang et de ce qui restait de saleté sur son visage. Puis il lui appliqua la serviette mouillée sur les contusions.

– Ça aurait pu être pire, dit-il.

Eva ne desserrait toujours pas les dents. Pendant un bon moment, ils restèrent sans rien dire. Falcó posa la cuvette sur le sol.

– Une cigarette ?

Elle refusa d'un signe de tête. Elle respirait lentement, tendue, sans le lâcher des yeux.

– Que vas-tu faire de moi ?

La voix avait surgi, rauque comme la plainte de tantôt. Voilée par la douleur et la lassitude. Falcó fit un geste ambigu.

– Rien de particulier, dit-il.

Là-dessus, il resta à la regarder, pensif. Lui aussi était fatigué.

– Les jeux sont faits, maintenant, ajouta-t-il. Plus rien ne peut changer le cours des choses.

Il tendit la main pour écarter un peu ses cheveux emmêlés et sales. Cette fois, elle ne le repoussa pas.

– Et moi ? demanda-t-elle enfin.

Falcó continuait de l'observer, les doigts dans les cheveux d'Eva.

– Je ne sais pas.

Il ne dit rien pendant quelques instants, puis répéta : « Je ne sais pas. » La jeune femme s'agita jusqu'au moment où elle fut sur le dos, mains toujours attachées. Elle regardait le plafond de la chambre.

– Quirós a demandé de tes nouvelles, dit-il. De vos nouvelles.

– Vous vous êtes parlé ?

– Il y a un moment.

– Tu lui as raconté ce qui s'était passé cette nuit ?

– Je ne lui ai rien raconté du tout. Mais il a tout compris.

Elle regardait encore le plafond.

– Il sait au moins que je n'ai pas déserté.

– Il a toujours su que tu ne ferais jamais ça, je suppose. Tu n'es pas de ceux qui désertent.

– Je regrette de n'avoir pas pu te tuer cette nuit.

– Oui… Je sais que tu le regrettes.

Il se leva. Il avait encore sur lui la gabardine, et la chaleur l'incommodait. Soudain, il sut ce qu'il allait faire, et le savoir suscita en lui une sorte de sourire. Il se pencha de nouveau sur Eva, la fit se retourner et la libéra du fil de fer qui liait ses poignets. Elle le regarda avec étonnement.

– Peut-être voudras-tu m'accompagner, dit-il.

– Où ?

– Au port.

La jeune femme se redressa doucement, avec peine. Elle frottait ses mains ankylosées qui gardaient aux poignets le sillon profond imprimé par le fil de fer.

– Libre ? s'enquit-elle, incrédule.

– Je ne saurais le dire.

Il recula d'un pas tandis qu'elle essayait de se lever, bien que l'effort semblât excessif pour ses membres gourds. Un instant plus tard, il se rapprocha d'elle pour l'aider. Elle n'opposa pas de résistance.

– Tu vas pouvoir marcher ?

– Oui.

Le pantalon et la canadienne étaient sales et déchirés par la bagarre de la nuit dernière. Falcó fit passer son pistolet dans la poche droite de sa veste, ôta sa gabardine et la lui mit, tandis qu'elle l'observait, déconcertée.

La partie basse de la médina était encore couverte de brouillard. Ils marchèrent l'un à côté de l'autre en entendant le double bruit de leurs pas, sans dire un mot jusqu'à ce qu'ils arrivent au tunnel de la Marina, sous la partie de la muraille qui donnait sur le port. Parfois ils se frôlaient en marchant dans les rues les plus étroites, et Eva reculait immédiatement, tendue et brusque. Elle avait boutonné la gabardine jusqu'au col, remonté les manches, et un foulard de soie noué sous le menton couvrait ses cheveux.

Devant la porte du bâtiment de la douane une lanterne était allumée et, à sa lumière, Eva se tourna vers Falcó pour le regarder.

– Qu'est-ce que tu veux ?

Elle avait ralenti le pas et fini par s'arrêter. Falcó avait froid. Il marchait col de sa veste relevé et mains dans ses poches.

– Satisfaire ma curiosité, répondit-il, laconique.

Elle l'observait, attendant la suite. Il eut une nouvelle expression évasive.

– Je suis curieux, ajouta-t-il.

– De quoi ?

– De toi.

Encore une fois, elle fut déconcertée. Sans doute n'avait-elle pas arrêté de l'être depuis qu'il lui avait délié les mains.

– Tu vas me laisser embarquer ?

Elle posa la question presque avec stupéfaction, comme si elle venait à peine de s'en aviser. Comme si c'était la dernière chose au monde à laquelle elle se serait attendue. Falcó la regarda sans répondre.

– Pourquoi fais-tu ça ? insista-t-elle.

Alors, ses lèvres se fendirent d'un de ces sourires qui n'appartenaient qu'à lui, mêlé de sympathie, de roublardise et d'insolente cruauté. Expression conduite à son point de perfection par la vie et les années. Un de ces sourires pour lesquels quelques rares ou de nombreux hommes se laissaient tuer et quelques rares ou de nombreuses femmes se laissaient aussitôt séduire.

– *Die letzte Karte*, dit-il. Tu te rappelles ?… Parce que c'est la Mort qui abat la dernière carte.

Sur le port, le brouillard transformait encore les éclats des lanternes en halos spectraux qui grisaillaient la nuit. Ils marchèrent lentement sur le quai verni d'humidité en direction du *Mount Castle*, dont la silhouette sombre se détachait dans la brume, ponctuée par quelques lumières allumées à bord. Ils s'arrêtèrent enfin près des chevaux de frise qui empêchaient l'accès au cargo. À une vingtaine de pas, près de la guérite en bois de l'entrée, fusil à l'épaule, les gendarmes de la police internationale, enveloppés dans leurs capotes, les observaient.

– Voilà ton bateau, dit Falcó.

Elle le scrutait dans la pénombre. Ou, plus exactement, elle l'étudiait comme si elle le voyait pour la première fois.

– Tu vas me laisser monter à bord ? demanda-t-elle, surprise.

– Je vais te laisser choisir ce que tu veux. Que puis-je faire d'autre de toi ?

Elle parut y réfléchir sérieusement.

– Tu aurais pu me tuer, comme l'a suggéré ton copain.

Falcó rit entre ses dents, amusé.

– Je n'y gagnerais rien.

– Et comme ça ?… Tu laisses libre un ennemi. Ne me prends pas pour une de ces petites bourgeoises égarées dans les rangs des ouvriers. Je suis un agent soviétique, et tes criminels de chefs fascistes pourraient te demander des comptes.

– De mes criminels de chefs fascistes, je m'en charge. Tu le sais très bien.

Elle baissait la tête, distante. Insondable. Elle la releva un instant plus tard.

– Pourquoi fais-tu ça ?

– Je te l'ai dit. Ça ne sert à rien que tu meures.

– Qui ne meurt pas aujourd'hui peut se battre demain.

– C'est un risque que je cours, bien qu'il soit mineur… Si tu montes dans ce bateau, je doute que tu voies le jour se lever.

En entendant cela, la jeune femme plongea dans un silence opaque.

– Tu n'es pas un sale type, dans le monde tel qu'il est, dit-elle soudain.

Falcó rit doucement, presque pour lui seul. Finalement, Eva remua les épaules comme si elle se sentait mal à l'aise.

– J'ai des ordres, dit-elle.

– Je sais. Aller en Russie… Mais le *Mount Castle* n'ira nulle part. Ton voyage se terminera à quelques milles d'ici.

Eva garda de nouveau le silence, et cette fois ce fut lui qui reprit la parole.

– Reste.

Elle le considéra avec une subite attention. Elle semblait s'efforcer de deviner une intention singulière dans ce qu'il avait dit. Dans ce qu'il disait.

– Et que feras-tu de moi si je reste ?

Il se remit à rire, allègrement résigné. Sombre.

– Je ne ferai rien. Ma mission se termine ici. J'ai échoué.

– Moi aussi. – Ce fut alors elle qui rit, tout bas, amèrement. – C'est drôle, tu ne trouves pas ? Deux bons à rien à quelques pas de trente tonnes d'or qui seront au fond de la mer dans un moment.

– Celui qui gagnera cette guerre pourra les repêcher quand le conflit aura pris fin.

– En tout cas, les vainqueurs ne seront ni toi ni moi.

– Mais ton paradis prolétaire, fit-il, ironique.

– Qui verra le jour, oui.

Eva avait répondu avec le plus grand sérieux. Elle regardait le sol mouillé, luisant de brume et de reflets de lumière lointaine.

– D'autres m'emboîteront le pas, ajouta-t-elle, sereine.

Sur ces derniers mots, elle recula un peu et s'arrêta.

– Tu crois que nous nous aimons ?... Toi et moi, je veux dire.

Falcó haussa les épaules. Le col de son veston était toujours relevé jusqu'à ses oreilles, et ses mains enfoncées dans ses poches. Trop de brouillard, pensa-t-il en regardant autour de lui. Trop de grisaille dans ces halos de clarté sale suspendue aux millions de minuscules gouttelettes qui saturaient l'atmosphère. Il regarda autour de lui, aspira une goulée de brume.

– Reste à terre, lui dit-il avec douceur. Laisse partir ce bateau et reste. Il y a même des membres de l'équipage qui vont débarquer, ou qui l'ont déjà fait... Quirós n'aura à bord que les hommes nécessaires pour naviguer et combattre.

Elle demeura un moment en silence.

– Je peux combattre, murmura-t-elle enfin.

– Il n'y aura pour ainsi dire pas de combat. Le destroyer national a cinq canons de gros calibre, face au modeste Vickers du *Mount Castle*... Quand il vous aura localisés, brouillard ou pas, maintenant ou dans deux jours, vous ne resterez pas à flot dix minutes.

– Il y a une chance…

– Non. Certainement pas. Et Quirós le sait.

Eva semblait ne pas entendre, tournée du côté de la silhouette noire du navire.

– Il faut que j'aille à bord. Lui parler.

Falcó poussa un soupir de découragement.

– Je suppose que oui. Que tu dois le faire.

Méfiante, elle porta son attention sur la main qu'il tenait enfoncée dans la poche droite de sa veste.

– Tu vas me laisser partir ?

– Bien sûr.

Ils se regardèrent longuement. Puis Eva alla résolument jusqu'à la guérite des gendarmes ; et lui, après un bref moment d'indécision, la suivit. Ils arrivèrent ensemble devant les sentinelles, auxquelles la jeune femme montra son permis d'accès à la zone réservée. Ce faisant, elle vit que Falcó l'avait suivie jusque-là.

– Il vient avec moi, dit-elle sèchement.

Ils continuèrent d'avancer, l'un près de l'autre et sans dire un mot jusqu'à l'échelle de coupée. La masse obscure du cargo se dressait, plaquée contre le quai, les amarres encore fermement attachées aux bittes. Les machines se faisaient entendre, une fumée noire sortait de la cheminée et quelques membres d'équipage se mouvaient sur le pont. En haut, de garde au passage, deux marins armés de pistolets les regardaient avec curiosité.

Eva ôta le foulard, rejeta ses cheveux en arrière pour les lisser et noua de nouveau le carré de soie sous son menton.

– Je peux garder ta gabardine ?

– Bien sûr que tu peux.

– Je suis sale, un vrai désastre. Je ne veux pas qu'ils me voient comme ça.

– Bien entendu.

Ils étaient face à face dans la lumière mouillée des ampoules allumées en haut, sur le pont. Cette clarté grisâtre donnait aux yeux d'Eva un singulier éclat sourd, comme s'ils regardaient de très loin, à travers l'obscurité et la brume, vers un avenir inexistant.

– Je serai là, dit-il.

Elle tourna un peu la tête de côté pour regarder le flanc du navire.

– Je crois que je resterai à bord.

– Peut-être ne le feras-tu pas.

Sans répondre, elle tourna le dos pour monter l'échelle, qui résonna sous ses pas. La manche claire de la gabardine s'éloigna sur le flanc bâbord jusqu'à ce qu'il la perde de vue.

La dernière carte, se dit Falcó. Puis il alluma une cigarette.

Le jour se levait, et la lumière de l'aube s'ouvrait péniblement un passage. Ce fut d'abord une clarté vague du côté du levant ; plus tard, une gamme de contre-jours et d'ombres plombées dessina le profil des grues et des entrepôts, que le brouillard voilait de contours fantomatiques. On n'entendait que le criaillement des mouettes qui planaient au-dessus du quai.

Falcó attendait, assis sur quelques caisses de marchandises. Il avait très froid, mais n'arrivait pas à prendre la décision de s'éloigner de là. La forme obscure du *Mount Castle* était distincte, dépassant du quai à peu de distance, découpée dans la clarté grandissante, ses deux mâts, sa cheminée et ses hautes manches à air se détachant à contre-jour. Il y avait du mouvement sur le pont, des hommes qui allaient et venaient en préparant la manœuvre de sortie du port.

De l'autre côté des chevaux de frise et des barbelés, contenus par les gendarmes, des groupes de curieux commençaient à se rassembler : travailleurs portuaires, Tangérois oisifs désireux d'assister au départ du bateau. Parmi eux, il y avait des femmes. Du côté de la douane arrivaient des voitures à chevaux et quelques rares automobiles. Toute la ville savait ce qui allait se passer, et les lève-tôt voulaient être les premiers témoins à le raconter. Il y avait aussi des gens qui allaient du môle jusqu'à l'extrémité de la jetée, d'où l'on pouvait avoir la meilleure vue, même si le brouillard – la visibilité n'excédait pas deux cents mètres – ne facilitait pas les choses.

Falcó frotta ses mains engourdies. L'humidité de l'air mouillait sa veste, ses cheveux et son visage. Il avait envie de fumer, mais il avait aussi un début de migraine : un cognement pénible du côté droit allait en augmentant. Depuis son enfance il était familiarisé avec ces symptômes. S'il les laissait s'accentuer, il aurait finalement la tête comme un tambour et des nausées. Il se résolut donc à se lever et regarda autour de lui. Les gendarmes de la guérite devaient sans doute avoir un peu d'eau, avec laquelle il pourrait avaler un comprimé de Cafiaspirina. Il se dirigea vers elle.

Le piquet de garde, formé de Nord-Africains et d'Européens, était commandé par un caporal moustachu et costaud. Un Espagnol. Il n'avait pas d'eau, mais une gourde de vin qu'il tendit de bon gré à Falcó. Celui-ci mastiqua le comprimé, rejeta la tête en arrière et d'une gorgée de vin âpre se rinça la bouche et la gorge. Il rendit la gourde, sortit son étui à cigarettes, le caporal en prit une avec plaisir et, baissant la tête pour l'allumer pendant que Falcó lui donnait du feu, pointa le doigt sur les gens groupés derrière les barbelés.

– Ils ne veulent rien perdre du spectacle… C'est mieux que d'aller au cinéma.

– Les tragédies que vivent les autres sont toujours très intéressantes, remarqua Falcó.

– C'est bien vrai. – L'homme inhala la fumée et regarda la cigarette avec satisfaction. Puis il montra le *Mount Castle*. – Pauvres types, pas vrai ?… Ils n'en ont plus pour longtemps.

– On dirait.

– Il faut les avoir bien accrochées pour ce qu'ils vont faire, non ?… Prendre la mer avec les autres qui les attendent au large.

– Il se peut que le brouillard leur soit favorable, dit Falcó.

Le caporal hocha la tête.

– Espérons-le. – Il jeta un rapide coup d'œil sur ses hommes et baissa la voix. – Je suis apolitique, vous savez… Ici, je suis bien, content d'y être. Mais j'ai plus de sympathie pour la République que pour les militaires rebelles. J'étais avec eux à Melilla, vous comprenez ?… Sous leurs ordres. Et je n'en dis pas plus.

Falcó hochait la tête, approbateur, appréciant le sort de ce type chanceux, si loin des espadrilles, de la couverture grossière sur les épaules, de la barbe de huit jours, des détonations, des cris des hommes qui tuaient et mouraient quelques kilomètres plus au nord ; de ces compatriotes qui, épuisés, vaincus, sans munitions, levaient les bras et se laissaient conduire, avec le fatalisme de leur vieille race, jusqu'au fossé où on allait les abattre, ou encore de tous ces Espagnols qui ont immanquablement le mégot collé aux lèvres quand on les attache au poteau d'exécution, si ce n'est quand ils prennent la mer pour aller mourir par un matin de brouillard. Comme si la saveur âcre du tabac était l'arrière-goût amer de leurs vies.

– Oui, reconnut-il. Tanger, c'est autre chose.

– Je suis bien d'accord. Ici, on vit et on laisse vivre… Mais qui sait si ça va durer.

Falcó lui dit au revoir et retourna aux caisses de marchandises proches du bateau. Il allait s'asseoir quand il remarqua sur le pont un mouvement particulier. Un groupe d'une douzaine d'hommes chargés de balluchons et de sacs de marin apparut. Ils s'agglutinèrent un moment au passage de la coupée, puis descendirent l'un après l'autre l'échelle, en file, jusqu'au quai où ils se regroupèrent, graves, muets et sombres. Têtes basses. Certains semblaient avoir honte. De la lisse du bateau, d'autres marins les observaient en silence.

Falcó comprit. Le capitaine Quirós laissait partir les hommes qui avaient demandé de débarquer. Tous, à bord, ne voulaient pas être des héros.

Parmi ceux qui les observaient ainsi, du haut du bordé, il reconnut le maître d'équipage que les autres marins appelaient El Negus. Il portait un treillis sombre et un bonnet de laine. Mains appuyées à la lisse, son regard était aussi dirigé vers ceux qui étaient descendus à terre. Personne, ni parmi les uns ni parmi les autres, ne disait mot. Tout à coup, avançant le torse et la tête, El Negus cracha en direction de l'eau, entre la coque et le quai, ou peut-être le fit-il en direction de la terre, même si le crachat n'arriva pas aussi loin. Comme s'il s'était agi d'un signal, d'un ordre ou d'une insulte, les marins qui avaient quitté le navire prirent leurs sacs et leurs balluchons et s'éloignèrent lentement.

La sirène du bateau collée à la haute cheminée retentit : son appel étranglé et bref fit fuir les mouettes proches. Le jour s'était complètement levé, changeant le brouillard en une atmosphère grise qui allait en s'épaississant avec la distance, estompant les objets dans une clarté peu naturelle, cendreuse et triste. À la proue et à la poupe du *Mount Castle*, assisté par les amarreurs à terre, l'équipage du cargo se préparait à remonter les aussières. Le ronron des chaudières à pleine pression faisait vibrer le flanc du navire.

Il y avait beaucoup de monde derrière la clôture des gendarmes et sur la jetée du port. Falcó fit quelques pas en direction du bateau. L'échelle de coupée était toujours sur le côté du cargo, entre le pont et le quai. On semblait être sur le point de la retirer, et il s'approcha jusqu'au bas de l'échelle, regardant en haut, découragé. Il guettait la jeune femme, mais il ne vit que des marins occupés à leurs tâches et El Negus qui, sur le pont du cargo, se dirigeait vers la poupe avec une sorte de paquet multicolore sous le bras. En arrivant au bas du mât nu, le maître d'équipage accrocha à la drisse les couleurs républicaines : rouge, jaune et violet, qu'il hissa jusqu'en haut. Comme il n'y avait pas la moindre brise, le pavillon pendit mollement, sans ondoyer. Mais cela n'empêcha pas quelques amarreurs espagnols, français et marocains qui, à terre, étaient sur le point de détacher les aussières des bittes, de lancer des vivats solidaires.

Alors, Falcó regarda de nouveau l'échelle de coupée, que l'on était en train de remonter, à ce moment-là ; et, à côté d'elle, debout sur le quai, il y avait Eva.

Il marcha lentement, en s'obligeant à le faire ainsi, jusqu'à elle. Avec une intense sensation de soulagement. Elle portait encore la gabardine, manches retroussées, mains dans les poches. Le foulard noué sous son menton retenait encore ses cheveux. Elle donnait l'impression d'être très seule et très lasse, presque fragile dans cette lumière triste, immobile sur le quai mouillé. Elle regardait en direction de la superstructure du cargo, et elle ne cessa pas de le faire quand Falcó s'arrêta tout près d'elle.

– Il n'a pas voulu que je reste, dit-elle sans quitter des yeux la dunette.

Falcó nc fit aucun commentaire. Il resta tranquille et muet. Leurs épaules se frôlaient. Il regarda du coin de l'œil le profil fatigué de la jeune femme. Les poches de l'insomnie sous ses yeux.

– Je me suis presque battue pour qu'on ne m'oblige pas à descendre à terre.

– Tu ne pouvais pas rester à bord.

Les amarreurs avaient largué les aussières, qui tombèrent à l'eau avec un clapotage avant d'être hissées à bord. Il y avait encore un gros cordage qui retenait le bateau, maintenait la proue contre les défenses du quai tandis que la poupe s'en écartait.

– J'ai failli me battre, je te dis… Littéralement.

Trois nouveaux appels de sirène se firent entendre. Vers l'arrière du bâtiment qui s'éloignait lentement de la terre, quelques visages de marins étaient tournés en direction de la foule qui, de l'autre côté des barbelés et de la jetée, les regardait partir. On entendait çà et là un cri d'encouragement isolé, un vivat lancé à la République, mais la plupart des gens gardaient le silence. Il y avait beaucoup de solennité dans leur comportement, estima Falcó. Dans tout cela.

– Il m'a attrapée par un bras, insista Eva. Quand je lui ai dit que j'avais des ordres, que je devais aller avec lui à Odessa… Il consultait une carte marine ; il a levé les yeux et s'est contenté de poser sur moi un regard inexpressif, comme s'il pensait à autre chose ou ne m'entendait pas… Il a répété « Odessa » à voix basse, tout à fait absent. Il était clair que, à ce moment-là, je lui paraissais aussi lointaine que la lune. Soudain, il m'a saisie par le bras, très fort. Il semblait calme et déterminé… « Sur mon bateau, c'est moi qui commande, m'a-t-il dit ; alors, fiche le camp de là », et c'est ainsi qu'il m'a conduite jusqu'à la coupée, sans faire le moindre cas de mes protestations. Presque en me poussant dehors.

– Il vient de te sauver la vie, estima Falcó.

Elle mit un moment à répondre.

– Peut-être.

– Tu le voulais ?

Il l'avait regardée avec détermination, et il la vit s'interroger pendant quelques instants.

– Je ne sais pas. – Elle croisa les bras, comme si elle avait froid, tout à coup. – Je ne sais pas.

– Tu devrais lui en être reconnaissante.

– Quoi qu'il en soit, personne ne lui a demandé de le faire.

La sirène du *Mount Castle* déchira une seconde fois l'air brumeux : un dernier appel, bref et sec. Le bateau commençait à se déplacer, la proue maintenant orientée vers la sortie du port. En dépit du brouillard, il n'y avait aucune lumière allumée à bord.

– Il est là, dit la jeune femme. Là-haut… Regarde-le.

Falco regarda dans la direction qu'elle lui indiquait. Un homme large d'épaules, vêtu d'une veste bleue et coiffé d'une casquette blanche de marin, venait de se montrer sur la plate-forme de la dunette. Sa barbe rousse et grise permettait de le reconnaître facilement.

– Aussi imperturbable qu'une pierre, murmura-t-elle.

Pendant un moment, le capitaine Quirós resta immobile, tourné vers la ville et la foule qui observait la manœuvre. Puis il parut poser son regard sur l'endroit où se trouvaient Eva Neretva et Falcó. Alors, la jeune femme leva une main en signe d'adieu.

– Fou admirable, dit-elle.

Falcó regardait, fasciné, le froid profil de la jeune femme, ses lèvres serrées, ses yeux fixés sur l'homme penché au garde-fou de la plate-forme. Alors, il vit, stupéfait, une larme couler sur le visage d'Eva, tandis que les doigts de sa main levée se serraient en forme de poing, et qu'elle parachevait le salut international et prolétaire en le portant à la hauteur de son front, tandis que le capitaine Quirós retournait à l'intérieur de son navire et que le *Mount Castle* disparaissait dans le brouillard.

– Partons d'ici, dit-elle.

Ils marchèrent sans rien dire, s'éloignant du port et de la foule. Un peu plus loin, sous la voûte de la porte de la Marina, Falcó sortit son étui et alluma deux cigarettes. Ils restèrent là, dans la pénombre, à fumer en se scrutant, muets. Nous avons déjà vécu ce moment, se dit Falcó. Tous les deux. Notre histoire est triste, répétée et interminable.

– Que vas-tu faire maintenant ? demanda-t-il enfin.

En réalité, il le fit pour rompre le silence. Elle tira sur la cigarette et laissa doucement la fumée sortir par son nez et sa bouche.

– Demander de nouveaux ordres.

Elle n'en dit pas plus, mais tous deux savaient que ce n'était pas nécessaire. Falcó l'admit intérieurement. Bien entendu. Elle retournerait à Moscou, à Valencia, là où l'enverraient ses chefs et sa foi rationnelle, froide et intolérante. Revêtus de cette foi, les hommes et les femmes comme elle ne gaspillaient pas leurs derniers instants à demander à leur Père pourquoi il les avait abandonnés. Orphelins sous un ciel sans dieux, ils serraient les dents en regardant la terre et levaient le poing comme elle venait de le faire sur le quai, avant de finir pendus au nœud coulant du bourreau ou devant le poteau d'exécution. Meetings dans les bistrots, pleins de fumée et de sueur, ouvriers courant sous les rafales des mitrailleuses, camarades torturés, morts vivants ou vraiment morts afin que les brutes en chemise noire, bleue ou brune sachent que l'humanité n'était pas vaincue, que la lutte n'allait pas cesser, parce que c'était la lutte finale. Tel était le point de vue d'Eva Neretva, et nul ne la ferait changer d'avis. Jamais. Elle continuerait à traîner cette lutte comme une vieille valise cabossée dont elle ne pouvait se séparer, jusqu'à son rendez-vous de la dernière heure. La dernière carte de la Mort.

– Tu devrais prendre un bain. T'arranger un peu, soigner tes blessures… Tu fais peine.

Il crut la voir sourire. Juste un rien.

– Toi non plus tu n'es pas beau à voir.

– Tu as failli me tuer, cette nuit, lui renvoya-t-il.

– Nous avons failli nous tuer.

– Tu m'as impressionné, tu sais ?… Tu dévoilais ta peur comme le font les valeureux, tendue et tranquille, attendant le coup suivant et prête à le rendre.

La jeune femme ne dit rien. Ils fumaient encore en se regardant, indécis, pour retarder le moment de la séparation, semblait-il.

– Mon hôtel est tout près, dit Falcó.

– Le mien aussi.

Ils laissèrent tomber leurs cigarettes avec une indifférence affectée et se remirent en marche, montant la côte. Une fois arrivés à la médina, en haut, sur la muraille, ils s'arrêtèrent une dernière fois. Au-delà du port et de la jetée, le brouillard voilait l'horizon, qu'il bouchait d'une vaste nuée, basse et plombée.

– Je ne crois pas que nous nous aimions vraiment, murmura Eva.

Il réfléchit quelques instants. Ou il parut le faire.

– Je ne le crois pas moi non plus.

Il contemplait le visage las de la jeune femme, ses yeux vaguement slaves, la mèche de cheveux blonds qui pointait du foulard. Il éprouva le désir de la caresser, mais il garda les mains dans ses poches.

– Écoute, dit-elle tout à coup, en tressaillant.

Elle s'était tournée vers la mer, attentive, retenant son souffle. Alors, Falcó entendit les coups de canon. Leur répercussion retentissait, distante, monotone et sinistre comme si quelqu'un battait un tambour dont la peau aurait été humaine. Et au large, en décharges qui traversaient à peine la brume grise, fulguraient de lointaines et soudaines flambées.

17

Épilogue

Lorenzo Falcó traversa le vestibule du Gran Hotel de Salamanque, salua par leurs noms le portier et le concierge et se dirigea vers le bar, passant entre des chemises bleues et des officiers en uniforme avec de hautes bottes luisantes.

Un défilé militaire s'annonçait dans la rue. Falcó n'avait pas traversé sans peine la multitude qui, prête à faire le salut fasciste ou celui que les circonstances exigeraient, attendait le passage des troupes en direction de la Plaza Mayor sous les balcons ornés des drapeaux nationaux, carlistes, et ceux de la Phalange. Un discours du Caudillo au balcon de l'hôtel de ville était prévu. On célébrait la victoire – relative – du Jarama pour cacher la déroute – absolue – des troupes italiennes à Guadalajara. La guerre durait depuis huit mois, et elle promettait d'être longue.

Il s'arrêta à l'entrée du bar américain près de la vitrine de joaillerie traditionnelle couronnée des drapeaux nazi, portugais et italien. Coiffé en arrière avec de la brillantine et sentant la lotion après-rasage – il était sorti de chez un barbier dix minutes plus tôt –, son apparence n'aurait pas déparé un magazine masculin anglais ni un catalogue de séducteurs d'Hollywood. Chapeau gris à la main, il portait un trois-pièces gris, des chaussures en daim et, d'une nuance plus claire, gris perle, une cravate, des chaussettes et une pochette qui pointait de la poche de poitrine de sa veste. Sa tenue était une élégante gamme de gris.

Tout en jetant un coup d'œil sur les gens assis dans les fauteuils du bar, il sortit son étui à cigarette et en prit une dont il tapota doucement une extrémité sur le verre de sa montre avant de la porter à ses lèvres. Du bout du comptoir, l'Amiral lui fit signe.

– Que dis-tu de Biarritz ? lui demanda-t-il quand Falcó fut venu se mettre à côté de lui.

Il tirait sur une pipe éteinte. Vêtu en civil, il avait posé son Homburg sur sa serviette de cuir très usée. Falcó le regarda, intéressé.

– Je connais de pires endroits.

– Bien… Que prends-tu ?

Le barman s'était approché et attendait, attentionné. Falcó alluma sa cigarette.

– Toujours pas de vodka, Leandro ?

Le visage piqué de petite vérole du barman resta impassible, mais l'éclat amusé de ses yeux le trahissait.

– Nous n'avons que du marc galicien, don Lorenzo, répondit-il en poussant vers lui un cendrier. Vous savez. Boisson patriotique.

– Maudits marxistes.

Le barman regardait l'Amiral du coin de l'œil.

– Oui, monsieur. C'est juste.

– Eh bien, servez-moi un hupa hupa à l'espagnole, allez. Et un autre pour ce monsieur.

– Je t'ai dit mille fois que je ne bois pas ces trucs de chochotte, protesta l'Amiral.

– D’accord… Que préférez-vous, scotch ou cognac ?

– Cognac.

– Français, alors, Leandro. Si c’est possible.

– Armagnac, monsieur ? s’enquit le barman.

– Par exemple.

– Avec de l’eau de Seltz, intervint l’Amiral.

– Mettre de l’eau de Seltz dans de l’armagnac est un crime, objecta Falcó.

– Avec de l’eau de Seltz, j’ai dit. Par tous les diables.

Quand le barman s’éloigna, Falcó jeta un regard interrogateur à l’Amiral, dont l’œil unique l’étudiait, critique.

– Pourquoi Biarritz, Amiral ?

– Tu as des choses à y faire. Un type, lié au parti national basque, Tasio Sologastúa. Un sale type… Ça te dit quelque chose ?

– Le nabab ?

L’Amiral lança un regard en direction du barman, qui frappait au shaker, et il baissa la voix.

– Lui-même. Ceux qui ont de l’argent ne sont pas tous du côté de Franco.

– Mais certains de ceux qui n’en ont pas le sont. Moi, par exemple.

– Tu es avec Franco comme tu pourrais aussi bien être avec Greta Garbo.

– Et pour quatre sous, soit dit en passant.

– Je te paie quatre mille pesetas par mois, plus les frais, rétorqua l’Amiral en fronçant les sourcils comme un professeur sévère. Un général n’en a pas autant.

– Je plaisantais.

– Garde tes plaisanteries pour les autres.

Ils se turent pendant que Leandro posait un ballon d’armagnac et un siphon devant l’Amiral, puis versait le contenu du shaker dans un verre pour Falcó.

– Sologastúa, reprit l'Amiral quand le barman se fut éloigné, a bien remué la merde séparatiste basque, et quand l'affaire s'est gâtée, il a filé en France avec sa famille, pour assister à la corrida bien à l'abri… Sa femme va faire les courses avec son chauffeur, ses filles boivent des cocktails et dansent au Miramar, et lui mène la grande vie. Il souffle sur le feu de l'autre côté de la frontière, sans courir de risque, pendant que ses héroïques *gudaris* se décarcassent… Quand ce n'est pas nous qui les décarcassons.

– Et quelle est la mission ?

L'Amiral se perdit dans la contemplation de sa pipe, qu'il faisait tourner entre ses doigts. Puis il la mit dans sa poche, saisit le siphon et, à la grande désolation de Falcó, envoya un jet d'eau gazeuse dans l'armagnac.

– Il faut que tu le saisisses au collet et que tu l'emmènes de ce côté de la frontière. Nous voulons échanger quelques mots avec lui.

– L'enlever ?

– Le choix des termes t'appartient.

Les canines prédatrices luisirent, mouillés par le hupa hupa.

– Je pars quand ?

– Hier.

– Il n'y a que deux jours que je suis à Salamanque.

– Ce sont deux jours de trop. – L'Amiral goûta le contenu de son verre et parut satisfait. – Après ton résultat désastreux de Tanger, je me demande comment tu peux avoir le front de te balader par ici.

– Ça ne s'est pas si mal terminé, monsieur. J'ai fait ce que j'ai pu.

– Et tu n'as pas pu grand-chose.

– C'est la roulette de la vie. – Falcó tapota doucement la cigarette au-dessus du cendrier. – Comme dit le tango, parfois on perd, et parfois la chance nous abandonne.

– Le tango ?

– Oui, celui de Gardel, vous savez.

Il chantonna quelques notes. L'œil indemne de l'Amiral, assassin, le poignarda.

– Un de ces jours c'est moi qui vais te le faire danser, le tango, dans une tranchée de la Ciudad Universitaria, avec une couverture pleine de poux et un Mauser. On verra si tu feras la différence entre un tango et une guerre.

– Alors là ! Amiral, en fait, Gardel…

– Tu la fermes, merde.

– Aux ordres de votre Excellence.

– Comme il se doit.

L'Amiral avait écarté le chapeau et ouvert la serviette. Il en tira une copie au papier carbone d'une page dactylographiée.

– J'ai là le rapport rédigé par Tambo Navia sur le *Mount Castle*. Il nous est arrivé hier soir – Il le posa sur le bar, devant lui. – J'ai pensé que tu aimerais le lire… Du moins cette partie.

Falcó lut :

Le cargo rouge localisé à 2 milles O.N.O. du cap Malabata, et notre intimation de stopper les machines ignorée, ordre a été donné d'ouvrir le feu et d'engager le combat, à courte distance à cause du peu de visibilité. Au tir de nos pièces principales, l'ennemi a répondu d'un feu très vif et continu provenant d'une unique pièce de moyen calibre située à sa poupe, tandis qu'il tentait de s'échapper en direction du N.E. en profitant du brouillard. On a pu remarquer qu'il avait été touché une douzaine de fois, les impacts ayant immédiatement déclenché un incendie à bord, ce qui ne l'a pas empêché de continuer à faire feu avec beaucoup de ténacité jusqu'à ce que, ses pièces ayant été réduites au silence par les nôtres, il soit parti à la dérive en flammes et ait coulé rapidement sans baisser pavillon par 6° 47' O. et 35° 50' N. On a ensuite procédé au sauvetage des naufragés, rendu difficile par le peu de visibilité, avec un résultat de 11 rescapés, certains d'entre eux gravement blessés. Le capitaine du cargo rouge ne figurait pas parmi les survivants, et d'après le témoignage des marins ramenés à bord, il a été vu pour la dernière fois sur le pont alors qu'il donnait l'ordre d'abandonner le navire. En considération de la gravité de l'état de certains blessés, j'ai pris la décision de regagner le port de Tanger, où ils allaient pouvoir bénéficier de soins médicaux, aussi bien eux que cinq de nos marins aux blessures plus ou moins graves dues aux trois impacts ennemis reçus au cours du combat qui ont atteint mon équipage. Une fois dans le port, à la demande des autorités locales, me trouvant en zone internationale, j'ai été contraint de relâcher les prisonniers.

Falcó releva les yeux.

– Et qu'en est-il de la profondeur à laquelle le bateau a sombré ?

L'Amiral eut une expression de satisfaction.

– Soixante mètres de sonde, plus ou moins… À la portée de nos plongeurs quand tout sera terminé.

– Tout est bien qui finit bien, alors.

– Pour autant que nous gagnions la guerre, bien entendu.

– Évidemment.

Falcó reposa le papier sur le comptoir et prit son verre.

– Des nouvelles de Navia ?

L'Amiral prit quelques secondes avant de répondre. Ses yeux coururent sur les photos des acteurs de cinéma qui ornaient les murs du bar et, à mi-parcours, il fit entendre un soupir et un grognement.

– On l'a relevé de son commandement, dit-il enfin. Je crois qu'il va être relégué dans un bureau d'El Ferrol… Au quartier général de la marine, on n'a pas apprécié qu'il débarque les passagers rouges à Tanger.

Falcó trempa ses lèvres dans le cocktail. Il était parfait. L'Amiral le regardait, sec et patient, en attendant la question qui n'allait pas manquer de suivre. Falcó tira une dernière bouffée de sa cigarette et l'éteignit dans le cendrier.

– Et elle ? finit-il par demander.

L'Amiral prit la feuille de papier et la remit dans sa serviette.

– Nous savons qu'elle a embarqué sur le *Maréchal Lyautey* pour Marseille. Où on l'a perdue de vue. Il se peut qu'elle soit retournée en zone républicaine par terre, ou qu'elle se soit rendue par mer à Barcelone ou à Valencia… Je ne sais pas. Elle a tout aussi bien pu aller à Moscou.

– C'est vrai, ce qu'on dit de l'élimination des agents qui sont en Espagne ?

– Oui. On en rappelle beaucoup. Même Pavel Kovalenko, le chef de la mission soviétique, l'a été, à ce qu'il paraît. Pour rendre des comptes. Les procès de Moscou ont changé la donne. Ils mettent les gens sur les nerfs…

– Et ?

– Et c'est tout. Les uns reviennent après leur interrogatoire, d'autres disparaissent dans les sous-sols de la Loubianka. Et tu sais comment procèdent ces crapules.

Falcó pensa à Eva Neretva confrontée à ses chefs. Sommée de s'expliquer dans le pile ou face qui caractérisait les règlements de compte internes du NKVD, et la façon d'y procéder. Il vit aussi la jeune femme libre, si elle avait de la chance. De nouveau active, en Espagne ou ailleurs. Agissante.

« Je ne crois pas, avait-elle dit, que nous nous aimions vraiment. »

– Me tiendrez-vous au courant si vous apprenez quelque chose, monsieur ?

L'œil de verre et l'œil indemne s'alignèrent, en un regard soupçonneux. Réprobateur.

– Je ne te dirai rien, répondit l'Amiral, irrité. Cette femme n'est plus ton affaire.

Il avait fait signe au barman et sortait son portefeuille pour payer l'addition, mais il sembla y réfléchir à deux fois. Après un bref moment de doute, il le remit dans sa poche.

– Paie, allez.

– Comme toujours.

– On dit : à vos ordres.

– À vos ordres.

Il passa un doigt sur sa moustache grise, pensif.

– De toute façon, je ne crois pas que nous apprenions quoi que ce soit d'autre sur son compte, ajouta-t-il au bout d'un moment. Dans l'affaire de Tanger, son échec a été plus grand que le tien. Si elle est partie pour Moscou…

Il n'alla pas plus loin. Dehors, dans la rue, retentit une musique militaire. Beaucoup de gens s'empressaient de quitter le bar. On entendait des applaudissements à la porte de l'hôtel.

– Le Caudillo est arrivé, dit l'Amiral qui regarda en direction de la porte. Il faut que je sois dans la tribune.

Discrètement, bien sûr, mais de façon à ce que me voient ceux qui doivent m'y voir… Tu ne vas pas au défilé ?

Falcó le regardait, amusé, sans répondre. L'Amiral glissa la serviette sous son bras et prit son chapeau.

– Biarritz, souviens-toi. Je veux que tu y sois dans deux jours.

– À vos ordres.

– Voilà qui me plaît. À mes ordres.

Falcó resta seul avec le barman, dans le bar quasi désert, pour finir son cocktail. Une femme en deuil, attirante, entra accompagnée d'un homme obèse, et ils allèrent s'asseoir sur les banquettes du fond. Elle avait des formes suggestives et de belles jambes dans des bas sombres, sous la jupe qui s'arrêtait exactement où il le fallait au-dessous du genou.

– Tu ne vas pas non plus voir le défilé, Leandro ? demanda Falcó.

– Non, don Lorenzo. – Les yeux étincelaient encore dans le visage mélancolique du barman… – Chacun à son poste. C'est ici que je sers ma patrie.

– La patrie et moi… Avec le shaker on lutte aussi contre l'hydre marxiste et ses pintes de vin prolétaire.

– Vous m'arrachez les mots de la bouche.

– Sers-moi un autre hupa hupa, allez.

– Au marc ?

Le regard de Falcó se porta sur la femme, qui le soutint cinq secondes de plus que ne l'exige la pudeur. Après avoir ajusté son nœud de cravate, il passa une main sur sa tempe pour lisser ses cheveux. Il souriait comme un loup malicieux qui, à la lumière de la lune, aurait aperçu une bergerie bien garnie.

– On n'y peut rien, tu sais. Sers-m'en un au marc.

Table

DU MÊME AUTEUR

Le Tableau du maître flamand
grand prix de la littérature policière
Jean-Claude Lattès, 1993
et « Le Livre de poche », nº 7625

Le Club Dumas ou L'ombre de Richelieu
Jean-Claude Lattès, 1994
et « Le Livre de poche », nº 7656

Le Maître d'escrime
Seuil, 1994
et « Points », nº P154

La Peau du tambour
Seuil, 1997
et « Points », nº P518

Le Cimetière des bateaux sans nom
prix Méditerranée 2001
Seuil, 2001
et « Points », nº P995

La Reine du Sud
Seuil, 2003
et « Points », nº P1221

Le Hussard
Seuil, 2005
et « Points », nº P1460

Le Peintre de batailles
Seuil, 2007
et « Points », nº P1877

Un jour de colère
Seuil, 2008
et « Points », nº P2260

Club Dumas
Lattès, 2010
et « Le Livre de poche », n° 7656

Cadix, ou la diagonale du fou
Seuil, 2011
et « Points », n° P2903

Le Tango de la Vieille Garde
Seuil, 2013
et « Points », n° P3355

La Patience du franc-tireur
Seuil, 2014
et « Points », n° P4201

Une affaire d'honneur
Pocket, 2016

Deux hommes de bien
Seuil, 2017
et « Points », n° P4750

Falcó
Seuil, 2018
et « Points », n° P5016

Sabotage
Une aventure de Lorenzo Falcó
Seuil, 2020

LES AVENTURES DU CAPITAINE ALATRISTE

1. Le Capitaine Alatriste
Seuil, 1998
et « Points », n° P725

2. Les Bûchers de Bocanegra
Seuil, 1998
et « Points », n° P740

3. Le Soleil de Breda

Seuil, 1999
et « Points », n° P753

4. L'Or du roi

Seuil, 2002
et « Points », n° P1108

5. Le Gentilhomme au pourpoint jaune

Seuil, 2004
et « Points », n° P1388

6. Corsaires du Levant

Seuil, 2008
et « Points », n° P2180

7. Le Pont des assassins

Seuil, 2012
et « Points », n° P3145

RÉALISATION : NORD COMPO À VILLENEUVE-D'ASCQ
IMPRESSION : CPI FRANCE
DÉPÔT LÉGAL : OCTOBRE 2020. N° 143435 (3039500)
IMPRIMÉ EN FRANCE

Éditions Points

DERNIERS TITRES PARUS

P4898. L'Affreuse Embrouille de via Merulana
Carlo Emilio Gadda
P4899. Le monde est rond, *Gertrude Stein*
P4900. Pourquoi je déteste Noël, *Robert Benchley*
P4901. Le Rêve de ma mère, *Anny Duperey*
P4902. Mes mots sauvages, *Geneviève Brisac*
P4903. La Fille à histoires, *Irène Frain*
P4904. Leçons de grec, *Han Kang*
P4905. Questions de caractère, *Tom Hanks*
P4906. L'Histoire de mes dents, *Valeria Luiselli*
P4907. Le Dernier des yakuzas, *Jake Adelstein*
P4908. Des jours d'une stupéfiante clarté, *Aharon Appelfeld*
P4909. Dylan par Dylan. Interviews 1962-2004
Bob Dylan
P4910. L'Échappé belge. Chroniques et brèves
Alex Vizorek
P4911. La Princesse-Maïs, *Joyce Carol Oates*
P4912. Poèmes choisis, *Renée Vivien*
P4913. D'où vient cette pipelette en bikini qui marivaude dans le jacuzzi avec un gringalet en bermuda ? Dico des mots aux origines amusantes, insolites ou méconnues, *Daniel Lacotte*
P4914. La Pensée du jour, *Pierre Desproges*
P4915. En radeau sur l'Orénoque, *Jules Crevaux*
P4916. Celui qui va vers elle ne revient pas, *Shulem Deen*
P4917. Un fantôme américain, *Hannah Nordhaus*
P4918. Les Chemins de la haine, *Eva Dolan*
P4919. Gaspard, entre terre et ciel
Marie-Axelle et Benoît Clermont
P4920. Kintsukuroi. L'art de guérir les blessures émotionnelles
Tomás Navarro
P4921. Le Parfum de l'hellébore, *Cathy Bonidan*
P4922. Bad Feminist, *Roxane Gay*
P4923. Une ville à cœur ouvert, *Żanna Słoniowska*
P4924. La Dent du serpent, *Craig Johnson*
P4925. Quelque part entre le bien et le mal, *Christophe Molmy*
P4926. Quatre Lettres d'amour, *Niall Williams*
P4927. Madone, *Bertrand Visage*
P4928. L'étoile du chien qui attend son repas, *Hwang Sok-Yong*
P4929. Minerai noir. Anthologie personnelle et autres recueils
René Depestre

P4930. Les Buveurs de lumière, *Jenni Fagan*
P4931. Nicotine, *Gregor Hens*
P4932. Et vous avez eu beau temps ? La perfidie ordinaire des petites phrases, *Philippe Delerm*
P4933. 10 Règles de français pour faire 99 % de fautes en moins *Jean-Joseph Julaud*
P4934. Au bonheur des fautes. Confessions d'une dompteuse de mots, *Muriel Gilbert*
P4935. Falaise des fous, *Patrick Grainville*
P4936. Dernières Nouvelles du futur, *Patrice Franceschi*
P4937. Nátt, *Ragnar Jónasson*
P4938. Kong, *Michel Le Bris*
P4939. La belle n'a pas sommeil, *Éric Holder*
P4940. Chien blanc et balançoire, *Mo Yan*
P4941. Encore heureux, *Yves Pagès*
P4942. Offshore, *Petros Markaris*
P4943. Le Dernier Hyver, *Fabrice Papillon*
P4944. « Les Excuses de l'institution judiciaire » : l'affaire d'Outreau, 2004. *Suivi de* « Je désire la mort » : l'affaire Buffet-Bontems, 1972, *Emmanuel Pierrat*
P4945. « On veut ma tête, j'aimerais en avoir plusieurs à vous offrir » : l'affaire Landru, 1921. *Suivi de* « Nous voulons des preuves » : l'affaire Dominici, 1954, *Emmanuel Pierrat*
P4946. « Totalement amoral » : l'affaire du Dr Petiot, 1946. *Suivi de* « Vive la France, quand même ! » : l'affaire Brasillach, 1946, *Emmanuel Pierrat*
P4947. Grégory. Le récit complet de l'affaire *Patricia Tourancheau*
P4948. Génération(s) éperdue(s), *Yves Simon*
P4949. Les Sept Secrets du temps, *Jean-Marc Bastière*
P4950. Les Pierres sauvages, *Fernand Pouillon*
P4951. Lettres à Nour, *Rachid Benzine*
P4952. Niels, *Alexis Ragougneau*
P4953. Phénomènes naturels, *Jonathan Franzen*
P4954. Le Chagrin d'aimer, *Geneviève Brisac*
P4955. Douces Déroutes, *Yanick Lahens*
P4956. Massif central, *Christian Oster*
P4957. L'Héritage des espions, *John le Carré*
P4958. La Griffe du chat, *Sophie Chabanel*
P4959. Les Ombres de Montelupo, *Valerio Varesi*
P4960. Le Collectionneur d'herbe, *Francisco José Viegas*
P4961. La Sirène qui fume, *Benjamin Dierstein*
P4962. La Promesse, *Tony Cavanaugh*
P4963. Tuez-les tous... mais pas ici, *Pierre Pouchairet*
P4964. Judas, *Astrid Holleeder*

P4965. Bleu de Prusse, *Philip Kerr*
P4966. Les Planificateurs, *Kim Un-Su*
P4967. Le Filet, *Lilja Sigurdardóttir*
P4968. Le Tueur au miroir, *Fabio M. Mitchelli*
P4969. Tout le monde aime Bruce Willis, *Dominique Maisons*
P4970. La Valeur de l'information. *Suivi de* Combat pour une presse libre, *Edwy Plenel*
P4971. Tristan, *Clarence Boulay*
P4972. Treize Jours, *Roxane Gay*
P4973. Mémoires d'un vieux con, *Roland Topor*
P4974. L'Étang, *Claire-Louise Bennett*
P4975. Mémoires au soleil, *Azouz Begag*
P4976. Écrit à la main, *Michael Ondaatje*
P4977. Journal intime d'un touriste du bonheur *Jonathan Lehmann*
P4978. Qaanaaq, *Mo Malø*
P4979. Faire des pauses pour se (re)trouver, *Anne Ducrocq*
P4980. Guérir de sa famille par la psychogénéalogie *Michèle Bromet-Camou*
P4981. Dans le désordre, *Marion Brunet*
P4982. Meurtres à Pooklyn, *Mod Dunn*
P4983. Iboga, *Christian Blanchard*
P4984. Paysage perdu, *Joyce Carol Oates*
P4985. Amours mortelles. Quatre histoires où l'amour tourne mal, *Joyce Carol Oates*
P4986. J'ai vu une fleur sauvage. L'herbier de Malicorne *Hubert Reeves*
P4987. La Course de la mouette, *Barbara Halary-Lafond*
P4988. Poèmes et antipoèmes, *Nicanor Parra*
P4989. Herland, *Charlotte Perkins Gilman*
P4990. Dans l'épaisseur de la chair, *Jean-Marie Blas de Roblès*
P4991. Ouvre les yeux, *Matteo Righetto*
P4992. Dans les pas d'Alexandra David-Néel. Du Tibet au Yunnan, *Éric Faye, Christian Garcin*
P4993. Lala Pipo, *Hideo Okuda*
P4994. Mes prolongations, *Bixente Lizarazu*
P4995. Moi, serial killer. Les terrifiantes confessions de 12 tueurs en série, *Stéphane Bourgoin*
P4996. Les Sorcières de la République, *Chloé Delaume*
P4997. Les Chutes, *Joyce Carol Oates*
P4998. Petite Sœur mon amour, *Joyce Carol Oates*
P4999. La douleur porte un costume de plumes, *Max Porter*
P5000. L'Expédition de l'espoir, *Javier Moro*
P5001. Séquoias, *Michel Moutot*
P5002. Indu Boy, *Catherine Clément*
P5005. L'argent ne fait pas le bonheur mais les luwak si

Pierre Derbré
P5006. En camping-car, *Ivan Jablonka*
P5007. Beau Ravage, *Christopher Bollen*
P5008. Ariane, *Myriam Leroy*
P5009. Est-ce ainsi que les hommes jugent ?
Mathieu Menegaux
P5010. Défense de nourrir les vieux, *Adam Biles*
P5011. Une famille très française, *Maëlle Guillaud*
P5012. Le Hibou dans tous ses états, *David Sedaris*
P5013. Mon autre famille : mémoires, *Armistead Maupin*
P5014. Graffiti Palace, *A. G. Lombardo*
P5015. Les Monstres de Templeton, *Lauren Groff*
P5016. Falco, *Arturo Pérez-Reverte*
P5017. Des nuages plein la tête. Un pâtre en quête d'absolu
Brice Delsouiller
P5018. La Danse du chagrin, *Bernie Bonvoisin*
P5019. Peur, *Bob Woodward*
P5020. Secrets de flic. Guerre des polices, stups et mafia, l'ex-patron de la PJ raconte, *Bernard Petit*
P5023. Passage des ombres, *Arnaldur Indridason*
P5024. Les Saisons inversées, *Renaud S. Lyautey*
P5025. Dernier Été pour Lisa, *Valentin Musso*
P5026. Le Jeu de la défense, *André Buffard*
P5027. Esclaves de la haute couture, *Thomas H. Cook*
P5028. Crimes de sang-froid, *Collectif*
P5029. Missing : Germany, *Don Winslow*
P5030. Killeuse, *Jonathan Kellerman*
P5031. #HELP, *Sinéad Crowley*
P5032. L'Humour au féminin en 700 citations
Macha Méril & Christian Poncelet
P5033. Baroque Sarabande, *Christiane Taubira*
P5034. Moins d'ego, plus de joie ! Un chemin pour se libérer
Christopher Massin
P5035. Le Monde selon Barney, *Mordecai Richler*
P5036. Portrait de groupe avec dame, *Heinrich Böll*
P5037. Notre-Dame. Une anthologie de textes d'écrivains
P5003. Les cigognes sont immortelles, *Alain Mabanckou*
P5038. La Chance de leur vie, *Agnès Desarthe*
P5039. Forêt obscure, *Nicole Krauss*
P5040. Des pierres dans ma poche, *Kaouther Adimi*
P5041. Einstein, le sexe et moi, *Olivier Liron*
P5042. Carnaval noir, *Metin Arditi*
P5043. Roissy, *Tiffany Tavernier*
P5044. Darling Days, *iO Tillett Wright*
P5045. Le Bleu du lac, *Jean Mattern*
P5046. Qui a tué mon père, *Edouard Louis*

P5047. Les Enfants de cœur, *Heather O'Neill*
P5048. L'Aurore, *Selahattin Demirtas*
P5049. Comment t'écrire adieu, *Juliette Arnaud*
P5050. Le Syndrome de la chouquette, *Nicolas Santolaria*
P5051. Ça commence par moi, *Julien Vidal*
P5052. Les Papillons de comptoirs, *Jean-Marie Gourio*
P5053. La Vita nuova, *Dante*
P5054. Sótt, *Ragnar Jónasson*
P5055. Sadorski et l'Ange du péché, *Romain Slocombe*
P5056. D'argent et de sang, *Fabrice Arfi*
P5057. Débranchez-vous !, *Matt Haig*
P5058. Hôtel Waldheim, *François Vallejo*
P5059. Des raisons de se plaindre, *Jeffrey Eugenides*
P5060. Manuel de survie à l'usage des jeunes filles
Mick Kitson
P5061. Seul à travers l'Atlantique, *Alain Gerbault*
P5062. La Terre magnétique, *Édouard Glissant*
P5063. Dans mes pas, *Jean-Louis Étienne*
P5064. Raga. Approche du continent invisible
Jean-Marie Gustave Le Clézio
P5065. Mais ne sombre pas, *Aristide Barraud*
P5066. La Vie sexuelle en France, *Janine Mossuz-Lavau*
P5067. Dégradation, *Benjamin Myers*
P5068. Les Disparus de la lagune, *Donna Leon*
P5069. L'homme qui tartinait une éponge, *Colette Roumanoff*
P5070. La Massaia, *Paola Masino*
P5071. Le Cœur blanc, *Catherine Poulain*
P5072. Frère d'âme, *David Diop*
P5073. Désintégration, *Emmanuelle Richard*
P5074. Des mirages plein les poches, *Gilles Marchand*
P5075. J'ai perdu mon corps, *Guillaume Laurant*
P5076. Le Dynamiteur, *Henning Mankell*
P5077. L'Homme sans ombre, *Joyce Carol Oates*
P5078. Le Paradoxe Anderson, *Pascal Manoukian*
P5079. De l'aube à l'aube, *Alain Bashung*
P5080. Journal d'un observateur, *Alain Duhamel*
P5081. C'est aujourd'hui que je vous aime, *François Morel*
P5082. Crépuscule, *Juan Branco*
P5083. Les Fabuleuses Aventures de Nellie Bly, *Nellie Bly*
P5084. Le Roman du Canard, *Patrick Rambaud*
P5085. Les Aventures illustrées de Pensouillard le hamster.
Comment apprivoiser l'ego, *Serge Marquis*
P5086. Les 300 Plus Belles Fautes... à ne pas faire.
Et autres extravagances à éviter, *Alfred Gilder*
P5087. Le ministre est enceinte. Ou la grande querelle
de la féminisation des noms, *Bernard Cerquiglini*

P5088. Les Mots voyageurs. Petite histoire du français venu d'ailleurs, *Marie Treps*
P5089. Un bonbon sur la langue. On n'a jamais fini de découvrir le français !, *Muriel Gilbert*
P5090. Luc, mon frère, *Michael Lonsdale*
P5091. Un haïku chaque jour. Un poème et sa méditation pour être plus présent à la vie, *Pascale Senk*
P5092. 365 Jours avec Rainer Maria Rilke. Paroles d'un maître de vie, *Rainer Maria Rilke*
P5093. Les Fils de la poussière, *Arnaldur Indridason*
P5094. Treize Jours, *Arni Thorarinsson*
P5095. Tuer Jupiter, *François Médéline*
P5096. Pension complète, *Jacky Schwartzmann*
P5097. Jacqui, *Peter Loughran*
P5098. Jours de crimes, *Stéphane Durand-Souffland et Pascale Robert-Diard*
P5099. Esclaves de la haute couture, *Thomas H. Cook*
P5100. Chine, retiens ton souffle, *Qiu Xiaolong*
P5101. Exhumation, *Jesse et Jonathan Kellerman*
P5102. Lola, *Melissa Scrivner Love*
P5103. L'Oubli, *David Foster Wallace*
P5104. Le Prix, *Cyril Gely*
P5105. Le Pleurnichard, *Jean-Claude Grumberg*
P5106. Midi, *Cloé Korman*
P5107. Une douce lueur de malveillance, *Dan Chaon*
P5108. Manifesto, *Léonor de Récondo*
P5109. L'Été des charognes, *Simon Johannin*
P5110. Les Enténébrés, *Sarah Chiche*
P5111. La Vie lente, *Abdellah Taïa*
P5112. Les grandes villes n'existent pas, *Cécile Coulon*
P5113. Des vies possibles, *Charif Majdalani*
P5114. Le Mangeur de livres, *Stéphane Malandrin*
P5115. West, *Carys Davies*
P5116. Le Syndrome du varan, *Justine Niogret*
P5117. Le Plongeur, *Stéphane Larue*
P5118. Hunger, *Roxane Gay*
P5119. Dégager l'écoute, *Raymond Depardon et Claudine Nougaret*
P5120. Comment j'ai arrêté de manger les animaux *Hugo Clément*
P5121. Anagrammes. Pour sourire et rêver, *Jacques Perry-Salkow*
P5122. Les Spaghettis de Baudelaire. 50 conseils pour briller en cours de lettres, *Thierry Maugenest*
P5123. Tout autre nom, *Craig Johnson*
P5124. Requiem, *Tony Cavanaugh*

P5125. Ce que savait la nuit, *Arnaldur Indridason*
P5126. Scalp, *Cyril Herry*
P5127. Haine pour haine, *Eva Dolan*
P5128. Trois Jours, *Petros Markaris*
P5129. Quand notre cœur s'ouvre à la spiritualité *Caroline Coldefy*
P5130. Les Invisibles, *Antoine Albertini*
P5131. Le Fil de nos vies brisées, *Cécile Hennion*
P5132. D'os et de lumière, *Mike McCormack*
P5133. Le Nouveau, *Tracy Chevalier*
P5134. Comment j'ai vidé la maison de mes parents. Une trilogie familiale, *Lydia Flem*
P5135. Le Grand Cahier. Une trilogie, *Agota Kristof*
P5136. Roland Furieux, tome 1, *L'Arioste*
P5139. Mes biens chères soeurs, *Chloé Delaume*
P5140. Vivre ensemble, *Émilie Frèche*
P5141. Voyou, *Itamar Orlev*
P5142. L'Abattoir de verre, *John Maxwell Coetzee*
P5143. Kiosque, *Jean Rouaud*
P5144. État de nature, *Jean-Baptiste Froment*
P5145. Le Petit Paradis, *Joyce Carol Oates*
P5146. Trahison, *Joyce Carol Oates*
P5147. Marcher jusqu'au soir, *Lydie Salvayre*
P5148. Et j'abattrai l'arrogance des tyrans *Marie-Fleur Albecker*
P5149. Projet Starpoint, tome 1, La Fille aux cheveux rouges *Marie-Lorna Vaconsin*
P5150. Que le diable m'emporte, *Marie MacLane*
P5151. Ombres sur la Tamise, *Michael Ondaatje*
P5152. Pourquoi je déteste les enfants, *Robert Benchley*
P5153. Dans le faisceau des vivants, *Valérie Zenatti*
P5154. L'Oiseau Parker dans la nuit, *Yannick Lahens*
P5155. Formulaires, *Mohammed Dib*
P5157. Nous habitons la Terre, *Christiane Taubira*
P5158. Edgar Morin : l'indiscipliné, *Emmanuel Lemieux*
P5160. Le Magot. Fourniret et le gang des Postiches : mortelle rencontre, *Patricia Tourancheau*
P5161. La Nuit du revolver, *David Carr*
P6162. Omar et Greg, *François Beaune*
P5163. Honorer la fureur, *Rodolphe Barry*
P5164. Les Minots, *Romain Capdepon*
P5165. Aux confins de l'Eldorado. La Boudeuse en Amazonie *Gérard Chaliand*
P5166. Vivre libre, *Henry de Monfreid*
P5167. Diskø, *Mo Malø*
P5168. Sombre avec moi, *Chris Brookmyre*

P5169. Les Infidèles, *Dominique Sylvain*
P5170. L'Agent du chaos, *Giancarlo De Cataldo*
P5171. Le Goût de la viande, *Gildas Guyot*
P5172. Les Effarés, *Hervé Le Corre*
P5173. J'ai vendu mon âme en bitcoins, *Jake Adelstein*
P5174. La Dame de Reykjavik, *Ragnar Jónasson*
P5175. La Mort du Khazar rouge, *Shlomo Sand*
P5176. Le Blues du chat, *Sophie Chabanel*
P5177. Les Mains vides, *Valerio Varesi*
P5178. La Cage, *Lilja Sigurðardóttir*
P5179. Éthique du samouraï moderne. Petit manuel de combat pour temps de désarroi, *Patrice Franceschi*
P5180. Maître du Oui, *Svâmi Prajñânpad*
P5181. Wabi Sabi. L'art d'accepter l'imperfection *Tomás Navarro*
P5182. Très chère Valentine, *Adriana Trigani*
P5183. La Partition, *Diane Brasseur*
P5184. Château de femmes, *Jessica Shattuck*
P5185. Les Âmes silencieuses, *Mélanie Guyard*
P5186. Le Cartographe des Indes boréales, *Olivier Truc*
P5188. Les Photos d'Anny, *Anny Duperey*
P5189. Chambre 128, *Cathy Bonidan*
P5190. East Village Blues, *Chantal Thomas*
P5191. La Revenue, *Donatella di Pietrantonio*
P5192. En tenue d'Eve. Histoire d'une partie d'échecs *Eve Babitz*
P5194. La Petite fille au tambour, *John Le Carré*
P5195. Floride, *Lauren Groff*
P5196. La Transparence du temps, *Leonardo Padura*
P5197. Pour l'amour des livres, *Michel Le Bris*
P5198. Le Chemin de la mer. Et autres nouvelles *Patrice Franceschi*
P5199. Transit, *Rachel Cusk*
P5200. Un petit coup de jeune, *Thierry Bizot*
P5201. L'Amour est aveugle. Le ravissement de Brodie Moncur *William Boyd*
P5202. Titayna : l'aventurière des années folles *Benoît Heimermann*
P5203. La Mer pour aventure, *Collectif*
P5204. Lawrence d'Arabie. Le désert et les étoiles *Flora Armitage*
P5205. Travelling. Un tour du monde sans avion *Tangy Viel, Christian Garcin*
P5209. Les Imprudents. Sur les traces des résistants du maquis Bir-Hakeim, *Olivier Bertrand*

P5210. Maudits mots. La fabrique des insultes racistes
Marie Treps
P5212. En marge, *Silvia Baron Supervielle*
P5213. Le Cœur et la chair, *Ambrose Parry*
P5215. Crime et délice, *Jonathan Kellerman*
P5216. Le Sang noir des hommes, *Julien Suaudeau*
P5217. À l'ombre de l'eau, *Maïko Kato*
P5218. Vik, *Ragnar Jónasson*
P5220. Le Dernier Thriller norvégien, *Luc Chomarat*
P5222. Steak machine, *Geoffrey Le Guilcher*
P5223. La paix est possible. Elle commence par vous
Prem Rawat
P5224. Petit Traité de bienveillance envers soi-même
Serge Marquis
P5226. Histoire de ma vie, *Henry Darger*
P5227. Hors-bord, *Renata Adler*
P5228. N'oublie pas de te souvenir, *Jean Contrucci*
P5229. Mur méditerranée, *Louis-Philippe Dalembert*
P5230. La Débâcle, *Romain Slocombe*
P5231. À crier dans les ruines, *Alexandra Koszelyk*
P5233. Nuit d'épine, *Christiane Taubira*
P5234. Les Fillettes, *Clarisse Gorokhoff*
P5235. Le Télégraphiste de Chopin, *Eric Faye*
P5236. La Terre invisible, *Hubert Mingarelli*
P5237. Une vue exceptionnelle, *Jean Mattern*
P5238. Louvre, *Josselin Guillois*
P5239. Les Petits de décembre, *Kaouther Adimi*
P5240. Les Yeux rouges, *Myriam Leroy*
P5241. Dévorer le ciel, *Paolo Giordano*
P5242. Amazonia, *Patrick Deville*
P5243. La Grande Bouche molle, *Philippe Jaenada*
P5244. L'Heure d'été, *Prune Antoine*
P5245. Pourquoi je déteste l'économie, *Robert Benchley*
P5246. Cora dans la spirale, *Vincent Message*
P5247. La Danse du roi, *Mohammed Dib*
P5210. Maudits Mots. La fabrique des insultes racistes
Marie Treps
P5248. Il était une fois dans l'Est, *Arpád Soltész*
P5249. La Tentation du pardon, *Donna Leon*
P5250. Ah, les braves gens !, *Franz Bartelt*
P5251. Crois-le !, *Patrice Guirao*
P5252. Lyao-Ly, *Patrice Guirao*
P5253. À sang perdu, *Rae DelBianco*
P5254. Mémoires vives, *Edward Snowden*
P5255. La Plus Belle Histoire de l'intelligence
Stanislas Dehaene, Yann Le Cun, Jacques Girardon

P5256. J'ai oublié, *Bulle Ogier, Anne Diatkine*
P5257. Endurance. L'incroyable voyage de Shackleton *Alfred Lansing*
P5258. Le Cheval des Sforza, *Marco Malvaldi*
P5259. La Purge, *Arthur Nesnidal*
P5260. Eva, *Arturo Pérez-Reverte*
P5261. Alex Verus. Destinée, tome 1, *Benedict Jacka*
P5262. Alex Verus. Malediction, tome 2, *Benedict Jacka*
P5263. Alex Verus. Persécution, tome 3, *Benedict Jacka*
P5264. Neptune Avenue, *Bernard Comment*
P5265. Dernière Sommation, *David Dufresne*
P5266. Dans la maison de la liberté, *David Grossman*
P5267. Le Roman de Bolaño, *Gilles Marchand, Eric Bonnargent*
P5268. La Plus Précieuse des marchandises. Un conte *Jean-Claude Grumberg*
P5269. L'avenir de la planète commence dans notre assiette *Jonathan Safran Foer*
P5270. Le Maître des poupées, *Joyce Carol Oates*
P5271. Un livre de martyrs américains, *Joyce Carol Oates*
P5272. Passe-moi le champagne, j'ai un chat dans la gorge *Loïc Prigent*
P5273. Invasion, *Luke Rhinehart*
P5274. L'Extase du selfie. Et autres gestes qui nous disent *Philippe Delerm*
P5275. Archives des enfants perdus, *Valeria Luiselli*
P5276. Ida, *Hélène Bessette*
P5277. Une vie violente, *Pier Paolo Pasolini*
P5278. À cinq ans, je suis devenue terre-à-terre, *Jeanne Cherhal*
P5279. Encore plus de bonbons sur la langue. Le français n'a jamais fini de vous surprendre !, *Muriel Gilbert*
P5280. L'Ivre de mots, *Stéphane de Groodt*
P5281. The Flame, *Leonard Cohen*
P5282. L'Artiste, *Antonin Varenne*
P5283. Les Roses de la nuit, *Arnaldur Indridason*
P5284. Le Diable et Sherlock Holmes, *David Grann*
P5285. Coups de vieux, *Dominique Forma*
P5286. L'Offrande grecque, *Philip Kerr*
P5287. Régression, *Fabrice Papillon*
P5288. Un autre jour, *Valentin Musso*
P5289. La Fabrique du crétin digital, *Michel Desmurget*
P5290. Le Grand Manipulateur. Les réseaux secrets de Macron *Marc Endeweld*
P5291. Vieillir ensemble. Un tour du monde des solutions qui rapprochent les générations, *Julia Mourri, Clément Boxefeld*
P5292. La Vie est une célébration, *Mata Amritanandamayi*
P5293. Les Plus Beaux Contes zen, *Henri Brunel*